水土能服

阎刚 著

天津出版传媒集团
百花文艺出版社

图书在版编目（CIP）数据

水土能服 / 阎刚著 . -- 天津 : 百花文艺出版社，
2024.8
ISBN 978-7-5306-8791-8

Ⅰ . ①水… Ⅱ . ①阎… Ⅲ . ①长篇小说—中国—当代
Ⅳ . ① I247.5

中国国家版本馆 CIP 数据核字 (2024) 第 057185 号

水土能服
SHUITU NENG FU
阎刚　著

出 版 人： 薛印胜
责任编辑： 郑　爽
策划编辑： 余慕雨
装帧设计： 悟阅文化
出版发行： 百花文艺出版社
地址： 天津市和平区西康路 35 号　**邮编：** 300051
电话传真： +86-22-23332651（发行部）
+86-22-23332656（总编室）
+86-22-23332478（邮购部）
网址： http://www.baihuawenyi.com
印刷： 成都市兴雅致印务有限责任公司
开本： 787 毫米 ×1092 毫米　1/16
字数： 265 千字
印张： 17
版次： 2024 年 8 月第 1 版
印次： 2024 年 8 月第 1 次印刷
定价： 78.00 元

如有印装质量问题，请与成都市兴雅致印务有限责任公司联系调换
地址：成都市金牛区沙河源街道陆家桥社区
电话：028-83181689
邮编：610000

一

吴新从考场出来已是下午四点，他抬眼仰望炽热的天空，几朵懒散的白云就像几只走散的笨羊。好长时间以后，他才对这次高考总结出两个字：陪跑。那时，这词儿还没有流行起来。

当天下午，吴新就背起那口旧柏木箱悄悄回到河口，他几乎是沉默了整个晚上。第二天一早，吴新喝了一碗河口特有的锅巴稀饭，就来到了一公里外的小镇上。

这个小镇其实并不是一个严格意义上的小镇，只是因为有两条大马路恰好在这里交会，几个胆大的人率先在这个交叉路口开了几家店铺。因要复习备考，吴新有好几个月没来这里了，但这个小镇上还是只有一家锯木厂，一家裁缝铺，两家食品店，一家卖生资日杂品的货铺和三家低矮的乡村饭馆。吴新要去的是那家生资日杂品店，他虽然手头没有一分钱，但他还是要从那日杂品店带走一样东西。

这个小集镇上的人几乎都认识吴新，他是木匠吴祖义的儿子，他爹是河口有名的手艺人，因此吴新来赊东西没有谁不愿给的。吴新到了日杂品店，就对那老板说，他要赊一担粪桶。老板是个五十多岁的男人。他不解地问吴新："新子，什么不好要，非得要赊一担粪桶？"吴新说："省得我爹劳心费神给我做。"老板却笑起来问他："你不是高考了吗？还用得着这把戏？"吴新也说得直截了当："没考取。"老板又说："分数都还没下来，你怎么知道考取没考取？这不是故意气你爹嘛！"吴新说："你们怎么都这么想，难不成我自己都不知道？"吴新说完就选了一担松木粪桶提着。他只说了一句："刘伯，这钱我自己还，您不要找我爹要。"说完就提着粪桶走了。

他刚走到那间白粉墙的裁缝铺前，就被一个女人叫住了。那女人从裁缝铺走出来，个高且丰满，头上还夹有一个红色的宽发卡。吴新站定后就侧身问她：“王会珍，你在这里干吗？你不是去南方了吗？”王会珍反问：“我去南方就不能再回来呀，想你了还不行吗？”在县一中念书时，王会珍是校田径运动队的，项目是铁饼。她因为没有通过选拔考试，所以半年前就提前回乡了。吴新只是听说，她和她的一个表哥到南方跑买卖去了。于是他说：“怎么在这么短的时间，你就变成这样子了？丢下铁饼就只长肉了？”吴新说完，还觉得有几分得意。王会珍却回敬他道：“没想到你参加完高考，还是得提一担粪桶回家。”吴新感觉还是输给了王会珍一筹。眼下，自己和她不是一样，什么理想、抱负，一切都归整为零了。王会珍看着那担粪桶就安慰他说：“你不必这样自暴自弃好不好，不知道往后还有多少不确定！”吴新更没想到王会珍上来就要夺他手里的两只粪桶。吴新此时仿佛处于严重肌无力状态。他在想，要是这阵操作换了是李红梅该多么的开心！王会珍扯着吴新去退还了那担粪桶。出店门后，她就问：“要不要我给你讲个事？”吴新有些不知所措。王会珍却说：“我在南方碰见郑联生了。”吴新说：“这还真是怪事。在茫茫人海里找一年也未必能找得到他。”王会珍笑着说：“你知道他在南方搞些啥买卖？”吴新说：“我还真不知道。”王会珍说：“他去贩卖银圆但赔了个精光。要不是遇上我，他连回家的路费都没有。”吴新想听听过程，但王会珍却说：“你知道他这么冒险去赚钱是为了谁吗？”吴新一阵愣呆，王会珍就望着吴新抿嘴一笑说：“一个我们都熟悉不过的女人。”吴新明白她说的就是李红梅。吴新觉得王会珍此时提起这个话题，就是在故意嘲笑他，他判断王会珍不会不知道他也暗恋李红梅。吴新因此反问王会珍：“你这是什么意思？挑拨离间吗？”吴新说完就要走人，王会珍却一把掐住他的手腕。吴新感到生疼，练过铁饼的人手劲和淑女就是不一样。这时他们已经走出了镇子。王会珍顺势就将胸口靠了上来，吴新的身子实实在在地热了一阵。王会珍说：“你不去看一下我的仓库吗？”吴新一听说仓库，对王会珍陡然有了一丝敬意。她怎么有仓库了？王会珍不知道吴新在愣怔啥，她还一把捏着吴新的手腕。王会珍问：“你不相信我是吗？”吴新问：“你要仓库干啥？”王会珍笑笑，吴新这时倒觉得王会珍的脸庞还挺漂亮的，尤其是洇染到耳根的那抹淡红。王会珍说：“你以为我到裁缝铺去是瞎转悠呀？告诉你，要不是遇到你我才没工夫闲扯呢！”吴新说：“你不就是赚了点钱，去做几件漂亮衣服显摆显摆吗？”王会珍一把将吴新的手甩开，带气地说：“吴新，你什么意思？老瞧不起我是不？”她又拉上吴新的手说：“走，我还非得要你去看个明白不可。”吴新知道这话激怒了王会珍，他不跟着去看一看也是不好收场了。再说，他也想瞧一瞧一个女孩子能弄出多大的动静来。吴新说：“我去我去，但你把手松开行不行？”王会珍说：“可以。你去看了就知道我究竟在干些什么。”王会珍立即松开了吴新的手。

吴新随王会珍来到镇子后面的一家养殖场。这家养殖场原来归县上农业办公室管理，由于管理不善，县上决定交河口公社去经营，公社又交给了食品公司打理。于是，这个场子也就半废弃了。王会珍走到一栋盖机瓦的红砖平房前，指了指那扇铁门说：“就是这里。”说完，她就从荷包里摸出了一串钥匙，上前打开了那扇铁门。吴新惴惴不安地跟着走进门，他透过王会珍的头顶一眼望过去，却是一卷叠一卷的彩色花布。吴新惊讶道：“王会珍，你这不是在玩火吗？这可是国家的统购物资，买卖都要凭票的，你这就是投机倒把，你懂吗？”王会珍笑得左右摇晃。虽然她的腰肢粗壮，但一点都不折损一个女人特有的媚惑。吴新又问：“你以为我说的不对是吧？这是要坐班房的呀！”王会珍说：“放在几年前你说的都对，但现在就都不对了。打个比方，先前上大学叫‘社来社去’，对象由大队公社推荐。现在不也是要凭高考了吗？”吴新一想也是。要是放在以前，自己连参加考试的机会也许都没有。王会珍接着说：“这些东西，南方早放开了。你要什么样的花色都有，只要你弄得回来。”吴新说：“出了钱还有弄不回来的？”王会珍说：“真的就有弄不回来的。南方也不是所有省份都放开了。就看你的运气如何。”吴新一眼就看见一块大红毛毯，他说：“这东西哪儿生产的？好看。”王会珍就从一大摞棉布上取下了那张毛毯。她随手就平铺在地板上。吴新上前一步说：“这可不能落地上，弄脏了可不好洗。”王会珍走过来一手搭在吴新的肩上，又笑得摇头晃脑的。王会珍笑过后说：“这本来就是地毯。要说来路还真不近，从中东运过来的。你要是喜欢就送给你。”吴新听了立即后退一小步，摆摆手说：“你可不能讹我，我手上没有一分钱，买不起这物件。”王会珍一脸严肃地说：“我问你要钱了吗？你也不问问，我这一仓库布匹出手能赚多少钱？还在意这一块毛地毯？”吴新总算明白，王会珍为啥要在这小镇上的裁缝铺里转悠了。吴新问她：“这么多花布料为啥不一次性卖给县上的服装厂？出手快又不担风险。”王会珍认真地说：“你真还不懂这里面的道道。卖服装厂谁给你出高价？再说，他们做的那老三件套的劳保服能用得了我这花色机布吗？他们要拼我的货，我还不卖他们呢！你不看看，当下赶潮流的都是个体裁缝店，他们做的喇叭裤、花衬衫，花样翻新，又时髦。只要他们用了我的布，没有谁不说生意好的。”吴新这时不得不高看王会珍一眼了。她讲的这些正是他在这两年不断感受到的一种新变化。王会珍提议说：“我们在这地毯上坐一会儿吧，喝点橙子汁。”说完，两人就坐在那地毯上。王会珍侧身从一个纸箱子里拿了两盒饮料，递给吴新一盒。吴新正准备从一头撕个口子，王会珍见了就又笑得不行，她将整个身子扑在了吴新的后背上。吴新没有躲避，王会珍就勾着他的脖子认真地说：“弟弟，方法不对。”两个年轻人就这么僵持着。王会珍突然松开吴新，一阵“唰唰唰”的声响后，吴新再转过头来，他的眼睛仿佛什么也看不清了，白茫茫的一片。吴新一下子变得傻愣。他想，你这不是在引诱我吗？吴新不解地问：“王会珍，你这是干什么？”说完，他就靠过去。王会珍一把将他推开，吴新也是来气了，两人就扭打起来。王会珍个头大腰腹也有力，吴新也没有占多大便宜。最后吴新也就只是将两只手捂在她胸前，王会珍也没有再拒绝。冷静之后，王会珍将一支红白相间的塑料管插进饮料盒边缘处的锡箔小孔里，随后递给了吴新。吴新吸过几口之后，再问王会珍：“都到了家门口为啥不让我进去看看？”王会珍回应说：“天还没黑，睡早了反而起不来。”吴新反问：“那你把我引来干吗？”王会珍认真地对他说：“万一你考上大学跑了，我不就鸡飞蛋打了？我才没这么傻呢！”吴新反问：“要是我真就这么灰溜溜地滚回河口，是不是今天就该进门去做客了？”王会珍说：“那也不一定，就看你放不放得下她。”吴新瞪眼问她：“你这不是在使心眼吗？”王会珍说：“我不这样，你会要我吗？我胖成这样了。”吴新听了这话后背就来了一阵冷汗，脑子里突然闪出两个字：陷阱。吴新喝完饮料就要起身走人，王会珍过来给了他左脸一个热吻，吴新不为所动，但他却发现王会珍眼角里滚落一串泪珠，她低语道：“吴新，我这次回来必须要找到你，我都受不了了。”吴新并不明白她这话的意思，他只是隐隐约约预感到王会珍是遇到了什么难处。

二

吴新出王会珍的仓库时，顺手就卷走了那张毛地毯。他刚出门就被一缕阳光射得眼冒金花。吴新在眼眶上用手搭了一个“凉棚”，他看见那条土路都有些歪歪斜斜。吴新就想，幸好他和王会珍还没做什么，要是真做成了，他一出门不让这一束强光射倒在地才怪了。

吴新提着那卷毛毯回家，刚进门他爹就问他：“你在哪里弄的这毯子？我们家可受用不起。”吴新说：“这东西不是给你用的。”他爹说：“你也不能用，在我们乡下铺哪里都是穷作乐。”吴新说：“我也不会用它。我要把它挂在墙壁上。”他爹说：“疯了，不快活就去喝点凉水压压。”说完就扭头走出了大门。吴新真的就把那张毛地毯钉在了自己卧室的墙壁上，一看真还是那么一回事，屋子亮堂了不少。

吴新再找到王会珍是在十多天以后。之前，他去了好几次，也没找到她。那天下午，突然就有一辆卡车开到了养殖场里的那条土路上，渐渐就逼近了王会珍的仓库。吴新心想，这下总算等到你了。

最先下来的不是王会珍，却是一个黑胖黑胖的高大男子，吴新认识他，他就是三江县城有名的骆华平，他爸曾是这河口公社的一把手。骆华平也是这方圆几公里内第一个学会开卡车并拥有卡车的人。骆华平走过来就问：“吴大才子，你也是来进布料做生意的吗？”这时，王会珍从驾驶室里跳了下来大声说：“关你什么事。他是来找我的。”她气冲冲走到吴新面前，拉着他就往仓库门前走。吴新陡然明白，王会珍前些天说的“她受不了了”，原来是这么回事。既然是这样，他也就只好继续让她好受一点。王会珍开了仓库的门，又过去招呼卸车上的布料。吴新跟过去说：“我来搬。”骆华平瞪眼说：“你搬什么搬？滚远点。”骆华平一把将吴新搡了一个趔趄。王会珍快步冲上去，说："你要干什么，想打架吗？"骆华平说："这就要看他想不想过几招了。"骆华平打开了卡车的右边厢板就准备卸布料。他刚把一卷布料挪出半截，就被另一个人接手了。骆华平回头一看是一米八高的郑联生。郑联生不紧不慢地说："我为老同学帮忙搬一下布筒子总可以吧？"郑联生一肘将骆华平拐到了一边，他只用了一只胳膊就将那卷青灰色的布料扛上了肩。骆华平跟进了两小步说："你敢打我？"郑联生转过头来说："打了又怎的，是不是还想过两招？"他一转身，那卷布又打在了骆华平的左脸上，骆华平捂着脸说："你等着。"说完他就气冲冲走了。郑联生转过头喊："小子，你车都不要了？王八蛋。"他扛着那卷布料就进了王会珍的仓库。返回来后，郑联生就对吴新说："还愣着干吗，帮忙卸货呗！"吴新抓住郑联生的手腕说："生子，你把事弄大了，快走吧，他去找人了。"郑联生说："我走？我走了你和珍儿咋办？当真让他玩弄于股掌之间？笑话。来，给我上布筒。"吴新跟着郑联生走到了卡车的右侧。他看见王会珍坐在那个破水泥花坛上吸薄荷烟，吴新就很不高兴地叫了她一声："你不抽那东西行不？生什么闷气，真是。"王会珍并没有理会，她望向一边抹了一下眼睛。

卡车上的布料卸完了，一共二十八卷。吴新和郑联生也过去坐在花坛边上喝盒装饮料。这时，吴新向侧边一望，一伙子人拥了过来。王会珍扔掉薄荷烟头说："你们快进仓库吧，我来对付他们。"郑联生说："你怎么对付，你还真答应他，有完没完？都别动。"

来人有七个，光着上身，胳膊上文有猛禽飞鹰。郑联生见状迎上前去，那群人就停下了脚步。突然，一个和他身材相当的青年人猛扑过来，郑联生侧身躲过，顺手接住那条前突的胳膊，上肩一扛，"咚"的一声，那人就摔在了地上。郑联生端看，那青年混子蹲在地上"哎哟哎哟"地叫喊。郑联生再转过身来问："你们中间还有没有再强一点的，上来呀？"那一伙人面面相觑。他借势大吼一声："滚！"一群人都作鸟兽散，一溜烟地跑出了养殖场的大院。吴新被吓得不行，他拉过郑联生问："你这几个月就是在练武不是？"郑联生说："在外面混，没几手硬功夫出得了门？我都打穿了十几条沙袋。"他又转身对王会珍说："珍儿，你是我的恩人，他要是再敢来骚扰你，你就带个话。"王会珍点点头，她说："我们今晚得下顿馆子，我请客，你们定人。”吴新马上说：“我们河口的那帮同学也该聚一次了。”郑联生说：“对呀，我也好长时间没见他们了。”郑联生主动对王会珍说：“珍儿，我骑你的自行车去约他们，就在镇上的悦来馆子，怎么样？”王会珍点头同意。郑联生骑上王会珍新买的那辆永久牌自行车上了路，临走的时候还向吴新眨巴了一下眼睛。郑联生刚走，骆华平就来开车了。王会珍递给他一百元钱，骆华平愤然说：“不要。”说完就发动了卡车，再猛踩一脚油门走了。

进了仓库，王会珍就关上了门。她抱着吴新说：“是你救了我。他都纠缠我好长时间了。”吴新也搂着她肉感的腰身，不知说什么好。他本想问，他究竟对你做了些啥？一想又不是很妥当，王会珍并不是自己的对象，自己又有什么权利去问这些事。不过，吴新还是有那么一点隐隐的不甘。他不想王会珍却主动说：“不管怎么说，我都是你的人了。”说完就将她柔软的嘴唇扣在吴新的右脸上。吻过之后，王会珍就推开吴新说：“说吧，你来找我有什么事？”吴新这时也不避讳她，说：“我想跟你学做生意。”王会珍笑了笑说：“你说的什么话呀？真是。你懂什么是生意吗？”吴新说：“这有什么了不起的，不就是卖和买吗？”王会珍说：“你好好在家等通知吧。读书才是你的正道。”吴新说：“你不要再讽刺我了，我肯定就是一个落榜者，真的一点希望也没有。”王会珍动情地说：“吴新，我真的好矛盾。我真希望你考上大学，远走高飞、光宗耀祖。但我又想，你留在河口不更好吗？有了你，我就更安全了，就有了一个可以依靠的大男人。”直到这时，吴新才鼓起勇气问王会珍：“骆华平究竟把你怎么了？”王会珍反问：“你是不是很想听？”吴新说：“当然想听。”王会珍说：“实话说，他主动给我拖了好多回布，我也因此赚了不少的钱。但他图谋不轨，总想占我便宜，得到我，我当然不会答应。实话告诉你吧，他也在等下一次，下下次，我真的是受不了了。”吴新有些不耐烦了，说：“不说了。你就不能离他远一点吗？”王会珍说：“离他远一点？说得轻巧，刚才你不是看见了吗？他就是这地头的一霸。”吴新说：“你总不能老这样与他周旋下去吧？”王会珍走过来捧起他的脸说：“有你呀，不行吗？你难道对我就没有一点好感，我都为你负伤流过血呀。”王会珍敞开了衣服，露出胸口一条或明或暗的划痕。那是曾经郑联生拿一把钢锯条刀逼他离开李红梅，被王会珍发现后，王会珍去夺刀，郑联生失手划伤的。吴新一时语塞。他不想王会珍是这样在意自己，难道郑联生就不行吗？真是怪事一桩。吴新正这么想时，王会珍却说："我就是喜欢你，爱你。之前我就盯上你了，不然我也不会挨刀伤。"吴新想起了她那次去夺郑联生的钢锯刀，胸口流血的样子，为的不就是那小刀不伤到自己。

三

吴新和王会珍一同来到镇上的悦来餐馆后，就进了一个包间，其他同学都还没有到。最让吴新和王会珍感到意外的是，郑联生居然用那辆永久牌自行车把李红梅驮来了。他们在镇街上骑行，郑联生有说有笑，仿佛他们之前的不愉快只不过是一次小的误会。李红梅曾拿郑联生不堪的家境辱骂过他，并且还关涉到郑联生多病的母亲，郑联生为此伤心落泪过。

宋一刚和姚玉蓉是一起到的。他俩一到王会珍就叫上菜。宋一刚走到王会珍面前说："你去南方发了大财，怎么又回来了，服务家乡？"王会珍说："你希望我老晃荡在外面呀，永远做个外乡人？"姚玉蓉说："你不回来谁接我们下馆子？"王会珍说："人是铁饭是钢，一个聚餐要那么多托词干吗？"王会珍又说，"今天我请你们来可有个规矩呀，我们每个人必须讲个故事。这个故事得是自己经历过的最尴尬的事。因为我们都长大了。"郑联生第一个表示赞成，吴新虽然不太情愿，但他在郑联生和王会珍的逼迫下，也表示赞成。宋一刚和姚玉蓉没有表态。王会珍问宋一刚："大班长，你是不是真有什么事不能告白于天下？"姚玉蓉却说："我们都是在这块土地上一起长大的，有什么不好说的。我也同意。"王会珍就很江湖气地打了一个响指，说："漂亮。就这么定了。今晚我们不醉不归。""对，不醉不归。"郑联生附和着说。

菜上来了。主菜是两个大火锅，一个是酸菜江鲇，另一个是甲鱼炖牛筋。宋一刚就提议说："我们难得聚在一起，今天就都喝点白酒，无一例外。”说完，他拿起酒瓶就给自己倒了一满杯。他的左边是郑联生，右边是吴新，他依次给他们斟上。斟到李红梅这里，宋一刚本着男女有别的想法，只给李红梅斟了一小半杯。李红梅却说：“凭什么呀？斟满。”李红梅话音一落，引来一阵掌声。姚玉蓉自然也就推辞不掉了。

按照王会珍的要求，郑联生第一个讲。他讲的是他在南方贩卖银圆被骗得精光的经过。

郑联生从学校退学回河口后，并没有在家里老老实实地种田，而是到处找机会做生意赚钱。那时，他一个人单独就去了南方。他在南方市场上发现，河口最不让人待见的乌龟、王八正是市场上的抢手货。郑联生就赶紧回河口，在市场上收购了几麻袋乌龟、王八运到广州。但他从火车上下来就发现那些活物死了一小半。尽管这样，他还是将存活的乌龟、王八高于成本价好几倍出手了。他回到旅店一算账还小赚了一笔。这样，他又到大山里收购了一批不易腐烂变质的香菇木耳去了几趟南方。几个来回他就赚了几千元钱。这期间，他在南方结识了三江县城里的同乡大老王。

有一次，大老王就把郑联生带到一个安静的街巷，进到一栋老房院。那是一个吃早茶的地方。郑联生亲眼看见，同乡大老王和那个叽里咕噜讲话的南方人做成了一笔交易。大老王拿出了一摞银圆，那人按五十元一块结账给他。大老王怀揣一沓钞票，当即就在一家海鲜馆请郑联生海喝了一顿米酒。大老王是个年近五十岁的精明男人，他边喝酒就对郑联生说：“眼下做这种买卖最划算。包一提就走。哪像你这么肩挑背驮地做苦力。”郑联生当即就表示要大老王带他在这道上混一混。郑联生想，在我们河口，一块大人头的银圆充其量不过八块十块的，到了这里就是五十块，多少倍的差价呀，而且又携带方便。他铁定要跟大老王去闯荡闯荡这南方的江湖。

回来后。郑联生在河口不声不响就收购了近百块大人头银圆。他找裁缝做了一个长条布袋子，口面刚好塞进一只大人头银圆，近百块银圆塞进去后，那布袋活像一根大香肠。郑联生将这些银圆紧紧缠在腰间，坐上火车就带到了广州。他和大老王见面后，大老王就带他去那间茶室做了交易。

郑联生这次交易极其顺利。他如愿全部脱手变现，一算账，好好赚了一笔。他也请了大老王去海鲜馆喝了一顿米酒。他这样做了两三次，每次都能得手。一个月以后，他将手中的钱一次性投进去，在河口以十五元的高价坐收了五百面大人头银圆。这一次，他们交易的地点变更了，郑联生一开始就产生了怀疑。他就先拿了几十个大人头去试探一下，如果有诈就立即走人。一切如常，并没有出现任何意外。他就更相信了大老王。

郑联生嘬了一大口玉米香老烧就接着说："我和大老王再去交割的时候，就出大乱子了。我把大人头一五一十地数给了他们，他们也把钞票亮在了桌面上，谁想，一伙便衣警察从天而降。只听一个人喊了一声'快散'。我们几个就从窗口跳下，夺路而逃。逃是逃出来了，但也是命里该劫。回到旅馆，刚庆幸这下不会被擒到局子里去了，却又有人来敲门了。我在旅馆又让便衣给逮住了。好在那洗手间窗口大，旁边就是铸铁下水管道。我借口上厕所就从厕所窗口逃脱了，但逃出来就是一个光人，一分钱也没有了。怎么办？我总得要回河口呀。至少要搞到一点路费吧。在那里举目无亲，我就想到了火车站。我看能不能在火车站遇到一个熟人。现在开放了，来南方的人多。但等了一天一夜也没遇到谁。不得已，我就只好开口求人了。我想，那些洋气苗条的女人肯定是又精又怪的，我就是诉苦求情，她们也不会相信我的。我就专找那些胖乎乎的女人。我想她们肯定心宽才体胖，心地也要厚道一些。你们猜，我盯上的第一个胖女人是谁？"在场的人都望向王会珍。郑联生说："对，就是她。我拍一下她的肩膀，她转过头来时，我是又惊又喜。但老实说，我又恨不得钻到地缝里去。我那时就是一个在街上游荡的乞丐。你们又猜猜，王会珍见了我又是个啥样子？"姚玉蓉说："该不会迎上去就开吻了吧？"郑联生说："算了吧，她才不会呢。她一对眼眶子快绷成了两只漏勺，还往后小跳了两三步，好像我是个什么怪物似的。"全场爆笑。王会珍掩着嘴笑笑说："他那时就是一个典型的流浪汉。我开始以为是谁在大庭广众打劫来了。"郑联生抬一抬眉头说："王会珍就是我的大恩人，我要永远追随她。"说完又是一阵哄堂大笑。王会珍敲了一下他的头说："谁要你追随呀，我早就有人了好吧。"她侧脸乜了一眼吴新。吴新想，他怎么老跟我作对，我喜欢谁他就跟谁逗。李红梅如此，现在他又冲王会珍来了。我们是不是永远剪不断理还乱。

故事还在继续。王会珍讲的故事是她前年代表县上去地区参加运动会的经历。她说："那次运动会，我为什么没拿到好名次，你们知道吗？"在座的人都说不知道。王会珍说："我那天特别倒霉。我刚到检录处就发现有啥不对劲。原来是运动服拿小了一号，我穿上身就紧箍箍的，像被一圈棕绳绑上一样。前几次试投就没有发挥出水平，更要命的还是最后一投。我想争取一个好的成绩，就得加力旋转，突然我听见闷声一响，上衣的线缝全绷开了。你们想想会是什么结果？不但那枚铁饼没投多远，大半个胸都献给了那围观的可爱群众。不过，还是赢得了掌声一片。"在座几个同学笑得直拍手，唯有吴新木讷无语。姚玉蓉长得也很丰满，她讲的故事也与自己的体态有关。她说："我遇到的尴尬事比你们还严重。就是去年秋天吧，那是一个星期天，一大早我就帮我妈在地里摘棉花，大围腰塞满棉花吊在腰上，我的腰也实在是累得不行了，就站起来伸了一下懒腰，肚皮自然要往前送一送，不想让一个在田埂上打猪草的外村老太婆看见了。你们猜她都说了些啥？"郑联生抢先说："她是不是帮你提裤子了？"姚玉蓉说："去你的。老太婆说，姑娘，月份重了就别下地了，免得动了胎气。你们说，她是什么坏眼神？我问她，你眼咋了，我还是个姑娘家呢！老太婆更来劲了，又说，那可更不是事了，你就到那坏男人家里去，非要他们家说出个子丑寅卯不可，不然你以后怎么嫁人。"姚玉蓉说完，王会珍就侧过身要去摸她的腹部，姚玉蓉护着说："你干吗？"王会珍说："我要看究竟几个月了。"包房里又是一阵爆笑。吴新讲了他光屁股在水沟摸鱼，让人把裤子偷走了，不得不用水草掩着前胯、光着屁股往家里跑，一只大黄狗追在后面。李红梅讲的是她第一次下池塘游泳，因为穿的是一条白色短裤，湿水后私密处走光上不得岸。她一直泡在水里，等到天麻黑才跑回家去。宋一刚是最后一个讲的。这时，其他几个同学眼睛都直勾勾地盯着他。宋一刚喝下半杯白酒，咂吧几下嘴皮说："我们都是在河口这地方一起长大的，就没有什么好隐瞒的了。我们就要各奔前程，这种气氛和机会也不太多了。王会珍的这个提议很好，我们就是要把自己心里的结解开才对，以后我们就可以轻装上阵，面对新的人生。我要讲的尴尬事不是关乎我一个人的，这事与在座的人都有关联。首先，我要向在座的各位道个歉，尤其是郑联生。"他拍了一下郑联生的肩膀接着说："其实，那次深夜在农场误闯女生寝室的不是他而是我。我是没有勇气站出来承认，为的就是这次高考。我也要向姚玉蓉道歉，如果需要我赔罪我义不容辞。"郑联生就是为了保护铁哥们宋一刚才选择退学的。他愤然站起身来，指着宋一刚的鼻子说："宋一刚，你是不是让这几杯烧酒灌醉了？那事不早就了结了吗？我都被退学了你还想怎么样？"郑联生面对在座的每一个人严正交代："你们都给我听好了，宋一刚完全是酒后的一派胡言。要是谁把今天这事捅出去，误了他的前程，莫怪我翻脸不认人。我说到做到。"郑联生将酒杯里的大半杯酒一饮而尽，"啪"的一声，将那只玻璃酒杯砸在了水泥地上，瞬间爆成碎片。他转身甩门就走了。姚玉蓉和李红梅眼里却滚落了一串泪。

四

吴新这一个多月并没有在家里干什么农活。河口的伏旱来了，他压根也没想要到大田里去帮爹妈去挑水淋粪。他在为以后的生计悄悄做打算。

吴新后来想了想，他和王会珍走近其实就是一个吉祥的人生开头。要不是她的助力，自己还真一时找不到生活的方向。吴新并没有像其他男人一样总把自己的一切全拴在一个能干女人的身上去过日子。他一开始就想走一条全新的路径。

那天，他在养殖场仓库里找到王会珍领了五卷花色机布。王会珍当即直说："吴新，我必须把话说清楚，生意归生意，感情归感情。即使是以后我俩结婚成了家也得这么处理。布你领了，有几条你必须做到，一是你必须交给我本金和一定的薄利；二是我供货的地界你不得来搅和。你要发展也要到其他地方去做。"吴新也说："我就喜欢你这种直爽性子。我要是老在你的裤腿边转悠我还是个男人吗？我决不搞那些铲边挖墙的下作事。"吴新把那五卷花色机布搬上板车就拖走了。

吴新要去的是离河口更远的木市。那里是大山区，清江河边，有些地方连乡村公路都还没有通。他有一个表舅住在那里。吴新拖着一挂板车用了两天时间才走到木市。他认为，要想把这上好的布匹卖出个好价来，就得到更加偏远的地方去，那里更稀罕这些物件。

吴新一到表舅家，表舅感到惊奇，他不相信吴新拉着一挂板车能找到他家来。吴新也不是一个吝啬之人，他刚卸下布匹就给表舅全家每人扯了一块布料。他表舅是木市公社云山大队的大队长。当天下午，表舅就组织了近百人来他家看布样。村民们听说不用布票就能买到洋布，一个下午，那五卷花布就卖出去了一小半。

但此时，吴新也遇到一个更为实际的问题。这么偏远且交通不便的小山村，经济流动性自然不畅，手头的现金很有限。他们都非常需要这些外来的好布匹，但真正能拿得出现钱来的还是少数人家。如果能开一下脑洞，以物换物那就是多重利润的叠加了。吴新和表舅商量，能不能把这里的桐油、山漆、香菇、木耳等土特产带出去，表舅说："你要这些笨重山货干啥？你们那里哪用得着这么多的山漆、桐油？再说，谁给你运出去，山高路远的。"表舅的反对，倒增添了吴新的信心。他只给表舅提了一个要求，那就是要表舅给他把把质量关，兑换来的山货物资必须是实打实的真货。表舅在云山大队当大队长好多年，云山这地头还没有谁不把他当一回事的。表舅拍着胸说："哪个敢拿假货来糊弄你，我就让他屋上开天窗。"吴新知道，在乡村当个大队干部没几下狠招也没人把你当回事。

吴新写了几张海报，将花色机布可以用当地土特产来兑换的消息发布出去了，仅仅两天，就有近百人把山货特产背来了。更让吴新想不到的是，他还兑换到了几张上好的水獭皮和十只麝香包。吴新听河口老人讲过，这两种东西都是市面十分稀缺的奇货。过去收购水獭皮是要用银圆去铺排的，排上多少就是多少价格。麝香就更不用说了，一两麝十两金，这说明那东西更是金贵。但这些奇货，在表舅的鼓捣下，也就给了二十丈花布而已。

吴新这一次来木市算是把路子彻底打通了。他用王会珍的那五卷机布一下子就赚了好几百块现钱，还带回了一板车山货土特产，比如水獭皮、麝香和山漆等。但处理这些山货土特产吴新却没有一点办法。他自然就想到了脑子灵活的郑联生。

吴新回河口后的第二天，就去上河口找郑联生。郑联生的父亲对他说："他都出门好多天了，不晓得他野到哪里去了。"吴新一下子就想到郑联生可能去的地方。

吴新来到三江县城里的刘家巷子，郑联生曾说过他要在这里演一场好戏的，至于怎么演，他没说明白。吴新刚进巷子口，突然就瞧见郑联生正在街边跟一个老大爷下象棋。吴新走到他面前，他却毫无反应。吴新看他败局已定就扫乱了棋盘上的棋子说："都快输成狗了，还下个屁。"他对那老头说："对不起呀老爷爷，我们有事说。"吴新扯起郑联生说："有事找你。"郑联生只好跟着他走了。他俩一起走到码头边，郑联生才问："什么大不了的事，非得这时说？"吴新说："我手上有一批奇货，你肯定有兴趣。弄到南方能赚得大。"郑联生问："都什么东西？"这时，吴新就从那只帆布挎包里拿出了两个兽皮包裹着的小蛋蛋。郑联生没见过这玩意儿，他感觉这东西一定是奇特之物，就问："这是什么东西？毛奓奓的看到就不舒服。"吴新晃荡一下说："这就是我们河口见不到的麝香，比黄金还贵。"郑联生接过去左瞧右瞧，他问："是真的还是假的？"吴新说："绝对是真的。这是在我表舅那里换来的。他们敢骗我可万不敢骗我表舅。"郑联生反问："你表舅是魔王呀？"吴新说："比你不会差多少。"郑联生顺手轻拍了一下吴新的后脑勺说："就这样吧，看来能值一万块。"吴新深吸了一口气，豁着嘴问："你是在说梦话吧？郑联生，这两个能值一万块？"郑联生说："值。我说值就值。到时候我俩一人一半。"吴新说："我不要一半，你给我几百块钱就行了。"郑联生说："那你就等着瞧吧。"郑联生拿了那两个麝香包就走了。吴新看着他的背影有些发呆。

五

吴新惴惴回到河口，他隐隐约约感到事态有些严重。王会珍不在河口，她又去了南方。吴新马上就想到了宋一刚，在学校郑联生就是宋一刚的死党，吴新觉得有必要把这事告之于他。

吴新到宋一刚家时，发现他在家做木匠活。他爹宋宏义也是河口有名的木匠艺人，所以从小他就会一点木工活。宋一刚见吴新来了，就从木马边站起来。吴新说："你这还真是有模有样的。"宋一刚说为以后的生活。吴新说："少来这一套。不就是想挣点学费？"宋一刚说："就在我家吃中饭，我爹在大沟里扣了半桶野黄鳝。"吴新说："中午饭就不吃了，我找你说个事。"宋一刚打来一盆水洗了手，就一同走到了堤垸外。吴新郑重地对宋一刚说："我感觉郑联生有些问题。他好像在做什么大动作。"宋一刚摇了摇头说："我知道一些。这能怨他吗？"吴新追问："到底出了什么事？"宋一刚说："难道王会珍没对你说什么？"吴新呆愣一阵后问："这又关王会珍什么事？""还是王会珍更精明些。她踏入社会早，看事情看得更透彻。"宋一刚接着说，"那次在镇上的同学聚会，我们不是都讲了自己的尴尬事吗？郑联生无意间道出的其实就是一个骗局。他让人合伙给骗了，罪魁祸首就是三江县城里的那个卖海鲜的大老王。他赚足了钱就回三江县城里开了一个海鲜店。"吴新听了宋一刚的解释，也才厘清了一点头绪，他越想越觉得那是有人合伙设的一个局算计了郑联生，让他血本无归。"那些个便衣警察怎么会让他跑掉？"宋一刚说，"郑联生就是要找大老王把那笔账算清楚。我也同意他这么做。"吴新问："那要是闹出乱子来不就麻烦大了？"宋一刚说："郑联生是绝对不会忍下这口气的。他也做好了去坐班房的准备。"吴新说："这不是玉石俱焚吗？"宋一刚说："郑联生说了，有些道理用嘴是讲不清的。"吴新觉得自己无形中走进了一场不小的风暴之中。

吴新这几天没有再去找郑联生。一个星期之后，郑联生却找上门来了，他手上提了一只黑色的塑料袋。吴新正坐在方桌前理账，他起身端详郑联生，看是不是挂了大彩，却发现郑联生没有任何受伤的迹象，反倒是一脸的得意扬扬。郑联生翘着眉问："你这是在搞啥？一句话也没有，我哪点不体面吗？"郑联生说完就把那只塑料袋扔给了他，转身就走，头也不回地说："你好好数一数，五千，一分不少。"吴新提着那只黑色塑料袋木呆呆的。

六

吴新再次见到郑联生是十多天以后。那天下午，王会珍直接到吴新家里来找他，吴新被吓了个半死。他不知道王会珍来他家里要干啥。吴新看她在门前的那条土路上一露面就赶紧出去堵截。见面后，吴新问她："你来我家里干吗？"王会珍说："怎么啦？你家是皇宫禁地我来不得？"吴新说："我们不是还没有定下来吗？"王会珍问："什么定不定的，我来讨账还不行吗？"吴新觉得王会珍是一语双关，他的脸红一阵白一阵的。王会珍从他身边走过就上了稻场。她看到吴新妈在菜园子里摘辣椒就叫了一声："婶，我请吴新去养殖场帮我卸一下货好不？"王会珍转过头对吴新说："保证你妈会说好的。"吴新妈果然回话说："好咧，你就多带带他呀。秋后我接你到我家来吃糍粑。"王会珍对着吴新说："怎么样？"她又回吴新妈的话说："好咧。那我真来呀。"吴新摇摇头说："不知你给她灌了什么迷魂汤。"吴新回屋收拾了一下账本，提着挎包就随王会珍上了那条土路。王会珍又在后面叫了吴新妈说："婶，他可能要晚回哇。"吴新转过身刚要对她说神经病，不想他妈却说："不要紧咧，明早回都行。"王会珍掩着脸一边走一边哧哧地笑。吴新小声说："笑什么笑，有什么好笑的。"王会珍不吱声了，只跟着吴新一路向前。走到圩垸中央，那里是一大块玉米地，四周寂静无人。吴新转过身，将肚皮顶在王会珍面前，突然一声拐着弯的牛角长鸣让他马上敛手。王会珍笑了笑说："怕了吧？他们手上可都有真玩意儿。"吴新知道，在河口，只要听到这种牛角吹奏的声音，就知道阉猪骟牛的骟匠来了。

到了养殖场仓库前，货车还没有到。王会珍就拿了两盒饮料，与吴新坐在门前那花坛的水泥围栏上边喝边等。吴新问是谁的车，王会珍说："到时候你就知道了。"饮料刚喝到一半，吴新就看到一辆卡车开过来了，他一时觉得有些不对劲。等车停稳后，骆华平从驾驶室里下来了。吴新惊愕，他看见郑联生也从驾驶室的另一边下来了。吴新简直像是在看一场电影。他也没理他们就要过去开厢板卸货。骆华平上前拦住他说："兄弟，这不是你该干的事。一会儿有人来弄。你到阴凉处歇着就是。"吴新被骆华平连推带搡地弄回了水泥花坛边。王会珍从仓库里提了一大纸箱饮料出来，这时就有一大队人从场门口呼拥而来了。吴新一看是之前来打架的那帮人，他就小声问郑联生："这到底是咋回事，他们又来闹事了？"郑联生故作高深地说："此一时彼一时也。"吴新望着郑联生，只是摇了一下头，仿佛从来就不认识他。骆华平马上凑近吴新说："我们都是兄弟了。我是真心服了他，不服不行，谁能像他那样威猛仗义。"吴新在心里说，你们懂个屁，他就是个不要命的活阎王。不出半小时，那伙人就把大半卡车布匹卸完了，每人拿了一盒饮料就吆喝着走了。郑联生对骆华平说："你也可以走了。"说完就递给了他五十块钱，骆华平没有任何讨价还价，接过钱就开车走了。

王会珍安排了晚餐，还是在镇上的悦来餐馆。三个人吃了一锅野甲鱼。吴新在酒桌子上就问郑联生："这些天你到底在干些啥？"郑联生也直爽，他说："我在三江县城忙于解决遗留问题。这还是珍儿提醒我的。正好你给了我那两个麝香包。"郑联生喝了一大席酒问："怎么样，价格还公道吧？"吴新问："你肯定是讹别人了？那两个玩意儿值不了那么多钱。"郑联生说："这不是讹，是正常的交易。"郑联生即席讲了他这些天找大老王的经过。

大老王在三江县城新开了一家餐馆，主要是经营海鲜。这在当地还是个新生事物。周边大小客商有重要接待大都要到他那里订座，仿佛到了他那里才能显出几分档次来。郑联生那几天没事就在大老王海鲜餐馆前找人下象棋，他也不避讳任何人，只是不声不响地下棋，也没有招惹谁的意思。连续好几天过去了，突然就有人觉得不大对劲。那天中午，大老王就惴惴不安地跑到前台问服务员："对面下棋的那个年轻人到底来了多长时间？"服务员回话说："大概来了个把星期。"大老王说："你帮我把他请过来吧。"服务员一愣，但马上就说："好的，老板。"大老王吩咐大厨，中午做一只上好的大龙虾，他要接待一个重要客人。

郑联生让那服务员连拉带拽地请进了大老王的办公室。见面后，大老王一脸责备地说："都是老朋友了，你在我店门前晒太阳而不进来坐坐多让我没脸面？"郑联生接过大老王亲手递过来的茶杯，看了看水色说："王老板真还把我当个人物了。这茶可不便宜吧？"大老王对郑联生是有过领教的。他从来不把他只当成一个毛头小子来看待。那一次，他和大老王坐火车一同下广州，在车上遇到了两个年轻小混子。那两个年轻混子随手就抢走了他们对面座位上一对恋人手上的大苹果，一边“嘎嘣嘎嘣”地嚼一边示意他俩让座。郑联生不动声色，他装着要去系鞋带，两手瞬间钳住一个混子的脚踝向上猛一扯，那个混子就鱼跃出数米开外，重重扑倒在走道上。郑联生重回座位，大老王原以为会有一场混战。不想那两个小混子夺路而逃，车厢内一片掌声。

大老王说：“什么东西在你眼里都是大路货，岂止这不起眼的毛茶？”郑联生也没接话，他从上衣口袋里拿出两个饺子大小的皮疙瘩说：“这两样东西你认识吧？”大老王瞅一眼马上问他：“怎么是两个？不多不少。”郑联生看他有些哆嗦，就说：“这物件可不是人身上的。”大老王接话说：“不是人身上的就更值钱了。说个价吧。”郑联生显得异常的淡定。他说：“你是大哥，看着办就是了。万一是一钱不值的两个大卵包呢？”大老王说：“不管是真是假，一口价。”他伸出了右手的那根食指。郑联生问：“一千？”说话间，他右手就握紧了那只白瓷茶杯，随时准备砸向大老王的那张刀一样尖削的瘦脸。这时大老王侧瞄着郑联生的右手笑着说：“兄弟，你也是太瞧不起我了。我吐出这个数，你不笑死我才怪呢。一万。嫌少了还可以商量。”郑联生将茶杯重重放在茶几上说：“成交。”中午用餐就在大老王的办公室，那只清蒸的大龙虾很对郑联生的胃口。而大老王却借着酒劲对郑联生说了最重要的一句话：“我俩算是两讫了。望小兄弟以后多多关照。”郑联生也就只点了点头。

郑联生讲了这一经过后，王会珍就说：“闹了半天，你们两个在闷声发大财呀。今晚这顿该你们请了。”郑联生说：“要请也该吴新请。那东西都是他换回来的，典型的一个新贩夫。”郑联生把酒杯里的酒喝完就起身走了。王会珍对着他努了一下嘴说：“土匪一个。”

房间里就只有吴新和王会珍了。吴新看着王会珍潮红饱满的脸颊，突然产生想对她倾诉的愿望。吴新凑过去握着她的手说：“我从来没见过你像今晚这么漂亮。”王会珍说：“真心话吗？”王会珍那一瞥让吴新更是心动。他从中体味出的是他要努力寻觅的一种活力。王会珍说：“你得送我回仓库。”吴新说：“我还得跟你算算账呢！”王会珍笑了笑，起身就去结了饭钱。

王会珍和吴新又回到了养殖场仓库。王会珍说："我得再拿一块毛毯下来了。"吴新说："不，我们就坐地板上，凉快。"王会珍坚持要坐毛毯，吴新说就坐地板，两人开始争执。吴新要将王会珍扳倒在地，王会珍就是不从。僵持不下，吴新最后坐在那条长椅上，王会珍扯平了衬衫也坐了过来。她说："我就是不能让你这么任性。"吴新说："我服了你行吗？"他从口袋里拿出了钱包，给王会珍数了一沓钞票说："我算是付清货款了，还带两百块钱的薄利。"王会珍数也没数就放到了抽屉里。吴新心生一阵感动，上前给了她一个吻。王会珍却将脸贴在吴新的胸前，轻声说："其实，我真不希望你也走这条路。"吴新听了想落泪。他知道他今后的路也许并不平顺，但还是得去面对。他觉得有这么一个好女人理解自己已经够满足的了。

吴新走出这仓库的大门，已是第二天的凌晨了。

七

这一天迟早是要到来的。全国高考阅卷已经结束多日，分数条也电报传到了县文教局。这个消息风一样传回了河口的每一个角落。吴新、宋一刚、李红梅、姚玉蓉四个参加高考的人中就有两个上了大学本科录取分数线。宋一刚发挥稳定，高出录取分数线五十分，姚玉蓉也顺利上了线。李红梅最为可惜，她离录取分数线只三分之差。排到最后的却是吴新，他取了分数条就一个人独自在江堤上游走。他觉得无脸见人，直到星月初现他都不想回家。他一个人呆坐在大堤上瞭望过往的船只，独自喟叹道："光影远去，吾不从容。"

李红梅决定复读，以期明年再考。她拿着分数条去找了好几所学校，但没有一所中学想接收她。已经到了八月底，她还没能找到一所学校去复读。李红梅在家排行最小，父母已经不能当家做主了，而当家的却是哥和嫂。哥哥给她规定的期限是八月以内必须落实学校，不然就得回家摘棉花。

那天，她只身又去了邻近的红花中学，找到校长办公室。校长姓冯，是个军转干部。她看了李红梅的分数条，就当即表态要留她下来复读。李红梅谢过冯校长后，就回转河口收拾行李，准备再苦读一年。她回到家里，把情况说明，父母不能做决定，还是得看哥嫂的态度。哥哥说："既然你还想读就再冲一年吧，说不定就冲上线了呢。"李红梅心里安定了。但第二天一早，哥哥就找李红梅说事。他说："那个学校那么偏远，在大山里头，任课老师的水平总赶不上县一中吧？"哥哥的言下之意是，她去红花中学补习，纯粹是浪费时间，还要跟钱过不去。李红梅就生气说："我回来帮你摘棉花行不？"她说完就跑出了大门，去了县城里的小姑家。

那天上午，郑联生骑着一辆新凤凰牌自行车在城里闲逛，正巧看见李红梅在房顶帮她小姑晾衣被，那是一个平房的水泥晒台。郑联生就在马路上喊："李红梅，你在这里干啥？下来，我带你去看电影。"李红梅说："你没看见我正在干活哇。"郑联生"哐"的一声把自行车站架支上，就要跑进屋里去。李红梅赶紧说："郑联生你莫胡来呀，这可是我小姑家。"郑联生说："你小姑家我就不能进来呀？我又不是强盗。"说着他就钻进了她小姑家的大门。李红梅抓起脸盆就往楼下跑。两人一见面，李红梅就说："你天天在这大街上转悠个啥？"郑联生说："我还真没有瞎转悠。我搞了不少的正经事，你想不想听一听？"李红梅放好脸盆后说："听就听，谁怕谁！"她对在里屋整理房间的小姑说："小姑，我同学来找我，出去一下呀。"说完就出了门，坐上郑联生的自行车去了江边。

到了江边，郑联生停下，李红梅下了车，郑联生把自行车锁上后，他俩就走上了长江边上的大石坝。郑联生边走边说："我和吴新最近想弄点大事。我们要到广州去开一个山货特产门市，肯定能赚钱。吴新去山里收货，我就负责跑龙套。那银子不就'哗啦哗啦'来了……"李红梅被郑联生吹嘘得晕头转向，她凑近郑联生说："我也要跟你们去跑广州。"郑联生一口回绝说："不行。你不是干这事的材料。实话说，有些路子就是要靠拳头打出来的。你行吗？你还是得去上补习班，只差区区两三分多可惜呀。"李红梅说："我怎么去补习？城里学校不要我，偏远的学校我哥又不同意，嫂嫂还怕我多用钱。唉！”郑联生说：“这有什么呀？找我呀。”李红梅望他一眼说：“你以为你是个什么人物，学校会听你的？”郑联生说：“不相信是不是？我知道你还是瞧不起我。你只要不再损我就行了。”李红梅听了这话有些过意不去，她毕竟是拿郑联生的家境真正损害过他的。郑联生伤心过却又不记恨她，这反倒让她更加自责。李红梅也没有想到，现在的郑联生居然在社会上这么吃得开。她知道他在县城里拿下了海鲜城的老板大老王，李红梅认为那大老王就是这三江县城里的大王级人物。他还为吴新和王会珍摆平了好多事，这复读补习的事也许他也能搞定。郑联生说：“马上就要开学了，你就在你小姑家等两天，我保证把事办成。”他俩在江边走了一圈，不觉已经到了中午，郑联生带李红梅在江边的望江楼吃了顿中饭，饭后两人骑车又去看了一场电影。

两天以后，郑联生再次来到李红梅小姑家去找她，她小姑说她昨天就回河口了。郑联生就又骑着自行车到了河口。他顺着河堤来到李红梅的家，发现李红梅在自家稻场上用锄头清洗木桶里的废塑料片。郑联生推着自行车走过去，李红梅却吓了一大跳。她急慌慌地问：“你来这里干吗？来看我有多落魄是不是？”郑联生走上前去一把夺过李红梅手上的锄头柄，在那木桶里一阵用力倒腾，浓浓的烧碱泡沫溅了一地。李红梅蹲在旁边也不理他。捣过一阵后，郑联生从烧碱水里捞出一张废塑料片，对着阳光一瞧，透明锃亮。郑联生问李红梅：“还有多少要洗？”李红梅蹲在地上说：“一卡车。”郑联生问：“这是干啥子吗？”李红梅说：“我要挣够学费钱呀！”郑联生看李红梅蹲在地上，托着左脸望着远方的柳树林，那样子实在是太妩媚了。郑联生就问：“谁要你干这活的？”从屋后传来一个男人的声音：“是我。各家有各家的事。你管得着吗？”郑联生一看，是李红梅的哥，他刚从厕所出来，还在整理裤带。郑联生放下手中的锄头，走过去说：“大哥，我以为你年长一点就该明事理呢！闹了半天你也是个糊涂蛋。”李红梅的哥就瞪着眼说：“你是谁呀！从哪儿冒出来的？”郑联生说：“我就是从这河口冒出来的，怎么啦？”李红梅还蹲在地上，她只补了一句：“他就是郑联生。”李红梅的哥一听说是郑联生，就马上软了下来说：“哦，是您呀。”李红梅哥说：“联生兄弟，我们农村人弄几个现钱不容易。红梅不挣点钱，我们真供不起她复读。所以呀，我和她嫂子就给她揽了这个洗塑料布的活，那一堆塑料布洗完也能挣个三五十块钱，够她用半年的。”郑联生说：“这个活她不做了行不行？我已经讲好了，她可以去县一中复读了。”郑联生说完就走。李红梅的哥却说：“红梅，你怎么不去送一下联生兄弟。”李红梅就送郑联生到那条土路上，李红梅说：“你说的是真话还是假话？”郑联生说：“还能有假？”郑联生随手递给了李红梅五十块钱。他说：“学费你还是得找你哥去要。这种人不值得同情。”李红梅说：“这钱就算是我借你的，以后还你。”郑联生说：“你明年要是考不上就要加倍还我。考上了就一笔勾销。”说完，郑联生骑着自行车一溜烟走了。李红梅回来后，他哥就凑过来悄声问：“他给你钱了吗？”李红梅就烦了，说：“没有。凭什么？”她扭过脖颈质问她哥。

八

李红梅能上县一中的补习班，并不都是郑联生一手办成的，其中也有骆华平的助力。骆华平和郑联生那次在河口养殖场交手后，又在三江县城里较量了一场，此后，他们就成了好朋友。吴新在心里说，真是不打不相识。郑联生虽然没有宋一刚、吴新的那种书卷气，但他有的是一身胆量，这是骆华平从心里不得不佩服的。他认为，在当下要想做成一件事，没有他那股子狠劲和胆量还真不行。他自己就是这么一步步走过来的，不想他遇到的最大克星却是郑联生。骆华平原以为郑联生也在暗恋王会珍，但经过这段时间交往，他才弄明白，郑联生是在为同学吴新打抱不平。王会珍真正中意的人是白面书生模样的吴新，而郑联生对李红梅也是一番真心诚意。所以，骆华平才在郑联生的怂恿下，缠着他爸给县一中校长打了一个电话。李红梅去插班补习有这么一个电话就足够了。

郑联生为了让李红梅从河口走得风光，还专门请骆华平开着一辆小货车去河口接她。李红梅还真有些感动。他们见面后，李红梅眼角里还有些湿润。郑联生却说：“这是干吗，不就是去补习功课嘛。”李红梅抹了把眼泪就进了驾驶室。

为了让李红梅静下心来补习功课，郑联生努力克制自己，尽量少去打扰她。有时他故意在县城消失几天，但李红梅还是时不时要来他住处找他。郑联生最多也就是带她出去吃个火锅，吃完饭后，即刻把她送回学校。中秋后的那个晚上，李红梅居然就在郑联生租住房里不走了。郑联生感到很意外。他突然想起两年前的那件事，李红梅借他病重的母亲的话题伤害过他。她说他母亲病得像鬼，家里穷成这样还想入非非。郑联生此时全身都软绵绵的了，当李红梅将身子靠在他的胸前时，郑联生就像死过一回似的。这一情形李红梅也时不时感觉到了，她不解地问郑联生："你这是什么意思？"郑联生却有些吃力地说："我也不知道是怎么回事，也许是我妈的灵魂附体吧，我老想到我妈病重的样子。"李红梅愠怒说："我向你道歉还不行吗？以前是我太不懂事，原谅我好吗？"郑联生说："这不是原谅不原谅的事。我早就原谅你了，不然我们怎么能走得这么近。"他说完就摆了摆头。李红梅追问："是我不漂亮吗？"郑联生说："不。你很漂亮，太漂亮了。真的。"李红梅噘了一下嘴说："你要是想用一种精神胜利的方式故意来报复我，劝你趁早打住。"李红梅说完就整理好衣裤甩门走了。郑联生双手抱头。他轻声自语道："我为啥要报复你呢？妈，你就放过她吧！"郑联生可以肯定，李红梅的这次补习将完全泡汤。他责问："这到底是不是我的过错呢？"

九

宋一刚和姚玉蓉的录取通知书是一起送达河口的，两人都被省师范学院录取，只不过专业不同。他俩商量好了，要同一天乘坐轮船风风光光去省城。

"东方红"号大客轮是长江上最好的客轮。那天下午，宋一刚和姚玉蓉出村，河口大队支书还专门组织了一场欢送会，鞭炮阵阵，这是河口第一次有人考进省城的大学。一路有几千人来看热闹。

他们上船后，就进了一个三等舱室。三等舱是在船的二层，凭栏就可以欣赏到沿江的自然风光。

收拾好行李，已是华灯初上，江面上一片朦胧。船向下游行进，远处的堤岸有几头暮归的黄牛在悠然行走。宋一刚和姚玉蓉来到船尾处。借着最后的一抹晚霞，宋一刚看了看姚玉蓉的侧脸，白皙而温润。宋一刚就忍不住吻了她一下。他完全没想到一向稳重沉静的姚玉蓉却猛地拉低了他的头，将两片温润的红唇扣在他的唇齿之上。正在这时，一个老水手干咳了几声走了过来。宋一刚和姚玉蓉马上打住分开。那水手板着脸教训说："成何体统。"然后木着脸走过去，宋一刚和姚玉蓉扶着栏杆对视一笑。

这一路同行，让宋一刚和姚玉蓉更亲近了。宋一刚老是在回味姚玉蓉的那份不易表露的热辣。他在想，要不是在一艘大船上而是在茫茫的草滩或者是戈壁上，下一步又会是什么情形？宋一刚在不断地问自己。他预想到那情景时却又是异常的亢奋，而且还有一种放胆的跃跃欲试。

入校后，宋一刚几乎每天都要与姚玉蓉见面，姚玉蓉每有一点新的变化都会被他发现。几个月之后，他发现姚玉蓉有了些许的不同，仿佛她有什么话要对宋一刚说。宋一刚和姚玉蓉见面，也仿佛有了一些难以言说的生涩感。

那天是冬至，按照河口的旧俗，是要吃一碗饺子的。宋一刚约了姚玉蓉，他没想到姚玉蓉却反问他："有这么重要吗？"宋一刚说："确实很重要。这是乡俗。"姚玉蓉似乎从中听出了一些别样的意味，就随宋一刚来到了一家北方饺子馆。这家饺子馆盛饺子不是用南方的面碗，而是用一只大瓷盘，配有蘸水。一盘热腾腾的饺子被端上来，宋一刚搛了一个在碟里，并招呼姚玉蓉说："你怎么不动筷子？"姚玉蓉说："我真的还不饿。"在宋一刚再三劝说下，姚玉蓉勉强吃了一个。宋一刚却将余下的饺子吃了个精光。临走，姚玉蓉伸手提包，宋一刚就瞧见她的手腕上多了一只亮晃晃的手表。宋一刚明白，这是一只上海产的女式手表，少说也得一百块钱。宋一刚心里"咯噔"一下。

宋一刚真正与姚玉蓉把这事说透是在第二年的春天。那时，满校园都是盛开的樱花。宋一刚与姚玉蓉一起去了省城的北湖。一路上，宋一刚察觉到姚玉蓉只看水波却很少言语。他们来到一片水杉林里，那里几乎感觉不到城市的喧嚣。姚玉蓉突然停下脚步对宋一刚说：“我失身了！”她的眼睛里飘荡着一缕蓝色的光。宋一刚被那一缕蓝光吓得直哆嗦。他上前一步说：“你是疯了？”姚玉蓉平静地说：“我很正常。我只是想告诉你一个事实而已。”宋一刚说：“这么说，你是自愿的？”姚玉蓉说：“也可以这么说吧！他仿佛就是一个带电的粒子，而且能量足够大。我没法拒绝他。”宋一刚本想扇她一个嘴巴，说一声下贱就转身而去。但宋一刚没有，他反问：“难道你以前都是假的？”姚玉蓉说：“是真的。我之所以要当面对你说这事，就是因为我们以前太真了，真的有些不计后果。”宋一刚说：“后果？你离开我也许是对的，我今后可能给不了你想要的。但我必须尊重你的选择，你毕竟没有骗我。有这点我就满足了。你还算是个真正的河口女人。”宋一刚说完就走了。

十

郑联生的预测没错，李红梅的心思并没有放在补习功课上。她有事没事就到郑联生的租住房里去找他。郑联生也很无奈，他想，明明是设法让她好好补习功课，以期望明年东山再起，却不承想弄成了这个样子。他清楚这样下去她明年高考照样没戏。他反倒有种不好向世人交代的尴尬。

郑联生去了一趟广州回来，来接站的并不是直接利益者吴新，却是美得可人的李红梅。当他在月台上看见李红梅站在微风中梳捋秀发时，他心里就起了一阵震撼肺腑的悸动。虽然他们有过隔膜，但当他此时再遇见她时，那种怦然的心跳还是那样适时而至。

郑联生走出出站口，李红梅小跑步过来。他当时并没有想到李红梅是另有要事告诉他。李红梅站在郑联生近前说：“我真的要改变自己了，你难道不为我高兴吗？”郑联生说：“我都不知道是好事还是坏事，我怎么为你高兴？”李红梅说：“我真的有机会跳出‘农门’了。我们县里要公开招考乡镇干部了，过几天就要会考。”郑联生相信李红梅是有这个应考能力的，他却突然想起了吴新，他也是可以去试一试的。郑联生说：“你这个消息从哪儿来的？可靠吗？告诉吴新没有？”李红梅却说：“你这是什么意思？他还要我去告知吗？”郑联生马上就想到了王会珍。他清楚，王会珍信息更灵通，她一定会把这消息及时转达给吴新的。

吴新和李红梅再次见面却是在考场上。那天去参加考试的人也不是特别多，考场只有四个教室，共一百二十人。县上为了把一批有真才实学的青年人选拔到乡镇干部岗位上来，还特地设了一个优待条件，那就是在去年的高考录取分数线上再降八十分，作为应试条件。这一批人中，李红梅是最接近高考录取分数线的。

考完试，吴新和李红梅都感觉不错，就在操场上交流起来。他俩在讨论一道对数函数题，这是整个试卷中最难的一道题。吴新和李红梅清楚，能拉开名次的也许就是这道题了。李红梅说了自己的解题思路，吴新就拍着手说，他也是这么演算的。吴新提出要和李红梅到馆子里好好庆贺一下，李红梅说：“没问题。”

李红梅和吴新在一个临江的小酒馆点了三个菜，两荤一素。李红梅还主动陪吴新喝了两杯白酒。借着酒兴，李红梅就问吴新：“你说我俩真的能当好乡镇干部吗？”吴新望着李红梅绯红的脸说：“有什么不行的？说不定我们还真能做出点什么大事来呢。”李红梅听后就一阵大笑。吴新问她：“你笑什么？瞧不起我是吗？我还真的要做给你看看呢。”李红梅说：“祝你成功。”两人又碰了一下酒杯。

一个星期以后，县上就公布了笔试成绩，李红梅和吴新都榜上有名。经过面试，他们也都得到了去县委党校学习培训的正式通知。三个月的培训时间不算长，但有一些变化却是他俩意想不到的。在这三个月期间，首先是体制发生了一些变化，原来的公社统一变成了乡或是镇。党校学习结束后所有招聘学员要回到各自的乡镇。让李红梅想不明白的是，他们这批人全都被分配到一线党总支去工作了。李红梅分在红山总支，靠近清江。吴新分在了家乡河口总支，这个总支管理的人口最多。全镇只有三万多人，而河口总支就有农村人口一万三千人。吴新到任后，就跟随总支书记老何尝试抓乡镇企业。因为吴新和郑联生搞了个物贸公司，打开了南方的经营窗口，所以党总支也觉得要用人所长。吴新领头搞的第一个大举措，就是把河口总支的农村能人们分期分批带到江浙一带去考察乡镇企业。这几趟考察共用了五十多天时间，费用基本是自理，因为总支实在是拿不出这么多钱来。吴新一个更大胆的举措，就是让这些农村能人集资创办了全河口第一家乡镇企业——河口水泥制品厂。这家厂子的主要出资人却是王会珍。

很长时间以后，王会珍才向吴新说明自己的真实想法。她说，她完全没必要在河口开这么一个厂子。虽然可以赚些钱，但这里并非是一个理想的开厂地方。她之所以要这样做，很大程度上是为了支持吴新打开工作局面。吴新听后也是感动不已。

因为有王会珍的带头，河口小镇陆续又办起了木器加工厂、农具厂、罐头厂等，就连地区国有铸造厂也在河口建了一个铸件分厂。吴新再走在河口镇上仿佛眼界一下子打开了。不到两年时间，河口就成了全县发展乡镇企业的典型。吴新也自然得到了上级的重视。

王会珍之所以回河口安心创业，一个重要的原因就是因为吴新考上了招聘干部。她似乎明白一个简单的道理，人总是此一时彼一时的，要是自己长期在外飘摇不定，难说吴新心里不再起什么波澜。她之所以能让吴新走近自己，就是因为他那时确实还不知道方向。谁承想会有招聘这一档子事发生？这事在河口人看来不啻是又一次高考，甚至，这比一次真正的高考不知实惠多少。吴新几乎是一夜之间就一下跳出了“农门”，这是多少人做梦都想不到的好事。王会珍更担心的是，李红梅也考上了。在这种情形下，王会珍的确有了一种失位的紧迫感。她清楚，吴新的某根神经一直勾连在李红梅那边。

虽然吴新在河口兴办乡镇企业搞得风生水起，但李红梅还是比他先进了镇政府机关工作。镇政府办公所在地在红花镇，那里是一个水码头，交通比河口更便利。吴新有时也去镇政府开会或是报表，去了少不了要去找李红梅聊一聊。李红梅也习惯了，只要吴新过来办事，她总是希望吴新来看看她。李红梅也有一个明显的感觉，她对郑联生已经没有了先前的那种依赖感了。她也一时说不清楚为什么。况且，郑联生不知是心理还是生理原因，对自己就是没有那种激情和冲动。

那年夏天，李红梅和吴新同去了一趟云南。那是县上组织的一次学习考察。他们一行最后一站是丽江古城。晚上，吴新和李红梅相约去四方街走走。古城的巷道纵横交错，游人如织。在一个小店前，李红梅稍一停留就与吴新走散了。吴新走过一段再转身，发现李红梅没跟上。他大叫一声："糟了。"他知道女人没有方向感，随即转身去找她。等他找到李红梅时，她却在一条巷子里的石阶上端坐着，在潜心静听纳西古乐。

一曲听罢，吴新问李红梅："你不知道你早走丢了吗？"李红梅却反问他："你觉得我会走丢吗？"巷子深处是一片寂静。吴新想起了有关这座古城背后的爱恨传说，又瞧见李红梅一双靓得让人窒息的明眸。吴新不由得轻轻靠了过去，李红梅微闭双眼。

十一

王会珍的那个水泥制品厂没有人们想象的那么好经营。倒不是生产的产品没有销路，相反是产品的销路太旺了。一个重要的瓶颈是印力冷拔钢丝没有办法保证供应。王会珍通过关系找了好多人，但都不能保证正常生产所需。正在这个时间段，她发现了吴新和李红梅的恋情。

从那以后，王会珍就不再理会吴新了。她觉得他们已不是一路人了。郑联生也很少去红花镇看李红梅。一个月以后，王会珍就把河口水泥制品厂转让出去了，到三江县城开了一个布艺店。有一次，吴新去县乡镇企业局开会，路过王会珍的布艺店，就看见骆华平在店里抹洗柜台。吴新想起了两年前他在养殖场与骆华平的那次正面冲突。要不是郑联生及时出手，被摆平的就不是骆华平，而恰好是他自己了。那时，王会珍还是一心向着他的。可眼前的一幕吴新却有一丝丝心痛。王会珍说过，她之所以向吴新敞开心扉，就是因为她实在是顶不住一个男人的纠缠。可现在王会珍自然是全部放下抵抗了。吴新将要离开时，他瞧见了王会珍和骆华平亲昵的一幕：王会珍用一方热毛巾为骆华平擦了擦脸。吴新只得知趣地赶紧走开。

半个月之后，吴新突然接到通知，他被调到了镇政府办公室乡镇企业组工作。吴新最终如愿与李红梅住在了一栋楼里。吴新以为他这次能从河口总支调到镇政府办公室工作，主要还是靠自己的努力。但那一次下班后，他和李红梅到码头上去散步，李红梅与他道出了一个事实。李红梅告诉他，他之所以能这么快调到镇政府办公室主要是王会珍的功劳。吴新一时有些木然，他想，王会珍不恨死自己才怪了，她还帮我办什么调动？吴新打心眼里就不信。他还在怀疑李红梅是不是在有意试探他。就在这时，李红梅叹口气说："她能这样对你真还让我挺感动。她是将自己整个都交代出去了。"吴新立即脑子"嗡"地一响，他想起了骆华平的老爸，他就是从红花公社调到县委组织部任部长的。吴新问李红梅："是她亲口对你说的？"李红梅说："不是，是一个老领导讲给我听的。你也知道，王会珍真的是看不上骆华平。要不是他爹给撑着说不定他早就进去了。他打王会珍主意都好长时间了，王会珍一直没让他得手。说真的，想起这事我都有种负罪感。"吴新说："你不是当着我的面说过不后悔吗？"李红梅说："我没说后悔呀。我只是感动而已，她为你也是对自己够狠的了。"吴新听后无端地落了几滴泪。李红梅掏出手绢为他擦拭。

从此以后，吴新不想也不敢与王会珍再谋面。但他始终记着，他的境遇改变是一个女人在背后促成的，总不能让她失望才对。一段时间以后，吴新又组织引进了几家水果加工厂、建材加工厂、玻璃陶瓷厂等企业进驻红花镇，他终于算是在红花镇政府办公室站稳了脚跟。

吴新到江浙一带招商，一去就是半个月。这样的工作状态持续了大半年。每次回来，吴新都给李红梅带礼物。李红梅有所期盼，也多了一种牵挂。每次回来，吴新的第一个晚上是留给李红梅的。李红梅有时是在自己房里烧两个菜，两人边吃边聊；有时也就在镇上的小餐馆吃鱼头火锅。

一个月之后，吴新感到李红梅有些异常。他体味到了女人特有的一种冷淡，李红梅明显是在有意避开他。然而，当另一个男人时不时来到红花镇时，吴新就解开了李红梅冷淡的个中缘由。那个男人叫陈仁义，在县人事局开小车，李红梅也时常坐着那辆黑色轿车往三江县城里跑。吴新更是明白，她上调到县城去也只是迟早的事了。

李红梅几乎是不声不响地就调离了红花镇，进了县档案局办公室。李红梅调走后，吴新郁闷了好长时间。这事造成的直接后果是红花镇上的人大多瞧不起他。他们的理由是，一个连女人都看不住的男人能有多大的本事！所以，吴新认为他之前所做的一切似乎都不那么重要了。

正当吴新愁闷不堪的时候，郑联生却来到了红花镇。那天晚上，郑联生推开吴新的房门，吴新有些尴尬。因为他知道郑联生也曾在李红梅身上费过不少心思。吴新问郑联生：“你也是来看我笑话的吗？”郑联生真的笑了。他说：“我不看你笑话才怪了。你以为你们能长久下去？”吴新给郑联生递了一支烟说：“我现在输得跟狗似的。”郑联生说：“我们都输得跟狗一样，不过，你和她好，我是一点忌妒心都没有。”吴新说：“你是来宽慰我的吗？”“不是。真的不是。我只是怕你想不开。”“我会为她去死不成？”“这就对了。我们不能老被这事纠缠着。”“还是在宽慰我？”“我们不能不活呀。”郑联生弹了一下烟灰说：“不过，你却弄丢了一个好女人。”郑联生这下才捣在了吴新的心痛处。吴新抹把眼睛说：“我真他妈浑蛋。”郑联生没接话。吴新的理解是他大概也是这么认为的。吴新说：“我现在是里外不是人。你看我在这地儿还有什么脸面见人？”郑联生问：“你该不会想到辞职吧？”吴新说：“我真的是有这个想法。大不了我和你又去干那老本行。”郑联生将茶杯放在桌子上，问他：“你是不是昏了头？多少人想着要跳出‘农门’而求告无门，你倒好，要跳回来。告诉你，你再跑出来谁都不会带你玩了。”郑联生放低声量又说：“你知道是谁这么着急催我来找你的吗？她就担心你做这种傻事。”吴新听后一串泪又刷地流下来。郑联生把吴新拉到江边喝了几瓶啤酒，并要吴新对天发誓保证不做傻事后，就骑着那辆新买的摩托车回三江县城了。

十二

王会珍和骆华平认真坐下来谈事，是在郑联生去红花镇找吴新后的第三天。那天晚上，王会珍把骆华平叫到她的布艺店的二楼。那里是王会珍改装成的一间卧室。房间不大，除了一张书桌、两把木椅就是一张双人床。骆华平到了，王会珍就招呼骆华平关了店门。骆华平心里一热，却又傻傻地问："还不到九点钟哪？"王会珍快扫他一眼说："有事要说。"骆华平快步下楼奔到了大门前，他拿起铁钩"哗啦"一下就拉下了那卷闸门，又关了大厅里的灯。骆华平上到二楼，刚进门，王会珍就说："你坐吧。"她给骆华平沏了一杯茶，把茶杯递到骆华平手上，她感觉到他的手在抖动。这是骆华平第一次走进王会珍的卧室。他是知道王会珍把守的那条底线的。在这之前，骆华平想要的女人没有哪个得不到手的。但骆华平在王会珍这里却碰了一个大钉子。王会珍长得白皙丰满，正是他十分心仪的那种女人。加之王会珍说话办事干净利索，他不得不打心眼里佩服她。所以，当他遇见了王会珍以后仿佛一切都变了。

那是两年前，王会珍从广州回来，三十多卷化纤布料早已摆在站台外的露天货场。王会珍心里如沸汤翻腾。要是今晚不运走，一场暴雨，那些化纤布料就会被泡坏萎色，王会珍这一趟就亏大了。王会珍正急得在弯腰跺脚时，一辆卡车停在了她面前，从卡车上下来一个上身赤膊的年轻人。他走到王会珍面前问："是要找车吗，妹子？"王会珍听他说"妹子"的腔调就知道他不是好人。但这时王会珍不得不委曲求全，天色已晚，她估计不会再有车来了。那时候个体买车跑运输的还少之又少，全镇也就有那么几辆，生意十分走俏。赤膊上身的年轻人就是骆华平。正当骆华平与王会珍搭讪时，一个中年男人跑过来了。他冲骆华平吼道："你是我叫过来的，凭什么跑她那儿去？"骆华平吐了嘴上的烟头，直着脖子走过去质问他："怎么？我卖给你了吗？"那男人说："我没说你卖给我呀。你跑了，我这一堆香蕉烂了咋办？"骆华平说："烂了就烂了呗，能喂好些猪呀！"那男人不允，上前要拉骆华平，骆华平一手扭住他的右手腕说："哟，还动手了是吧。爷爷就陪你练练。"骆华平右腿一扫，那男人一个后仰坐，就倒在了水泥地坪上。王会珍赶紧上前挡在了两个男人中间。她对骆华平说："哥，你跟他先拖好不好？我等你跑第二趟。"骆华平仍直着脖子说："凭什么？让你一个女人家在这荒郊野外等。"王会珍听了他这话，的确有一种久违的温暖感。那货主见识了骆华平的力量也就不敢再去找事了。再说，他觉得骆华平说的不是完全没有道理，虽然他真正的愿景远不是这么回事。

骆华平自从有了这辆卡车以后，就常跑这个建在三县交界处的乡村小火车站，他与这站里的一帮人也就熟络了。骆华平去仓库里叫了几个搬运工，他自己也亲手帮忙装车。王会珍见了这种情形，有多种疑问纠结于她。于是，她就想，他这么卖力究竟想干吗？她提醒自己一定得防着他才是。

那一次，骆华平把布料运到了河口养殖场仓库，也是他的那帮小兄弟帮忙卸的车。骆华平只收了正常的运费，就带一帮兄弟离开了。但王会珍也并没有因此而放松戒备。

就这样，每次王会珍要运送货物，骆华平都是主动来帮忙。王会珍也很感动。她不经意间就把他和自己关联在了一起，于是就想到了一个问题：我真的要和他这么相处下去吗？她想到这里，总有一道坎过不去。自己不就是在纠结另一个人吗？也许是她自我审视后的一种否定，她十分不待见如自己一样的体态，而且还是个满脸横肉的家伙。吴新无疑是她十分钟情的那种类型。他弱不禁风的样子，正是王会珍喜欢的。所以，那一次在校外，她看见郑联生用一把钢锯条刀在威胁吴新时，她怎么也顾不得作为女孩子的矜持和体面，就直接上去摁拿郑联生，哪怕让那把小钢刀将自己的胸口划出了血。

但当另一个有众多风传的大男人在发起猛攻时，王会珍的确有种难以招架之感。然而，王会珍也时时注意着骆华平会使出什么样的套路利诱她。

也正是那年的七月，骆华平应了王会珍的请求再到火车站去运花色布料。火车是晚上十点才到的站。待货装车后，也就十一点了。骆华平发车和王会珍一路往回赶，走到半路上，骆华平就说："完了，没油了。"他把车就停在了马路边。王会珍就想，这可能就是他的一个套路。她望望四周，满眼都黑咕隆咚的。骆华平说："我们只好等人送油来了。"驾驶室里一片静寂。王会珍感到骆华平的屁股向她这边挪了一下，王会珍尽量向车门边靠。当她实在是挪不动了，骆华平的那只染有汽油味的右手就悄然伸了过来。骆华平想，又一个娘们要被自己拿下了。他正要将身子压过去时，王会珍却不禁高叫一声，随即就是一巴掌扇在了骆华平的左脸上。骆华平一时全身僵硬，他马上回想起一段遥远的记忆。那种又恨又惜的一记耳光，在他的记忆里曾经无数次浮现。这么多年来，他在这地头倒是扇过无数人的耳光，却还没有人敢对他这么下手。他就着一丝浑糊的月光，斜瞟着他正在追逐的这个女人，一张冷恬的剪影若隐若现。王会珍冷冷地说："我心里早有人了，你少打歪主意。"骆华平坐回方向盘前，猛地发动车就说："你就是嫁人了我也要设法把你抢过来的，你记着。"王会珍反问："凭什么？你总得有个理由吧。"骆华平说："理由很简单，就是要得到你。"说着他一脚油门下去车就窜出去老远了。

骆华平怎么也没有想到，王会珍和吴新身后还有一个更不要命的郑联生站着。那一次，骆华平在养殖场吃了大亏后心里自然不甘，于是他又和郑联生在三江县城外的大石坝上约了一次架。这次是骆华平亲自上阵，但他没料到的是，郑联生却从腰间拔出两把斧子。郑联生也带了几个跟他跑广州的兄弟来了，对面是骆华平带的那一帮人。郑联生说："你们听着，骆华平要找的人是我，我要找的人也是骆华平，冤有头债有主。不过，你们有谁愿意为他挑头也可以。"郑联生将一把斧子扔过去，斧子在沙石上弹起来再落地。郑联生说："只要谁敢捡起这把斧子，我就视他为对手。"对面没有一个人敢捡。郑联生说："没人敢捡是吧？那我来捡。"郑联生手持利斧走过去，那帮人就步步后撤。郑联生大喊一声："滚。"一干人又作鸟兽散。

但郑联生和骆华平还是以聚众斗殴为由被请进了派出所。进派出所后，骆华平不承认是自己挑起了事端，但郑联生却主动承认是自己的一时糊涂，挑起了这场聚斗，并带了两把斧头。录完笔录后，骆华平被放了出来，郑联生却在城关派出所里关了三天。这三天，郑联生被一帮民警围着，听他讲在南方遭遇的一些奇遇故事，郑联生讲得活灵活现，那帮民警听得呵呵直笑。他没想到的是，出派出所时前来迎接他的却是骆华平。郑联生不解地问："怎么回事？还想再干一场？"骆华平却上前递了一支烟说："生子哥，不日绝我了好不好！我就是服有肚量的人。"郑联生说："好。今后我们井水不犯河水，各走各的路。"骆华平却拉着他说："生子哥，这哪行呢。我服了还不行吗？今天是我爸要接你喝酒。"郑联生半转身说："哟，出怪事了。摊上了这种事还有人接我喝酒？"

骆华平硬是将郑联生拽到了自己家里。骆华平的家在三江县城桥河的老街上。进了大门，郑联生才发现，这是一幢有些年头的老房子，但屋内打理得干净爽眼，那个大天井的石阶上还摆放了十多盆花草。郑联生一眼就看出这是一家老门老户。骆华平和郑联生刚走到那个由青石板铺成的天井边上，就有一个中年男人招呼他了。郑联生抬头一看，立即就回忆起一件事来。那年冬天，母亲的病情加重，就是眼前这个男人带着区卫生院的两个内科医生把母亲接去住院的。医药费全免，并且还给母亲配了营养餐。那时，他只听到大队的干部叫他骆书记。郑联生此时见到他，也礼貌地叫了一声骆书记。

骆华平的爸叫骆平良，现在早已被调到县上工作了。骆平良问郑联生："你还认得我吗？"郑联生说："当然认得您了，您救过我妈的命呢。"骆平良摆了摆头说："唉，她是个好女人呀。我们班上就只她命最苦哟。"骆平良简单讲述了郑联生母亲的往事。郑联生母亲与骆平良是初中同学，但因她的家庭成分就没有资格再升学了，初中还没毕业就回乡劳动去了。后来他们的联系就少了。郑联生母亲生病后，一直没有向人说起当区委书记的骆平良是她的初中同学。直到骆书记到河口公社检查冬播生产，才发现她佝偻着腰在地里下麦种。那时正值一个晚秋的下午，霜风呼啸，她却脸颊潮红，咳嗽不断。骆平良一眼认出了她。他快步上前询问情况，才得知她已经病了好几年了。骆平良当即对大队干部交代说："余秋凤再不能下地劳动了，她必须抓紧治疗。"第二天，区卫生院的两个医生就把她接走了。但是，已经太晚了，余秋凤已经到了肺癌晚期。骆平良讲到这里，郑联生就落泪了。骆平良走过来安慰他说："这就是命运，孩子。你妈在学校非常出色，各科成绩都好，可惜呀。好吧，按现在的话说，一切向前看。"郑联生红着眼圈问他："我妈真的很优秀吗？"骆平良说："真的很优秀。"郑联生转过头，抹了一把泪。

骆平良请郑联生来家里吃饭，并不是要一起回忆这些陈年旧事。他的初衷是要感谢郑联生，要他好好带一带已经伤透他脑筋的活宝儿子骆华平。在酒桌上，骆平良说："我参加革命工作这么多年，下村驻点我干过，领导一个团搞大会战我经历过，我从来没有向任何困难低过头。但在教育子女的问题上完全失败了。你不知道我在背地里跟人说过多少好话，赔过多少不是。他小子总是不吸取教训，屡教不改。照这样下去不把牢底坐穿才怪。”骆平良望了一眼只顾低头吃饭的儿子骆华平。郑联生见状马上起身说：“骆书记，我一直不知道您和我妈是同学。我当叫您一声叔了。晚辈敬您一杯酒。”郑联生是有意要将尴尬的话题撇开去，骆平良却指着骆华平说：“看到没？联生多有礼貌呀。你以后就要多学着点。”郑联生先干了，骆平良将酒一口咽下，郑联生提了酒瓶再给满上。骆平良说：“联生呀，我没能救下你妈，也对你家关照不够。但你上高中的事我还是出力了的。当时，有人提出，你家这种状况，又缺乏劳动力，你不回队种地挣工分一年到头吃什么？我让他们把整个录取名单拿给我看看，发现比你分数低的都录取了。为什么不能照顾你一下呢？你的入学通知书不是晚发了几天吗？就是这个原因。”郑联生又敬了他一杯酒，说：“叔，我让您失望了。您看我是读书的材料吗？不过，我还是通过这两年的学习长进了不少。”骆平良说：“就是嘛！行行出状元，你跑南方不就闯出了一些道道出来了吗，现在全三江县城哪个不知道你的大名？”骆平良呷口酒说：“不过呀，我还是得感谢你。你总算把他小子给治服了。”骆平良又望了一眼骆华平说：“他以为他老子天下第一，以为什么都能摆得平。结果呢，碰到你了。你不把他的牛角磨平，不知还要疯狂多长时间。他就是服你。所以呀，你既然叫我声叔，我就得请求你多看管看管他。有什么困难只管跟我说。”骆平良喝了杯中的剩酒又说：“你们多吃点菜，我先躺一下，下午还有一个会。”郑联生起身送他出了饭厅，骆平良进了洗手间。

好久以后，郑联生才从这次饭局中厘清一些思路。他不得不佩服官场中人不露声色的那种老道。郑联生再怎样也得买他平良叔的这一笔账。

至于吴新舍下王会珍，王会珍一气之下和骆华平好上，这也是郑联生早就预料之中的事。因为，吴新早就恋着李红梅，而王会珍在吴新和李红梅一同考上乡镇干部之后，隐隐约约有了一种落差感。她知道，吴新一门心思是想要跳出“农门”的，而当他以这样一种方式实现梦想以后，是再也不会回头了。李红梅正是他理想的人选。当王会珍得知他俩都进了县委党校培训班以后，她的那种失落迫使自己躲在养殖场的仓库里闷了好多天。此后，她再也没有叫吴新到仓库里来过，而吴新也从来没有主动说起过要去看看她。王会珍做的最后一次努力是在河口建成了镇上第一家乡镇企业，这在很大程度上是为了支持吴新的工作，吴新当然很受用，毕竟他主抓的工作很快就有了起色。但一路的冷拔丝供应瓶颈又让她焦头烂额。这时所有的钢材还是在按计划分配，也有少量的市场调节。没有冷拔丝水泥制品厂就不能正常运转，长此以往，投下去的钱就要血本无归。于是，王会珍不得不经常只身到外地去找门路，去结识那些手眼通天的供应商。她为此经常是醉得像鬼。

那一次在下江，她真的醉成了一团泥。她被人扶到了一间房，嘴上还在骂："是你把我害苦了……害苦了。"她在痛骂的时候，她的上衣纽扣就被一个人解开了。正在这时，骆华平踢开房门就闯了进来，踹开那欲行不轨的"胡楂脸"，将王会珍打理周正后一路背下了楼。他俩来到江边，他就这样在江边的岸堤上抱着她坐着，直到她慢慢酒醒。

王会珍稍稍清醒后，一看是骆华平抚抱着她，她就像弹簧样地跳起身来问："怎么会是你？你都对我做了些啥？我谈好的冷拔丝呢？人都去哪了？"一连串的质问让骆华平无言以对。骆华平仍旧坐在草地上，他望着灯光恍惚的江水说："是的，我一直在跟踪你，可我比你更了解他们那伙人。"王会珍跺脚说："你了解啥，他们都去哪儿了，我这一趟泡汤了怎么办？"骆华平说："泡汤不一定是坏事。"王会珍指着他的头顶说："你就是犯贱。我都有男朋友了，你还这样死皮赖脸地缠着我干吗？"骆华平说："我要是不早赶到，只怕你把厂子弄得再红火人家也不想要你了。我真是犯贱，这又关我屁事！"骆华平从地上站起来要走人，王会珍拦着他说："想走，你说清楚到底是怎么回事？"骆华平不想说，王会珍却不放他走，说："你必须得说清楚。"骆华平说："算我做错了好不好？你以后少单独来这种地方。"王会珍依稀想起他和下江的孟老板上了宾馆的三楼。她问："是不是他对我做了啥手脚？""你不给他们什么，他们能把那么紧俏的钢材卖给你？""你是说他反悔了？""这个不用我说，你今天就去他仓库，看能不能提到货。""照你说，他给了我冷拔丝我就得那样子给他？""我可没这么说呀。你自己看着办吧。"骆华平和王会珍在燠热的江边扯了一阵，东方开始放亮了。

他俩在下江一个早餐店吃了一笼汤包，上班的时间到了。骆华平又陪王会珍来到下江城一个建材市场，他们找到了孟老板的仓库。王会珍问那个把门的漂亮女人："孟老板来了没有？"那女人一脸的戒备，打量一番王会珍后说："他上午不会来的。有事吗？"王会珍说："他答应批给我十吨冷拔丝的。"那女人就说："尽吹牛，哪来这么多冷拔丝，开炼钢厂吗？"王会珍说："孟老板真的是答应了的。"正在这时，电话铃响了。那女人接了电话，她只嗯嗯两声就把电话挂了，转过头来对王会珍说："孟总说了，看在老朋友的份上，给你调拨一吨。多的没有了。"王会珍一时陷入迷茫，她觉得这不上不下的一吨冷拔丝很让她失望。总之，她是在信任与不信任之间摇摆，这也正是她要下定决心处理掉那个水泥制品厂的原因。

十三

等骆华平坐定后，王会珍就说："我知道你一直在用心追我。你知道我是怎么想的吗？"骆华平不敢吱声，他实在是不敢在这个女人面前为自己做任何辩护。王会珍说："实话说吧，你在我心目中就是一个流氓无赖。多少个女人让你糟践了都不敢站出来反抗。你靠的是什么？你不就是仰仗你老子的那点权势？你一开始就以为在我这也会那样轻易得手是不是？"王会珍没想到骆华平却像个小学生那样在她面前低着头聆听。王会珍接着说："要是那天你在我这里又得手了，你是不是又要在世人面前炫耀一番？"骆华平小声说："会珍，我真的不是这么想的。""那你动手动脚干吗？"骆华平用双手抱着头，始终不敢回应。王会珍见状，就走过去将骆华平的头护在自己小腹前说："这段时间，我才真正知道最疼我、最在意我的人是谁。"王会珍的泪珠滴在了骆华平头皮上。骆华平起身为她抹了眼泪说："我知道我不是你中意的男人。但我会时时守护在你的身边，只要你不赶我离开。"王会珍泣声说："我们和好吧，我不会再去想别人了，那一页早翻过去了。我知道人总是要变的。"骆华平说："我虽然没有多大的本事，也干不成一个体面的工作，但只要我还活着我一定让你过得比别人好。我挣的钱一定比他多。”王会珍说：“既然这样，我还是得求你一件事。”骆华平说：“别说一件，就是十件我也答应。”王会珍说：“我真的不希望他再走回头路了。他受的打击也太大了，可以说他只要再回头就是鸡飞蛋打，我实在不忍心。前几天，郑联生去骂了他一顿，保不准他还是要辞职下海。他脱下那身衣服就和我又一个样子了，这个道理你是懂的。我实在是不想看到他再回头。所以，你要是在意我，你就跟老爷子求求情，让他出去深造深造。他也够格拥有一个委培名额，有了这个机会一切都会好起来的。”骆华平好久不敢吱声，他知道要是答应了她，他又要挨老爸的一顿臭骂，能否办成还是个大问号。但是，要是吴新真的辞职不干了，他必定又要回来做他的老本行，他和王会珍走到一起又是迟早的事。骆华平想到这里就牙根痒痒。稍许，他对王会珍说：“我又得挨顿臭骂了。”此时骆华平决心已定。他起身要走，王会珍不让。骆华平拥吻了她。

这年七月，吴新通过成人高考，被省工学院县市干部委培班录取学习工商管理，时间是两年。吴新也算是圆了自己的大学梦。

吴新到省工学院报到后，去找了宋一刚。宋一刚得知吴新来到了省城，和姚玉蓉商量后，三人相约要在湖边好好地喝上一顿酒。

那天下午，吴新来到宋一刚的宿舍，姚玉蓉却迟迟未露面。吴新说：“我们去她寝室找她吧。”宋一刚说：“没这个必要。我们先去餐馆，地方我早就跟她说了。”宋一刚和吴新上了一辆公交车。他们去的是在东湖边上的一个小餐馆，选了一个面朝碧波荡漾的湖水的小包间坐下，晚霞在湖面上点缀出一片浮跃的光。他们点了一个牛筋甲鱼火锅，另外配有几个青菜。吴新提议喝点白酒，宋一刚却调侃说：“总不至于整一瓶茅台吧。”宋一刚知道吴新和郑联生合伙赚了不少钱。吴新说：“茅台就茅台。”他招呼老板上了一瓶茅台酒。老板过来望了他们一眼，不经意就嘀咕了两句，至于说的什么他们也没听清楚。吴新就来劲了，问：“瞧不起我们是吗？”那女老板一回眸，却让吴新心里一惊。若干年以后，他再回想起那个场面，依然还有那种突突的心跳。女老板正色问：“我说的不对吗？”吴新明显是陡降八度说：“你嘀咕的还真不对。我可不是个什么正牌的大学生，我就是个跑江湖的。”不想，女老板却笑了，那一脸的嫣然让吴新心动不已。

女老板离开包间后，宋一刚就说："伙计，你动心了。"他没想到，吴新居然还脸红了一下。二十分钟后，甲鱼火锅上来了，女老板果真上了一瓶白瓷茅台，还补上一句："假一赔十。"直到他俩把一瓶茅台酒喝完，姚玉蓉还是没来。不过，吴新的注意力早没在姚玉蓉那里。很多时候他注意的是门外的动静，那女老板的一个闪身就能让他的眼睛放一次贼亮的光。从这次见面，吴新已经清楚地发现，他们都变了。

吃完饭，吴新就去结账，他把口袋里所有的钱都拿了出来，摊在柜台上对女老板说："我把所有的钱都交出来了。不够，你就把姓名地址写给我，我让人给你汇过去。"女老板一本正经地说："这点钱哪行呀，你知道我这是什么酒吗？正宗的茅台。至少还要加一百块。"宋一刚不答应了，他说："你这不是坑人吗？一瓶酒要卖多贵？"女老板说："这账到底是你结还是他结？"吴新连忙说："我结我结，不关他事。"说话间，女老板果真就写了一个地址和姓名给吴新。那名字好生奇怪：税艳艳。宋一刚记牢了这个名字，一路上笑得吴新没法说话。

吴新这一次没见到姚玉蓉是他没有料到的。他早就将她和宋一刚捆绑到一起了。吴新从心底还是想了解一下他们之间到底是出了什么事。

那天下午，吴新从教室里出来，很远就看见一个熟悉的身影站在路口的梧桐树下，那是姚玉蓉。吴新和姚玉蓉见面后就顺着那条林荫道往前走，姚玉蓉说："对不起呀，上次没能来见你。"吴新说："这没什么。我又不是马上就要走的，两年呢。"姚玉蓉说："唉，你说这事怪不怪？我那时是拼了老命想考你现在上的这所学校却考不上，你几乎是不用吹灰之力就把梦想实现了。你说这是不是命运？"吴新却说："你是在嘲笑我吧？我这是委培，你们才是正牌的天之骄子。"姚玉蓉用左手拍了一把吴新的右臂，说："你少在我面前耍贫好不好？你们这些人是上面看好的培养对象。我们呢，还不知落在哪里，多难呀！"吴新从来没有想过这些问题，他只是觉得有几分幸运而已。姚玉蓉这么一说，不禁让他想起了什么，更重要的是他似乎觉察出了她比他和宋一刚更现实和成熟。吴新说："我得请你吃饭。你知道吗，你们上学的这两年我和郑联生一起还赚了一些钱。"姚玉蓉说："今天当然得你请呀，一来你是东道主，二来你是带薪学习的国家干部。"吴新说："不是什么国家干部，是乡镇招聘干部好不好。"姚玉蓉又轻柔地拍了一下吴新的右肩。

吴新领着姚玉蓉上了公交车，坐了几站地，他们又来到了那家东湖边的餐馆。刚进门，吴新就扯起嗓门喊："税老板钱收到了没有？"税艳艳一脸兴奋地从后面跑过来，但刚一见到吴新和姚玉蓉在一起，她的笑脸立即收敛住了。税艳艳问："什么钱不钱的，你给我钱了吗？"说完就转身走了。姚玉蓉只好捂着嘴笑，吴新也只好跟着她笑，顺便用手指弹了弹她的刘海。

他俩还是选择临湖的那个包间坐下。他们刚落座，税老板就过来了，她说："这个包间你们不能坐。是留给多人坐的。"吴新问："多少才算是多人？我多出钱还不行吗？"税老板说："也行。但必须消费两百块钱的才可以。"吴新爽快地说："两百就两百，这有什么！"吴新也想在姚玉蓉面前挣点面子。姚玉蓉说："算了，我们再换一家吧。两百块钱够我半年零花钱了。"吴新说："不动了，就是这家。"

这一次吴新依然点的是牛筋甲鱼火锅。不过上的酒却是一瓶红酒，这让姚玉蓉很不高兴。她问吴新："凭什么我就该喝这种淡了吧唧的酒？"吴新一时也有些不知所措。他不知道将要发生什么。他预感姚玉蓉有事要对他说。吴新又要了一瓶茅台。这时来包房的正是税艳艳，她非常不客气地说："那酒本店已售空，要喝白的就只有二锅头了。"吴新问："哪里的二锅头？"税艳艳说："北京的。还不行吗？"姚玉蓉说："行。"一会儿，税艳艳拿来了一瓶二锅头。

吴新很不想过渡到另一个话题，那就是她和宋一刚的关系。上高中时，他们相互欣赏。但现在，吴新发现他们目前的状况令人担忧。吴新讲了他在乡镇组织兴办乡镇企业的一些趣事，但他明显感觉到姚玉蓉对这个话题很不感兴趣。姚玉蓉突然问："你和李红梅到底是怎么回事？你和王会珍也不来往了？"吴新借着酒兴说："说实在的，我最对不起的就是王会珍。她对我很贴心，但我把人家弄丢了。她现在跟了一个地方的小混子，可能早就面目全非了。"姚玉蓉也饮了一口酒说："我们同是天涯沦落人，我也被人弄丢了。"说完，姚玉蓉低声哭泣。吴新知道，她和宋一刚一定是出了问题。随后，姚玉蓉讲了他们进城后的些许变故。事实上他们早就分手了。

十四

宋一刚是篮球高手，身体素质过硬，摸高竟能达到三米二，上初中时他就进了县少年篮球集训队。但宋一刚到了省城，一进篮球场就发现一切都好像变了。他的球技出众是明摆着的，那时他在比赛中能从胯下换手上篮得分。那种高超的弹跳和滞空能力让对手拍手叫好。在校际新生篮球运动会上，宋一刚出尽了风头，也就理所当然地进了系、校两级篮球队，还经常客串教师篮球队队员出去打友谊赛。

大二以后，宋一刚参加学院教工篮球队比赛的机会更多了。有一次比赛回来，宋一刚和同校的一名青年女教师同坐在一排。下车时，那位女教师就邀请宋一刚到她那里去坐一坐。这位女教师是学院女教师篮球队的队员，负责后卫，控、分球技术，在宋一刚看来也是一绝。

女老师名叫章萍，住在一幢平房的一层。这一次造访，宋一刚知道了什么叫炭烧咖啡。而且，品尝咖啡还有那么多的讲究。这些讲究是宋一刚从来没有经历过的。所以，章萍在教他喝咖啡的时候，宋一刚既有一种体验新生活的渴望，又有一丝对前景的惴惴不安。仅这一杯咖啡，就让他把过去的好多生活定式重新审视了一遍。

这以后，章萍邀请宋一刚的时候就逐渐多了起来。宋一刚也知道了章萍就是省城人，刚从北师大分配到本校的外语系任辅导老师。此后，只要章萍出去打比赛，宋一刚必定是受邀对象。那一次是师院和农学院的女篮比赛，下半场刚开赛不久，章萍和对方的前锋就对撞上了。章萍个头略小，一下被撞倒在球场上，肩膀碰到了场地边上的记录台，第一个跑上去施救的却是宋一刚。宋一刚单腿跪在地上，抚抱着她的头问："怎么样，没事吧？"章萍艰难地说："肩伤。换人。"宋一刚扶她站了起来，章萍说："我们先离开。你陪我去拍个 X 光片。"宋一刚二话不说，就提了章萍的行李包扶着她走了。一个中年男人跑过来问："你们这样去能行吗？"宋一刚没想到章萍却干脆地回他说："怎么不能行？好着呢。"事后好长时间，宋一刚才知道，章萍身后还有一个曾苦苦追求她的男人。

章萍和宋一刚去的是大学附属医院。宋一刚把章萍扶到放射科的椅子上坐着，就赶紧去挂号、交费。不一会儿，宋一刚拿着一张单子过来，把章萍扶进了放射室。那时快到下班时间，人不多，章萍很顺利地拍了片子。出了放射室，宋一刚就去问医生，什么时候能拿得到结果？医生说最快也要一个小时。宋一刚说："那不早下班了？"那医生就说："你们最好是明天早上再来拿结果。"宋一刚生气地说："你这不是开玩笑吗？要是骨折了不治疗那不伤了神经组织？"那医生也觉得宋一刚说得有道理，就问："你女朋友到底是怎么受的伤？"宋一刚心里一紧，赶紧说："首先我得说明，她不是我女朋友，而是我的老师。她是在篮球场上意外受伤的。"宋一刚又瞟了章萍一眼，他发现章萍嘴角挂着一丝忍俊不禁的笑，这却叫宋一刚心里更紧张。那医生突然来了劲，说："原来你们是篮球队的呀？我大学时也是篮球爱好者。"章萍说："我是教职工篮球队的，算票友。他才是真正的高手，全院校的篮球明星。"那医生马上过来和宋一刚握手说："真是幸会。我叫刘林，有机会我一定要向你好好取经。"宋一刚感觉自己像是在看戏，原来冷冰冰的他，怎么突然就翻转成热腾腾的了。他不相信一个篮球就有这么大的魅力。但宋一刚试探性地问："我老师的片子……"还没等他说完，刘医生就小声说："我过去排，就排最前面。保证今天能拿到结果。"刘林把他俩带到一间休息室里，他就出去了。章萍侧过头看了看宋一刚就说："没想到你球技超群，交际居然也是一流的。"宋一刚很不好意思，他不无谦恭地说："我看并非是我交际能力一流。"章萍很敏感，反问他什么意思。宋一刚就说："一个美貌的女人总会能得到更多的关照。"章萍问他："我美吗？"宋一刚肯定地说："当然。明知故问。"章萍再问："我美在哪里？"宋一刚几乎是不假思索地说："上周看了一部美国电影《斯巴达克思》，女主演叫简·西蒙斯。"章萍听后，笑得很灿然，那张原本安恬瘦削的脸颊一下子灿如夏花，初看不忍触目，但却过目难忘，似有一种极致之美。这让宋一刚不知进退。

大约过了半个小时，他们一行来到了看片室。刘林拿着一张片子，贴在一面泛白光的平面上。章萍还是有些紧张，她不经意就挽住了宋一刚的胳膊。刘林医生看了片子，就说："还好，没有伤到骨头。但软组织挫伤很严重。这期间不但不能做剧烈运动，关节处轻微的扭拉也不行。我给你开些口服药，还要打上绷带。"章萍问："这可怎么办，我还要洗漱呀，总不至于一个月不洗澡吧？这大热天的。”刘林说：“这些困难是可以克服的。”

刘林把章萍和宋一刚带到另一间治疗室。进门后，刘林把门关上后就对章萍说：“把上衣脱下来吧。”宋一刚听说要章萍脱上衣，他就要开门出去。章萍说：“干吗呀你？留下陪我不行吗？”宋一刚进退两难。这时刘林才说：“你是应当留下来。患者心情放松更有利于治疗。”宋一刚一下子就松弛下来了，没有刘林的这一权威性的表述，他真觉得有违常理。于是，宋一刚理所当然地面对一个上身半裸的女人了。宋一刚意外发现，章萍并不是他想象的那种身材，那是被她面庞的精致瘦削掩盖所至。实际是，她有着十分紧实的肌肉。这些看似柔美的肌肉群才能保证她完成快速的运球推进，准确的中远距离跳投，更能支撑她迅即的抢断快攻。这是她能在高手如林的女教职工篮球队中站稳脚跟的重要本钱。从这以后，宋一刚才明白，其实柔美也是一种力量。

绷带打好以后，宋一刚不由分说，就上前去为她穿衣服。他拿出了章萍包里的一件红衬衫给她穿上。章萍右手还使不上力，宋一刚就给她一一扣上纽扣。

出了治疗室的门，宋一刚就说：“刘医生，我们后会有期。若有时间，就到我们师院去玩。”刘林说：“那是一定的。到时还要向你好好学艺呢。”宋一刚说：“学谈不上，互相切磋吧。你去了就到八号楼找我。我叫宋一刚。”章萍说：“他在学院是明星，你只要找到一个篮球场就能问到他。”章萍向宋一刚飞了一下眉。宋一刚看她的眼睛里带着秀亮。

出了附属医院，已经是下班时间。章萍提出到外面吃一碗热干面，宋一刚这时却牛气地说：“吃什么热干面？你今天受了伤我理当要为你补一补。吃一个甲鱼火锅怎么样？”章萍说：“你一个学生，还是个百分百的消费者，哪来钱请我？”宋一刚说：“小瞧我了是不是？”这时章萍跟着他亦步亦趋地往前走。

章萍和宋一刚一起来到东湖边的那家小餐馆。他看重的是这里的环境，晚霞下的东湖一抹残阳，波光浮影，和风拂面。他们坐的那个包间面向湖水。上菜前，宋一刚就讲了为什么他手头上有钱。一个月前，郑联生专门来到省城，单独请宋一刚一人，住的是最好的东湖宾馆，吃的是他从未见过的龙虾、鲍鱼。这让宋一刚有些受不住。宋一刚提出不吃这些。两天后，郑联生要走了，走的时候他给宋一刚塞了三千块钱，并说，他这是还情。郑联生说的时候，两眼噙泪，弄得宋一刚也跟着流泪。几年前，宋一刚借给郑联生五元钱，让郑联生给他病重的母亲抓了最后一服药。

这回，他把章萍也带到这家餐馆来。宋一刚觉得这里很合他的口味。宋一刚把他与郑联生的交往简单地讲给章萍听，章萍只是感叹唏嘘。有这么一个铁哥们也算是人生之大幸。

吃过晚饭以后，章萍说要到一个女同学那里去。宋一刚问她为什么非要到她那里去？章萍却镇定地说："这你还不知道呀？我一身的臭汗。"宋一刚听后不敢再接话。他只能把她送到江边的一栋宿舍楼。宋一刚在楼下足足坐了两个小时。直到章萍洗完澡下楼，他们才缓缓返回学校。这一切的行为却被一个时时追踪的男人看在眼里。

章萍和宋一刚进校门时，政教处的孔副处长就走过来问候章萍："章老师，伤得不重吧？"章萍十分冷淡地说："没事。"孔处长名叫孔庆和。他说："都打上绷带了还说没事？"章萍没打算再理他，挽起宋一刚一路朝前走。宋一刚这才看清楚，他就是下午在篮球场边追着章萍的那个中年男人。走过大约百米，章萍就对宋一刚说："他叫孔庆和，学院政教处的。"宋一刚始终一言不发。这让章萍很不理解。于是她愠怒说："你怎么就无动于衷呢？"宋一刚还没有反应过来，章萍已经快步走出好远了。宋一刚却怔怔地愣在原地。

第二天晚上，宋一刚来到章萍宿舍叩门，章萍很快打开了门。章萍问宋一刚："昨晚你都不敢吭声，今天怎么又敢来叩我的房门了？"宋一刚说："我来是找你说事的。"章萍突然来了兴趣，递过一杯凉白开后问："什么事？说吧。"宋一刚说："你不该这样硬顶他。人都是要面子的。"章萍一听就有些烦了。她反问："他都像蛛网缠上我了，我还要和和气气地配合他吗？"宋一刚说："你就不能靠你天才的脚步动作绕过吗？"章萍反问："我怎么绕？莫非要我滚出这所院校？""你们好好谈谈不行吗？"章萍更是气鼓鼓地说："你是让我去要找他吗？"章萍稍微平静后说："他以为时不时坐个主席台就有什么了不起。真是的。"宋一刚说："那主席台也不是这么好坐的。"章萍叹息说："我真拿你没办法。"宋一刚也只是笑了笑。

章萍又说："不过，谈篮球我还是信服你的。我就没见过学院中有谁能像你那样身轻如燕的，真是鬼魅天才。但这人情之事你还嫩了点。"宋一刚说："我们就只谈篮球吧，我也不是吹捧你，你的脚步动作才真是鬼魅神功，好多男队员也不一定能跟得上。"章萍说："算你说对了。我要是能再长高十厘米，说不定就能进专业球队了。"章萍又说："你说吧，我今后要注意些啥？"宋一刚说："我已经说完了。"章萍说："你得再说一遍。我什么都没领会到。"宋一刚说："你领会得够可以了。"章萍说："好。明白了。现在该为我拧把毛巾了吧？"宋一刚看到洗脸架上的那一盆热水，什么都明白了。他的理解是，总不能天天往自己的女同学那里跑吧。给章萍洗完脚，宋一刚提着一只铁桶出来倒水，他刚一抬头，就看见孔庆和站在不远处的一棵香樟树下，滴溜溜地向这边张望。

宋一刚倒完水转身进到屋里，章萍也换好了衣服。宋一刚问："他到底是个什么人？"章萍问："谁？""孔庆和。他还在那棵香樟树下望着。"章萍愠怒说："有病。"她换了双皮鞋俯下身一只手在系鞋带，宋一刚马上过去帮她系。章萍说："你还真是要跟我再出去一趟。"宋一刚说可以。章萍换完鞋，他们就出了门。章萍故意绕道从孔庆和站着的那棵香樟树下走过去。宋一刚能感觉到孔庆和在一刻不停地盯着他们的一举一动。宋一刚从这时起就预感到将会有什么事要发生。姚玉蓉这期间也约了他几次，但宋一刚以有重要比赛为由都推托了。

三个月后的一个晚上，宋一刚被姚玉蓉堵在了章萍的房间里。宋一刚并没有觉得有什么不对，章萍也是十分的大度，她将姚玉蓉请进了里屋。宋一刚一言不发，他只是听两个女人在喋喋不休。

宋一刚和章萍一开始都不知道孔庆和会去找姚玉蓉。一段时间后，宋一刚在校园内很少看到孔庆和的人影。以前，只要是休息时间或是别的公共场所，凡是能看到章萍的地方，不出五十米，就一定能找到孔庆和。宋一刚也问了章萍这是怎么一回事？最极端的猜测他是不是已经调离了本校。章萍听后仰面一笑，但马上又止住了，问道："至于吗？"宋一刚也觉得这不太可能。但这却让章萍留了个神。

那天下班以后，刘医生过来找宋一刚和章萍。他来一是要看看章萍的伤情恢复得怎么样，更重要的是要以球会友。后来宋一刚才知道，刘林在同济医学院就读时，进了学校系篮球队，而且还是系队的队长。但校队他一次也没有入选过，这也是他心中的一个结。他这次来，是想见识见识宋一刚的真实水平。

他们三人是在球场上见面的。刘林看到章萍完全恢复了，就说还是要注意保护创伤处，以免旧伤复发。刘林还特意上前牵引了几下章萍的右臂。章萍甩了几下，划出几道弧圈后说："现在没事了。"刘林说："这当然好。爱运动的就是怕伤病。"

宋一刚叫了校队一帮人在球场边等着。宋一刚说："看来你只能和我们分班打半场球了。等你再带团队来切磋时我们就全队上。"刘林说："我这次主要是来拜会你。看看你们的表演就行了。"章萍说也好，别人初来乍到怎好意思上场？宋一刚和章萍后来才知道，刘林是有些怵这帮人：一米九以上的高个子就占了一大半。虽然是自由活动时间，但只要他们一来就没人敢占领这块中央球场，只能围成一圈等着看热闹。而宋一刚在这一帮人中充其量也就是个中低等的个头，他能处于什么角色还真不好说。刘林甚至还在怀疑，章萍先前说的那一番话是不是在吹嘘他。

校队分班四打四。中圈开球后，宋一刚一开始并没有处于中心位置，他只是快速分球，连一次像样的突破都没有。不过，刘林终归是受过一些篮球训练的人，他从宋一刚的接传球就能看出，宋一刚是有相当的功底与天分的。之后，宋一刚的作用就逐渐体现出来。他在这八个人中个头处于劣势，但他总是能抢先站到最有利的位置获得关键的篮板球。这不仅仅取决于他的弹跳和身体柔韧性，更多的是他非同一般的篮球意识。刘林亲眼见识了宋一刚空中转体换手上篮的绝技。仅这一招就能让在场的人拍手叫绝。那一阵阵掌声自然就彰显了宋一刚在这个群体中的地位。

三轮过后，宋一刚那一班还没有被打下来。他提议换刘林上场，同班的三人也没有表示反对。不过，刘林也许是长时间没有系统训练，明显是跟不上整体节奏，致使多处失位。不到五分钟，他们就被另一班人比了下去。下来后，刘林对宋一刚说："我这才真正领教到校队和系队之间的差距。对不起呀，让你们班的分数下来了。"宋一刚说："你太谦虚了。其实你的基本功特别扎实。只是和他们风格不合。"刘林听了倒是很受用。

之后，宋一刚又带刘林玩了几轮，他们都出了些汗，刘林说不玩了，出去吃东西。他说：“湖边的一家西餐厅不错。我请你们尝尝。”宋一刚还从来没有吃过西餐，他想去见识一下。章萍也没有反对，显然她在京城是早尝试过了。他们一行来到湖边的那家西餐厅，宋一刚一看，发现西餐厅和咱们中餐厅就是不一样，他想了半天才想出两个词来：别致、典雅。

进了店内，宋一刚更是觉得耳目一新。全然不是他想象中的方桌圆桌，而是用隔板均匀隔开了的沙发和条桌。每张条桌前都有一盏或明或暗的灯。宋一刚正在这幽暗的厅内张望，突然有两张面孔让他一惊。他倒不是因为抑制不住尴尬而产生错愕，而是姚玉蓉那种在暧昧的灯光下的陶醉让他不能忍受，而她的对面就是孔庆和。

宋一刚拉了章萍就往外走，刘林也跟着出来。章萍好像明白了什么，但刘林却还蒙在鼓里。刘林问：“不是说好了吃西餐的吗？怎么像牛皮筋一样又弹回来了？”宋一刚僵着脸说：“对不起。我一闻到那个味就想吐。”章萍也说：“我好像也不太舒服。”刘林说：“好吧，我们就换个地方去吃鲇鱼火锅吧。”刘林就把他俩又带到湖边的一家中餐馆。那里嘈杂不堪，五音杂陈。这种环境让宋一刚感到不舒适，但心是安静的。其后若干年，他老让这么一个巧遇困惑着。他不得不承认这是一种冥冥中的暗示：安然与凌乱的对比。

直到第二年的春天，章萍才向宋一刚如实讲了他感兴趣的那个男人。孔庆和是省城郊县人，他是个大学生。毕业后，因为积极上进，他被留在了本校。他结过两次婚，但都是无疾而终。据章萍了解，孔庆和两次失败的婚姻很大程度是他的原因造成的。至于是什么原因她也没有弄清楚。严格来说，章萍是孔庆和一手操办才进师院的。凭章萍的资历，她还不能直接到这所有名的师范院校工作，而且还是以教师的身份。但章萍的梦想就是能进这所院校教书，她认为这才不负她十多年的寒窗苦读。

孔庆和正好参与了那年的毕业生选调工作。他从章萍的资料袋中得知了她的联系方式。他就通过她父亲单位的电话找到了她。他们约定在学校办公楼一楼见面。

那天上午，章萍如约来到行政办公楼一楼，一见面，孔庆和就有眼前一亮的感觉，章萍皮肤白皙，人干练，面容上又有一种难以估摸的安然。但章萍见了孔庆和却有一种周身寒彻之感。她怎么看孔庆和都带有一种不怀好意的目的感。章萍随孔庆和进了办公室，待她坐定后，他就与她谈起了关于她工作分配的事。孔庆和一开始只是谈了进这所院校是如何之难。章萍听后几乎是信心全无。但孔庆和又说，有些事情还是事在人为。办法总是可以想到的。章萍问："有什么好办法，您尽管指点。"孔庆和说："还是得想一想，要具体琢磨琢磨。"这次章萍与孔庆和的见面就这样结束了。她所得到的回应就是"琢磨琢磨"。

暑期快要结束了。这次是章萍主动去找的孔庆和。她约的地点是湖边的一家咖啡馆，这在当时的省城还不多见。孔庆和如约来到咖啡馆。见面后，孔庆和就说："实话告诉你，你的档案我们已经调过来了。但最终能不能留下还有诸多变数。我也还没想好能说服校方的充足理由。"章萍的确是有些着急了，她问："要是你们退档了怎么办？该不会把我分到边远山区去吧？"孔庆和严肃地说："也有这个可能，那里更需要你这样的人才。"章萍听后更是着急了，她说："那可怎么办呀？人生地不熟的，苞米红苕饭我也吃不了。"一会儿后，章萍就央求孔庆和说："您能帮我想想办法吗？"孔庆和说："我当然是在为你着想呀。难就难在这事不是我说了算的。再说——唉。"章萍说："您说吧，叫我做什么我都配合。我也是工人家庭出身，没什么大的门路，就全靠您帮忙了。"孔庆和叹了一口气说："只能这样了。你说不行就拉倒。"章萍就说："尽管说，我一定同意。"孔庆和说："那好吧。你愿意做我的恋人吗？这是一个最有说服力的理由。"孔庆和看章萍脸色发白，就接着说："当然，这只是权宜之计。"章萍好半天没吱声，孔庆和说："看来你还是有心理障碍。权当我没说。"孔庆和要起身走人，章萍却突然问他："还要我陪你睡觉吗？"孔庆和说，那倒不必。章萍就点了点头。于是，章萍就顺利地进了省师院，安排在外语系当辅导员。

工作了一段时间以后，章萍对孔庆和的印象也有了改变。她认为孔庆和并不是她先前印象中的孤冷，她发现他还有相当热烈的一面。周末，孔庆和经常带章萍出去郊游。那时孔庆和有一部相机，可以拍彩色照片。孔庆和在郊外拍的多张彩色照片让章萍很是欣赏。章萍更感动的是孔庆和拍照时的那股认真劲头。为了一张好的照片，孔庆和能让章萍摆出若干个姿势，直到他认为满意为止。章萍也从那些照片上重新认识了自己，原来自己还真的是别有韵味。

孔庆和让章萍彻底失望还是在那个秋天。章萍和孔庆和交往已近半年了，孔庆和也在章萍这里做足了功课。但当她冷静下来，仔细考虑是不是真的要与他确定恋爱关系时，章萍自然是忐忑不安的。她倒不是在意孔庆和的年龄，更在意的是他的两次婚姻失败的真正原因。他的条件绝对一流，为什么她们都与他不欢而散？

那天周末，孔庆和与章萍到郊县去拍芦苇花，他们共同欣赏的是落日下那瑟瑟的芦花拂掩在红日上的那种感觉。他们确实是等到了那一时刻的到来。落日下漫天飘红，满塘的芦花有种浴火燃情之感。他俩尽情地欣赏这一难得的美景。孔庆和让章萍摆出或坐或立或躺下身子的造型，他也就变换不同的角度为她取景拍摄。当最后一抹暗红下去的时候，章萍发现自己穿着一件粉红的单衣就躺在了一片静寂的黄草滩上……

她几乎是没有任何感觉就彻底结束了。不过，孔庆和还是说："你让我满足了。"章萍却在心里反问："那不满足又会是什么样子？"章萍产生了一种深深的鄙夷。她不可能接受几近无感的性爱。她要的是一种强悍的力与美。这也许就是她要断然结束这段感情的根本原因。之后，尽管孔庆和还是频繁地约请章萍，但她实在是没有任何兴趣了，以至只有孔庆和在追着章萍的影子跑。

章萍后来才知道宋一刚那次退出西餐厅的真正原因。原来是他一眼就瞧见在那抹暧昧的灯光下姚玉蓉和孔庆和在窃窃私语。章萍的态度十分坚决，她对宋一刚说，不管她出于何种目的，你必须阻止他们进一步发展。宋一刚一开始并不明白章萍是在说什么。章萍最后只对宋一刚说："我都见识了。他的确不配做个男人。"这句话直到几个月以后，她才认真向宋一刚做出解释。

那次约在北湖见面，宋一刚就是要向姚玉蓉讲明这事的。姚玉蓉反问宋一刚："你要是真在意我，会和别的女人打得那么火热吗？"宋一刚说："我们只是朋友。没有你想象的那么复杂。你看你都成什么样子了。"姚玉蓉愤然地说："你既然可以舍弃我的朋友，我也有我的选择。我有什么错吗？"宋一刚说："他真的不适合你。"姚玉蓉也十分决绝，她说："我们很好。这事就不用你操心了。"宋一刚不能说出这是章萍对她的忠告，他知道这可能是产生极端曲解的催化剂。宋一刚随后转身就走了。姚玉蓉大声喊："他就是能改变我的命运。你嫉妒去吧！"宋一刚耳根发热，但他却没有再回头。

宋一刚怎么也没有想到，他会受到孔庆和的邀请。那是在桃花盛开的时节，那天上午，宋一刚刚上完高等代数课回到寝室，就收到一封信。他拆开信封，是一张院办的专用信笺，信不长落款却是孔庆和。

中午，宋一刚按照孔庆和的约定去了那家西餐厅。至于吃什么，宋一刚已经不太关注了，他更在意的是孔庆和要与他谈些什么。开启话题的自然是孔庆和。他讲了一句话却让宋一刚对他刮目相看。他说当男人太累，能让女人心疼男人真不是一件容易的事。他说他经历的几个女人都是雁过无痕。随后话题就转到他们了。孔庆和说："你是我们师院的大明星，我只有佩服的份。我也不是夸耀你，自从恢复招生以来，学院能像你把篮球玩得这么棒的并不多见。可以说你也是人才难得。"宋一刚说："您过奖了。我无非是玩物丧志。"孔庆和说："你这样的人才当然是值得珍惜的。就是要放到极需要的地方，才能发挥更大的作用。如果有可能我一定帮你做工作留在省城。"宋一刚这时才悟出两年后他还有个去向问题。宋一刚认为，眼下他提出这事可以理解成是一种警告。孔庆和接着说："现在我们都沉静下来了，想必我们大家都还满意吧？"宋一刚这时才意识到，孔庆和约他来的真正目的是告诫他：保持当下，谁也别再吃回头草。宋一刚说："有时候满意不满意不是自己说了算的。要对方认可才是最重要的。"孔庆和说："你说得太对了。我们应该没有谁去强迫对方吧？"宋一刚说："那倒也是。不过，认可应该比我们想象的更加宽泛。总不能阻止一个人的全部交往吧？"孔庆和说："既然你说到这里，我也得把话明说了。章萍被你撬走了我没有任何意见，但总不能再去撬另一个吧？"宋一刚说："章萍是不是我撬走的我不想多加解释。但姚玉蓉曾经是我的恋人，又是我的同乡，我总能有几句嘱托吧？"孔庆和没吱声，宋一刚接着说："就一次。我保证就那一次。你们怎么往下走真不关我的事了。"孔庆和说："我不是嫉恨你。我是痛恨我自己。这么多年我一直在寻找，我以为我找到了，但每每又都是一地鸡毛。但，小姚却是我真正想找的人。”宋一刚此时却有一种无以言表的难舍。但他还是向孔庆和做出了保证：没有下一次。而孔庆和似乎也有一般男人的大度，他也说了一句：我祝福你。说完，两人一同走出了那家湖岸西餐厅。宋一刚按照承诺他没有再去找姚玉蓉，而章萍身边也再没见到孔庆和的影子。

十五

姚玉蓉这一次主动来找吴新也让吴新颇为意外。吴新倒是要问一问她和宋一刚之间究竟出了什么问题。但在这家湖滨小餐馆，吴新的一切担心都化为乌有。他原以为姚玉蓉讲到她与宋一刚的感情变故会哭得稀里哗啦，但她没有。姚玉蓉叙述起来却是一脸的轻松。仿佛他们先前的所有都是一个不存在的传言而已。更让吴新不能理解的是，姚玉蓉口吻里还有那种志得意满。她仿佛就像进了一家在大打折扣的老古玩店，不经意间淘到了一件稀世珍宝。至于，那些本来就廉价的大路货她不去光顾也算是合情合理的选择了。吴新问姚玉蓉：“你对宋一刚真的就没有一点留恋？”姚玉蓉直说：“我现在才知道，环境变了，人群也变了，自然选择就多了。我们原来的那些想法不免就有些幼稚可笑。”吴新突然觉得这些话姚玉蓉就是说与他听的。比如他和王会珍、他与李红梅。吴新举起酒杯来，对姚玉蓉说：“你算说到我心里去了。环境一变很难说人心不会变化。选择自然也就不一样了。”姚玉蓉正色道：“我说的是我自己，至于你是不是这样想的其实无关紧要。我也只是零星听说了你和王会珍、李红梅的事。你今天不说，我还真不知道你现在混得鸡飞蛋打了。”吴新只是简单地向姚玉蓉讲了他这两年来的起起伏伏。姚玉蓉接着说：“我敢肯定地说，我对得起宋一刚。我甚至做好了把自己整个献给他的准备。但人家不接受这叫我有什么办法？”吴新说：“你也是够真诚的了。他不一定能理解得到。”姚玉蓉说："我现在有什么事都不会去找他了。幸好你过来了。我有什么事去找你该不会吃闭门羹吧？"吴新一拍胸口说："你这话说的，两肋插刀。"这时税艳艳就推开门，送来了一碟下江泡菜，她瞟了一眼吴新说："这小菜能解酒。"吴新好像还听出了下一句：酒醒了就不糊涂了。

吴新去前台结账，税艳艳又说要收两百元。吴新说："又想要我打欠条呀？"税艳艳一本正经地说："先记下。老早不是还有孔乙己吗？"吴新被她逗乐了。他也说："好，这回是现钱。"说完就递过一沓十元的钞票。

出了小餐馆的大门，吴新去送姚玉蓉坐公交车，一路上他发现姚玉蓉还不想回校。他一个人晚上老陪着她也有说不过去之处，他也怕宋一刚知道后又生出一些无法收拾的话题事端。这也是他不想搅和进去的原因。但他没想到，姚玉蓉在上公交车之前又重提那句话："你说了要帮我的呀！"吴新还是肯定地说："当然。这是必须的。"姚玉蓉上了车，两人挥手作别。

吴新又回到了税艳艳的小餐馆，餐馆里没什么客人了，后厨里的几个人也准备离开。税艳艳就问他："不是结账了吗？还回来干吗？"吴新说："算账。"税艳艳凝了一下眉头说："账是明摆着的还怎么算？"吴新看着她光亮溜圆的眼睛，就有想靠上去的想法。税艳艳似乎早有防范，她不时就有向后撤退的准备。税艳艳感到很意外，她不知道吴新想干什么。税艳艳于是就问他："你想干吗？"吴新说："我不就是想凑近看看你吗，还能怎么样？"正在这时，一个光头大汉闯进门来，吴新听到响动赶紧转过身来，把税艳艳护在了他的身后。他指着那男子说："你想干什么？想打架？"那男子冲上来就给了吴新一记重拳，吴新随即就倒在了吧台下边。税艳艳急步走上前来，一条腿跪在地上，立即抱着吴新的头对那光头男人说："二哥，你干吗？他是我朋友。都是你闯的祸，他嘴巴鼻子都出血了。"那光头男人说："我看他那样子就是欠揍。"税艳艳说："这没你什么事，你走吧，我得送他去医院。"吴新这时才摸了一下头，木木的，嘴里还在流血。税艳艳俯下脸去，紧贴吴新的脸说："听话好不好，我们这就去医院。"吴新想，这不就是一场梦。税艳艳的这席话仿佛穿越了二十个年头，突然就停在了那里，那时他小小的躯体躺在母亲的怀里，全身热得滚烫。他再看看这里，就只有他和税艳艳了。那个光头男人也不知去了哪里。税艳艳要带他去医院，吴新犟着不去，税艳艳只能先用碘氟给他消毒伤口，又上了云南白药。吴新临走时，却对税艳艳说了声“对不起”，这却让税艳艳有种落泪的伤感，她知道吴新的那一阻拦实际是要保护她的，哪承想他自己却落得个鼻青脸肿。

吴新虽然是工学院的委培生，但也要学习高等数学。数学本来就是他的弱项。吴新坐在课堂上，教授讲的数学分析部分对他来说简直就是在听天书。这个学期期中考试，数学分析勉强及格。他估计拖到期末考试，就混不过关了。但他突然想到了一个人——姚玉蓉。吴新实在不好意思到师院去找她。他知道她现在也是名花有主了。吴新担心在师院遇见宋一刚，那种尴尬是他不可能轻易化解的。于是，他只好给姚玉蓉写了一封信。信的内容是向姚玉蓉求教，要她利用周末休息时间为她补习一下数学分析课程。

那天正好是星期天，吴新在寝室里等她。他有种预感，姚玉蓉一定会来。当姚玉蓉站在他的寝室门前时，正好是上午十点。姚玉蓉叩开房门，吴新的确是惊喜不已。吴新说：“我知道你会来的。没想到这么早就到了。”姚玉蓉说：“我到早了吗？”吴新赶紧说：“不是不是，是恰到好处。”姚玉蓉见他寝室里只有他一人就说：“我这么远来援学，难道连一个拥抱都不值吗？”吴新走上前去就抱了抱她，他的力量也恰到好处。吴新能感受到一个女人在外打拼的艰难。她的确需要一个恰到好处的拥抱。

姚玉蓉果然是高才生，她从极限的定义一步步为他讲解，吴新收获很大，他仿佛找到了一种模型。姚玉蓉又为他列了几道典型的不等式。之后，她给他又讲了一只兔子吃草的故事：一只饥饿的兔子面对一筐鲜美的青草，要吃到青草必须遵守一个规则，那就是每走一半的路程必须停一下。结论是：这只饥饿的兔子永远也别想吃到那筐青草。这一次姚玉蓉没有答应留下来吃中饭。

吴新时不时会想起他挨揍的那个晚上。他真的想去问一问税艳艳，那个野蛮男人究竟是不是她亲二哥，为什么对他下狠手？那天下午，上完课后，吴新去了税艳艳的小餐馆。他到税艳艳餐馆的时候正是餐馆下午的歇息时间，税艳艳在吧台整理账单。当吴新站到她的面前时，税艳艳被吓了一跳。随即她问："你怎么才来呀？"吴新反问："你知道我一定还会来吗？"税艳艳就说："我知道你会来的。我昨夜梦见你了。"吴新想梦见一个人有什么奇怪的，直接说道："我想我是爱上你了。虽然我们几乎没有这个可能。"

税艳艳问："我们为什么不可能？"吴新如实地告诉她："我不是一个正儿八经的大学生。我是工学院的委培生。两年后，我拿下一张毕业文凭还是得回到我们乡下去。你一个好端端的城市姑娘，愿意跟我到乡下生活才怪了呢！"税艳艳说："这有什么呀？我马上把店关了你信不信？"吴新赶忙说："你饶了我吧好不好？你那个黑胖黑胖的二哥不敲了我的脑髓喝了才怪。"税艳艳拧了一下吴新的腰说："你还记仇呀？那可是我的亲二哥呀。我让他给你赔礼道歉还不行吗？"吴新知道她是要来真的了，他说："千万不要这样。我实在是领受不起这礼数。"吴新是怕那个黑胖光头再把他打翻在地再给两脚。吴新侧过身亲吻了一下税艳艳说："人就是奇怪，我第一次在这里遇见你就预感到我们不会很平淡的。"税艳艳小声说："你这个人吧，我也是第一次遇见。有那么一点点不正经，又有那么一点点傻俊，还有——"税艳艳不想说了。吴新追问她："还有什么？""我真说了。""你不说我还不答应呢？""你这人吧，又还有那么一点点乡野匪气。"吴新叹了一口气说："看来这是我们的地方病。"税艳艳倒来了兴趣，她用手撑起红润的脸庞说："我真的想听听什么叫'地方病'。"吴新说得十分简单："我的家乡那片土地先前就是一方水渍地，能来那里谋生的不是官方认定的异类，就是生存能力非凡的强人。水退人进，水进人退。吃在肚子里，穿在身上。后来政府出资将那些不成样的堤垸整合加固，我的家乡不经意间又成了肥得流油的万顷良田。产粮产棉不亦乐乎。"税艳艳又拧了一把吴新说："还要加上一条，正经八百的油腔滑调。""真的吗？你不喜欢？""我真的好喜欢。"

吴新自从与税艳艳交往以后，他感觉好运连连。首先是他在这里本来是人生地不熟竟也有了一个温馨的精神港湾。吴新几乎每周有两天都要到税艳艳餐馆里来。

吴新在镇里管理过乡镇企业，所以，他盘弄企业很有一套。为了使餐饮规模做大，他就鼓励税艳艳把挨着餐馆的那家日杂商店也盘下来。为了让客流量递增且能稳住回头客，吴新给他设计了一张能防伪的积分券。购买此券只需八折，如消费了可以按总价的 50% 抵扣。税艳艳将吴新的一系列建议一一采纳照办，利润增长了好几倍。她的餐馆知名度在这一带一下提升了很多。

吴新最怵的还是税艳艳的二哥。他在这一片区可以说就是一霸，吴新听税艳艳说，他二哥进班房好多回了。那天晚上，吴新来到税艳艳这里，他也没打算急着回校。税艳艳也想留他住下。刚躺下，一阵猛烈的敲门声吓坏了吴新。税艳艳却十分镇静地说："没事。肯定是我二哥。在这一片还没人敢深更半夜来拍我店门的。"税艳艳穿好衣服就去开门，吴新在里屋听到他们的对话，果然是她二哥来了。他二哥就问："他是不是还在里面？"税艳艳抱怨说："二哥，你能不能让我自己生活？我已经是成人了。你不能进去。"吴新听到脚步声在靠近，他知道来的并不只是他二哥一个人，而是一群人。税艳艳要拦也拦不住。吴新就在心里说：完了，这下彻底栽了。他甚至想到可能连自己的性命也要搭上。税老二踢开房门进来，看见吴新已经穿好衣服端坐在税艳艳的床上，他就说："你倒还安静。给我捆了送派出所。"税艳艳哭着说："二哥，你这是干吗呀？他是我男朋友，是我让他来的，你就别管了行不行？"税老二摸了一把自己油得发亮的光头，直对吴新说："行啊小子，你都把我小妹给哄晕了，走，送派出所，我倒是要听听，你是怎么哄骗小女孩的。"税艳艳一时也急了，说："二哥，不是这样的。我们是在恋爱。你不掺和进来了行不行？"税老二指着税艳艳的鼻子说："你给我闭嘴。平时把你给娇惯坏了，你一个丫头片子能认得清什么人？他就是一个小流氓。走。"税老二做了一个手势，吴新就被三个壮汉架着往外拉。这时，税艳艳就爬到二楼一个包间的窗台上，吴新刚被他们架出餐馆的大门，税艳艳就坐在窗台上说："你们不放开他，我就从这里跳下去。我说到做到。"她说着就把一条腿伸出了窗口外。吴新吓得全身瘫软，他嘶喊道："艳艳快回去，你跳下来我们就都完蛋了。"税艳艳此时已经将屁股坐在了窗台上，她什么话也不说，这时，税老二才无奈地做了个手势。那三个人刚一松手，吴新就快步跑上了楼。他把税艳艳从窗台上抱了下来。两个人都坐在地板上，吴新把税艳艳紧紧护住，他用下颏紧贴着她的脸颊。税老二也上来了，他瞧见是这般状况也就缓步离开了。吴新和税艳艳就这样在地板上坐了大半夜，直到税艳艳提醒吴新说："你该回学校了。"吴新才将税艳艳抱下楼，平放在那张柔软的席梦思床上。

这之后不久，税老二就到学校去找吴新，他逼着吴新签了一个承诺：他要吴新必须娶他妹妹。如果违约就要付出十万块钱的青春损失费。吴新很愿意签字。吴新觉得税艳艳还是很有福气的，有这么一个疼她的哥哥罩着，不是幸福又是什么？吴新从心底感受得到，虽然税老二多次冒犯他，而且还让他流过一鼻子的鲜血，但他还是很欣赏他、敬仰他。这是不是税艳艳觉得自己也很可爱的依据？他不知道。

税老二以前一直瞧不起吴新，但当吴新帮税艳艳把这家餐馆策划做大以后，他对吴新也有了新的看法。按他的说法："这小子虽然是个乡巴佬，但肚子里还有点货，很有两下子。"所以，税老二平常的酒桌子上也有了他吴新的一把椅子。

这期间，县上专门派人来学校找吴新面谈未来规划问题。吴新用了将近半天的时间，写好了一份入党申请书，并交给了县上来的人。这年假期，镇上同意他的申请，吸纳他加入党组织。这让吴新多了一份自觉。虽然他入职不久，但也知道一些官场上的规矩。所以，吴新对这一次县上的外调更加重视。

这之后，吴新就来税艳艳这里少了。税艳艳也理解他。他必须义无反顾地完成好学业。要是这一关跨不过去，他今后的发展也许就毁了。税艳艳的理解并没有影响到他们的交往，她常去看望吴新。她最担心的是，她二哥会时不时弄出点什么事来。税艳艳与吴新说过她的担心，这让吴新记忆犹新，直到两年后，吴新才明白这个女人的精明过人之处。

十六

大四下学期，宋一刚要到红石市的一所中学去实习，一去就是三个月，章萍要为宋一刚送行。那天晚上，她把宋一刚邀请到了东湖边的那家西餐厅，两人喝了一瓶红酒。出门时，章萍的脸颊绯红，有些醉意。章萍挽着宋一刚的胳膊说："我们今天不回学校了。"宋一刚问："去哪里？""去我小姨家。她出差了，她让我帮她浇浇花，钥匙就在我手上。"宋一刚看章萍绯红的脸颊就忍不住吻了她一下。他们打了一辆车，就来到江边的一排红砖房前。上了三楼，章萍掏出钥匙开了靠左边的那扇门。刚进门，宋一刚就闻到一股茉莉花的香味。宋一刚深吸一口说："好香呀。要是我们今后能有这么一套房就好了。"章萍说："面包会有的，房子也会有的。"说完她走上前去吻了宋一刚。宋一刚顺势将章萍抱进了里屋。

这是一套标准的一室一厅的老房子，但章萍小姨却收拾得温馨雅致。章萍本是活力四射，但她此时却是如水样的温柔。她线条清晰的脸颊被一抹红晕所幻化。直到宋一刚又瞧见了她同样被红晕幻化的胴体，时间就此停顿。宋一刚的激烈让章萍感知不到城里城外，那仿佛就是一个极端极乐的伊甸园。那种奔涌的感觉就这样永远停留在她幻化的记忆里。

第二天一早，他俩才回到校园。章萍才想到了一个至关重要的问题，但她却依然心存侥幸。可宋一刚却一再提醒，要她赶紧寻求补救。这天中午，宋一刚就匆忙离开了省城，开始了枯燥的教学实习。这期间，章萍也在为宋一刚四处活动，凭他的篮球特长，他毕业后留在省城应当是没有任何问题了。最重要的一条理由是，她与他已经确立了的恋爱关系。这在分配工作上是一个人性化的考虑因素。

一个多月后，章萍急慌慌地赶到红石市一中面见了宋一刚。当章萍站在宋一刚面前时，宋一刚一开始是喜滋滋的。可他马上发现了一些异样，章萍的脸更白净了。他问："出什么事了？"章萍冷静地说："我们出去说吧。"宋一刚和章萍走出了校园，他俩来到一个湖边，那里很安静。章萍站定后说："我们也许是激情过度了。"宋一刚一时没反应过来。章萍又说："据说，在那种状态下孕育的生命是最具活力的。"宋一刚一听就吓傻了。他瞪着眼问："什么？你没做任何补救？"章萍抿了抿棱角分明的嘴唇说："我为什么要做补救？这样不更好吗？"宋一刚跺着脚说："我还是在校生，你这不是在玩火吗？"章萍说："这有什么？几个月后我们不就换了人间？"宋一刚说："不行，绝对不行。你父母不干涉，我爹妈也一定会打上门来的。"章萍肯定地说："反正我已经下定决心了，信不信由你。"宋一刚又跺着脚说："我求你了，就这一次。我出了校门你做什么样的决定我都听你的。但这一次你必须听我的。""凭什么？我们能再找到那种感觉吗？我这次来不是来征求你意见的。我只是告诉你有这一件喜事在等着我们。"宋一刚全身发软，他俩在湖边各吃了一碗肉丝面，章萍便返回省城了。

宋一刚提心吊胆了好几天，他终于借机回到省城。但他并没有和章萍见面，去找了医生刘林。这两年刘林和宋一刚走得很近。刘林对宋一刚的球技十分佩服。他向宋一刚学了不少的技术要领，宋一刚也经常带他出去打比赛，省城内国有大企业的球场他们大都去较量过。刘林若没有宋一刚的关系，是不可能走上那些大企业的篮球场的。刘林之所以愿意跟着宋一刚出去打比赛，还有一个重要因素，他们出外总有一个大美人陪着。而且，章萍也是一个响当当的篮球好手。

宋一刚到了刘林的诊室，刘林看他背着个背包，就说："你先到外面坐一下，我把这个病人处理完就过来。"宋一刚只好出去在走廊的条椅上坐着等。大约过了一刻钟，刘林出来了。他把宋一刚带到了那间治疗室。刘林问："你不是到红石实习去了吗，怎么这么快就回来了？"宋一刚说："唉，不是大事我还真回来不得。我是请病假回来的。""章萍知道吗？""我没告诉她，也不能让她知道。"刘林这时就更是不能理解了，他问："是不是要把人家给甩了？"宋一刚说："怎么甩？比这还严重。"宋一刚看到刘林睁大了眼睛就直说："怀上了。而且她还不肯打掉。你说，她这不是在玩火自焚嘛！"刘林一脸的惊愕，说："这是你干的好事？"宋一刚点了点头。他发现刘林有一种不易觉察的焦躁，随后他用指头点着宋一刚的脸说："你还真行哪你，人家好端端的一个大姑娘，就让你给毁了。"宋一刚说："我也没想到会成这样。"刘林有些恼火地说："你当初想过人家的肚子会大起来没有？"宋一刚说："唉，不都是一时糊涂嘛。问题是她根本不想补救。”刘林说：“换了谁也不会，就这么简简单单地放过你呀？”宋一刚说：“她难道还讹我不成？我是真心跟她好的呀。”“问题就在这里了。真心好为什么不对人家负责？”“你说我还是个学生，我负得起这个责吗？把这几个月蹚过去了叫我做什么都可以。问题是肚子里的孩子不等人呀。”刘林说：“这话谁信？真是。”宋一刚俨然是个罪人，他似乎没有辩驳的理由。刘林又说：“你来找我，我又不能不管。我想听一听你的意见。”宋一刚说：“我想你认识的妇产科同行多，我和她做那事是酒后行的事，对后代发育不利，你得帮我请人去说服她赶紧终止妊娠。”“打住吧兄弟。这事没那么简单，谁也不能保证那条命一定是健康或者一定不健康。谁爱冒这个风险，这些只是大概率事件。再说，章萍是个什么人，那智商都不在你我之下。别人灌几碗迷魂汤她就信？真是。”宋一刚无话可说，他只得坐在一旁抓自己的头发。这时刘林表态说：“我可以先找她谈谈。具体了解一下她的想法。”此时的宋一刚也只能得到这么一个无关痛痒的承诺。他这次回城没与章萍见面就又回到了红石市。

事情的发展远没有宋一刚想象的那么简单。一个多月以后，一封匿名信就送到了学院的政教处办公室。而负责处理这封匿名信的正是孔庆和。

那天晚上，孔庆和就约了姚玉蓉出去吃海鲜。姚玉蓉被安排在省直机关实习，她没有出省城。他俩来到一个海鲜馆，孔庆和点了一只三斤多重的大龙虾外带一瓶洋酒。他俩在等待做菜的时候，孔庆和就开口了。他说：“我们办公室收到了一封举报信。真的是人在做天在看。看他们如何自毁前程吧。”姚玉蓉一惊，她断定一定是宋一刚和章萍出了啥乱子。姚玉蓉赶紧问：“什么事？”孔庆和说：“宋一刚那小子简直是色胆包天，还没毕业就把别人肚子搞大了，你说在这毕业分配的节骨眼上，这不是找死吗？”姚玉蓉先是眼前一黑，半闭着眼喃喃自语：不可能，绝对不可能。而后联想到：一个熟悉的背影，提着行李包和这座城市渐行渐远！

孔庆和看姚玉蓉是这般表情的确也有些来气。他想：人家不早就把你一脚给踢了吗？你这样子不是自作多情？孔庆和说：“其实你也不必这样为他可惜。这都是他咎由自取，他应该承担一切后果。”姚玉蓉突然推开面前的酒杯，哽咽着说：“孔庆和我告诉你，你要是报复加害于他，我会毫不犹豫地离你而去。我说到做到。”姚玉蓉润泽的脸颊上挂着两行泪珠，在那暧昧的灯光下闪烁，孔庆和感到五味杂陈。一方面他真正体味到什么才是爱的力量。虽然遭到了无情的伤害，但她的心却根植弥远。另一方面，他也隐隐约约感知到了自己为啥老不被人爱的原因之所在。思索过后，孔庆和说：“那封信上是写明了事实依据的，余下的就是院方要派人去查证落实了。我又能怎么样呢？”姚玉蓉抹了一把泪说：“他要是因为这事而流落天涯，我也一定会随他去流浪的。”说完，姚玉蓉起身要走，孔庆和随即站起来说：“菜都点了，我们还没吃了。”姚玉蓉头也不回，孔庆和不得不赶紧追出去。他追上姚玉蓉后说：“我来想办法尽量补救还不行吗？”姚玉蓉停下脚步，问：“怎么补救？”孔庆和说：“事在人为。办法总是有的嘛。”姚玉蓉说：“不管什么情况，他一旦被开除我也一定会离开你。我还要去校长办公室告发你。我真的说到做到。”姚玉蓉这一席话让孔庆和眉头一紧。他不想，看似温柔似水的一个漂亮女人，性情却是这般的刚烈。

几天以后，章萍也听到了一些风声。而把这风声最先传递给她的却是刘林。刘林在电话里说：医院的妇产科来了一班人，并核查了孕检报告的底单。章萍一下子就懵了，她第一个想到的是宋一刚将何去何从。这时，宋一刚还在红石市一中实习。

这天晚上，章萍就约了刘林出来吃饭。饭桌上，刘林就帮她分析了事态发展的可能走向。他说：“如果照目前这样走下去，宋一刚无疑将会被开除。唯一的办法就是你马上去外地打掉这个孩子，并还要找到一个替罪羊。表明这事与宋一刚没有任何关系。”章萍说：“这怎么能行呀？我们中间还有姚玉蓉、孔庆和。特别是孔庆和，这事是要经他的手办理的。”刘林说：“那就更要找到一个相宜的人出来顶替他了。而且还要不露声色。”章萍说：“这多难呀！有谁愿意当这个冤大头。”章萍急得直跺脚。她万万想不到，刘林会一本正经地对她说：“我。谁叫我是他的铁哥们。”章萍听后十分感动。她也知道刘林离婚后，一直还是单身。

第二天上午，章萍和刘林就背着宋一刚到了区民政局。进门前，刘林就把一张协议书交给了章萍，章萍仔细看过后确认是他们事先的约定。他俩就一起进了婚姻登记办公室，正式办理了结婚手续。出了区民政局大门，章萍和刘林都舒了一口气。章萍说："这真的是委屈你了。你不仅救了他也救了我。"刘林却爽快地说："都是朋友。我也是觉得宋一刚人才难得。再说，我是单身，多一次婚姻少一次婚姻又有什么关系？成人之美还是要有的，况且是为了朋友。"章萍听后十分感动。她就在心里想：宋一刚能交上这样的朋友，也是他的福分。按照协议书上的约定，这一纸婚约不承载任何夫妻义务，只要章萍提出来，他们就得适时解除关系。

章萍又去了一趟红石市。她和宋一刚来到月湖公园，章萍就向他分析了他们的不利处境：学校已经就检举信在开展调查。因为那张检验单上有她的签名，如果这事真正追究到他的头上，被除名就是大概率了。所以，刘林医生主动站出来帮忙化解危局。他愿意为你冒顶过关。宋一刚听后一时心气难平。不知道什么原因，一种更加让他不安的情绪老是纠缠着他。他眼前仿佛是一片雾障，凭直觉，真相就躲在背后，只不过他一时无法看清而已。一年以后，他再回想当时的情形，真如洞若观火。

学院的调查并没有停顿下来。章萍也被政教处叫去谈了几次话，因为涉及宋一刚，章萍必须说清楚她与宋一刚的关系。章萍一口咬定她与宋一刚只是师生关系和篮球爱好者之间的朋友关系。与医生刘林才是真正的恋爱关系。这中间自然还有一个处于回避状态的孔庆和。章萍清楚，他实际是个极其重要的关键人物。只要他把相关情况一再做实和放大，宋一刚作为当事人就无法逃避。但是，这一切似乎都没有发生。虽然宋一刚也被学生处找去问了话，他只是证明章萍和刘林已经是婚姻关系，其他无可奉告。他觉得自己虽然很猥琐，但他也不得不考虑到章萍今后的人生。所以，即便他日后极有可能让人唾骂，他觉得也是值得的。他也不想让自己多年的奋斗付之东流。自己能走进省城，背后有多少人做出了牺牲：父母兄姊，还有死党郑联生。宋一刚不能让他们失望。然而，一个极为不利的局面是：校方认定宋一刚是有重大作风嫌疑的。虽然刘林和章萍有那一纸婚约，但在校方看来，这充其量就是一块摆在面上的遮羞布。尽管孔庆和也为宋一刚尽力开脱，但他还是得推迟一年毕业。这就为他留城抹去了最后一丝希望。章萍很是自责，她对宋一刚表示她愿意跟他一起走，无论他走到哪里。但宋一刚不想让章萍失去这么好的工作环境。再说，只要是真心相许又岂在朝朝暮暮？他自信，他一定能再杀回省城来，只要章萍还看重他们的这份感情。章萍最后也被宋一刚说服了。

那天晚上，章萍也向宋一刚坦诚了她不能终止妊娠的理由。章萍是北师大校篮球队的主力后卫。大四的下学期，她在一次校际联赛中受了重伤。一个月后，章萍才顺利出院，身体恢复良好。但主治医生却告诫她今后极有可能有生育缺陷。到时如果能有幸怀上，必须尽力保住。因此，她与宋一刚那一次激情后的结晶，章萍就只得倍加珍惜了。她也想完整地做一个女人。于是，当宋一刚要她去医院终止妊娠时，她是绝对不会同意的。这一次长谈，宋一刚也更理解了眼前的这个女人。只是他觉得让好友刘林如此委屈很不应该，同时也反衬出自己灵魂的猥琐。不过，他能给自己找到的托词当然也是站得住脚的。他也是为了一个新的生命。有了这一点，他就觉得没有什么不心安理得的了。至于，他所能承受的后果他自然也是可以接受的。毕竟推迟毕业不等于无望，或者是扫地出门。他相信凭借自己的努力完全可以改变处境。只要章萍还看重他们的这份感情，回省城也就不再是一个不可能实现的遥远梦想。

姚玉蓉将宋一刚和章萍的事告诉吴新以后，吴新专程去了一趟红石市。他在市一中找到了宋一刚，约他出来吃了顿午饭，两人就谈到了今后的打算。宋一刚告诉吴新，他真的一点底气也没有，只能听天由命了。吴新清楚，要宋一刚回到三江县城去找一份工作，他绝对是不会同意的。但吴新还是要极力去说服他。吴新说："虽然你不能及时拿到毕业证，但并不能说明你的能力不够。你回去，家乡肯定是会欢迎你的。再说，还有那么多的弟兄哥们等着你，你回去一定不会混得太差。"但宋一刚却不这样认为，他是铁了心不会回去的。他说："你想，我宋一刚从河口考出来该是何等的风光。全河口人都为我骄傲这不假吧，什么时候河口才能出个全县的高考状元？那些日子，我们河口的田间地头哪个不夸耀我。你说我现在这个样子卷着铺盖灰头土脸地回去，我有什么脸面去见家乡的那些父老乡亲。现在我才真正弄明白了'至今思项羽，不肯过江东'的含义之所在。"吴新听了宋一刚的这一番心里话，也是非常理解他的苦处。他知道，宋一刚去意已定。但他也清楚，凭他的综合能力，他绝对会在一个陌生的地方也能混得有模有样。况且，在这座美丽的江城，他也还有许多甜蜜的牵挂在激励着他。吴新也算是尽心尽力了。

实习结束后，学校就组织应届毕业生填写了毕业分配表。宋一刚在分配去向栏里填：除三江县城以外的任何地方。保证服从分配。

毕业前的一个周末，吴新做东就把宋一刚、姚玉蓉叫出来吃了一顿饭。这也算是真正意义上的老同学小聚会。因为，这次聚会后，他们就得各奔东西了。吴新的去向是确定的，他是地方委培生只能回原籍安排工作。姚玉蓉也基本定下来了，凭她和孔庆和的恋爱关系，加上优异的成绩留省城几成定局。最不确定的就是宋一刚。他也不知道自己最终会栖身何处。

吴新没把聚会安排在税艳艳的青年餐馆，而是定在了长江大桥下面的一家川菜馆。那里可以看到江上的风景。姚玉蓉和吴新是先到的，宋一刚到餐厅时火锅里的牛腩炖得哗哗烂开。宋一刚一进门就说："迟到了，我自甘认罚。"两个男人谁也没有想到，姚玉蓉这时会不顾体面地迎了上去，抱着宋一刚的脖子在他耳边轻声说："我这是最后一次问你：我们可以重来吗？"宋一刚也紧搂着她说："我已经没有这个权利了。我要真的感谢你和老孔了。没有他的出面争取，我也许落得比现在还要惨。老孔是一个好人，一条真汉子，你也要好好珍惜他才是。"宋一刚将双手又抚在姚玉蓉的双肩上说："玉蓉，你一定要在这里站住脚。你要是站不住，我真的就是一个罪人了。不然，我也会痛心一辈子的。"宋一刚说完后两眼泛红。他抚着姚玉蓉入座，自己亲手去开了桌上的白酒，每人酌上一满杯。他们三人直喝到餐馆打烊才在店老板的催促下缓缓离开。吴新负责把姚玉蓉送回学校，宋一刚还得去找刘林说事。

十七

学期结束后，宋一刚没有回河口，他还得代表省城的两个企业球队去打比赛，他也能从中挣得一些收入。宋一刚回河口是一个月以后。那是一个炎热的下午，他刚进门，父亲宋宏义就迎了过来，那架势仿佛是要打人。宋一刚站住了，宋宏义质问他："你狗日的，在省城怎么鬼混的？连一张毕业证都没拿到？"宋一刚也不直接回话，他只是对父亲说他会拿到的。宋宏义又狠咬一下牙说："你狗日的这几年书是白读了。明天你就跟我下地扯草去卖。"宋一刚问："凭什么？我还要准备去报到呢。"宋宏义说："你还有脸说去报到，毕业证都没有谁会要你？"宋一刚说："反正我不会回河口，自然就有去处。"这时，宋宏义从里屋的箱子里拿出了一封信。宋一刚一看，信封口是豁开的，这是章萍的一封来信。宋一刚生气地问："你怎么能开我的私人信件呢？"宋宏义反问："怎么不能？你是我儿子，我怎么就不能看你的信？"宋一刚更来气了，说："你怎么这么不讲道理呢？那是一回事吗？"宋一刚抢过信封，拿出信来浏览了一下，就知道是怎么一回事了。章萍在信中的劝慰已经把他的处境说了个大半。

父亲问宋一刚："你说吧，以后怎么打算？"这时，宋一刚心里一阵酸楚。他看见父亲花白的头发，有种想落泪的阵阵难过。这时，他只得对父亲说："爹，我对不起您和妈。让你们操心了。"宋一刚说完就抱头坐在门槛上，门前是一片热浪下飘忽着的绿色棉田。宋宏义也坐在了门槛上，望着那片田野说："儿呀，爹只是为你担忧，但我支持你。不管你去哪里，我哪怕是砸了骨头也要让你走下去。你没有错。"宋一刚抹了一把泪侧头对父亲说："爹，我得把事情向您说清楚。我和章萍是认真的。我一定要在外面混得风风光光的再回来。眼下我只能以一个普通的专科生参加分配。这对我已经是很宽待的了。我要感谢培养我的学校，不是他们的关照，我真的会遭遇更惨。我有可能要到我们地区最艰苦的地方去工作。我想在那里重新起步。"宋宏义说："儿子，你去吧。我还是那句话，我支持你。家里有我和你妈，我有手艺，这方大田也能养活我们。你就放手去闯吧。我们还有联生常来照应。前几天他才来了，问你几时回来呢。"宋一刚心里一怔。他想起几年前，他在郑联生家吃过饭，郑联生的那份压抑仿佛瞬间就转换在他的身上。但他不想让郑联生过多地给予他关照，因此，他不想去见他。

第二天一早，宋一刚就赶轮船去了夷州市，到地区教育局拿了派遣证，他要去报到的是五合县。五合县是个山区县，条件艰苦自不必说。宋一刚是有心理准备的。

十八

吴新回到三江县城，也是情理之中的事。不过在他离校前却又发生了一件他不曾料到的事。

那天下午，税艳艳的二哥带了两个人来到省工学院宿舍找他。见面后吴新就随税老二一行来到东湖边的磨山脚下。他们走到湖边的一块空地上，税老二就使了个眼色，两个打手反剪住吴新的胳膊。吴新问："二哥，我都叫你哥了你怎么还这样对我？"税老二说："我知道你很能糊弄我的小妹，但我是门儿清的。说，是不是你怂恿她卖店的？"吴新很委屈地说："二哥，我能有这么大的胆吗？我又不是活得不耐烦了。她真要卖店我还不同意呢！"税老二不吱声了，那两个混子也就松了手。吴新左右手交换着揉搓手腕，他没想到他们下手会这么重。吴新走过去问："二哥，她真的要卖店吗？"税老二说："这还有假？"他斜视了吴新一眼说："你必须阻止她卖店，要不然有你好受的。"税老二也没听吴新说行还是不行，就走了。那两个混子也跟着走了。吴新想，税艳艳真的是铁了心要跟随自己回河口了。他必须得找她好好谈一次。

吴新来到税艳艳店里时，正是客人们就餐的高峰期。税艳艳一身洁白的工装，依然站在前台张罗。吴新进了店，税艳艳只是把一串钥匙递给了他。吴新什么话也没说就上楼去了。店面扩大后，税艳艳就把自己的房间搬到了二楼。吴新可以用那串钥匙中的一把，打开税艳艳的房门。进门后，吴新双手抱着后脑勺，一个后仰就倒在了那张柔软的席梦思大床上。吴新望着明净的天花板，一脸的茫然。他也不知道他和税艳艳怎么才能跨过这个坎。吴新仿佛看见税艳艳站在清江河岸上，张望着河口那片平坦的土地。

税艳艳狠拧了吴新一把，吴新感到生疼，他红着双眼一坐而起。吴新瞧见税艳艳端庄地站在他的面前。税艳艳说："补觉还真能当饭吃呀？"吴新摆摆头说："真的是夏梦难觅。好多年都没这么沉睡过了。"税艳艳说："还是先吃点东西再去发感慨吧。"吴新说："也好。正有事找你，说不定还是个体力活。"吴新随税艳艳来到一个小包厢，那里已经有一只小火锅在沸开。两人落座后，税艳艳就问他有什么事要说。吴新正色道：“二哥下午去找我了。”税艳艳一下子就紧张起来，她颦着眉问：“他去干吗？不会是又为难你了吧？”吴新说：“没有。他说你要转卖餐馆？”“他怎么知道的？你老实说，他到底对你做了些啥？”税艳艳一双明眸紧盯着他。吴新搛了一筷子凉拌马齿苋到嘴里后，只顾“咔嗞咔嗞”地嚼。税艳艳就踢了他一脚说：“问你哪。”吴新说：“他要我阻止你卖店，还说是我糊弄你干的。是这样的吗？”“还有呢？”吴新说：“他把我弄到了湖边。还不明白吗？”税艳艳说：“你就那么贪生怕死呀？你就不能抬起头说就是你怂恿我干的。”“我还真没那么大的胆。他把我弄废一胳膊半腿的，我怎么办？到时你养我呀？”吴新吃着炖烂的牛筋望了她一眼。吴新没想到野性十足的税艳艳也会一下子蔫了下来。她自言自语道：“我还真的不能就这么一走了之。”吴新瞧见税艳艳美丽的脸颊上滚落下一行泪。吴新放下筷子，就过来抚抱着税艳艳。税艳艳也紧抱着吴新说：“你莫看他年长我好几岁，做起事来连个孩子都不如。他在这街头闯下的祸又有哪件不是我去摆平的。我还真担心他哪一天会弄出更大的乱子来。”吴新一个月前去见过税艳艳的母亲。她的父亲是个军人，转业到了省钢厂，前年因肺病去世。母亲也已病休在家，因风湿病长期不能下楼。税艳艳有两个哥哥，大哥在外地工作，二哥明的是和她合开这家餐馆，实际是对经营不管不问，但若有人来店里找事，他一定能用武力摆平。所以，这家餐馆一旦没了，她二哥不仅没有了稳定的生活来源，就连他们兄妹联系的纽带也会丧失殆尽。因而，当税老二发现税艳艳企图要卖掉这家餐馆时，他就一定会迁怒吴新。

税艳艳靠在吴新的胸口上说，她的确有过卖店的想法。也私下打听过市场行情。但那是有一个约定的，接手这餐馆的人必须给予她一定的分红。她想用这笔钱，保证二哥今后的生活。这样她才有远走他乡的可能。吴新听后感到很自责，为什么要她做出这么大的牺牲呢？要她放弃这么好的城市生活去追随自己到乡下去，这不是很无聊吗？吴新想，即便税艳艳到了三江县城，他也给予不了她创业条件，既然这样，他又有什么理由去延续这份情感呢？吴新看了看眼前灯光闪烁的湖面，有种心有不甘又欲罢不能的无奈。

吴新离开税艳艳的餐厅时，是税艳艳送他出的门。吴新却不敢再回头，他要让这一切静悄悄地定格停留。吴新走出十多步后，税艳艳泣声叫了他，吴新却箭一样地跑远了。他知道他转身的后果，也明白逃离的悲苦。他有理由让这份情感中断，说得更明白点，他觉得自己也不配得到这份爱。吴新想到这里，泪如雨注。就这样，他一个人在这座喧闹的都市不停狂奔。

吴新没有再去找税艳艳。那天，他在三楼的窗口，就瞧见税艳艳提着一个布包站在工学院的校园张望。他下楼后就躲在一片树林后的人群里，亲眼见到税艳艳一边踢着路边的青草，若有所思地缓步走出了校门。

毕业就离开省城，吴新去火车站乘车，送他的只有姚玉蓉。姚玉蓉留在城里基本已定，有几个单位主动与她联系。火车开动之前，他俩在火车站边上的一个小摊上吃热干面。这是吴新提出来的，他说以后就很难再尝到这么纯正的地方味了，他想让这种口味加深他对这座城市的美好记忆。吴新说完就热泪满面。姚玉蓉知道他决定离开税艳艳。她断定，吴新是用这种比兴之法，表达他依然爱恋着一个美得如一只朝天椒样的江城丫头。于是，姚玉蓉必须陪他吃下这一碗炒香四溢的风味面。

火车开动了，姚玉蓉挥手告别。她看见吴新也在频频挥手，他在远眺一个方向一个劲地流泪。姚玉蓉也泪流不止，她知道吴新远眺的方向有那么一个确定的原点。火车开出好远后，吴新坐在座位上还在独自落泪，旁边的一个大嫂就问他："是和站台上的恋人告别？"吴新止住哭泣，抹把眼泪说："不是。她不是我的恋人。"大嫂又问："那就是你单相思啰？"吴新却笑笑说："也不是，姐。"大嫂说："这有什么？有过的事美好不美好不都过去了！"吴新说："姐真会说话。您这一说我不就开心了吗？"那女的指着他说："有秘密是吧？"吴新点了点头。

十九

吴新回三江县城后的第二天上午，他就到县委组织部干部培训科去报到了，接待他的是干部科的汪科长。汪科长说："你是我们送出去的特殊人才，这两年收获很大吧？"吴新只是礼节性地说："感谢组织的培养。是你们圆了我的大学梦。"汪科长说："要感谢还得感谢我们的骆部长。这个你应该明白吧？"吴新知道，骆部长就是骆华平的父亲，要不是骆华平惹是生非，骆部长早就上到更高的位置了。汪科长说："小吴呀，你的面子还真不小呢！骆部长亲口交代过，他要亲自找你谈话。"吴新全身一紧，他知道王会珍已经是骆部长的儿媳妇了。自己毕竟和她有过恋爱关系。吴新想，这是不是自己过不去的一道坎，他完全不知道。

吴新从县委组织部出来，就去了郑联生的商贸公司。郑联生这个商贸公司能有目前这样的规模，吴新功不可没。没有他前期的探路，郑联生不一定能有这种经营方式。郑联生的公司需要很大的货场，所以，他就把老河街的那一片空地租了下来，周边的一排老房子他也买下来进行了改造。一个有模有样的农产品集散地初步形成。郑联生的办公地是一间有天井的木板房。他把这间房改造成一个旧时乡绅的宅院，因此他也就自然打扮成过去黑白电影时老地主的模样：一件黑色的丝绸汗衫，一条白色的蚕丝长裤，脚上是一双平口的黑布鞋，手里还握着一只短小的丝烟斗。吴新见了他这副模样差点笑岔了气。郑联生站起身来摊开双手说："我哪点不体面吗？"吴新说："没有说你不体面。你复古过了，有点像电影里的胡汉三。"郑联生哈哈一笑说："我还真没他那本事。"郑联生转换话题说："最近想怎么办？"吴新说："等通知谈话。"郑联生问："这次说不定就是骆部长直接找你谈，信不信？"吴新脑子"嗡"地一响。他想，你一个小生意人，怎么会知道这么多？郑联生说："你该感谢一个人。"吴新说："我感谢的人可多了，何止一个人？"郑联生说："孰事都有轻有重。现在可以直说了，你最应该感谢的就是她。她才是真正的幕后英雄。"吴新明白了他说的这个"她"指的是谁。吴新想起，王会珍从极端反感骆华平，到心甘情愿地委身于他，这里面是有原因的。他不清楚和他当下的一切究竟有什么关联？郑联生说："其实骆华平这小子是一开始没走上正道，反倒把他老子给坑了。要不骆部长早不是这个位置了。你的事，骆华平没少说话。要不是王会珍与骆家摆明，你能有这个机会出去深造？门都没有。"郑联生接着说："王会珍是个好女人。你命里有她，你小子值了。但人家现在也安定了，肚子也大了，你就不要再去生枝节了。”吴新也一下淡定了，他说：“说真的，我和她充其量就是出了些格。至于她那么在意我，也是我无法想象的。我还能有什么非分之想？”郑联生说：“你明白就好。离得远点，不然所有的事都有可能归零。”

郑联生在天井旁边支了一张老旧饭桌，又在外面叫了两荤一素，两人喝了一瓶啤酒。出了天井屋，吴新就回到了河口老家。

骆部长找吴新谈话是在三天以后。那天下午，吴新很早就到了县委组织部的接待室。吴新知道骆部长是个能力极其出众的人，与他见面还真是心里打鼓。下午两点半，骆部长准时到了接待室。吴新与骆部长谋面，他发现他贵为部长找一个无名之辈谈话还带了一个厚厚的笔记本，这让吴新有种倍受重视的感觉。骆部长与他握手后就问他：“你就是刚毕业的吴新吧？”吴新说：“骆部长好！我就是吴新。”骆部长坐下看吴新还站着，就说：“这么拘谨干吗，快坐下。在省城学习几年收获很大吧？”吴新一下子就放松起来。他说：“感谢组织照顾，我虽然没能考上大学，但你们却圆了我的大学梦。”骆部长说：“大学梦是一方面，重要的是你学到本领了吗？能不能用于基层实践？我们搞行政工作的不要那些死记硬背的东西。你说是不是？”吴新赶紧说：“您说得太对了。我先前还没有意识到，现在才慢慢明白了。”骆部长说：“不过呀，你们这些大学生虽然是我们送出去委培的，但毕竟是人才难得。用好你们是我们的工作重点。落实知识分子政策，尊重知识，尊重人才在我们这里尤其不能变成一句空话。我想听一听你今后的想法。”吴新说：“实在说，我还真没有什么想法。就是到最偏远的乡镇工作我也没有意见，一定服从组织安排。”骆部长说：“你有这个想法很好。但基层目前最需要的恐怕是有头脑、有闯劲的改革者。现在农村联产承包责任制实行后，农业生产形势基本稳定了，但县域内企业如何改革发展倒是个大问题。我也想听听你的意见。”吴新兴趣立马来了，他说：“说实话，现有各类企业的改革关键，还是如何建立现代企业管理制度。不能按过去只生产、不销售的老路子去走。一定要考虑企业的生产效益，要走上正轨就得实施企业改制。”

吴新与骆部长谈了将近两个小时，干部科汪科长借倒水为由来接待室好几次了。最后一次，汪科长还特地给吴新使了一个眼色，意思是部长哪有那么多闲工夫陪你，可以结束了。但当吴新即将要终止话题时，他发现骆部长还意犹未尽，谈话不得不继续。这无形中让吴新在组织部这些中层干部中的地位立即“显赫”起来。

这次谈话之后，吴新被安排到一个较偏远的乡——后坪乡任党委副书记。这个乡离县城近六十公里，属于典型的高山农业型的乡镇。吴新接到任命后，他也是大吃一惊。如果是这样，又何必部长那样兴师动众地找他谈话呢？吴新实在是难以理解。

吴新是由县委组织部分管干部的金副部长送去报到的。乡里主要班子成员都参加了见面会。金副部长在这次会议上对吴新做了全面介绍，着重强调他是县里送出去深造培养的年轻干部。仅这一句话就说明了吴新的特殊地位。于是，书记孟成东也就不得不好好掂量自己的分量了。

吴新到任后，孟成东就和他谈了一次话。孟成东征求了他关于班子分工的意见。吴新说：“我以前抓过乡镇企业，我还是搞企业更合适。”孟成东一时没吱声。吴新说：“如果有困难分管其他工作也行。”孟成东却说：“我们后坪乡是高山区，水利资源丰富，就是差懂企业管理的内行人。只不过这工作不好做。”孟成东说完就摆了摆头。吴新问：“有什么不好办的？依法依规办事还不得罪人。”孟成东说：“你年轻有闯劲，就怕你一时管不下来。”吴新说：“事在人为。未必有一只老虎在那蹲着。”孟成东说：“这里面的水很深。老侯管了一二十年。问题都成堆成坨了。”孟成东就给他讲了一件事。几年前，孟成东也是信心满满地来到后坪乡，想甩开膀子大干一场。他经过走访调查，乡里面意见最大的就是乡镇企业的管理问题。尤其是那几座乡属水电站问题最大。孟成东就找分管企业的老侯谈了自己的一些想法。意思是要将企业的责权利明晰化，账目也要公开。老侯说：“这好办，乡里派一个工作组进企业一查，再梳理清楚不就解决问题了。”孟成东也是这么想的。一个企业老是一本糊涂账，不说企业无法发展壮大，这同样也是滋生腐败的温床。于是，他就找乡纪委书记老何拟了一个名单。他任组长，老侯、老何任副组长。孟成东怎么也没想到，工作组刚下到企业，问题就一连串出现了。最先出事的是几家小水电站设备频频损坏，全乡上下无电可用。能源供不上，一批农业型经济小企业几近停摆。那时正是茶叶开园的旺季，大小茶场不能正常制茶，只得关门歇业。造成的后果就是，一个乡的鲜叶找不到销路，眼看只能在茶树上疯长，群众就组团跑到乡政府大院去讨说法。面对那愤怒的一大院百姓，孟成东真正体味到了被玩弄的滋味。

当天下午，县委副书记万中和就来到了后坪乡。万副书记在乡党政会议室劈头盖脸地就把孟成东批了一通。而孟成东只记住了刻骨铭心的四个字：无知无识。孟成东的理解是，这是万副书记在深情地告诫他。至于自己就怎么无知无识了，他还有待琢磨。正当万副书记批评孟成东时，老侯却主动站了出来。他起身对万中和说："万书记我想澄清一个事实，开展企业整顿是我们班子的共识。我又是分管乡镇企业的班子成员，造成今天的这种局面我应该负主要责任。"万副书记转头问他："你要怎么负这个责？你一负责那水轮机就能转起来了？设备就完好无损了？"万副书记点燃一支烟吸了一口说："好吧。必须马上供电，这个责由你来负。"万中和说完就走出了会议室，也不管那些茶农如何的谩骂，径直从大院的侧门出去了。孟成东赶紧跟了出去，一边走一边留万副书记吃了晚饭再走。万副书记上了车，将车门"啪"的一声关上，他见孟成东还傻等在车门外，就用指头狠狠点了他几下。虽然是隔着一层玻璃，孟成东却感觉像是直接捣在他的脸上。

孟成东灰溜溜地回到乡党政办公室，他刚坐下，老侯就过来了。他虽然是谨小慎微，孟成东却感到无穷压力。老侯问："孟书记，下一步我们该怎么办，还下企业不？"孟成东听后就十分来气，但他又不好发作。他压住内心的怒火，平和地对老侯说："按万书记说的，由你决定。"孟成东望着那些越聚越多的茶农，却有种有劲使不上的无奈感。

这时，老侯几步跨出了办公室，走到大院主动和那些茶农去对话。在这一点上，孟成东还真不得不佩服老侯。老侯提着一只灰不啦叽的公文包，往那人群里一站，满院的茶农就得让开一条道。他吼一声："还站这里干吗？茶叶老在树上老值钱不是？"他提着包气冲冲地走了。孟成东万万没想到，那群人也跟着他出了大院。孟成东有种多余的失落感。

老侯在下面折腾了一天一夜，设备也大多检修好了，全乡基本恢复了供电，各个制茶厂也都开门营业了。从那以后，这档子事无论是乡镇企业还是小水电站谁也不敢去再插手了。

孟成东知道吴新这次来后坪乡工作也是大有来头的。他想，既然你敢捅这个马蜂窝，自然也是有底气的。但他作为一把手，也有责任把这事的风险说给他听。这反倒更让吴新有了兴趣，他也要看看这么个麻雀样的小乡会有多深的水。

吴新分管工企业后，到几个水电站走了一圈。他到的第一站就是北溪河水电站。一道毛石围墙前开着一个大门，吴新朝大门走去。他刚走进那大门，就有几只嘴上长有须毛的大黄狗向他扑了过来。吴新本能地靠在毛石院墙边，眼睛直视那几条大恶狗。吴新想，这狗一阵恶叫，里面的人应该就要出来照面了吧？但直到那四只狗狂吠了近一刻钟，吴新也没见到那办公楼里有半个人影出来照一下面。吴新就想，今天难道要被这群大恶狗给降服了？吴新正要扯起嗓子叫人，但他马上就打住了。他想，就因这几只恶狗而进不得门，以后又怎么去碰企业改制？吴新这样想着，就毅然决然地从那院墙边走了进来。他万万没想到，当他走出这一步，那四只恶狗却往后退却了。吴新突然想起一句乡村俗语：狗仗人势。吴新不仅再不后退，反而更要发动攻势，他看见一米开外的花坛里有几块砖头，他靠过去抓起一块飞砸过去。一只大黄狗嗷嗷直叫，拖着后腿一瘸一跛地跑出了院外。另三只则躲在院墙的一角只叫嚷不挪动了。这让吴新十分解气。他拍了两下手掌，将泥土清理干净，正在这时，从二楼下来了一个中年男人，他小碎步跑到院子中央的花坛边，赔着笑脸问："您就是新来的吴书记吧？我刚才只顾埋头理账，没想到下面的狗是在哐您。实在对不起呀吴书记。"吴新想，你演吧，我看你演。你要说是在为我准备打狂犬疫苗的支票不更贴切些。我手里的砖头也不是吃素的。吴新说："我是来认一下路的。以后还要你们多多支持我的工作。"那中年男人说："哪里话呀，我们这个小企业还望您多多关照才有活路哇。实在说，这些老小水电快玩不下去了。哦，我忘了做自我介绍了……"他没想到吴新会马上接话说："我知道你，你就是文万章。"文万章马上将手递过来，要与吴新握手。吴新也就顺了他的意。文万章一把握住吴新的手说："您到底是领导，把我们这基层的一个小萝卜头都捋得清清楚楚。我们不服还真不行。"吴新在心里说："你小子少在我面前演戏。我倒是要看看你到底会给我挖个什么样的坑让我去跳。"吴新在文万章的陪同下来到了发配房。他一看那两台一百二十千瓦的发电机组的确是有些老旧了，上面的油漆斑驳不堪。吴新一看就知道这两台水轮机还是很早之前县发电设备厂生产的。文万章说："吴书记您来管乡企业我们是拍手叫好。一来您是才毕业的大学生，有知识有水平。另外，您过去也管理过企业，有门路。您看我们这里的这些老旧物件说不定哪天就散架了，在这机房里待着真的是有风险。再说，这些个老设备轴都在跑偏，充其量也就能发个六七成电出来。要是在您手里来一次全面的技术改革，我们这帮老水电人就感恩戴德了。"吴新走近一看，那个轮轴是有些轻晃。吴新就想，这可能就是你小子给我设的一个天大的套吧。吴新在心里初步估算了一下，要更换这两台发电机组，最少要百八十万元，我们一个后坪乡能有多少收入？吴新的确被文万章来了一个下马威。

吴新从机房出来已近中午，文万章说："吴书记，我们虽然运转有些困难，但您还是得赏个脸在我们这儿吃个饭。"吴新的确不想在这里多待，他更不想文万章继续给他下套。吴新说："饭就不吃了，我还要到几个村去走走。"吴新刚说完，他就听见那几只狗又在叫。他一抬头，看见四只狗头并排露在压力钢管顶头的水泥平台上。吴新笑了笑就对文万章说："那几只狗还真是尽忠职守的。"文万章似乎听出了一些弦外之音，他说："狗本来就要忠诚，他只在乎主人的意思。您刚进院子时它们也不认识，没咬着您就好。不然我们还真不好交代。"吴新说："不过呢，我天生就不怕狗。那块砖头也是要让它们长长记性。不信你等会儿再去看，那只挨了砖头的狗会跑得更远。"文万章说："有这事吗？我倒真要看看。"他们顺着压力水管旁的台阶往上走，那四只狗就逐个后退。他们上了那个水泥平台，四只狗就退到了办公楼边上。文万章就发现，那只被吴新用砖头砸瘸了的狗果然就躲在后面的墙脚下。文万章就说："吴书记虽然年轻还真是有见识，把狗的习性摸得一清二楚。看来我们还得多向您学习驯狗术。"吴新哈哈一笑说："你记住，有些狗是不长记性的。不信你试试。"说完，吴新就出了院门。

吴新回到乡政府大院，他怎么也没有想到老侯会在大院里等着他。老侯五十来岁，是这届乡党政班子中资格最老的。大公社时期他任主任，公社改乡镇以后，他就一直任乡长。所以，这里的情况他最熟悉。也因为这样，前来后坪乡工作的干部也就不得不让他三分。老侯主动上前来和吴新握手说："小吴呀，下到企业去调研收获不小吧？"吴新说："也谈不上什么收获，只不过了解了一些基本情况。"老侯摇了摇头说："不是很乐观吧？"吴新也就不咸不淡地说："还行。毕竟您亲手管了这么多年。"老侯说："我老了。以后还要靠你们年轻人去拼哇。"老侯点了一支烟后接着说："这次下去有什么最值得留心的？"吴新说："我没想到北溪河电站的那几只狗会那么的凶恶。要不是有那块砖头，我这会儿就该到县城去打狂犬疫苗了。"吴新说完就走了，老侯跟在后面说："没想到那些畜生也认人。"吴新没有再理他。

晚饭后，孟成东来到吴新的房间。吴新给他递过一杯茶水说："没想到，真的没想到。"孟成东说："你这还是好的。没让那几只恶狗赶得满山跑就不错了。好多人连在院门口望都不敢望一眼。"吴新说："笑话。"孟成东说："前几任都想挑开那个脓包，但都只走到门边就打住了。你说，我们这么一个穷乡镇，哪来这笔钱搞技改？你知道的，这些企业可都是大集体时的杰作。这么多年了就没换过主体部件。谁接得了这个手？"孟成东又说："不过呢，这几座小水电站做的贡献也是有的。实话说，就是上面不给一分钱，只要它们还在转我们全乡都玩得开。这也正是老侯有威望的原因。"吴新说："我知道他有底气。但组织的决定我们总不能不遵从吧？"孟成东明白吴新的话外之意。上面派他来就是要来接任老侯的。但老侯是什么态度，他和吴新都清楚。

吴新到任一个月后，县委组织部金副部长专程来到了后坪乡。在乡党政班子会上他代表组织部宣布了县委常委会决定，推荐吴新为后坪乡乡长人选，并提经乡人民代表大会选举。老侯拟任乡人大主席团主席。

会后，金副部长专门找吴新谈了话。吴新原以为金副部长会找他强调一些老生常谈的话题。他没想到，金副部长却只小声说了几个字："注意动向。"吴新也只是点了一下头。随后，金副部长又抬高嗓门说："小吴呀，这次组织上派你到后坪乡工作，是寄予了厚望的。虽然后坪乡工作条件相对艰苦一些，但还是有其自身的发展前景。望你主动和成东同志配合工作，把后坪乡的经济搞上去。就这样吧，我们静候佳音。”吴新说：“我会努力工作的，不让领导失望。”这次谈话就这样结束了。

乡人民代表大会定在半个月以后召开。吴新发现老侯这一段时间下乡特别频繁。有时是好几天也看不到他的人影。这也正是金副部长要提醒他“注意动向”的原因。吴新清楚，各级政府的负责人必须得经过人民代表大会选举产生。计票要与会代表的过半数才能通过。所以，要是这一关吴新不能过，他就只能是打道回府，到县上另做安排。那也就意味着他在仕途上将是威风扫地。吴新觉得老侯在他得知他主动分管工企业以后，他实际上就与他站在了对立面上。老侯在后坪乡根基很深，他会不会在乡下的那些代表中鼓捣什么，吴新实在是不知道。但他推测，这种可能性应该是大概率的。

乡人民代表大会召开的前一晚，金副部长就提前来到了后坪乡。他先是找班子里的个别人谈话。金副部长和老侯的谈话是最先开始的。金副部长主要讲了今后后坪乡人大工作如何做出特色，真正起到监督政府的作用。但也要注意工作方法，比如要敢于监督和善于监督，又如何寓监督于支持之中等问题。这个度就要把握好。金副部长怎么也没想到，老侯的表态是如此的明了。他说：“请组织放心，我一定会好好转换角色。过去我主持政府工作，在主动接受监督上做得远远不够。总以为监督是别人在找事。但仔细回想，这种观念是错误的。一是法律就是这样规定的；二是有监督和没监督效果就是不一样。监督至少可以使我们少犯常识性的错误。从这个角度上说，监督就是在帮助我们工作。我今后一定要在这个领域有所为，也要有所不为。毕竟我已经退居二线了，要鼓励支持新的政府班子开展工作。”金副部长一听老侯的这番话，不仅没有放下心来，仿佛还悟出了一些不和谐的气息。于是，金副部长决定还要留下来组织召开一个党员代表会议。

乡人大代表报到的当天晚上，金副部长就组织召开了党员代表会议。金副部长强调这次会议的重要性。他明确要求，党员代表要明确组织意图，以身作则，体现出一个党员的组织纪律性和先进示范作用。但金副部长没想到，会上居然还有代表起来提问。一个叫张天光的农民代表质问金副部长：“代表投票是神圣的。这一票就要代表我们的意志。但是，一个我们从来就没有谋过面的人，我们投他的票，依据是什么？就因为是上面空降而来的？”金副部长一听张天光的提问，就马上觉察到有相当一部分代表对吴新是存疑的。金副部长就说：“普通群众代表们对候选人提出质疑是正当的。但你们的身份不一样，一定要相信组织的考察是准确的。这是一个党员代表理当践行的组织原则。这也就是组织的意图。”这个会没有金副部长想象的效果好。他在为明天的大会担心。

事实也正如他担心的那样，吴新在投票选举中没有获得过半数的选票，因而，他就不能当选为乡长。会后，金副部长找他谈了话。希望他能正确对待这次选举结果。金副部长还透露出另一层意思，那就是要将他调出后坪乡，换一个稍好一点的工作环境。吴新非常坦诚地说：“感谢组织的信任。但这次我就要坚持一下。我办不成那件事，坚决不离开后坪乡。作为一个男人，在哪里摔倒就要在哪里爬起来。我一定要让这里的一方百姓真正看到我吴新的能力和为人。我决不能这么灰溜溜地就滚出后坪乡。”金副部长双手拍着他的双肩说：“好，我们就是要有这种勇往直前的担当精神。我会把你的意愿转达给骆部长的。”

吴新没当成后坪乡乡长，但老侯却卸任了乡长职务，当上了乡人大主席团的主席。也就是说，政府工作他是不能再管了。县委的意见是，后坪乡党政工作暂时由孟成东统一协调。这样一来，吴新主抓的企业改制工作没有被中断。

经过一番调研后，吴新发现后坪乡要想在优势资源上有新的经济增长率，就必须改变现有的管理体制。他想到的一个重要举措，就是将这些集体所有制的企业经评估后改组。引进新的资本实行产业升级。不然，这些老旧企业的生产效率不仅会进一步衰减，造成新的安全隐患，而且还会引起行业管理固化，滋生腐败。

那次全县经济工作会议，吴新和孟成东都参加了。那天晚上，吴新把孟成东从招待所带到了河街，郑联生在他的那个带天井的旧房子里招待了他们。孟成东很看好郑联生的生意。尤其是他这种与农业经济直接对接的商贸公司，是真正能让农民的产品走上市场的一座桥梁。他作为后坪乡的一把手，很想和郑联生达成某种合作意向。

但吴新却不这么认为。他更关心的是那些集体所有制企业的改造和改制。而且他极力怂恿郑联生去接盘。孟成东听了吴新的这一番高论也是后背发凉。孟成东当即反问吴新：“你知道这是多么大的一个烂摊子吗？他接得住吗？”吴新说：“接得住。而且三江这地方只有他能接得住。”孟成东说：“你把话讲完。”吴新说：“首先是资金问题。在我们县上能拿出百多万现金的民企只有他郑联生的商贸公司。但更重要的还不是资金问题。而是接手后怎么控制得住局面的问题？这方面也非他莫属。”孟成东不解地问：“控制得住局面怎么就成为首要问题了？”吴新说：“孟大书记，了解农民那一套我比你强。我从穿开裆裤就跟他们在混，而你是在城镇长大的。”孟成东问：“这也有关系吗？”“当然有，他出钱买了企业，要维护权益，有时候还得要有流血的思想准备。说到底这就是各种利益的总角逐。不然怎么去改革改制，经济怎么能提档升级？”吴新说完后，孟成东对他简直刮目相看，不得不佩服他的远见。他在想，难怪老侯那么忌惮这个年轻人。他心里清楚，吴新那次选举落选一定是老侯从中活动的结果。为此，老侯多次被叫到县纪委去谈话，目前还没有结论。这也是老侯必须要过的一道坎。

这一次，孟成东基本接受了吴新的这一套改制思路。但他还是得向县里主管领导去汇报。这是一次牵动全局的大改革，也是全县的一次改革创新试点。吴新说：“如果你同意，我就马上拟出一个文字方案。”孟成东在心里说，你这不是“此地无银三百两”吗？

在这之前，吴新回三江县城和郑联生谈了多次。他的目的就是要说服郑联生马上出手。郑联生一开始并没有什么兴趣，主要是资金投入量太大。他们初步估算，三座小水电站的改造总投资最少得三百万元。整个三江县城也就不到一千万元的财政收入。郑联生觉得风险太大。但吴新不这样认为。他给郑联生上了一堂资本运作的大课，郑联生听得云里雾里。但前提是，郑联生必须得拿出现有的家底。而且三江县城也只有他能拿得出这一笔现款。

郑联生最后才弄明白，吴新的运作方式说到底就是建立信誉后找银行借贷。郑联生出资首先将北溪河水电站整体买下，实现资产过户，再用这个电站到银行去做抵押贷款。吴新说：“你想想看，这是不是一通百通了？”郑联生说：“这两年你的书没有白读。这不就是常说的空手套白狼吗?”吴新正经地说:“我可没有这么说啊,这是你说的。不过话糙理不糙。关键是这样一来,整个企业就盘活了。发展再生产才是最重要的。照以前那个样子搞下去,就死拼那一套老设备,早晚得完蛋。”郑联生一时也有了信心,他说:“虽然搞发电我是个门外汉,但我可以聘请一批专业人才,管理不就上去了?”郑联生还有一套本事,也是吴新不得不佩服的。那就是他性格中的那股子匪气。在那样一个环境里,没有这样的一套本领也是迈不开脚的。吴新可以预见,只要这套改制方案能在后坪乡强力推行,必然要造成大的震荡。老侯、文万章等必然会调动各方力量加以阻止。吴新甚至还想到了会有一场大较量。吴新认为,即便是这样的局面真的发生,也不一定是件坏事。回后坪乡后,他把这事说与孟成东听,他原以为孟成东会有所顾忌。但他没有想到,孟成东却说:“我俩把这事弄成了,就是回家去种地也值得。”

后坪乡集体企业改制的方案吴新很快总结完。孟成东并没有拿到县里去审批。他只是口头向主要领导汇报。他也没有得到主要领导的正式答复。但他和吴新还是决定要强力推进。

在乡党政班子会上,吴新对这一改制方案做了重要说明。孟成东也强调了集体企业改制的必要性,他说,与其说要死不活,不如改制重组,引进新的资本发展再生产。老侯也列席了会议。他说:“这个改革的方向是无可否认的。但我们必须要弄明白一个问题,后坪乡所有的小水电也包括北溪河电站,都是人民公社时期广大社员用集体工分建设起来的,按照现行政策,我们怎么样去分清责权利。应该说,全乡的社员人人有份,不能仅仅是我们几个人说了算。要改制还得慎重考虑。”吴新据理力争,他说:“侯主席说的是企业形成的过程,我不否认。但眼下企业的管理权却是政府。因此,改制实施的主体也是政府。这是一个现实条件下的责权利,并不是少数人的责权利。改制的目的,也正是要企业发展得更好,没有新的资本进来,后坪乡的企业不可能发展壮大。”孟成东最后说:“改革是大方向,企业改制也是大方向。没有阵痛不可能医治痼疾。所以说这个方案,是后坪乡继农村联产承包责任制后又一次大胆的改革实践。我们必须尽快实施,做出一个样板来。”孟成东一番话之后就没有人再发言了。这个方案也就定下来了。

郑联生第一次去后坪乡考察是一个星期以后。那时正值春暖花开的时节。满山都披上了一抹淡雅的新绿，崖壁的向阳处是一簇簇血红的映山红。郑联生觉得十分的爽目。他甚至认为这就象征他事业的新气象。郑联生开来了的是一辆旧罗马吉普车，吴新感到奇怪，他的车并不是这辆破罗马吉普车。他就问郑联生："你怎么不开那辆新北京吉普？"郑联生说："这辆罗马吉普还是进口的呢！"吴新笑了笑说："你也不为我挣个面子。这辆快老掉牙的二手货，能不能从北溪河开回去还是个问题。"郑联生说："说点吉利话好不好？"没想到，吴新的一句话真的就一语成谶。

去北溪河看电站是吴新陪着郑联生去的。动步之前，吴新并没有发现有什么异常。一个多小时后，他和郑联生就进了北溪河电站的大院，奇怪的是那四只大恶狗都不见了。文万章见一辆罗马吉普车开进了电站大院，就赶紧从办公楼里迎过来为吴新开车门。吴新下车后，文万章就说："对不起呀吴书记，上次让您受惊了。您看这下院子里安静多了吧！"吴新介绍说："这是三江商贸公司的郑总。"他转过身面向郑联生介绍说："这就是北溪河电站的文站长。他可是这里的地头蛇。"吴新的话外之音文万章也听得一清二楚。吴新又问文万章："那几只恶狗到底关哪里去了？我还要看看那只让我砸伤腿的狗现在老实了点没有？"文万章一笑说："我的吴大书记呀，您真是慈悲心肠。它们差点让您住医院打疫苗，您还这么惦记着它们。我可就没有您这么心软了，四只狗早都下了火锅。谁叫它们不懂事，险些让我丢了饭碗。"吴新紧锁眉头问："你怎么能这样？它们不也是一条命吗？你吃了就能长一块肉不成？"文万章说："犯了事的狗也不能打？"吴新说："那也不能要它们的命呀！"

吴新与文万章说着话，就来到了电站的会议室。会议室就在一楼。进去后，吴新就在门对面正中间的那个位置坐下来。郑联生和文万章以及负责财务的小伍坐在他的对面。吴新向他们简单介绍了一下乡集体企业的改制方案，并说："郑总这次就是来考察的。他有意参与我们乡的企业改制。"轮到文万章发言时，他的表态尤为积极。

参观完发配电车间，郑联生轻声对吴新说："我这下才真正见识了什么叫文物古董。我担心那个轮子就要侧飞过来了。"吴新说："少说为佳。还有人护着呢。"吴新刚说完这话，就听见上面的大院嘈哄哄的。吴新正色道：“我们这下真的是有麻烦了。”郑联生却镇定地说：“你这才知道我为啥要开一辆破车来吧。”吴新定神地看了他一眼。郑联生就点了一支烟说：“没有这点底气还搞个狗屁的实业。”文万章本来走在后面，他忽然匆匆几步走到吴新面前说：“吴书记，您带郑总从后门走吧，暂时避一避。肯定是这周边的群众知道上面要卖这个电站，闹事来了。他们手上可是有真家伙的呀。”吴新问：“有些什么真家伙？”文万章说：“什么家伙都有，可能还有打野猪的火铳。”吴新说：“你能肯定？”文万章说：“我基本能肯定。”郑联生将吸了一半的烟卷用力掷在地上，他几步就冲上了前，噔噔几下就上了那道水泥台阶。吴新和文万章在后面追赶。

吴新和文万章追到大院时，郑联生就和一个持火铳的年轻人对上了。郑联生说：“你拿这玩意儿想干吗？有种往这儿来一下？”郑联生右手指着自己的左胸。这时真正被吓尿了的倒是文万章。他急歪歪地跑到两人中间，跌着脚说：“你们这是干什么？不就是为了保住这个破电站吗？人家又搬不走的。”一个老农说：“凭什么就要卖掉？这可是当年我们一钢钎一钢钎錾出来的。”郑联生说：“当年是怎么弄的我可管不了。要给补偿你们就去找过去的公社。但我保证一条，如果这个电站在我手上办垮了，供电质量提不起来，我在三江县城有一家商贸公司，你们就组团去砸，我要是吭一声就不是人养的。”现场一片沉寂。郑联生又说：“还有，你们也知道，这电站的设备都已经老掉牙了，我要是接手，就得马上大规模地改造。你们再来我这里干活，我就会及时支付你们工钱。你们不用出远门就能挣到现钱，何乐而不为？”那一院的人没有了动静。这时那个提铳的年轻人却说：“我们不能相信你。你必须保证这里的建设工程都要包给我们北溪河的人做。不然我们就不答应。”郑联生上前一步说：“你算个什么东西？你能代表谁？你如果是想独揽工活闷声发财，告诉你，门儿都没有！”那年轻人端起火铳就扑过来，文万章将铳杆一抬，“砰”的一声，一道火舌爆满了一院子的硝烟。这一连串的动作仿佛是事前排练过很多遍似的。郑联生这才跨步过去，抓住铳杆就地一旋，那年轻人连人带铳摔倒在那辆旧罗马吉普车前。郑联生跟过去俯下身问：“是不是还想单独较量？”那年轻人闷坐在地上不吱声了。郑联生双手作揖说：“各位父老乡亲，我今天算是冒犯你们了。”他又指着那辆旧罗马吉普说：“如果你们要解恨消气，就把我这辆吉普车给砸了。我保证不眨一下眼睛。”文万章又赶紧走上前去，也双手作揖说：“这千万不能干。这都是犯法的事，要是砸了，我们都脱不了干系。我看这样吧，事情也是明摆着的了。再说郑总也做了明确的表态，改革改制也是今后的大方向。迟改还不如早改。说不定我们这里又会带来一次繁荣，比一二十年前的千人大会战更有声势。吴书记您说呢？”吴新始终不表态。文万章接着说：“既然这样，这个破电站就不存在保不保的问题，大家都回去吧。郑总会把机会让给大家的。”文万章摆了摆手说：“回去吧，大家都回去吧。”吴新瞧见满院子里的人都在陆续往外退。他在想，闹剧也该结束了。那个持铳的青年人叫柳庆红。他看见别人都在往外撤，他也准备走。吴新上前拦住他说：“你走可以，但必须把铳留下。”柳庆红质问：“为什么？”吴新正色说：“你已经失去了持枪的资格。还有，你在家给我好好待着，公安派出所近期就要去找你。你跑也没用。”文万章又赶紧跟上前来说：“一根烧火棍留下就留下嘛，书记说了话还不算数？”文万章从柳庆红手里抢过火铳顺手就交给了吴新。吴新没接，他说：“这个我不能带走。必须留在现场。所以，你有保护这件物证的义务和责任。”说完他就上了那辆旧罗马吉普，郑联生进了驾驶室，他发动车，加足油门就出了北溪河水电站的大院。

在车上，郑联生就对吴新说：“你小子这几年也历练的可以呀。这最后一招也够狠的。”吴新说：“你没看出这是一场事先排练好的戏？”郑联生说：“我还真以为是他们要来保这个破电站呢！不过那一铳放的还是挺假的。那小子根本不是玩心跳的料儿。”吴新说：“不过，这下他可是玩大了。他就叫柳庆红，是这北溪河地头的一霸。他就凭那杆鸟铳吓趴了好多人。甚至还有人反映他霸占村里好多个女人，生下的种就有好几个。你说他是不是恶贯满盈？”郑联生说：“他还真把自己当土司王爷了。”吴新说：“柳庆红在北溪河这一方还算是个有些头脑的人。他把这里的土豆拼命压价，拖出去就换些劣质大米回来，又把米价提的老高。因而就弄了一些亏心钱。更要命的是，这北溪河的一大片就没有第二个生意人敢进来了。他用那杆铳不知吓跑了多少外来人。你说这是不是多行不义必自毙？”郑联生说：“据说最近有一场行动。”吴新感到很奇怪。他问：“你怎么知道的？”郑联生说：“唉，说来话长！你小子千万不要乘人之危呀？”吴新说：

“这哪跟哪呀？”郑联生说：“据说骆华平这回也有天大的麻烦。他过去犯的事太多。前两年，他们一伙人把两个青年女子绑到一个山洞里侮辱了两天，有一个居然下肢都瘫痪了。这事他爸根本就不知道。这是最近发动群众大检举才给抖搂出来的。虽然他和王会珍在一起后像变了一个人，但这场运动他有可能逃不过。他本来是想借机跑出去躲避一下的，但他爸不让，要他主动去自首，争取宽大处理。”吴新听后，感到特别震惊，他想起了骆部长就像父亲一样的为人，不觉滚出一串泪来。他哽咽着说：“生子，你放心，不管骆家出了什么事，我不但不会去损害他们，我还要像儿子一样去分担。”郑联生也停下车，抹了一把泪后，就拍了拍吴新的肩膀。

二十

宋一刚去五合县文教局报到时，正值伏天的尾声，天气燠热。他到地区汽车站搭上一辆红色解放牌的大客车，离开了那座有些破旧的城市。经过八个小时的颠簸，直到下午四点半，客车才开到被大山四面围合着的五合县城。这座县城小得出奇，就有几十栋砖混结构的白色房屋和一条房檐错落的旧街。车在一条清水透底的小河边稳稳停下。司机扯开嗓子叫了一声：“到站了，请注意带上自己的行李。”宋一刚用怀疑的眼光打量四周。要不是司机的那一声提醒，他也想象不到，旁边这个古旧的石墙屋就是一个县城的长途汽车站。

宋一刚提着行李下了车四处张望，虽然眼前是一派老旧模样，但他还是感到了几分新鲜。那些古旧的木板屋，歪悬在一条清澈的小河岸上，让他不由得想起了沈从文笔下的边城。他在大学期间就品读过沈老先生的名作《边城》《萧萧》等小说。他想在这里也许会遇见他老人家笔下的翠翠和萧萧。

宋一刚看了一下手表，时针正指到下午四点半。他这才想到，最重要的事还是得先到县文教局去报个到。宋一刚在小街上问了一个中年男子：

"县文教局在哪里?"那男子就指给他看，告诉他，就是河对面的那幢白粉墙屋。宋一刚提着行李走过一道古老的双拱石桥。宋一刚过桥时，停下脚步仔细观察了这座石桥的大体结构。中间一个石礅，撑起两孔对称的拱涵。让宋一刚感到惊奇的是，那两孔石拱涵的上沿高出了街面近一米。他猜想，这拱涵下平静的清流一到汛期定会是洪流滚滚。

宋一刚过了那座石桥，左行百米来到那栋白粉墙楼前，一块白色的长吊牌挂在大门的右侧，上面写着"五合县文教局"字样。宋一刚进了大门，正好一个青年女子从二楼下来，他就问她："同志你好！请问毕业生分配办公室在哪里?"那女子没说话就把宋一刚带到了二楼的一间办公室门前。她对宋一刚说："桑主任在里面。"宋一刚谢过后去敲门。里面的人就说："请进。"宋一刚推门进去发现毕业生分配办公室的桑主任原来是个三十多岁的年轻人。宋一刚叫了一声桑主任好。桑主任指着一把旧藤椅说："坐吧。你就是宋一刚吧?"宋一刚说："我就是。还望您多多关照。"桑主任说："你是名牌大学生，虽说出了一些差错，但毕竟人才难得。听说你还是一名篮球高手?"宋一刚说："也谈不上什么高手。就是爱好而已。"桑主任接着说："像你这种人才能来我们五合县工作，就是对我们教育事业的极大支持。我们本来是应该把你留在县城工作的，但你毕竟还没有拿到毕业文凭。所以，经会议研究，你得先到下面去锻炼锻炼，我相信你一定会努力上进，最终实现人生的理想。"宋一刚想：照他这么一说，我还得再往更远的乡下走一段。宋一刚问："我去的是哪个乡镇?"桑主任说："为了让你更好地得到锻炼，我们就将你安排在茅湖乡。那里离县城也就二十多里路，像你这样的运动健将不用坐车一个多小时也能走到了。"宋一刚从内心还是挺感激桑主任的。毕竟没有把自己丢到更偏远的乡镇去工作。桑主任又说："你今天就在县城住一晚，不出意外，明天有一趟班车过去，茅湖乡文教组知道你的情况。"宋一刚谢过后，走出了县文教局的大门。

宋一刚在县招待所住了一夜，第二天起床他发现天气阴沉。吃过早点后，他就去了县客运站。县客运站比地区长途客运站规模还要大一些。是一个上千平方米的大院。一栋青砖砌成的车库算是这个大院里的最高建筑。敞开的车库里有几辆客车准备发动。吴新去了售票室，他对着那个小窗口问有没有去茅湖乡的班车。售票员是个女青年，她不无遗憾地说："这趟车原来是有的。但今天没有多少人去，这趟车就不能开了。"宋一刚一听还有这种事，他就再问："要卖多少人的票才能开车？"那女售票员说，最少也得卖二十个人的票。不然就亏大了。宋一刚说："现在卖了多少？"她说："你看要到发车时间了才卖了五张。"宋一刚说："我一个人把十五张都买了，你们开不开车？"售票员望了宋一刚一眼，笑笑说："那也不行。你这不是在教唆我们犯错误吗？"正在这时，一个穿中山装的长发男子走过来说："算了，你跟我走。我保证你能坐车到茅湖乡去。"宋一刚也没多加思索，就随他出了县客运站。

长发男子自我介绍说他叫胡礼华，在茅湖乡文化站工作。但是家却安在县城，老婆在县工行工作。胡礼华把宋一刚带到了县土产生资公司的大门口。他说："我有一个朋友，是开东方红拖拉机的，隔两天就要送一次山货下来，卸完山货后就又装上出资用品上去。他要是下来了我们就可以搭他的拖拉机走。"宋一刚有些疑虑地说："那是不是不太安全。这上去全是山路呀！"胡礼华笑了笑说："当然安全呀！还把你这个大学生整折了不成！"宋一刚一惊，我们素昧平生，他怎么就知道我是个大学生？宋一刚问他："我们在哪见过面吗？"胡礼华说："没有。但我们似曾相识。你多有名呀，能上我们那高寒小镇去教书，就是了不起。谁会不知道你？"宋一刚也笑了笑说："看来我还真是臭名远扬了。"胡礼华说："可不能这么说。你才是真正的大人才，名校出来的大学生上我们那儿去工作，全乡人不奔走相告才怪了呢！"宋一刚这才有了开心的一笑。他看出胡礼华有几分艺术家的气质，于是感情上就更近了。胡礼华又说："兄弟，你可要有心理准备。那地方很艰苦，海拔高、湿气大。我们是本地人，你生活上有什么困难尽管直说。今天你就去我那里吃饭。告诉你，我墙上挂的还有去年存的羊肉。"宋一刚觉得胡礼华是够真诚的，也就答应了他的邀请。他们在县土产生资公司门前等了大约半个小时，一台装有山货特产的东方红牌的拖拉机就开来了。刚一停稳，胡礼华上前给司机送上一支烟，他们说着话，胡礼华还朝宋一刚这边望了一下。宋一刚认定是胡礼华在向司机介绍他。

卸完山货后，拖拉机开到后面的生资仓库装上了一车化肥。等拖拉机再开出来，司机就招呼胡礼华和宋一刚上车。他俩爬上车厢坐在化肥口袋上。虽然是个阴天，但还是十分燠热。宋一刚和胡礼华坐在化肥袋上却感到十分惬意。除了一阵阵清风拂来，还能在轻微的颠簸中观一观山景。眼前的青山绿涧是宋一刚从来没有见过的。拖拉机在盘山公路上走了好多个回头弯，突然就上了一段平路。胡礼华说："你从平原来，还没见过这么大的山吧？等会儿你就会感到眼前一亮，那才叫风景这边独好。"宋一刚将信将疑，拖拉机就从一个口转了过去，刚转过一个山口，他刚才所见到的青山绿涧全部消失了。整个河谷被一片乳白色的云层覆盖，云上却是一片绚烂的阳光。宋一刚想象得到或是想象不到的一切仿佛都在那云层之下。宋一刚又忆起了那句话："一个人在这苍茫的月下，什么都可以想，什么都可以不想，便觉得是个自由的人。"他正陶醉其间，胡礼华就问他："我说的一点都不差吧？山有山的姿势，水有水的流向。你说对不对。"宋一刚说："你真不愧是个搞文化的。这里真的是人间胜景。"胡礼华说："你在这里待久了，就会爱上这个地方。不信你等着瞧。"宋一刚说："但愿如此。"其实此时，他还挂念着省城里的另一个人。

拖拉机又转过几道山坳就到了茅湖乡，这里的一切又让他感到几分的新奇。从农时上看，茅湖乡似乎要比河口晚一个多月。宋一刚坐在拖拉机上，望着那成片的玉米地，棒子上还挂着红色的穗子，而河口却早已是晾干装仓了。坐在一旁的胡礼华说："你感到季节迟些吧。这里就是这个样子。比你家乡要迟将近一个半月。还有，我们不是走过了一个坳口吗？你可要有心理准备，那就是个宝瓶口，进这里来的人一般很难再调出去。"宋一刚问："为什么？""因为这里艰苦，气候高寒，没有多少人愿意上来工作。所以，凡是进了宝瓶口的人，都很难再下山去。不过，只要习惯了，什么都适应了，下不下山也就没那么重要了。说不定还不想走了呢！"宋一刚看他自在若云的样子，无形中也受到了一些感染。

宋一刚眼前突然出现了一排白粉墙屋，胡礼华说："到了。这就是茅湖乡。"司机好像是要向全乡的人报个信似的，他加大了油门，一股没有燃烧完全的柴油烟味呛了过来。宋一刚觉得这一工业文明的气味多少和这个古旧的小乡镇有几分反差。除了那一排白粉墙外，鲜有其他的亮色，那种猪肝色的木屋建筑，与镇街上的碎石子路达成了一种和谐。胡礼华说：

"这个镇上的木屋还是很有特色的，不拆才是财富。"宋一刚望了他一眼，他早听人说过，艺术家的追求往往是怀旧。他想，他大概也是这样一种心态。

拖拉机靠在路边停稳后，胡礼华"嗖"地一下就跳下了车。他挎着包在下面接宋一刚的行李。宋一刚跳下去后，胡礼华就指着包里的东西对司机说："带了两瓶好的，晚上我们陪一下宋老师，他可是从省城分来的大学生。"说完，他就提着宋一刚的行李往乡文教组走。宋一刚要去接过行李，胡礼华不让。他说："我估计他们还不会马上给你安排宿舍，你还得住我那里去。"人生地不熟，宋一刚只好听他的安排。

乡文教组就在乡供销社后面的一栋木楼里办公。胡礼华把宋一刚带到了木楼的二楼，走到最里面的一间办公室门前，胡礼华对着里面的人说："王组长，我把宋一刚老师带来了。"他马上做了一个手势要宋一刚过去。

王组长五十岁左右，神情威严，感觉是个不好接近的人。胡礼华说："宋老师，你和王组长好好谈谈，我先走了。我先把你的行李带过去了。"说完他就走了。等胡礼华下楼后，王组长问宋一刚："你们先前认识？"宋一刚说："不认识。我们是在车站才认识的。"王组长意味深长地说："哦，你可要学会与人交往。"宋一刚还不知道如何回答他，王组长抱着茶杯品了一口茶又说："你是我从县里左说右说才硬要过来的。好好工作，可不能让我打脸。"宋一刚觉得王组长是在警告自己。王组长又说："为了给你腾出位置，我们文教组还做了一些人事调整。"宋一刚问："莫不是因为我的到来，把别的老师挤到乡下校点上去吧？"王组长说："这也是没有办法的事。有些人是必须要走的。有些人是可以留下来的。"宋一刚一头雾水，他根本不知道那个"有些人"是谁。王组长接着说："不要和他老搅和在一起。一旦有事他遭殃你也就脱不了干系。你已经是走过一些弯路的人了。"王组长看了他一眼。宋一刚马上就明白了，"他"就是胡礼华。难道胡礼华还有什么案底在身？宋一刚说："我初来乍到，情况不明，还望您多多关照和提醒。"王组长这时却撇开话题说："就这样吧。你到中学找曾校长去报到。工作上要服从安排。"宋一刚道声谢后就出了王组长的办公室。他下了楼，见胡礼华，还在楼下等他，胡礼华就问："先要去中学报到吧？"宋一刚说："是的。看来还比较复杂。要是学校给我安排了宿舍，我就不去麻烦你了。”胡礼华似乎从中听出了一些别样的意味。他直接地回答：“你想马上得到一间宿舍，在这乡下的中学可不是一件容易的事。”宋一刚问：“为什么？”“他们哪次调人走不是搞得乱哄哄的。”胡礼华说。

茅湖中学就在文教组办公楼的下面。胡礼华又把宋一刚带到了曾校长的家。曾校长和胡礼华差不多年龄，介绍完后，曾校长把宋一刚带到了教学楼的二楼，这里是教工宿舍。走过了一道暗暗的巷道来到一间宿舍门前。曾校长敲了几下房门，开门的是一个年近四十的中年女人。曾校长对她说：“这是新来的宋老师。反正房间只有一个，你就和他商量着办。”曾校长说完就走了，宋一刚却一脸的尴尬。他想，我和一个女老师怎么商量着办？那女老师名叫李美莉。李美莉说：“既然这样，你就进来坐坐吧。”宋一刚只好进屋先坐坐了。李美莉说：“宋老师，我真的不是冲着你来的。我只是要他们给个说法，凭什么把我撵到乡下校点上去？我是没认真教学？还是没有认真辅导学生？告诉你，这个学校该下去的人多了去了。”李美莉忽然落起泪来，她抹了一把泪说：“不就是因为我不受人待见。”宋一刚一听这话，心情也纠结不安起来。他问：“李老师，他们究竟要把您安排到哪里去？要不这样，我去。我一个人正好到那里去体验体验。”李美莉说：“宋老师，说句实话吧，我这样闹也就只是消消气，我还是要下去的。我不让出房间只不过是给他们找难看。开学后，一班学生还在教室里等着，我一个人民教师不到岗位怎么对得起那些学生？”宋一刚说：“李老师，您听我的，我去和他们说说。兴许还会有改变，但您这一走不就彻底没希望了？”宋一刚感到奇怪的是，他在和李美莉说事的时候，胡礼华始终不过来照个面。宋一刚看李美莉没怎么反对，他就又去文教组找王组长了。宋一刚刚走出巷道口，胡礼华就闪了出来，宋一刚吓了一跳。他说：“她还有一个在城里上中学的丫头。”胡礼华说完就走了。宋一刚就去了王组长的办公室。

宋一刚进门后，王组长抬头问：“去报到了？”宋一刚说：“是的。不过我不想去中学工作了。”王组长放下手中的钢笔，问：“你说什么？不去？”宋一刚说：“是的。”王组长问：“那你想去哪里？”宋一刚说：“李美莉老师要去的那教学点我去，她留下。她还有一个在城里读中学的姑娘，让她下去多不好。”王组长沉下脸说：“你知道那个地方在哪儿吗？离这里还有几十里路，没通车，来去全靠步行，教学点就在原始森林边上。”宋一刚说：“她一个女人能去，我一个大男人为什么就去不得？我决定了。”王组长稍做考虑后说：“好吧，既然你这么仗义就等通知吧。”王组长说完就从宋一刚身旁出去了。宋一刚明显感觉到了王组长的不快。不一会儿，王组长就上楼来了，同来的还有中学的曾校长。王组长落座后，指着宋一刚对曾校长说：“他说他要去纸厂河校点，你说怎么办？”曾校长不吱声，大约过了两分钟，王组长说：“你不表态就说明你没有意见，那好吧，他就去纸厂河。年轻人下去锻炼锻炼也很有必要。”曾校长给王组长递过一支烟，边点烟边说：“我看这样，李老师和宋老师都不必走了。一来，李老师的业绩不错，她的特长也很突出，除教一班语文还代两个年级的美术课和音乐课，她走了课还真不好搭配。而且全校的课外文艺活动她抓得也有声有色。至于宋老师嘛，那就更不能走。他是我们乡这些年分来的唯一正牌大学生，您说我们把他放到上不着天下不着地的大森林里去，别人会不会说我们落实知识分子政策有问题？我们茅湖乡人才可还没有富余成这个样子吧？”王组长说：“你们编制是满的，你说怎么办？”宋一刚觉得他也应该说话了，他说：“王组长，还有一个办法，那就是您把我退回局里去。如果局里也不好安排，我就回家乡去。”曾校长接话说：“那更是不可行。把你退回去就等于是对抗组织。说重一点就是我们不尊重知识，不尊重人才。唯一的办法就是人才打通使用，文教组不是还差一个教研员吗？宋老师边教学边从事教学研究，您看这办法行不行？”曾校长说完，王组长也没有再吱声。但宋一刚能感觉到，他还有话骨鲠在喉。过会儿，王组长表态说：“暂时就这样办吧。”他对宋一刚说：“你先下去，我还有事和曾校长商量。”宋一刚走出办公室，他在门边稍作停留，就听见王组长数落曾校长说：“你怎么就这么糊涂，你又不是不知道！”王组长声音很低，随后就是重放茶杯的声音。宋一刚听见曾校长同样用更低沉的声音在向王组长做解释。宋一刚听不清也就只好轻步下楼。

宋一刚来到李美莉的房里，李美莉正在收拾东西。宋一刚说：“李老师，组长发话了，我和你都不走了。”李美莉放下手里的一捆书，转过头来说：“要真是这样太好了。”宋一刚说：“是真的”李美莉摆摆头说：“我把这房子还是腾出来给你。你一个外地人，到哪里去落脚。”宋一刚说：

“既然你不走了，这房就归你。”李美莉说：“这是你的想法。”宋一刚不明白她的意思。正当他要转身离开李美莉的房间时，曾校长进屋来了。他说：“你们都在这里？也好，我就在这里说吧。你们都留在中学了。至于房子的事我看这样，我去乡小学借一间，李老师人熟，你就过去住。”说完，曾校长就走了，李美莉看着宋一刚，露出一丝苦笑。那一丝苦笑，立即把她脸颊上稀疏的纹路吸吮得干干净净。李美莉说：“这事真得谢谢你了。现如今哪有敢这么出头顶撞领导的？”宋一刚听出了这个小镇上的某些复杂。

胡礼华早已回了乡文化站。乡文化站在小镇的最边上。胡礼华对宋一刚说过，要他办完事后就到他那里去。宋一刚只好到乡文化站去找他。乡文化站实际上是和乡广播站在一起，两站只有一个人。胡礼华只占了这栋土墙楼里的四间房，两间在一楼，另两间在二楼。但胡礼华生活起居却在一楼，二楼就是他的画室。宋一刚到了乡文化站的大院，胡礼华看到他来了就迎了出来。他见面就问：“怎么样？”宋一刚看到他那份急切期待的样子，感到这中间的故事必然精彩。宋一刚说：“是好消息。我们都留下来了。”胡礼华说：“哎呀兄弟，那个老古董只有遇上像你这样的真知识分子才能拿得下。我要为你献上一曲。”宋一刚想不到胡礼华进屋后取下了一支笛子，张口就吹了一曲《扬鞭催马运粮忙》。宋一刚听得很投入，他不想在这么一个高寒小镇还有一个吹笛高手。他的那些个颤音拿捏得恰到好处。这还是宋一刚第一次亲耳听到这么完美的笛子独奏。一曲终了，宋一刚拍着手，高叫一声：好！胡礼华兴奋地说：“这件事说明什么？说明知识改变命运。”宋一刚总是觉得胡礼华的兴致有些过头了。但他当时还并不知道这是什么原因。

那一顿晚餐是宋一刚感到最离奇的。还没开学，学校只是做一些开学前的准备工作，因而大家显得不是很忙。但李美莉却除外，她要为宋一刚腾出房间。尽管如此，大约下午四点，到胡礼华这里来做饭的却是李美莉。李美莉俨然一个家庭主妇，宋一刚和胡礼华在前面房里说话，李美莉没有过来问过一句油盐酱醋。六点不到，羊肉火锅就上来了，另配有四盘炒菜。这时李美莉解下围裙说：“宋老师，你们慢用，我先过去了。”她把围裙放在一把木椅上，抻抻衣服就出了门。宋一刚说：“李老师，你咋不一起吃？”他扯了一下胡礼华，因为这毕竟是他请客。胡礼华说：“她这时是不会留下来吃饭的。”李美莉走了大约一刻钟，曾校长就从镇子的另一头走进了乡文化站的院子。宋一刚看见他越走越近，他就问胡礼华：“曾校长也过来了？”胡礼华说：“他是过来陪你的。”宋一刚有些过意不去，说：“我哪有这么大的面子。”宋一刚话音刚落，曾校长就跨进了房门。他没说话就走过来和宋一刚握手。宋一刚说：“把您惊动太不好意思了。”曾校长却说：“小宋老师，真的是要感谢你了。不然我这个校长还有什么脸去见人。”宋一刚不明这话的意思，但他知道曾校长说的是今天上午的事。曾校长说：“人家李老师多么优秀，他非要把人家撵走。”曾校长摆了摆头。宋一刚说：“我真的是诚心想和她换位置的。我不是在演戏。”曾校长说：“这我完全相信。不然我就真的瞧不起你了。”宋一刚说：“我也是走过弯路的人。我不想别人为我而再遭什么罪。”曾校长说：“你在这小镇工作就不用有这份担心了。我们大家都彼此彼此。”宋一刚没明白曾校长话的意思。曾校长接着说：“有些话你可以信也可以不信。你自己把握好就行了。”宋一刚又想起了王组长对他说过的话。他感觉这里没有他想象的那般平静。

这顿晚餐，包括后来才赶到的供销社拖拉机司机老黄，他们四个喝了三斤二锅头。宋一刚有些醉了，胡礼华也有些微醺。饭后，曾校长和老黄一起出了胡礼华宿舍。宋一刚打算去收拾桌子。胡礼华说：“这个不用你动手。”宋一刚看他也是醉意满满的样子，就想，这一片狼藉，总得要有一个人去收拾吧。正当他这么想时，刚好有人推门进来了。李美莉还是一句话没说，直接去收拾饭桌。宋一刚很不好意思。他绞着舌头说：“李老师，你看我们该多无聊，我们这些人是不是不劳而获？”李美莉只是冲他一笑。胡礼华说：“就凭你帮的这个忙，她就该好好感谢你的。”宋一刚想，李美莉都没说话，你抢嘴干吗。宋一刚也看出了他们两个非同一般的关系。

宋一刚就这样在胡礼华这里住了几天。但他总是没有机会到楼上画室里去。宋一刚也提出过要参观一下他的画室，但都让胡礼华搪塞过去。因此，这一间画室就成了宋一刚好奇的场所。

开学后，宋一刚被安排代初中二年级一个班的数学，外带三个班的体育课，课时比较少。他没课的时候喜欢到镇子上去走一走。有一次，他就爬到小镇后面的山上去了。时令刚到秋季，但因为这里的海拔太高，满眼已是色调绚丽的深秋景象。山色也开始显出有层次的斑斓。宋一刚走着走着就迷了路，但他还是努力往前走，告诫自己要不走回头路。一个多小时后，他在山上就瞧见了小镇的一角。从那里下去就是乡文化站。宋一刚还有一种走出困境后的小喜悦。但当他穿过那片密匝匝的松树林，来到乡文化站的正背面时，一个方正的小窗口把他吓了一跳。他看见胡礼华在画室里专心地做素描写生，斜依在木椅上半身裸露着的正是李美莉。她丰盈的前胸让他想起一幅西方人体油画。宋一刚也不知是否潜意识里就想到要来这里一探究竟。反正他是见识了那间画室的所有秘密。宋一刚此时有一种担心，冷不丁见了这个不该见的场景自己又该如何应对。

宋一刚给章萍写过三封信，他也接到过她的两封来信。章萍大致介绍了她现在的情况，比宋一刚想象的要好一些。她刚调换了岗位，不在教学一线了，并下放到后勤管理部门工作。只是妊娠反应太大，经常呕吐不止。宋一刚知道后也是心急如焚，他在谋划怎么回一趟省城。

那天，他把这个想法说给胡礼华，胡礼华说：“这好办，你跟老曾偷偷说说不就行了。”宋一刚说：“我才来一个多月就请假，总有些说不过去吧。”胡礼华说：“我想起来了。学校不是还有个农忙假吗？一周。你只不过提前两天走就行了。”宋一刚感到不可理解，这个假在河口早就取消了。但在这里还保留着。胡礼华又说：“奇了怪吧？其实也好理解。这里的老师大多是半边户，如果不放几天假，他们还是得请假回去收苞谷。”

那天，宋一刚在曾校长那里去求证，答复是这个假还存在。宋一刚就说：“我到时候可能要多请两天假。我要回一趟省城。”曾校长说：“课就让李美莉先顶着，你回来再调换给她。”

国庆节过后的一个星期，茅湖乡所有学校都放了农忙假，宋一刚也决定回一趟省城。他为了安慰远在省城的章萍，特意带了这边的山货特产。最让他上心的是，胡礼华和李美莉给他张罗了两只香獐的后腿子。宋一刚在胡礼华那里吃过这种美味，这东西一煮，仿佛整个小镇都是香喷喷的。

那天一早，宋一刚到县城坐长途客车先到沙市，再从沙市转车到省城。车到省城客运总站已经是下午六点。他又转了两次电车才到师院的大门前。宋一刚站到这曾经熟悉的地方，反倒有一种强烈的陌生感，虽然他从这里走出去也就是短短的几个月时间。宋一刚提着一只大编织袋就往章萍的宿舍走去。当他瞧见那窗口的一缕灯光，宋一刚的心情马上就平复了下来，只剩一种期待和渴望。

宋一刚一步一步向那房门走近。他仔细一听，却听到另一个男人的声音夹杂在其间。他对那个声音是那么的熟悉。你能说他不是在尽一个丈夫的责任？宋一刚只好放下那只鼓囊囊的塑胶编织袋转身而去。因为他觉得这编织袋里的东西本来就是属于她的。他现在成了这个样子，又有什么理由去埋怨他人呢？宋一刚悻悻然离开，他不觉得遗憾，心底依然是无限的感恩。

正当宋一刚要走出校门时，一个人挡在了他的面前。姚玉蓉一脸严肃地说："我知道你最近要来的。我们可以谈谈吗？"姚玉蓉说完就转过身走了，宋一刚只好跟着她走。姚玉蓉在校门外打了一辆车，就和宋一刚来到了一家咖啡馆。姚玉蓉问："吃点什么？"宋一刚说："真的不想吃。"姚玉蓉突然落泪了，她用纸巾擦了一下眼睛说："我们喝点酒吧？"宋一刚说："可以。"姚玉蓉叫来服务生点了两种西点和一瓶酒。姚玉蓉斟好酒后就说："我们今晚不是来找伤感的。但有些真相我必须如实告诉你。"说完，姚玉蓉从包里拿出了一张照片给宋一刚。她说："这就是那封检举信的局部照片。你不可能不熟悉这字体吧？"宋一刚看过后问姚玉蓉："他刘林犯得着这样下作吗？他果断地去追她不就得了？"姚玉蓉说："他不把你整出局又有什么机会？"宋一刚想起那些天，刘林几乎是每天都来找他和章萍出去玩球吃饭，原来是有这种算计在。真是醉翁之意不在酒了。宋一刚又问："章萍知不知道？"姚玉蓉说："至于要不要她知道，权力不在我和老孔。我还是得说明一下，老孔虽然不完美但却是个好人。关于对你的处理，他是做了好多努力的。这好像与我没有多大的关系。他还多次和我讲过他的一些担忧。他也觉得你是个多才多艺的人，落得这个地步太可惜了。他还说，有机会他还是会尽力帮助你的。"宋一刚相信姚玉蓉说的话。但此时他对这座城市好像完全失去了靠近的力量。宋一刚认为，向章萍揭发刘林不用别的，只是一句话的事。但他觉得已经没有多大意义了。他觉得，刘林医生虽然手段有些下作，但他对一个女人的至爱真情没有错。他能承受如此重负去爱一个人，的确也是太难了，这世上又有几人可为？况且他们现在是合理合法的夫妻关系。既然这样，自己又有什么理由去打破这一美好的平静？如此这般，不更是反衬自己的下作和无聊？宋一刚决定要和这座城市再做一次告别。

第二天一早，宋一刚洗漱完毕后下了楼。他在前台退完房，拿着一张单据刚转过身，章萍却突然站在了他的面前。宋一刚瞧见章萍的脸色暗淡，就有种负罪感。宋一刚问："你还好吧？"章萍没说话，她眼含泪水点了一下头。宋一刚还是和先前一样拥着她出了宾馆的大门。他俩来到东湖边的一张条椅边，宋一刚和她并坐在一起。已是深秋，早间的气温比较清凉。这次是章萍先开的口。她问："你昨晚为什么不进门？"宋一刚说："我们不谈这些行吗？但我可以向你保证，我一定会尽到我该尽的责任。"章萍问："你为什么不问一下我是怎么找到你的？"宋一刚说："也许就是某种意外吧！"章萍说："不。我是从姚玉蓉那里打听到的。为了打听到你的下落，我在她楼下足足等了两个小时。还是孔庆和主动下楼来告诉我的。"宋一刚听后，一把将章萍抱紧。他感受得到章萍在孕育一个生命时所付出的巨大代价。仿佛她的活力让这个小生命吮吸得透支了。宋一刚好一会儿才说："我不想走了。我就在这里陪你。"章萍坚定地说："不行，你必须得回去。你也要像当年高考一样堂堂正正地再回来。"宋一刚说："现在形势变了，我不要那个所谓的铁饭碗依然能养活你和孩子。我虽然没有拿到一纸文凭，但我有青春在又有什么理由不能活得更潇洒一点？"章萍说："你当初考大学是这么想的吗？我可不能让你这样毁了自己。再说，我的父母是绝对不允许我找一个无业游民去过日子的！"宋一刚一时无言以对。章萍又说："这几个月的确发生了不少的变故。首先是我不能再上讲台了，我只能进后勤部门工作。仅这一安排就得感谢人家老孔。要不是他多方做工作，我可能也要滚出那个校园。再就是，我必须得向你重申我和刘林的关系。之前，我也以为他只是一种仗义，朋友间的仗义。但我没有想到，他却是从心底爱上了我。你走后，我就和他来往的时间多了，表面上看就像是夫妻关系。但直到那天，他把我领进了他的房间。他突然双膝跪下，向我坦言他是如何如痴如醉地爱上的我。随后就把一个笔记本递给我看，那是他的日记本。我看了，他记述了与我初次见面时的激动和兴奋。他记下的一句话让我印象最深：我很享受与你相处的那种感觉。我当然不能责难谁。说实在的，我真不希望他是一个下作的男人。我可以保证，无论是在日记里，还是在生活中，他没有半句诅咒你的话。”宋一刚听了章萍的这席话，似乎是在听一段评书。章萍又说：“你真的安心回去上班。我没事。你想，我要是真有事，消息不早传你那儿去了？你一定要挺过这个试用期。到时候我们再找机会去办调动。你一定要相信，机会以后有的是。”宋一刚倒是清楚，章萍不想干的事，没有谁能动得了她的主意。所以，宋一刚也没有必要把关于刘林的另一种真相全盘告知于她。

宋一刚在省城住了几天，刘林始终没有敢露面。倒是章萍每天在宾馆里和宋一刚粘腻着，他俩谈了今后的诸多畅想。

宋一刚回到茅湖乡，他突然有了一个新的想法，他想跟胡礼华学绘画，他想通过一种方式表达自己认知的东西。常言道：艺多不压身，说不定这也是一个不错的尝试。若干年后，宋一刚再回想起这个看似荒诞的决定，就想到一定是胡礼华超前的艺术追求在潜意识里影响着他。那时，胡礼华过的实在是滋润，整天挎着个画夹在外面写生。有时他也把宋一刚带出去玩，宋一刚看到那些古老的吊脚楼，在历史的长河里能留存下来，定格的是土家山地民居的历史信息和符号。他觉得这就是一种文明倔强的生存方式，一个完整的家族史的记载。宋一刚虽然不是学文科的，但他从这些宁静的山谷和相对原始的生态，看到了一个地域内的希望所在。他想，这里又为什么不能成为自己从事艺术的首航站。特别是他在空旷山谷里，聆听胡礼华的那一管笛声的悠扬，更让他体味出这山谷的静美和虚怀。

宋一刚提出要向胡礼华学绘画，胡礼华感到一惊。他问：“你是响当当的名牌大学生，学这些东西干吗？”宋一刚说：“我也要像你一样地生活，自由自在。”胡礼华问：“你不自由吗？”宋一刚说：“我还想要更好的发展空间。”胡礼华认真地说：“搞艺术的人向来都是有风险的。你也愿意？”宋一刚说：“都什么时候了，还担心这个。你就是画一张裸体素描又有什么？”胡礼华似乎明白了什么。他没有继续再往下说。从那以后，宋一刚一有空就到胡礼华这里来学素描。一段时间后，胡礼华就夸他，到底是名校高才生，艺术悟性很高，对画面的整体把握很到位。下一次县上的届展，他的素描风景极有可能入选。

由于宋一刚和胡礼华成了师徒关系，两人走得更近了。宋一刚也就知道了胡礼华和李美莉的感情纠葛。

李美莉的父亲是一位老南下干部，在县上的一个油脂化工厂当书记。这个油脂化工厂就在胡礼华所在的大队。有一天，一帮造反派就冲进了油脂化工厂，将李美莉的父亲揪了出来，押上一个用汽油桶搭成的高台上去批斗。那个组织的一个小头目就叫王全民。在那次批斗会上一个意外发生了。也不知是有意还是无意，一只烟头将旁边的一堆蜡纸引燃，而这堆着火的蜡纸又直接和一道从那汽油桶里溢出的汽油细流相连。火势起来时，在场的人都作鸟兽散。李美莉的父亲因为站在汽油桶上，就被爆炸的汽油桶掀上了天。

那时候，李美莉才上初中三年级。父亲被炸死了，她哭过一阵后就发誓，她也要用火柴和汽油去点了王全民的全家，王全民的家就在县油脂化工厂的宿舍大院内。

那段时间，李美莉的眼睛里都在蹿火。为此，同班同学胡礼华就以班干部的名义，负责监视她，每天搜查她的书包和衣服口袋，唯恐她真的去放火。李美莉心有不甘，她就把这些怒火转嫁到了胡礼华头上。那天下午课外活动，她就偷偷将胡礼华的书包扔进一口废水井里。那一个学期，胡礼华上课就没有了课本，学校也没有查出是谁偷了他的书包。直到那个学期结束，胡礼华和李美莉从那条小路一起回家，他就向李美莉说到一件事。他问李美莉："你有没有发现我这学期有什么变化？"李美莉原本以为他和王全民是一伙的。所以他根本不想和他说话。胡礼华说："我真的要感谢一个人。要不是她把我的书包装上几块砖头，一起扔到水井里去，我的书法还没有这么大的进步。"李美莉听后心里一惊。她知道胡礼华除了做完作业，还要把老师的教材拿回家去手抄。他也知道这事是她干的，但他却没有到学校去揭发自己。李美莉隐隐约约觉得有一个人在暗暗地帮助自己。这个人就是胡礼华。李美莉对自己的阴损行为感到几分羞愧。特别是胡礼华没能上高中，她总认为是自己对他的暗算影响了他的成绩。虽然那时全凭上面推荐，至于能不能读高中与成绩几无关联，但李美莉心里却一直自责。

后来，王全民一家受不了一个女孩子仇恨的眼神。一年后，他们就搬出了那个职工大院。再以后，李美莉也下了乡，去了离县城有几十公里远的高峰农场。在那里她被一个男人紧紧盯上。后来，她被推荐去省城上了大学。

胡礼华没有被推荐的资格，他就在家里业余学习绘画。几年以后，他在乡下也有了一些名气。那年秋天，县文化馆通知他到县城参加一个国画培训班。胡礼华接到通知后，兴奋得一夜没有睡着觉。第二天一大早，他就拿着县文化馆的一纸通知，到大队请一个月的创作假。他万万没想到大队长大笔一挥就同意了，而且这一个月既算劳动日，又记工分。胡礼华简直像做梦一般，他开始尝到了一点搞艺术的小甜头。

那次培训，县里从省群众艺术馆请了几位专业老师来授课，胡礼华学习了全新的构图和技法。通过那次培训，他的布局、点染及画面层次感都有了很大的提高。培训班结束后，胡礼华就以一幅题为《牛铃声声飘》的国画拿到本次培训班汇报展览的头奖，胡礼华也算是崭露头角。半年以后，他就被邻近的茅湖公社招聘为文化站工作人员，两年以后又提拔为公社文化站站长。

胡礼华和李美莉再次见面也是在茅湖乡。胡礼华几乎是认不出她来了。那次他们在乡供销社碰面后，胡礼华愣了一下。李美莉对胡礼华说："不用怀疑，是我。"他们带着煤油和糖果的味道，走出了乡供销社的大门。李美莉接着说："我之所以要到这里来，就是要报复他的。"胡礼华知道她所说的这个人就是王全民，他现在就是这里的教育组长。但胡礼华却不能看着她自毁前程。

从这次见面以后，胡礼华的一双眼睛又要时不时地盯住李美莉了。那时李美莉已是单身，她丈夫原是县高峰农场的主要负责人，大她二十多岁，两年前才去世，女儿也才上中学。李美莉主动要求调茅湖中学来。而王全民也没有任何理由加以拒绝。

李美莉来到茅湖乡后，王全民专门找她谈了一次话。王全民诚恳地请她原谅自己，并再三解释说，她父亲的死是一次天大的意外。谁能想到会发生那一场大爆炸？王全民说，在那一场大爆炸中他自己也受了伤。李美莉对他受伤一事是知情的。但是不是因为去救他父亲而受的烧伤，就值得怀疑了。王全民为此还专门到省城的大医院去做了胸部植皮手术。就是这一次谈话，让李美莉产生了和解的意念。她那最原始的报复冲动几乎已被冲淡。李美莉认为，王全民当时完全有时间逃得远远的，他受伤也必然是有原因的。一段时间以后，她眼里那种足以逼得王全民举家搬迁的仇恨眼神也就渐渐淡然。

王全民发现胡礼华与李美莉来往频繁，而且经常出双入对。王全民的不安，是因为乡供销社山墙上的那一幅宣传画。乡政府要求胡礼华选一个显眼的地方画一幅宣传画。其主题是彰显改革开放后土家山乡人们的全新精神风貌。胡礼华选中了乡供销社的一面山墙。那面山墙正好面朝小镇的那条主街。胡礼华亲手搭好脚手架，他用了将近两周的时间才完成那幅大型的彩色墙画。画面上的那个身着民族服装的漂亮女人，王全民怎么看都有几分眼熟。那稍显丰满的身姿，看似不太对称却又俏丽妩媚的丹凤眼，以及略微有些左斜的嘴唇。王全民仔细一想，那原形不就在自己的眼皮底下？他小子要是不用情能把她拿捏得那样精准？

王全民断定他们以后会出事，作为一方管教育的负责人，他一直在设法将李美莉和胡礼华拆分开，在这一点上他就是要不遗余力。为此，王全民专门去找了县文教局领导，要求将李美莉调到离县城更近的石良中学，解决她的实际困难，但他没想到，李美莉书面承诺表示不想离开茅湖小镇。这一次，宋一刚分来后，本来又是一个将他们拆分开来的好机会，但由于宋一刚的一再坚持，王全民又不得不做出让步。王全民预感到李美莉和胡礼华将会引发一场急风暴雨。

宋一刚要学绘画，胡礼华开始是不同意。但宋一刚一再要求要尝试，胡礼华也就只好答应教他一些基础知识。他对宋一刚说，太高深的理论他也不太懂。但他说，要想成为一个好的画家，必须要有扎实的素描功底，这其中也包括写生的基础训练。这自然也包括时下还备受争议的人体写生。

第二年的春天，宋一刚终于尝试了他一生中最刻骨铭心的练笔。在一个安静的周末，乡文化站的二楼，也就是胡礼华的那间秘密画室里，他和胡礼华面对一个全裸的女人，勾画出了他一生中最为心跳的那一笔。他没有想到，步入中年的李美莉肌体是那么的富有感染力。他在胡礼华的指导下，居然完成了一幅相对完整的人体写生。这样的写生宋一刚以后参加了十多次，他似乎每一次都有新的发现。他认为，人体从来就不是肌肉构成的，而是一个个活跃着的灵魂。

也是一个周末的下午，胡礼华和宋一刚的“人体写生”课就被茅湖镇上的专案组抓了一个正着：两个大男人和一个全裸的女人，躲在一个见不得人的地方伤风败俗。同时，专案组还在胡礼华的那间秘密画室里搜出了近百张人体素描和人体水粉画。尤其是那一沓女性生殖器的素描成为县上“严打”专案组最后定性的重要证据。

胡礼华和宋一刚当即被警察抓走。李美莉只是作为受害人被专案组传唤到乡公安派出所调查取证。但她始终不承认胡礼华和宋一刚对她实施过轮奸。她在他们面前解开衣服只是出于艺术的目的，也是自愿的。最终，胡礼华因与李美莉有过多次性行为，就以流氓强奸罪判处有期徒刑十年。宋一刚则因参与流氓活动被判“劳动教养”一年。三个月后，又更改成“劳动教养”半年。好长时间以后，宋一刚才回忆起，他和胡礼华被抓时，王全民远远地站在围观人群的最后面。

“劳教”期间，宋一刚被县公安局押到花坪林场管制劳动。劳教队的负责人姓张，人称他张大队。张大队知道宋一刚是一名篮球高手。那天晚上，张大队就找宋一刚谈了一次话。张大队也是老牌的大学生，曾经也是一名篮球爱好者。他了解了宋一刚的涉案情况后就说：“现在正是‘严打’阶段，你这事不好申请纠正。但我相信你那是为了艺术。不管怎么样，出了这种事你想再进教育系统工作基本是不可能的了。你如果相信我，我就把你介绍到一家效益好的国有企业去。老三线，缺的是你这样的人才。”宋一刚听了张大队的话不觉一阵心酸。他回想自己一路走过来，毕竟是充满理想抱负的。为什么自己就这样背运，如同自由落体一样急骤下坠？这里面到底有什么不可逆袭的因素在起作用？这难道真的就是命运？他之所以落泪，是因自己的一切希望仿佛化为了乌有。他甚至都没脸再去见省城里的章萍了。此时，他是真希望刘林能将章萍实实在在地娶回家，免得让自己拖累她的一生。他想自己以后也许就是这个样子了，永远也走不出这个自掘的泥潭。

宋一刚思量一番后就对张大队说："我已经败成这个样子了，若是张大队能帮我一把，我只有感谢的份了。"张大队说："这事应该是没有什么大问题的。那个军工企业的头儿是我大学同学，我的话他也是相信的。你的确是个人才。"

在花坪林场改造了三个月，宋一刚就被一辆军用吉普车接走了。在这三个月里，宋一刚其实没干过一天的伐木活。他在张大队安排的一间办公室里整天翻译资料。宋一刚在大学期间还选修了两门外语，一门是资料英语，另一门是基础德语。在这三个月里，宋一刚除交了一大沓翻译资料外，他还被那家军工企业借去打了几场友谊赛。宋一刚知道这是用人单位的一系列非正式考察，他必须认真面对。

最重要的一场比赛，是与这家三线企业从来没有赢过的省化肥厂篮球队的比赛。省化肥厂篮球队的技术特点是双塔策应小前锋。其中两个主力队员就是宋一刚在省城念书时认识的球友。他们在省城的大学联赛中多次交手。开赛前的练球时间，他俩就过来和宋一刚打了个招呼。问宋一刚："怎么一下子就跳槽到这个三线厂来了？"宋一刚只是淡淡地说："还没，也许是个机会吧。"有一位是当时省工学院篮球队的大前锋，宋一刚对他很熟悉。他对宋一刚说："这样的厂大都放在大山里面，交通和生活都不便。你为什么不跳槽到我们厂里来？我们厂可是全省排得上号的效益企业。"宋一刚无奈地说："不是我想去就能去的。我还是得服从组织安排。不像你们打小面前挂的就是商品粮户口。不瞒你说，就是这个厂我进不进得去也不好说。""我明白了。"他俩也归队热身去了。

开赛后，宋一刚出尽了风头，省化肥厂队的那两座高塔在他飘移的脚步面前，简直就是两根大廊柱。而那两个球友也完全不在状态。宋一刚表演最狠的一招，是他在胯下换手上篮得分。他身轻如燕，跳跃腾空球进篮网随即引来全体观众起立鼓掌。

这一场比赛中南光仪厂队完胜省化肥厂队。主队是扬眉吐气了一回。不过，比赛结束，宋一刚却和两位球友各击一拳，其中的意味三人自知。宋一刚清楚他们的能力，他们这样放水完全是在为他抬庄，但观众们却全然蒙在鼓里。

宋一刚就这样被中南光仪厂留了下来。暂时安排在厂研究所资料室工作。宋一刚想：这不就又看到了希望？他小时候看那些三线厂的大客车，来往穿梭于城市与厂区之间，那种渴望与羡慕至今难以忘怀。于是，他想和章萍走在一起的愿望又被激活了。尽管又多了那么一个参与聚众淫乱的污点在身。

宋一刚决定抽时间再回一趟省城，他有必要专门向章萍和姚玉蓉去做一番解释。他觉得有这个必要。虽然先前章萍一再劝说他，不要频繁回省城，但他觉得还是身负一种义务。这种义务似乎比那些解释更加重要。更何况他还在挂念一个新的生命的降临。他已经好长时间没有收到章萍的来信了。他猜测她一定是在一个温柔之乡静心妊娠。那周围必然有她的父母，还有一个既让她痛又让她十分感激的医生刘林。

这种被阻隔的期待却渐渐转为一种担忧。宋一刚知道，从某种意义上说，章萍是不能继续妊娠的。她的身体不允许，周遭的环境也不允许。但她却在这样一个错误的时间、错误的环境选择了一场豪赌。这于她和自己是不是一种宿命？宋一刚不能下结论。至于他自己所经历的苦痛与波折他完全可以承受，但要是章萍有什么闪失那就是他一生的痛悔。

这种不安直接影响到他的生活。那天下午，厂研究所的所长把一份资料扔在宋一刚面前，拍着桌子教训他说："你自己看看，你除了会应付还会干什么？"宋一刚本想和他理论一番，但他想到了自己现实的处境，还是咬牙忍了下来。他一看自己整理的资料，只是在标注上出了一些小的问题，并没有造成重大错误。他不明白所长为什么要发这么大的火。

那天下班时，他刚走出厂研究所的铁大门，就一眼看见刘林站在一棵扭曲的老柏树下。宋一刚走上前去本想要质问他：你为什么要那般下作？你为了得到一个心仪的女人，就能不知羞耻地写告密信吗？但宋一刚从他呆痴木讷的脸上也感受到了一种巨大的痛悔。宋一刚知道情况有些不妙。

刘林沉郁地说："章萍走了。我也尽力了。"说完他就泪水涟涟。宋一刚眼圈泛红，好一会儿他才说："你不要自责了，一切责任在我。"说完就蹲在了地上。一会儿后，宋一刚又说："其实我早就有预感，只是没料到会是这样。"刘林说："我又不能住在她那里。发现她出事时，连抢救的可能都没有了。"宋一刚问："我能做些什么？"刘林摇摇头说："这不关你什么事了。我和章萍毕竟是合法夫妻。我来这里就是要你在心里放下。千万不要去再节外生枝了，那两个老人再受不了额外的打击了。我就是他们的女婿，你懂吗？我会尽到我的义务的。”宋一刚木然不语，刘林过来抱了抱他，两人泣不成声。此时已是午餐时间，宋一刚就把刘林带到了厂区边上的一家小餐馆里，两个男人对喝了一瓶老白干。刘林带给了章萍的一包遗物：一双白球鞋，一套标有号码 7 的红篮球衫。最让宋一刚泪奔的是，她挺着肚子在一弯绿柳静水前的孕照。这于他来说，不啻是一种现实意义上的镜花水月。仿佛一切都归入一场悽惋的梦。

好几天之后，宋一刚才从刘林的叙述中理清事故的经过。章萍意外怀孕于她来说既是喜事同时也是悲剧。她早前在大学时就受了一次重伤，而伤着的要害却恰恰是生殖系统。进入妊娠以后，她就显得力不从心，反应十分强烈。她的反应不仅仅是常规性的呕吐眩晕，伴随的还有大面积的腹肿和出血。她到医院做了多次检查，去的医院也各不相同。但给出的诊断却是一致的，终止妊娠。但章萍不予接受，她要尝试着继续往前走。她不能轻易放弃这一次能做母亲的机会。如果这次机会丧失，她也许就不能做一个完整的女人了。随着妊娠的周数增加，章萍不得不请假静养。刘林也只是一周过去几次。快到第三十周时，刘林要她去住院调养，章萍却死活不干。她说：只要进了医院，结果就只有一个。那时，章萍全身浮肿蜡黄。这样又挺过了两周，刘林才在她父母的一再规劝下将其送进了医院。章萍是一个意志力极强的女人。她根本没有把后果想得有多严重。她进院以后，各项指标就恢复正常了，基本符合妊娠的条件。但这种好转却是一个假象。几天以后，她的腹部再次快速浮肿。一个更为可怕的症状出现了。下身开始大量出血，加之炎症的侵袭，出现了败血症的迹象。医院决定手术。但等打开腹腔，一切都晚了。

刘林走后，宋一刚反倒一下子安静了不少。他觉得自己是一个失败者，甚至是天怒人怨的不良之子。不然，为什么和自己亲近的人一个个倒霉透顶。自己也几乎是输得一干二净。他不敢回忆曾经的美好时光，那是他仅存的一丝安慰。但他不想让任何人同情自己，可怜自己。其中也包括郑联生。他只想在这个山坳里的一片厂房里蛰居下来，做一个外人都不曾知晓的隐身人。只是他一想起章萍那张清秀的面庞就热泪长流。他只能理解，这是他的宿命。

宋一刚的爆发是在几天以后。那天上班，所长又找他谈话，说他工作敷衍了事，错误不断。宋一刚接过文案一看，他觉得自己的翻译并没有错误，只不过他是用的标准格式，而不是普通格式。所长依然坚持说他是错误的。宋一刚就将自己的一腔怨与恨全发泄在了所长的头上。他将一堆资料用力砸向所长的脸颊。

宋一刚发泄一通后，看所里的其他人都低头装聋作哑不吱声，他收拾完东西走人了。他刚回宿舍不久就有人来敲门了。宋一刚开门一看，是厂党办的吴主任。宋一刚以为吴主任是来宣布处理决定的，于是他说："我也是太气不过了。我究竟哪里得罪了他们？排外也不能这样兴师动众吧。要怎么处理随您便，反正我现在也是一无所有了。"吴主任吸了口烟说："我不是来说这事的。我只是代表厂办对你说一声对不起。厂办为你也做了很多工作，但上面看了你的档案材料后就给压下了。我们也实在是没办法了，你应该理解的。"宋一刚一听特别来气。他明白为什么那个所长要对他无端地找事。他明说不就得了，还用得着使那些下作招数？宋一刚带气说："我离开这个研究所没有什么遗憾。您放心，我会走得很坦然。"吴主任递给他一个信封，他说这是他们刚收到的。吴主任说："这是一封借调信，我们开始是不想放人。但现在你去不去就由你自己决定了。我们领导都表态了，在你没有找到正式单位之前，你的档案暂时由我们人事部门代管。"宋一刚接过信封，一看是省化肥厂的专用信封，就知道是怎么一回事了。宋一刚也听说了，下个月化工行业篮球赛就要开赛了。宋一刚看过借调函后，就对吴主任说："感谢您了。要不我一时还真没地方可去了。"吴主任说："不说这些了，你也是有水平的人。这里离省化肥厂还有几十里地。我派一辆车把你送过去。让你也风风光光地离开这里。"宋一刚没再吱声。

宋一刚被一辆红旗牌轿车送到了省化肥厂。他没想到，他刚下车，却看到有一帮人在厂门前扎堆等候着他。宋一刚被省化肥厂的一帮人接走了。这其中就有他在省城时的那两个球友。

进了省化肥厂文体中心会议室，会议室坐满了人。按照惯例，正对门的一定是厂里分管文体方面工作的领导。宋一刚被安排在领导席的正对面。

主持会议的是厂文体中心的邓主任。宋一刚这才明白，这个会就是球队出征大区化工行业篮球赛前的动员会。邓主任的要求是，省化肥厂一定要赛出成绩，赛出风格。扎扎实实打一场翻身仗。他还特别提到，为了这次行业赛事，厂里还专门成立了一个商贸服务公司。宋一刚就是以这个公司的名义暂时借调过来的。宋一刚一听，感觉自己实在是转大运了，刚被光仪厂研究所撵走就又有一个全新的单位在等着他。尽管他知道这个单位也许就是一个莫须有的空壳公司。

那两个球友一个叫周杰，另一个叫向从兵。那天晚上，两位球友请宋一刚在外面喝酒。周杰说："你们厂倒还蛮给你面子的，到我们这来报到还用一辆崭新的'大红旗'送你来。看来我们省化肥厂想挖走你，门都没有。"向从兵也说："这种车在我们厂里只有一把手才能享用的。"宋一刚却说："如果那是一顿饭的话，就是一碗'断头饭'。"宋一刚知道他俩"懂断头"饭的意思。于是，周杰和向从兵互视一眼，感到十分不解。既然是扫地出门，又何必做得那么假惺惺的。宋一刚说："人家真还不是做给我看的。很大程度上就是做给你们看的。"他们两个更是不明就里。宋一刚摇了摇头说："我是进不了光仪厂了。但他们也并不希望我从此就流落街头，就看你们这边接不接手了？"周杰说："这不是明摆着的吗？位置都给你安排好了。不信你问从兵。"周杰介绍说，向从兵的三伯就是这个厂管供销的副厂长。周杰说："你来不用进什么正式编制，就是这个服贸公司就能让你吃饱喝足。"宋一刚听后敬了两人一杯酒。时至半夜，三人喝得醉醺醺的，还是厂队教练给了他们一顿臭骂才将他们遣散。

这一次中南区的化工行业篮球赛，省化肥厂投入很大，厂篮球队出入都是专车接送，伙食也是单独安排。为了增加能量，厂队也听取了宋一刚的意见，必须每天吃一顿牛肉炖甲鱼，才能保证高强度的对抗。

这一赛事算是让宋一刚、周杰、向从兵打出了威风。他们三人的传切配合隐蔽巧妙。宋一刚的持球进攻、周杰的突破传球、向从兵的防守抢断让所有参赛球队吃尽了苦头。经过三轮的小组赛、三轮的淘汰赛，省化肥厂队最终荣膺大区冠军。

赛事结束后，宋一刚被留在了省化肥厂的服务贸易公司工作。省化肥厂生产的尿素，是整个中南地区的抢手货。宋一刚怎么也想不到，这么一个新成立的公司竟然会把他带上另一道悬崖边。

宋一刚进省化肥厂的服务贸易公司并不是一次正常的调动。他只是与厂办公室签了一份劳务合同。他的职责就是帮助前来购买化肥的厂商提供咨询服务。如果有富余的产品也可以参与销售。省化肥厂生产的化肥品种多，但当家产品却是尿素和磷肥。这两种产品又数尿素最紧俏。厂招待所聚集的大多都是抢购尿素的客商，其中也不乏市县分管农业的领导。但宋一刚却是按部就班地上下班。他负责的服贸公司也只有碳铵和磷肥出售。一开始，没有多少客商主动联系购买。宋一刚感到奇怪，就这么天天守着摊玩还拿近千元的工资，这钱是从哪里来的？厂里再有钱也不能这样白养闲人吧！

几个月之后，向从兵单独约宋一刚出来吃了一顿饭，他俩就谈了时下服贸公司的经营情况。向从兵问宋一刚："感觉压力大不大？"宋一刚说："压力倒是不大，倒是觉得有些闲。"向从兵说："有时候闲就是一种正常现象。到时候你就知道闲有闲的好处。"宋一刚不明白，闲对自己当然是好，但对这家企业要有什么好处那就怪了。那天，因为周杰不在现场，所以他和向从兵没有喝多少酒。在宋一刚看来，这就不是一顿晚餐，某种意义上说就是为了那一句话。那是向从兵要离开时对宋一刚说的：任何时候不得对外多言，做好本职工作就是。宋一刚知道向从兵是有来头的。他三伯就是这厂里管供销的头儿。向从兵没有继续往下说，宋一刚也似乎明白了个中含义。他知道，既然是商业行为，也就应当有其秘密。无论于公还是于私保密都是正常现象。

这之后，厂服务贸易公司开始有了转机，碳铵和磷肥的销售量突然就上来了，是以前月报表的两倍甚至是三倍。还有一个现象就是，到他这里来提货的也就是那么几拨人。宋一刚的收入也多了不少。每个月都有近一千五百元的收入。让宋一刚更意外的是，他时不时还收到向从兵塞给他的红包。向从兵解释说，这都是客户塞的。他想，这里都是一些滞销的大路肥料，还给红包就真是怪事一桩了。要是手上掌握了尿素的批销权，还不得有金条送上门来。那一次，宋一刚就收到了一个三千元的大红包，他一时有些拿不准了。那天晚上，他就约了周杰出了厂区去吃饭。在那家叫夜来香的餐馆里，二人就喝开了。宋一刚就说："有一件事真还得要兄弟给我把握把握。我收到的红包越来越大。开始是几百块，现在都几千了。我心里慌作一团。”周杰说：“这不是好事吗？说明你有价值嘛。我们兄弟出头把你弄过来没安错位置就行。”但宋一刚脸色凝重。这餐饭是宋一刚结的账，这还是他第一次有能力结上账。

回到厂区，宋一刚回到了那片红砖墙的单身宿舍。他进门后，刚要去提开水瓶冲杯茶喝，门就被向从兵用力撞开了。向从兵没说话就径直走到宋一刚面前。宋一刚看他脸露愠色，就问：“怎么回事？”向从兵用力推了宋一刚一把，宋一刚一个后退就一屁股坐在那张单人床上。宋一刚还没来得及问话，向从兵却说：“你跟谁出去了？你是不是觉得过得太滋润了？我前些时跟你说的话你都当狗粮吃了？”宋一刚认真说：“周杰并不是外人呀？况且我确实有些担待不起。”向从兵说：“他是不是外人你怎么知道？你这个位置要不是我三伯你能坐得了吗？有我三伯在你有什么担待不起的？”向从兵又说：“我再说一遍，供销上的事你只能对我说。”向从兵说完就走人了。宋一刚这才意识到一种深水下的危局摆在了他的面前。他想，人是有多面性的，但他没有想到平时看上去温文尔雅的一张面孔，却还有极其阴暗的一面。

周杰找宋一刚却是在三天以后。他只是提醒宋一刚，这个厂区里的水很深。如果向从兵是为你好，就应当为你规避风险。如果你不能承受就得马上离开。宋一刚对周杰的话也没弄太明白。直到有一天，一个客户来拉肥料，他就搭上那辆顺风车去县城办事，那辆重卡无意间就将他捎到了一个仓库里。宋一刚感到奇怪的是，这仓库里面居然还有一个隐秘的分装车间。宋一刚就想，这些肥料出厂就都分装好了，还要第二次分装干吗。他出于好奇就凑过去要看个究竟。宋一刚就看见那些从磷肥、碳铵袋子里倒出来的却是一溜溜晶莹的白色颗粒。他知道，磷肥是蓝灰色的、碳铵是白色粉末状的，怎么一拖出厂来就摇身一变成了最紧俏的尿素了？宋一刚吓得全身一颤。他这时才明白了周杰话里的含意。

宋一刚决定走人。他清楚事情一定会有暴露的那一天。家乡河口有一句俗话：纸是包不住火的。真到那时一切都来不及了。宋一刚交了辞职报告，准备走人。厂办领导再三挽留，但宋一刚决心已定，他回到宿舍收拾好行李就走了。正当他将要走出化肥厂的大门时，却让向从兵给拦住了。

向从兵说："你走我也不挽留你。但还是那句话，有些事是不能对外说的。要是我三伯出了什么事，我第一个要找的就是你。"宋一刚也诚恳地说："我很感谢你，从兵，也包括这家化肥厂。但至于以后的事我也不好向你表态。有些事不早收手可能谁也救不了谁。我们还是都老实一点好。"宋一刚说完径直走了。

他来到长途汽车站，其实他也并没有想好他究竟要去哪里。但有一条，他即便是流落街头，也不会回到家乡三江县城去。虽然他知道郑联生如今也发达得够可以了，可以说是富甲三江，但他回去不仅仅是面子放不下，更难过的是心里过不去的那道坎。自己这样惨兮兮地回去，与当初全村人敲锣打鼓的相送对照起来，又是何等的难堪。

宋一刚刚到长途汽车站，就发现周杰早等在那里了。周杰走过来就说："你这个决定是正确的。我怕那次你没听懂我说的话。"宋一刚说："我当时真的还蒙在鼓里。我不趁机混进那个仓库去看个明白，还真不知道是怎么回事。"周杰说："肥耗子打了好多年了，但就是一直没结果。我现在才弄明白，他们把你招进来就是准备替人顶包的。把你弄进号子去一点都不冤枉你，然后就上演金蝉脱壳的好戏。因为那些个出货单都是你签的。"宋一刚听后就后背一凉，他说："我也不知道那里面全是尿素呀？我又不可能一口袋一口袋地去查。"周杰说："你知道这价里价外有多大利润吗？"宋一刚只说得清官方价格，他说了一个价，周杰却说："你这都是台面上的往来。但真正在二手市场上还要翻一番。"宋一刚惊呼说："这真是暴利，一包尿素就有几十元的差价，怪不得有人要铤而走险。"周杰说："这就是现行的管理漏洞。"宋一刚说："我一走百了。眼不见心不烦。"周杰说："你还真不是一走百了。如果这档子事案发保不准你还要陪着进去。你就先到省城去躲一躲吧。我有个朋友也在做贸易，你就到他那去好了。"周杰把一张车票和一张纸条递给了他，然后又把宋一刚送进了站台。

宋一刚到省城后，他并没有去周杰介绍的那家贸易公司，而是去了省师院。他踱步来到章萍住过的那房前，他在那块草坪上坐了下来，他回想起那一次他提了一口袋山货特产，在她门前听到她和刘林的对话。他毫无理由地一阵心喜。他希望那个时间点永远就停留在那一刻，因为自那之后却是另一种剧情的转换。但他此时却是再也等不来那之后的喜悦和激情了。突然有人叫他。他抬头一看是一个学生模样的小伙子。更让宋一刚感到惊奇的是他却叫了他一声“宋老师”。宋一刚好久没有听到过这个叫法了，于是他感到十分的亲切和怀想。宋一刚站起身来问他：“你认识我吗？”那小伙子说：“认识。你在学校时那么有名。凡是爱运动的同学哪个不认识你。”宋一刚笑了笑说：“有事吗？”小伙子说：“你跟我走，有人要找你。”宋一刚感到一片茫然。但他又有一种莫名的兴奋。他的记忆里总有那么一些情结，那就是不到最后时刻，永远也不知道将会要发生什么，而且总能有奇迹出现。

宋一刚走着走着突然想起一个人来，而且这个人是有权差使学生去叫另一个人的。宋一刚随那小伙到了湖边的一间咖啡厅门口，正是下午的下班时间，一抹斜阳在落叶后的树梢上描上一笔金色。宋一刚有些安恬的感觉。那小伙就说：“你去三十六号吧。”说完他就走了。宋一刚提着一个行李包，就去了三十六号卡包。敲门进去，果然是孔庆和坐在那里面。孔庆和起身和宋一刚握手。他说：“我知道你一定还会来那里的。”宋一刚没吱声，他只点了点头。孔庆和就说：“过去的事是不可能再找回来的。实话说吧，章萍走了我也一个人躲在湖边哭了好几场。她真的是值得男人去爱的一个好姑娘。”宋一刚说：“这也是我该得的报应吧。不怕你笑，我现在是一无所有了，而且坏事是一桩接着一桩，直到身无栖处。你说我这是不是在赎罪？”孔庆和说：“这事我也说不清楚，反正我觉得总有一种力量在不停地左右着我们。我们能做的也只能是顺势而为。”宋一刚无奈地说：“因为我出类拔萃，所以进了省城。又因为我有某些天赋，比如篮球，所以和她相识相交。还因为遇见我，她开始向深渊滑落。我还可以排列出若干个偶然和必然的因为。但最后却又因这些个因为一切化为乌有。”孔庆和说：“今天我们不谈这些了。无论怎么说，你是一个难得的人才。我也不会看着你就这么走下去。我已经为你找了一个新的去处，如果你愿意可以去那里试一试。”孔庆和拿出了一张纸，上面写有一个单位的名称和地址。宋一刚一看，是省工商银行干部培训中心。宋一刚说：“这可是个干部培训中心呀，我这种受过劳教的身份适合吗？”孔庆和说：“当然适合。他们的头儿是我的师兄，真兄弟一样。他还不信任我？不过，你暂时是编外人员。凭你的能力调过去是迟早的事。”孔庆和点了两份西餐和红酒。

吃过之后，宋一刚要过去付账，孔庆和说早有人付了。宋一刚想：没见人拿单过来呀。他忽然想起另一个人，但他此时怎么也不能念想起她来。她的名字突然就成了一种忌讳。宋一刚与孔庆和别过，就到附近找了一家旅馆住下了。

宋一刚去省工商银行干部培训中心报到是在第二天的上午。他进了那个大院后，宋一刚一阵唏嘘。他原以为省工商银行培训中心就是一个小小的部门，最多也就是一个办公室外加几间教室。但他进了大院以后才发现，这就是一个规模小一点的学校。不仅有教学楼，还有图书馆、学员公寓、大食堂、小食堂。那块运动场是一个标准的足球场。宋一刚关心的篮球场不仅有室外场地，还有一个室内球馆。

宋一刚到了培训中心办公室，见里面有三个女孩子在写什么，他就问："请问培训中心鲁主任在哪间办公室？"一个女孩抬起头来问他："有事吗？"宋一刚说："我是来报到的。"那女孩子就带他到了三楼的一间大办公室里。里面坐着的正是鲁主任。宋一刚说："鲁主任好！我是宋一刚，来向您报到的。"鲁主任一听宋一刚三个字，马上从座位上站起来绕过办公桌与他握手。鲁主任问："你就是宋一刚呀，我们都等你好长时间了。我听孔处长介绍过，你是他夫人的表兄，高才生。就是受了些不公平的待遇。这也没什么，人嘛，总是有走窄的时候。我们这里就是需要有本事的人。听说你还是一名篮球高手？虽说我们是一个银行培训中心，但组织的文体活动也是很多的，也希望你在这方面多出一份力。"宋一刚知道孔庆和找了这么一个理由才把自己安插进来，实在是有些尴尬。但他还是对这一份工作十分看重。他毕竟还是再回到了省城，虽然此情此景早已物是人非。

报到后，中心给宋一刚安排了一间单人寝室，足有十五平方米，这让他喜不自胜。宋一刚也觉得应该给中心多出点力才是。

宋一刚一个人就代了文化补习提高班的两门功课：数学和物理。这里的学员是工行系统的干部职工，他们经过短期培训后，准备报考更高一级专业院校，所以培训中心非常重视。但宋一刚也完全没料到，他们普遍底子薄弱。平面几何大部分都没学到相似形，不少学员连几何证明都没有接触过。解析几何就更是无从谈起。这些人一年以后就要进入大专院校学习，宋一刚想来就有些后怕。宋一刚只能缩编教材，重新整合知识点。他日夜加班，只用了两个多月时间就完成了两部全新的《职工数学补习教材》《职工物理补习教材》。他把这两部教材的稿本摆在鲁主任桌上，鲁主任浏览一遍后，上来就给了宋一刚一个拥抱。鲁主任说：“我早就盼望能有这么几本简明教材了。谢谢你小宋。”鲁主任大声对旁边办公室的人说：“你们都过来。”鲁主任办公室里一下就来了三个人。鲁主任对他们说：“赶紧拿到印刷厂去，把这两本简明教材尽快印出来。注意，印完后，务必把所有的铅版都给我封存。”办公室的人从鲁主任手上接过书稿就走了。

宋一刚因为这两本简明教材一下子在培训中心有了位置。于是，宋一刚的正式调动也就摆上了培训中心的议事日程。

宋一刚在省工商银行干部培训中心干了半年。他在这里真正站稳脚跟不仅仅是因为那两本教材，还因为他遇见了一个对手。那天下午，理科组搞教研活动，宋一刚坐在最后面。宋一刚本来与人无争，但就因为他弄出了那两本教材，自然就让一帮人不高兴，好在有鲁主任力挺他，他才在这帮人的孤立之下尚有一席之地。他到食堂用餐从来没有一个同事与他坐在一起。那学期的期末，他在培训中心做了一场讲座，他发现除了几个班级的学员，理科组的人没有一个前来捧场。但他那次讲座十分成功。他主讲的是“用微分的概念解决常见的平面工程问题”。但在这次理科组的教研会上，他却成了部分人声讨的对象。最先发难的是教研组组长邓德发，他指责宋一刚那次讲座就是故意拔高炫耀自己，主题与培训中心的教学目标不相符。老邓年近五十，是从市工商银行调过来的，属最早一批的工农兵学员。按宋一刚的观察，老邓业务上本来就是一个中学生的水平。宋一刚这时坐不住了，他必须据理力争，他知道如果这回不出头，接下来就是全场的一片附和声讨。宋一刚也没有按套路出牌。他直接问邓德发：“如果说我的讲座是炫耀，那我的改错纠错又是什么？”邓德发不由得一愣，他不敢再吱声了。

一个月前，宋一刚在另一个班去临时代一节物理课，但他从黑板上就发现了老邓在解题上的知识性错误。宋一刚没有就这事借题发挥，而是将那道解析讨论题重新解了一遍，并穷尽了变量的所有可能性。老邓一直还不知道有这件事，但他从一个学员的作业本上发现了自己的知识性错误。

他断定这是那个学员在故意出他洋相。于是，他就把那个学员叫到了办公室，仔细询问了这道题是谁教他解的。老邓这才明白宋一刚在他刚解过的习题下纠过错。

这一次较量，虽然没有溅出什么大的火花，但让老邓更加明白宋一刚将是他最强劲的对手。宋一刚在培训中心也更有了威信。因为，在整个培训中心，能让能说会道的邓德发当场休言的人并不多。

宋一刚没有想到，让他再次卷入风暴眼的就是他编写的那两本教材。

他离开省化肥厂服贸公司以后，立即引起了厂纪检部门的注意。而且，正在这期间，厂纪检办公室就收到了一封举报信，这封信里完整地记录了磷肥调包成尿素的全部过程。厂方一直没有惊动任何人，直到有一天，七辆满载磷肥的大卡车被厂警拦在了厂区内，分管销售的向副厂长就从办公桌前轰然倒在坚硬的水泥地板上。经过调查，这一拨肥耗子中就有向从兵。

但一个关键人物还没有归案。他就是辞职后远走高飞的宋一刚。宋一刚并没有到周杰介绍的物贸公司去上班，他的线索也就断了。直到有一天，省化肥厂职教部到省城另一家化工厂职教部参观学习，他们谈到了在省城颇有影响的两本职工简明培训教材。于是，省化肥厂就带回了那两本教材的样本。那上面就有一个赫然醒目的名字：宋一刚。

宋一刚被警察从培训中心带走，正好是他的档案从中南光仪厂调过来的第七天，鲁主任已经起草好了会上讨论的调动材料。当他看见宋一刚被锃亮的手铐铐着，从培训中心的大院一步一步走向那辆警车时，他就将那几页材料撕得个粉碎，并骂道："狗娘养的。"聚在走廊上围观的人不知他们的头骂的是谁。

二十一

郑联生能顺利到后坪乡去投资收纳，还得益那次全县统一部署的"严打”行动。

对郑联生来说，那次在北溪河电站院内带头闹事的柳庆红，并不是企业改制重组的真正拦路虎，真正的问题还在北溪河电站的内部。郑联生一眼就能看出，柳庆红充其量就是一粒棋子。但柳庆红是这地头一霸是没有任何争议的。这里的所有建设项目他基本独揽，外人根本参与不进来。这自然也包括电站的渠道修补、闸口维修等基本建设项目。所以，郑联生明白，柳庆红和这个电站也只是利益关联。

抓捕柳庆红的当天，郑联生正好在后坪乡政府商谈购买合同的一些细节。虽然与吴新是同学，但吴新也没有给郑联生多少纸面上的优惠条件。吴新知道，这一项目改制成功与否也决定着他以后的仕途命运。既然是改革改制就得向更高效、更节省的目标改。也就是在利税上缴和发展再生产上都要有更大的突破。如果做不到这两点，就有违改制的初衷。郑联生在生意场上这么多年，他也要考量一下这个合同的合理性。他们争执的焦点在于价格可接受的中间点位。

那天一早，郑联生就去敲吴新的房门。他手里端着一碗牛肉面，这是他为吴新顺便带来的早餐。他知道昨晚吴新在派出所开了大半夜的会。会议内容他不得而知。郑联生又是敲门又是叫嚷，就是没有人应声。郑联生一下子就紧张起来，他下意识里用肩头顶了一下门边，门被打开，但人却不在。郑联生嘀咕说：“不是说得好好的，今天继续谈的吗？说跑就跑了，也不打声招呼。”正在这时，党政办公室小张闻声跑过来。他说：“郑总，您发脾气也不该冲我们吴书记来呀？您看这门都散架了。”郑联生说：“我算是让你们给耍了。”郑联生看小张在笑就问他：“你们吴书记到底去哪里了？神不知鬼不觉的。”小张说：“这是秘密。”说完，小张就到自己房里拿了一把钉锤和几只铁钉过来了。小张说：“您是当老总的，这些个小打小敲还是让我来弄吧。”郑联生不好意思地说：“那就谢谢你了。到时我请你喝酒。”他又问：“你们吴书记究竟去哪儿了？”小张又说：“真的是秘密，到下午您就知道了。”郑联生谢过小张，端着那碗牛肉面边吃边走了。

后坪小镇的街上只有那么两家好一点的旅店，郑联生住的那间旅店的斜对面就是乡派出所。那天中午，郑联生刚吃过午饭，想在床上小睡一觉，他刚躺下不久，镇街上突然响起一阵紧似一阵的警笛声。郑联生马上起身，看见几辆警车缓慢开过来了。警车在派出所门前停下，最先下来的是吴新，随后是好几个警察陆续下了车，再以后那些个警察又陆续押下了好几个用棕绳捆绑着的人。这其中一个就是与郑联生交过手的柳庆红。郑联生这才明白乡党政办公室的小张为什么老说吴新的行踪是秘密了。这也难怪，要想抓到一个嫌犯就得突然袭击才行。他也理解了为什么吴新出门也不事先吱声。因为自己毕竟不是体制中人，再说即使是体制中人，知情的多了也有走漏风声的可能。

大约过了一个半小时，郑联生早已入了梦乡，突然一阵敲门声把他惊醒。此时他正在做梦，一个被他人追打的噩梦。郑联生晃荡着身子走过去开门，一看门前站着的正是吴新。郑联生揉着眼说："我刚才在做梦，梦里就有人想抓我。"吴新说："你说的也不是没那个可能。要是你老是那样江湖下去，如果又和多个良家妇女不清不白，这回你进不进去还真难说。好在你这人不大近女色。"郑联生说："照你这么说，我这点事还成了一门绝学。"吴新一本正经地说："你看这次进去的人大多是这个套路：在社会上赚了几个臭钱，有了几个臭钱就恶性膨胀，用这几个臭钱去糊弄几个女人，这些个女人的背后就有一个群体，群体一告发就成了罪证。那些个女人为了自保一口咬定不是自愿的。这不就成了铁案。"郑联生说："难道就没有一个女人肯承认是冲着钱来的？"吴新说："要是承认是冲钱去的，还要自保干吗？"吴新又说："算了。不扯这些没用的。反正北溪河这下是弄安静了。我们去谈正事吧。"说完吴新转身走了。郑联生披上衣服，提着包也跟了出去。吴新一边走一边讲这次抓人的经过，郑联生听得津津有味，说着他俩就走到了吴新宿舍门前。吴新一看，宿舍的门框是用钉子才钉拢的，他就大喊一声："谁砸我门了？这还了得！"他直着脖子转身一看，郑联生笑得蹲在了地上。

到了吴新的办公室，吴新才对郑联生说："昨天的行动是全县统一行动。所以我们组成了专班连夜出发了。还不知道骆华平的案子究竟怎么样。据说他也是这次要被打击的重点对象。"郑联生说："这次真的很难说了。在这当口，对那些有案在身的人本来就是要重点打击的。骆华平先前干的那些事也太恶劣了。"郑联生就将他在三江县城听到的一些坊间传闻说与吴新听。吴新这才知道骆部长的真正对手是谁。几年以后，吴新才渐渐弄明白，骆部长之所以要把吴新安排到后坪乡，并力挺他进行企业改制的真正目的。

吴新清楚，骆华平进号子是确定无疑的。但郑联生和吴新更担心的是王会珍，她的预产期就在下个月。吴新曾提议，他要和郑联生一起回一趟三江县城，去安抚王会珍，但郑联生却说："在这个节骨眼上，谁都可以去看她，唯独你不行。"吴新问："为什么？就因为我到现在还是光棍一条？"郑联生说："对。这就是一个原则问题。我先前就警告过你的。而眼下，骆家最应该防范的也就是你，知道吗？"吴新也感到很委屈。他说："那事不是已经过去了吗？我现在的心早已定下来了。"郑联生反问："你定什么定？到今天身边一个女朋友都没有。"吴新不想再争论下去。他仔细一想的确是有些不妥，骆华平这一抓，自己就赶忙进城去看早有身孕的旧恋人，骆家人又怎么能不生介意？所以，他听了郑联生的劝解，在抓捕行动后的好长时间，吴新都没有回三江县城。

这段时间，郑联生倒是忙碌了好一阵子。一会儿在后坪乡，一会儿又在三江县城。直到王会珍最后生产，一对龙凤胎来到这世界，郑联生才允许吴新到县医院去看王会珍。吴新见了王会珍，尤其是见了那两个"咿咿呀呀"叫嚷的小东西，吴新那点心存的芥蒂才一扫而光。他的到来，骆部长一家也没有显出丁点的不悦。郑联生和吴新分别给王会珍封了一个大红包，骆部长也发话了："今晚你们两个必须到我家去吃顿饭。"

吴新和郑联生如时来到了骆部长家。在这个家庭晚宴上，吴新和郑联生始终不敢碰"严打"这个话题。所以，吴新和郑联生面对那斟满白酒的玻璃酒杯显得特别的不自在。但骆部长却开口了，他说："今晚你俩能一起来，我特别高兴。你们才是我们骆家的恩人。来，我敬你们一杯。"郑联生和吴新没想到贵为一县的组织部部长，他怎么能对晚辈说出这样的话。到底谁是谁的恩人不是明摆着的吗？郑联生和吴新虽然不敢受领那句话，但还是一饮而尽了。郑联生上前又给骆部长斟满酒。他俩还是不敢接话。骆部长问："你们怎么都成木头了？我一下得了两个孙子，是天大的喜事，我们难道不应该大醉一场吗？"吴新这才醒悟，骆部长之所以邀请他们来家里吃晚饭，就是为了他自己能大醉一场。这时，吴新才接话说："您不知道，我和联生在乡下一待就那么长时间。哪有心思喝酒，我们今天就把您的好酒不当酒了。我提议敬您一个双杯，为了那对小宝贝。”骆部长也豪爽地说：“好，我们就来一个双杯。”几个轮次下来，吴新就知道骆部长有话要说了。这时，骆部长主动下位，走到吴新和郑联生面前，分别给他俩斟上酒后就说：“你们都是好样的。我会识人，我们家华平远不如你们。可惜呀，迟了，迟了哟！”说完，骆部长就回到座椅上瞧着夜色渐浓的窗外。吴新和郑联生同时瞧见他抹下了一把老泪。但他马上又恢复了常态说：“我们骆家今后就只能仰仗你们了。他是出不来了，也是罪有应得。他有你们这样的真朋友死也瞑目了。以后，这个家只要你们不嫌弃，可以随时来。我会像欢迎亲儿子一样地迎接你们。”吴新和郑联生听得不敢对视。他俩同时站起，走到骆部长面前，无声地敬了他一杯酒。

二十二

经过多轮次的谈判，郑联生与后坪乡总算签订了购买合同。北溪河水电站是该乡的龙头电站，负责管理流域内另两个规模小一点的子电站。购买合同签订后就要进行交接。正当郑联生和吴新要带人去北溪河电站办理交接时，电站站长文万章却打来了电话，他在电话里对吴新说，昨天晚上财务室发生了一场火灾。他的判断是电路年久失修，因短路造成的。文万章在电话里说：“吴书记，事是已经出了，我愿意接受任何形式的处分。包括去坐班房。”吴新也没好态度就对他直说：“你就好好等着吧。”吴新说完挂断了电话。郑联生正坐在他的办公桌对面。他问：“出事了？”吴新说：“真是一步一个坎。他们居然把账目给销毁了。你说他们到底想干什么？”郑联生说：“他们毁了账，我只承认接受资产残值不就行了。”吴新烦了，他说：“我不知道你是真不懂还是假不懂。所有的经济问题最后都是政治问题。这话可不是我说的。”吴新说完，就撂下郑联生去找书记孟成东了。吴新刚进孟成东的办公室，就见老侯也在那里说事。吴新进门后，老侯就说：“你们说事，我先走了。”老侯走后，孟成东却一言不发。

吴新问："你也知道了？"孟成东扔下烟头说："一定是有预谋的犯罪。"吴新说："这不用怀疑，背后不是一般的来头。"孟成东说："不然我先前为什么动不了手。"孟成东又想起了万副书记那次用指头对他的捣划。吴新说："这次毁账看起来是一个各方都能接受的方案，买方可以少些债务，只承认接受残值即可。但真正的内幕也就全部大隐于无形了。你想想看，这是我们改制的初衷吗？你思量过没有，先前你为什么就出不了手？郑联生带着资金来并购又为什么横生事端？"孟成东问："你想听我说什么？"吴新也说："在这件事上，我要问你的是，你究竟要听我说什么？"孟成东说："我明白了。"吴新说："你也知道，我连个乡长都没能被选上，为什么我还要死磕在这里搞企业改制？"孟成东说："你也许更明白，我要是早走了好多人不要敲锣打鼓？"吴新走上前去，紧紧握住了孟成东的手说："较量。"孟成东点了点头。随后他说："任何事情都会有转机的。不然要柳暗花明这些字眼干吗？"吴新听后简直是为之一振。

第二天，吴新和派出所的王所长一同去了北溪河电站。这一次郑联生开的他那辆崭新的越野车。进了电站的院门，文万章迎了出来，他还是像往常一样一脸的和气。他上来就要和吴新握手，吴新始终没有伸出手来，他就转身去和王所长握手。这时，王所长一手抓住他的右手腕，随即掏出一副亮晃晃的手铐把他铐上。吴新没有想到，人高马大的文万章却"噌"的一声，一屁股就坐在了那方坚硬的水泥地上。这时，负责财务的小伍就从二楼下来了。他全身瑟瑟发抖。王所长和郑联生将文万章带走后，小伍才说："吴书记，真的不是我干的。您可不能冤枉好人呀。"吴新说："没有人说是你干的。你不也是受人指使的吗？"小伍点点头。吴新说："我们不仅不会冤枉你，还要表扬你才对。是你的勇敢才保留住了他们的罪证。"小伍还在发抖。他说："真的吴书记，我想起来就后怕。要是我那天睡在里面，说不定我也一起被烧了。好在我一个月前就把重要的账本偷偷转移了。"吴新知道，这是孟成东的一个布局。当他和郑联生在谈并购合同之前，孟成东就避开文万章，私下找小伍谈了话，要他善恶自辨，保持清醒的头脑，只有保存完整的证据才能自证清白。所以，在文万章实施放火毁账之前，小伍就把重要证据偷偷转移出去了。在这之前，文万章曾向小伍许诺，只要他不对外泄密，他就可以到二级电站去当站长。小伍参加过工业会计师培训，他知道那一个账本对他有多大的风险。其中一笔套取的省技改资金就达五十万元。这笔资金好几年前就到账了，但仍然是那几台老掉牙的设备在卖力地运转。

郑联生和王所长将文万章押回乡派出所后，就去接书记孟成东过来。孟成东又叫上了乡纪检书记老何。一个多小时后，孟成东一行就在北溪河电站大院里和吴新碰了面。小伍见到孟成东来了就说：“孟书记，我去把那些东西拿过来吧。”孟成东说：“我们都到齐了，你就去拿吧。”小伍在仓库拿了一把锄头，在宿舍后面的一面岩石下，挖出了一个用塑料布包裹成骨灰盒样的小匣子。在场的人都想描述那东西的形状，但都欲言又止。

到会议室后，小伍就将塑料布一层一层地打开。当那个黑色的枫木盒从塑料布里显露出轮廓后，吴新感到一阵寒战。他就问小伍：“你怎么用这么一个盒子装？”小伍也就直说：“我当时就有一种葬礼上的仪式感。”孟成东反问：“你当初就那么没有信心？”小伍觉得自己把话说过头了，他说：“如果没有信心，我就不会冒险干这事了。”孟成东明白这是小伍在肯定他的预见。

吴新没想到，这个枫木黑匣子会是如此的烫手。这玩意儿究竟怎么处理，却成了一个大难题。孟成东说：“我们还是得听听大家的意见。”吴新说：“我们先不必这样着急。我建议成立一个专班，把这个匣子里的东西整理一下，再向县纪委做一个专题汇报。”纪检书记老何也同意这个方案。孟成东拍板说：“就这么办。问题没弄清楚就把矛盾上交是不负责任的。我们也要申请县里来人搞专业审计。”孟成东对郑联生说：“以前的问题我们不欠账。当下的合同我们还是要立即执行。如果又造成能源供给问题是要追责的。”郑联生说：“这事请乡领导放心，我保证能在供电质量上再进一步。”郑联生认为，今天就是一个全面的交接。北溪河电站他实际上就接管了。

在回乡政府的路上，孟成东、吴新和老何都不吱声。郑联生一边开车一边就想，后备厢里的那个小黑匣子又会导演一场什么样的大戏？他实在是不知道，他也不可能预知今后一段时间的纠纷和交易。

郑联生接过电站后的当天下午，就组织召开了一个职工大会。他的处理办法其实十分简单，愿意留下的可留下，不愿留下的就走人。他还在大会上宣布，要离职的员工他保证发一年的全额工资作为补偿。一年以后若没有找到相应的工作，还可以享受三年的生活困难补助。金额是当年全额工资的三分之一。郑联生说，一旦签订离职合同，就不可逆转。同时，他在会上又再三指出，留下来的也要有思想准备。今后几年，就是北溪河电站真正的改造升级的窗口期，瘦下几斤肉还是轻的。如果有人拖不下去，可以随时申请走人。会议结束后，郑联生没想到，那些个端铁饭碗端习惯了的员工们，竟然没有一个人选择离开。

郑联生经过前期调研，他认为北溪河梯级电站改造的当务之急就是扩建增容。按照目前的设备情况，这个三级电站充其量也就能发出三百多千瓦。除了设备老化，一个根本的原因是压力水管设计落差过低。最长的第三级电站压力水管绝对落差也才五十八米。其引流设施全部是水泥浆砌的明渠。按照专家的估算，这个三级电站损耗的水能就达百分之七十以上。

郑联生通过吴新的关系，请来了省水电厅第二设计院的专家。经过一个多月的踏勘，一张新的设计效果图摆在了他的面前。从水源地起，图上一条钢制压力水管从山顶斜閘而下，其间就在不同的海拔高度坐落四座小水电站。比先前还多出一座。总装机在两千千瓦左右。若按计划建成，不仅能消解后坪乡的能源压力，同时还能为周边的两个乡镇提供生产照明用电。

那天，郑联生把这个设计方案拿给吴新看，吴新说："这就是我们要把电站卖给你的原因。"吴新突然把话题转到那个小黑匣子上面。他说："你最近还得再去一趟三江县城。问题远比我们想象得严重。"吴新点燃一支烟。郑联生知道，虽然吴新没有如他在人前的那种匪气，但他也绝对算得上是一条有担当的汉子。如果不是什么特别重大的变故，他是不可能这样说话的。郑联生问："我回去有用吗？"吴新干脆地说："没用。但你还是得回去一趟。"郑联生在吴新的脸上只看出两个字：交易。至于买卖的双方是谁他还真不得而知。正在这时，乡人大主席老侯路过吴新的办公室，他看见郑联生也在吴新办公室里就不请自进。进门后，老侯主动给吴新和郑联生递过了烟，说："郑总辛苦啦，又回乡里来住几天？如果真的要休息还是回城里舒服一点。"郑联生听后心里一惊，莫非他老侯也知道他会受吴新的怂恿回一趟三江县城。郑联生说："我还没想要休息。来看看您也不是不行吧？"老侯一笑，那声音像嗓子眼里起了沙石。他说："要看我就是个笑话了。比我重要的人多得去了。好，好，你们聊。"老侯说完就转身出了吴新的办公室。吴新待老侯走远后就对郑联生说："什么叫老奸巨猾，你看到了吧？叫个板都那么有艺术。"

那天晚上，吴新和郑联生就把情况说清楚了。虽然，那一匣子账簿的审计不是一个关乎全县的大事，但却是一个关乎政治格局的深水炸弹。北溪河梯级水电站，是全县第一个水电样板工程，其参与者都因这个水电站而得到了自己的位置。这里面当然包括现任县政法委书记钟志国。随着审计的深入，后坪乡也就成了各方角力的焦点。其相关人都知道，既然这本账没有被毁掉，下一步就离做出结论不远了。

郑联生回到三江县城是当天的晚上。他直接去了骆部长家。他没有想到，他走到河街的那栋旧楼前，那座他和吴新可以随时出入的旧楼居然没有一丝灯光。但郑联生知道，这栋小旧楼里一定是有人待着。郑联生很有底气地走上前去，他只是轻轻地推了一下门板，那扇门就吱呀一声开了。郑联生往里一望，依然是黑洞洞的。过来的是骆华平的妈赵婶，她一见是郑联生就说："你来了正好。他只听你们的。你就去劝劝他吧。"郑联生进了骆部长的书房，他只看见一个火点在忽明忽暗地抖动。郑联生在那张靠近窗口的书桌前，依稀瞧见骆部长端坐在那里。郑联生说："我从后坪乡回来了。您还好吧？"骆部长叹息一声说："还好。你开灯吧。"郑联生就在房门边按下了开关。几乎是在灯亮的同一时刻，骆部长从座椅上站了起来。他走到郑联生面前，拍了拍郑联生的肩头说："没事。就这样了。"郑联生突然看见骆部长两眼滚出了两滴水银样晶莹的泪。郑联生明白了吴新为什么要他马上赶回三江县城。郑联生明白，骆部长的那两滴泪是作为一个慈父的忏悔，他面对儿子的处境，既是无能为力，也是怅然无比。好长时间以后，郑联生才明白，当那一声枪响在那平草坝上荡漾时，一个男人无尽的牵情与撕裂般的心痛，以及与之无可抓拿，又无比遥远的过去的割裂是何等的不易。那一刻，几乎所有的三江人都发现一个中年男人在顷刻间的衰老，一个中年女人一瞬间的精神崩溃……

这时，郑联生上前一步，他将一个如父亲样的男人拥在怀里。啜泣之声伴着呜咽。但他却又听到了与心脏的搏动同样旷达的声量：“千万不能让她们知道。她们没有我们强大。你必须得向我保证。”郑联生在他的肩头重重点了两下头。

从三江县城回到后坪乡后，郑联生并没有急着去找吴新。他却在旅店睡了一整天。大约到了晚上十点，吴新提着几个烤红薯过来。他进门后就把一塑料袋烤红薯扔给了郑联生。郑联生接过红薯大口吃起来。吴新却问：“赵婶还好吧？”郑联生一边吃一边说：“她和王会珍都还不知道。以为和先前一个样子，过几天他就会回来的。”郑联生咬下一块烤焦的红薯皮说：“我见老骆那样子真的是心疼。他一个人要承受多大的压力！说真的，我都落了好几次泪。”吴新摆了摆头说：“我真的是希望一把火把那个黑匣子烧成灰。”郑联生光着上半身坐在床上，听了吴新的话一下子呆在了那里。他问：“你这不是出尔反尔？弄到那账本该是冒了多大的风险，现在又说烧了好。”吴新说：“我哪里知道会有这么多扯不清的关系。唉，也许这就是命运吧。”

吴新也只是简单地说了他所知道的。十多年前，在所有三江县城的干部队伍中，公认最有实干能力的是骆平原和钟志国。他俩也分别下派到基层去接受锻炼。钟志国去了后坪乡，老骆就去了河口。这两个地方是完全不一样的两个类型。一个是大山区，另一个是相对富裕的沿江平原。钟志国和骆平良都是能干事的人。几年下来，他们都根据本地的资源条件做出了自己的特色。后坪乡形成了水电能源带动茶叶等特产加工的产业模式。而河口就是粮棉油生产加养殖业发展的立体经济。经济解冻以后，骆平良率先在河口包产到户，河口的经济一年翻了一番。钟志国也没闲着，他不声不响地把成片的山林承包出去，后坪乡以农林产品为主的多种经济也逐步形成。在那年的换届调整中，骆平良和钟志国是进县党政班子的热门人选。不料两封举报信却直接寄到了地委行署。钟志国是因为作风问题，而骆平良却是利用职权纵容儿子骆华平。在日后的调查中，钟志国的作风问题不了了之，而骆平良因教子不严，并利用手中的权力为儿子处理是非，却是他主动承认的。因此，那次干部换届调整，骆平良只能到县委组织部任一个牵头的副部长，接受组织的进一步考察。钟志国顺利进了县党政班子，任县委常委兼任政法委书记。

郑联生问吴新，你说的这些与现实有关系吗？吴新肯定地说："有。我都有些顶不住了。"郑联生似乎明白了吴新希望一把火烧掉那个黑匣子的原因。吴新说："我好长时间都认为，老骆和老钟只是一些个人恩怨。但我怎么也想不到我们涉足的却是一场官场的大较量。"郑联生也是明白人，他随即就问："既然是这样，交纪委过问不就行了。"吴新吸一口烟说："这也是极其高明的一招。关于这座水电站的问题已经浮出好多年了。但各方角力，一直无人敢涉足。县上只能通过改制将问题全面晒在阳光之下。"郑联生问："钟志国找人了吗？"吴新说："当然。他的问题更大。至于他把那几笔技改资金弄到哪里去了，是私自占有还是另作了他用就不得而知了。因为数额巨大，他也顶不住了。我猜测，他也是受人指使才去找老骆的。因为后坪乡是老骆的联系乡镇。而且这事也是老骆一再要求要一查到底的。你知道，他去找老骆意味着什么？"郑联生愣住了。他扔了吃过一半的烤红薯，气哼哼地说："这不是威逼利诱吗？"吴新说："对，这就是威逼利诱。当然，如果老骆答应搁置，骆华平的案子有可能大事化小，尤其是在专案材料的定性上可以从轻酌量。你知道在目前的形势下，聚众轮奸和玩弄通奸各是怎样的后果？"郑联生说："那也是几年前的老案底了，现在骆华平不是变了一个人吗？"吴新说："只要证据确凿就能马上立案。"吴新又说："我不得不敬佩老骆。在这一问题上他没有交易让步。他也知道他这么干意味着什么。"郑联生说："将这账簿封存是不是就一定能救下骆华平一条命？"吴新叹息说："迟了。大案都基本定下来了。只是等上面核准。"郑联生说："老骆呀老骆。我把这个项目不做了还不行吗？"吴新说："这不是交易。"

两个月以后，三江县城的大小案子从重从快全部审结并核准。作为首犯，骆华平一审被判处死刑。同案犯就达十三人之多，分别量以无期或有期徒刑。终审下来了，骆华平一案维持原判。老骆也说服了王会珍，骆家决定不收尸，将器官全部捐献所需要的人。

郑联生和吴新一直不敢去面对老骆。但他俩商量好了，他们将王会珍母子仨接到了河口吴新家里。王会珍进了吴新家，她一眼就看到了那面墙壁上挂着的一张红色地毯。她就问吴新："这就是那张地毯吗？"吴新说："是的。我一直就挂在这里。"王会珍说："这一切真的就像是一场梦。"吴新说："其实，这并不是梦，这就是真实的。这里就是你的家了。"王会珍看了看吴新的父母各抱着一个孩子，在不停地晃悠呵哄，不禁落了泪。她对吴新说："你们一家人真是好人。"吴新说："他们为什么不值得高兴的呢？"王会珍望着他点了点头。

郑联生和吴新最近一次去看老骆，是他们将赵婶送进精神病院后的那个晚上。他们一同去了那栋偏安老河街深处的小旧楼。但整栋楼里没有一丝亮光。郑联生对吴新说："他可能把自己关在屋子里。"吴新说："这是极有可能的。无论谁遭遇这样的变故都会崩溃的。不管死去的是个祸害乡里的孽种，还是一个知书达理的孝顺儿子，那毕竟是自己的亲骨肉。"郑联生走过去叩了大门，没有任何回应。他就对吴新说："会不会他也想不开呢？"吴新说："绝对不会。老骆就是一条硬汉。"郑联生说："怎么会老不开门呢？"吴新说："看来你还得把你的老本行再用一下。"郑联生不由分说，就在旁边找了一块砖头，将窗户的玻璃敲碎，又把两根钢筋拔掉，才把稍微瘦一点的吴新送进里屋。吴新开了灯，在每间房里都找了一遍。一个人影也没有。他打开了大门，对郑联生说："没有人。好像是有事出门了。"郑联生又把那钢筋窗齿扭正，就坐在大门前的水泥台阶上点了一支烟，吴新说："我们在这里等也不是事。还是出去找找吧，他有可能散步去了。"吴新刚说完，郑联生将吸了一半的烟扔掉，那火星在地上爆出一条线。郑联生说："老骆一定是去那里了。"郑联生直往河口的大石坝走去。吴新跟在后面问："你这是去哪里？风风火火的。"郑联生说："骆华平曾说起过，他小时候最想去玩的地方，就是那片白银铺排一样的大石坝。小时候老骆经常背着他去那里垒小石屋。"郑联生和吴新一路小跑来到了两条江交汇处的大石坝。虽然正处雨季，但时下多日无降雨，两条江已然挂滩，大石坝清晰再现。

郑联生和吴新刚走到那大石坝的滩头，他俩就看见远处一堆火焰旁蹲着一个影影绰绰的人影。郑联生和吴新一眼就认出那就是老骆。他俩慢慢靠过去。当吴新看见那些忽闪的火光是从一个干砌的小石头围子里漫射出来时，他就一把抓住了郑联生。郑联生也明白了吴新的用意。他们不能去打搅一个父亲对儿子的无尽怀想。那间小石屋也许就是一个小小的孩儿极端渴望的归宿。曾经，那两只白嫩如豆芽的小手，在这银色石滩上的用心杰作永远的崩塌了，而那种充满童趣的繁复崩塌恰恰是一个父亲存留于心间的无穷温馨与快慰。吴新看见老骆将一沓沓火纸默然扔进那石围中飘摇的火苗里，那火苗也许是在笑，也许是在哭。火纸燃尽，老骆就坐在石滩上点燃了一支烟。他对着那堆灰烬说："你走了也好。你也不能怪罪我们。吴新和联生都安排好会珍他们了，他们把你妈也送到了全地区最好的精神病院。唉，你看你欠人家会珍多少啊。你要是早结识他们多好。这当然是后话了，你自己做的事你就得自己担着。没有人能顶替得了你。你还是还了一些债，但有些债你是还不起的。我最担心的就是会珍，她今后怎么过？吴新和联生是两个好孩子。吴新主动将会珍接到了河口。说真的，我都不好意思去问他们。尤其是吴新。你说我们骆家不是在作孽呀？还有那两个孩子。我都已经想好了，我们不能再去与人家争什么了。如果他们能接受会珍，那就是人家的孙子。如果吴家不接受，我们还得另想办法。她毕竟是我们骆家的人，我得像嫁姑娘一样将会珍风风光光地嫁出去。你说，我这是不是在给你还债呀？好了，我也该走了。今夜就有暴雨，这里就要让大水给淹了。你也赶紧将这些钱收起来吧。这是你一年的饭食钱。我只能明年这个时候再给你烧了。如果你真的是过不下去，你就在梦里说一声，我会及时给你送的。"老骆站起身来，向三江县城的方向缓步走去。

直到他的背影消失在暗淡的灯影里，吴新和郑联生才缓缓站起身来。吴新问郑联生："你说这叫什么？报应？"郑联生说："也许是吧。我都不知道怎么说你了。"吴新说："你老实说，王会珍会不会从心底恨我？"郑联生说："她真的是要吃了你才对。她都为你做了些什么你知道吗？"吴新不吱声了。他想到的是郑联生曾用他那把钢锯条刀划破过她的乳房。郑联生说："会珍为了让骆华平近身，提的条件就是让你去上委培班。"吴新问："真有这事？"郑联生说："你如果真想知道结果，就对会珍好一点。她也许一辈子都不会再说出真相。"郑联生说完就走了。吴新在后面追赶。吴新问："你说我现在该怎么办？"郑联生说："怎么办？两字：整酒！"

又过去了一个月，北溪河水电站的窝案总算浮出了水面。直接责任人就是钟志国和侯振清。钟志国和侯振清在铁证面前没有抗拒。他们都是自己走进检察院的。由于数额巨大，地区检察院也组织了专班参与审理。钟志国和侯振清的贪污手段就是套用国家技改资金。为了蒙混过关，他们不惜关闸停车，打磨旧机组的表面，再刷上一层光亮的防锈漆，乍一看完全是新的。而那几笔购置设备的巨款却被转移走了。

经过这一系列的变故，三江县城的班子也做了适当的调整。老骆在这期间去了一趟地委。接待他的是地委的杨副书记。杨副书记征求他的意见，如果老骆愿意，他可以来地区工作。杨副书记给了老骆很高的评价。他说："你能在儿子的问题上不做任何交易，敢于拒腐防变，地委是清楚的，也是认可的。我们没有理由不信任你。"老骆听后就簌簌落泪，一言不发。杨副书记给他递来一方纸巾。老骆恢复平静后说："感谢组织的信任。我生在三江，长在三江，而今我又遇到了这种家庭的变故，我要是一走了之，就再也回不了故乡了。我还要用余生将我的人格写在三江这块土地上。我不想就这么被打垮。我要用行动为自己证明。"杨副书记走上前来，只重重拍了两下老骆的肩膀。

那一次，老骆坐车回到三江县城，他要经过他曾经工作过的河口。他要在这里停留一下。司机开着那辆黄色吉普车，直接来到了吴新家里。这时吴新和郑联生还在后坪乡，家里只有王会珍和吴新的爸妈。老骆一进门，吴新的爸妈就对了一下眼，什么话也没说。王会珍叫了一声"爸"，这种莫名的尴尬才有所消减。吴新的爸妈各抱着一个小宝宝。吴新妈抱着一个呀呀直叫的小宝宝过来说："宝贝，你看谁来了？快叫爷爷。"老骆上前用手指点了一下小宝贝的下巴说："奶奶带你好辛苦哟。"老骆都叫得出吴新爸妈的名字来。老骆说："秀芝婶子，我是来找你们说个事的。祖义也过来吧。"吴新的爸吴祖义也抱着宝宝过来了。老骆说："从现在起，会珍就是我的亲女儿了。我不能好好待他们母子就得仰仗你们了。这两个孙宝也就跟你们姓了。希望你们能接受。"吴新妈赶紧说："骆书记，这可要不得。这俩孙子本来就是您的。我们之所以把他们弄到乡下来，就是为了报您的恩。不然，我们也是不会这么做的。"吴祖义也说："我们根本没有抢夺孩子的想法。要不然我们这就给您送回去。"吴祖义刚说完，秀芝就从侧面踢了他一脚。秀芝说："他说的不是这个意思。他是说，您要是想看呀，我们就送到城里去让您好好亲一亲。"老骆说："那就太感谢你们了。你们知道，我家已是这个情况了，只好托付你们了。"老骆回过头对王会珍说："你就在这里安心休养。把这里当成自己的家。"王会珍明白老骆话的用意。只是她不知道吴新心里是怎么想的。按照河口人的说法她王会珍就是吃的回头草，这在河口人看来是很耻辱的一件事。况且自己还带着两个刚出生的孩子。之所以吴家能这样真心待她，也完全是因为老骆的为人。如果没有老骆，他吴新是没有今天的。

老骆留下了五百元钱给吴祖义，就走了。他说，他会定时送钱过来的。尽管王会珍说，她有钱，她的布艺店还在，只是暂时托人在打理。

王会珍来河口后，吴新回家的时候就多了。他发现王会珍的确是变了。那天晚上，他很郑重地和王会珍谈到了婚事。王会珍却反问："我答应和你结婚了吗？"吴新被噎得说不出话来。王会珍说："你是同情还是为了报恩？"吴新依然没有话语应对。他一句话没说，却让王会珍发怒了。她吼道："我告诉你。就这一张毛毯挂着决不能叫我再回来。"吴新说："我并不是这个意思呀！"吴新甚至想，她是不是也有些精神失常了？吴新本想和王会珍好好谈谈，但他和她就是谈不成。吴新在她房里坐了半夜。直到孩子们都入睡了，他才敞开心扉对王会珍说了些心里话。他承认他并不十分爱她，但这并不能说明他不愿意承担这一切。他愿意和她结婚，走完以后的路。他承认她王会珍走到这步田地，他有直接的责任。王会珍却说："既然这样，我们又为什么要强求呢？我不是还有人照顾我吗？"吴新脑子一阵嗡响，他想不到王会珍能这样说话，王会珍表示，她不想再招惹任何人。吴新知道，眼前的这个女人已经不是先前的王会珍了。

一个月以后，王会珍就将那家布艺店转卖出去了。她只身一人带着两个孩子走了。据说是去了南方。从此再无音讯。吴新又听说，王会珍是和她先前的一个生意伙伴组成了新的家庭。这事只有老骆一个人知道。吴新相信王会珍不会亏了她自己，因而他认为她的决定也是正确的。只是，他老是觉得，王会珍的离开是对他的一种警告。

二十三

郑联生的水电改造项目进展顺利，设计方案也已经确定下来了。三江县城水利电力局派出专人前来指导改扩建工程。这个项目虽然是由一个民营企业投资，但却被县上定为全县的重点建设项目。郑联生感觉到有种重压在身，心里自然有些没底。

那天下午，他就来到吴新的办公室。吴新直说："现在这个规模你一个人真的是有些吃不消了。不过还有一个办法，不知道你想过没有？"郑联生接话说："想过。那就是马上转手。"吴新说："转手当然是最简便的方法，但也是最没有长进的选择。不过，还有一个更好的办法，就是实行股份制改造。按投资控股分成。其中也包括技术投资。"郑联生虽然一时还不知道什么是投资控股，但他知道合伙分红的道理。他相信吴新指的方向是正确的。但是，找几个什么样的合伙人却成了关键。郑联生就想，合伙人的几个基本条件也是要具备的。其中一个重要因素就是资本能力。只要几个大的股东就够了。郑联生说出了这个想法，吴新却不完全同意。他的意见是，大的资本人当然要顾及，但千万不要小瞧与企业直接关联的那些小人物。他们是关系到企业直接运行的参与者。他们的积极性就是你这个企业的内生动力。郑联生问："照你说，我还得把那些平日里连车间都扫不干净的家伙给拉进来？"吴新说："对。人是要有刺激和调动的。你要是做到了这一点，他们马上就会变个样。不信你试一试。"郑联生不相信吴新说的那一套。这并不是说他不愿意去尝试一下。总体来说，郑联生对吴新说的股份制改造方案还是十分认可的。

吴新亲自动手，几天以后，他就帮郑联生弄了一个文稿。吴新在文稿中说明，他的所有有形和无形资产的评估是四百万元，对外出让股份一百九十万元。郑联生依然是占绝对多数份额的大股东。郑联生弄不明白的是，怎么在吴新手上一鼓捣，自己只花了一百多万元的破电站一下子就翻了几番。他问吴新："照你这么说，我这一出手就可得四百万元的现钱？"吴新反问："你不相信吗？"郑联生说："你这不是在变魔术吧？我一共才投了多少钱？"吴新说："是的。这个电站先前就是一个要死不活的老电站。但现在不一样了，它已经改制了。所有权发生了变化，经营权也就自然发生了变化。更重要的是，他已经有了一个可行性发展的大格局。你手上的那张图纸就是这个电站升值的重要依据。”郑联生说：“这不就是一张纸吗？”吴新说：“对。这就是一张纸。但就是这张纸，你就可以从银行贷到款，从其他渠道筹集到资金。你也才能弄成一个像模像样的股份制企业。”郑联生说：“要是这样，我转手一卖净赚两百多万块多清静。”吴新说：“你若要做大做强就得从这里开始。这就是你今后走上更大舞台的第一步。”郑联生无意间说了一句话：“我真的好累好累。”吴新听后有些生气，他本想说，我比你还累你知道吗？但他还是忍下了。不想这却又一语成谶。

郑联生又提到了另一个话题，他说：“我想去看一看宋一刚，听说他又回省城一个什么中心教书去了。”吴新想了想说：“我们还是不去的好。你想，他过去是多么的出类拔萃，是真正的天之骄子。今日落到这步田地，我们去看他，他会做何感想。他要是不混出个人样来，他也觉得无脸见我们这帮兄弟。我们就这么去看他，他自己也会觉得无地自容的。”郑联生也觉得吴新的话是有道理的。但吴新当时也并没有仔细揣摩郑联生说这话的潜在意义。

北溪河水电站股份认购的消息不胫而走。到后坪乡来打探消息的人来了一拨又一拨。主要负责接待的是吴新和郑联生。乡企业办公室只是做一些服务性的工作。那天上午，吴新刚到办公室，郑联生就过来了。郑联生见面就说：“昨天我接待了一个客户，他的口气还真不小。”吴新一听就知道问题之所在。他问：“是不是没有多少资金还想参股？”郑联生说：“你怎么知道的？”吴新喝了一口茶说：“我早就预料到了。”郑联生就说：“我还真不知道会有那么深的水。”吴新说：“他们就是神。既是瘟神也是财神。”郑联生问：“你说的是什么乱七八糟的话。这两尊神能搅和在一起吗？”吴新说：“能，一定能。如果你听我的建议，你就照单全收。”郑联生问：“这些人是不是你给糊弄来的？”吴新说：“我可以负责任地告诉你，这几尊神绝对不是我请来的。但又绝对关联得到我。”郑联生听不懂，他也没再吱声。吴新接着说：“你以为你是谁呀？在这三江县城你什么都玩得转？”郑联生说：“我没说我什么都玩得转。我得靠你和老骆。没有你的怂恿，这个破项目我才不想来接手呢！”吴新降低声调问郑联生：“你是赚了还是亏了？你现在随手一扔就赚个翻番，还不知足吗？告诉你，你的那点破股份，现在要是全部转手都不知有多少人要排多长的队抢着要。”郑联生突然明白，自己仿佛就是一颗棋子在让人拧着行走。

几天以后，郑联生主动接受了几个股东的加入，其中就有大老王。签署了投资协议之后，他牵头又组建了一个新的管理团队。郑联生任董事长兼总经理。郑联生没想到，北溪河电站的几十个职工，一个不差，都自愿交钱入了股。董事会成立后的一个星期，吴新再来北溪河电站，他要和郑联生去各个车间走一走。他们发现车间不仅一尘不染，就连水轮机基座上的油渍都清理掉了。郑联生说：“你说的是正确的。人真的是要激发的。”吴新说：“这就叫事实胜于雄辩。他们都意识到这里的东西真正有了他们的一份。”

北溪河电站的改造改制自然就成了全三江县城集体企业改革的典型。吴新因为集体企业改造改制取得了实效，积累了很好的政绩。第二年的春上，他在县直一级单位负责人的调整中，被破格提拔成三江县城工业局局长。他也是三江县城历届工业局长中最年轻的。

吴新上任工业局局长不到一个月，一个人就找上门来了。那天下午，他正在办公室处理文件，办公室秘书就叩开门说：“吴局有人找您。”吴新说：“叫他进来吧。”吴新还在低头看文件，突然就闻到了一股他足以惊厥的檀香味来。他抬头一看，便大叫一声：“天哪！”吴新也不知道是恐惧还是高兴。他赶紧从办公桌前绕过来，将那个稍有倦容的女人合抱在胸前。吴新问：“你怎么就找到这里来了？”吴新怎么也想不到税艳艳会只身来到三江县城。税艳艳泣声说：“我已经没有家了。”税艳艳说过后就簌簌落泪。吴新说：“艳艳，我们找一个地方先安顿下来，慢慢说好吗？”税艳艳用左手手背护着嘴唇点了点头。吴新快步走到局办公室说了声出去办个事，就带税艳艳下了楼。他本想带她去县招待所先住下，但那里有很多熟人进出，他就只好带她到了江边的一家私人旅馆。那里的条件要好一些。吴新和税艳艳拿了房间钥匙就进了客房。税艳艳拉着吴新的手说：“我真的没有家了！”吴新看她眼睛又红了，他就说：“我这不就是你的家吗？这三江县城虽说没有你们省城气派，但人情味可够足的了。只要你留下来，你就会慢慢爱上这座小城。”税艳艳靠在吴新的胸口说：“我不走了。真的不想走了。”吴新说：“好，好，我求你都求不来。你知道吗？我离开省城就是一路落泪回来的。我就梦想有这么一天你能来我们三江县城呢。”吴新接着问：“你家到底出了什么事？我能帮上忙吗？”税艳艳说：“没必要了，这都是他自作孽。”税艳艳说了他二哥的事。一年前的“严打”，他二哥就被抓进去了。因为是团伙作案，二哥被认定有黑社会性质，又加之犯有多起故意伤害案未了。他二哥就被从重从快判了死刑。更要命的还在后面，她母亲也因此突发脑溢血去世了。她还为了给二哥还债务，不得不将那店面转让，只身前来三江县城找他。

那天晚上，吴新没有回河口老家。他感觉税艳艳还是那般的温润热辣。

税艳艳来三江县城一个星期以后，就由郑联生安排住进了他的那间带天井的老房子里。那里原先是他的商贸公司，因为他收购后坪乡的水电站，现在停业了。税艳艳提着那行李包住进去，却感到很新奇，她从来没见过这样的老木房子，木头味都是甘甜的。

那天晚上，税艳艳和吴新依然是在小餐馆里吃了个小火锅。饭后，她就随吴新到江边去走一走，吹一吹初夏可人的江上来风。税艳艳对吴新说：“我可不能这样子老在这里待着。至少你要带我去见一下你的父母吧。”吴新说：“那是当然。只是现在不是时候。我们这里是小地方，不像你们大省城，多一个人大家都不知道。再说，我父母也是很古板的。他们绝对不会认同我从外面不明不白地就带个小媳妇回来。”税艳艳愠怒说：“你说那怎么办吧？是想让我回去吗？”吴新停下脚步说：“绝对不是。我不想让你受丁点委屈倒是真的。”税艳艳说：“我能受什么委屈？他们不认我这个儿媳妇，大不了不去招惹他们，各过各的。”吴新说：“你太不了解我们这地方了。我父母就是在泥里水里刨了一辈子生活的农民，他们有的是办法对付你。”税艳艳哼了一声说：“那你就跟他们带个话，我这辈子跟定你了。我可是跟我二哥走过江湖的人，什么人我没见过。”吴新停下脚步，伸出一根右手食指在她面前晃了晃说：“千万不能把这事给捅出来。他们知道你是这般背景，杀了你的心都有。”“好吧，那我就等他们找上门来杀吧。”

吴新父母知道这事是在半个月以后。他们开始也只是听到一些风言风语：吴新在城里找了一个对象。他们也审问过吴新，吴新也懒得跟他们说。有一次，吴新的爹吴祖义到三江县城里卖香瓜，卖完后他要到吴新单位去看一看。他刚进县工业局大门，迎面就碰到一个年轻女子。不巧的是，吴祖义挑的那担箩筐挂了一下那女人的红裙子。吴祖义不但没说一声对不起，反倒斜了那女人一眼。那女人就开口说：“挂了我的衣服，也不道歉还白我一眼干吗？”吴祖义一听是个下江口音，再说这都到了自家儿子的地盘，总不能不摆个架子吧。他回怼她说：“是我的箩筐挂了你？要说是你裙子挂了我的箩筐还差不多。”税艳艳一听就烦了，她轮着眼质问他：“你这人怎么这么不讲道理，你的箩筐全是毛刺，我没长眼还要去碰它？”吴祖义正要开口，办公室小刘就下楼来了。他笑着开口说：“哎呀老伯，这真是大水冲了龙王庙。您到我们会议室里去坐一下，吴局长到县政府开会去了，还没回来。”吴祖义认识小刘，吴新来县工业局报到的第二天他就来光顾过这里。那次接待他的正是小刘。进了会议室，吴祖义就问小刘：“刚才那女人是谁？”小刘只是说，是外地来的一个投资商。吴祖义紧问不舍：“那你刚才说大水冲了龙王庙？你怕我不知道这话的意思？”小刘说：“您是吴局长的父亲，人家也是来投资的，对我们局来说，是不是一家人？”吴祖义让小刘这么一番解释，也就暂时不往深里去想。但他总有一种惴惴不安。他还是把那漂亮的外地女孩子和吴新关联起来了。他是知道自己的儿子在外是不会消停的。于是，他出了工业局大门，就把箩筐寄存在一个搞搬运的朋友那里，整整一个下午他就坐在对面那家面馆里一边喝茶一边盯着县工业局的大门。

吴新回局里，是下午五点。他处理了几份文件就下班了。他去的正是郑联生买下的那间河街老屋。吴祖义也就一路跟踪到了那里。他看到儿子吴新和那个下江小女人再出来时，吴祖义站在远处小声骂了一句：“狗日的，你干的好事。”他的牙咬得嘣响。

吴新一连好多个晚上没有回河口老家去住。

那天晚上吴祖义自言自语地说：他不搞得臭名远扬是不会歇手的。他担心吴新再生祸端。于是，他就对老婆秀芝说：“还站着干啥，走啊！”李秀芝一脸茫然，问："这黑灯瞎火的去哪呀？"吴祖义说："去哪？捉奸。我们不捉会有人帮忙捉的。到那时你哭都来不及。"吴祖义拿了一个四节电池的手电筒，拉着李秀芝就出了门。在去三江县城的路上，吴祖义只跟李秀芝说了一句话：那女人可不是个善茬儿：下江人。李秀芝听到下江人三个字，就不禁"咯噔"一下。她马上就想到是不是儿子在省城念书时交上的，八成是他甩不掉了。这当然是要影响儿子前途的。于是她想，这次来吓她一下也是给她一个警告。

他们到了那河街的老屋前，吴祖义快步上前，"嘭"地一脚踢开了那木门。吴新和税艳艳还没上床。税艳艳就问吴新："谁呀？你们三江人敲门都是这样子吗？像是来抢劫的。"吴新说："你才抢劫呢。"这时，吴新早就猜出门外站的人是谁。这间带天井的老房子，除了他们没有第二个敢来这里找事的。吴新想了想说："艳艳，你还是到楼上去躲一躲吧！"税艳艳瞪着那凤眼问："凭什么？我们犯法了吗？我倒要看看你们三江人到底能浑成啥样。"吴新只得实话实说："门外八成站的就是我爹我妈。"他们正说着，那门又被猛踢了一脚。税艳艳却说："这不更好吗？免得我上门去拜见他们。"吴新说："你不知道他们的脾气，很会折腾人的。"税艳艳又说："这不是迟早的事吗？"说完，税艳艳反倒就走过去开门了。那两扇松木大门刚一打开，税艳艳就惊问："怎么会是你？"吴祖义得意地点了点头说："是的。没想到吧。我是来救我儿子的，关你什么事？"吴祖义直接走到那间有灯光的房间。他看见吴新正坐在里面抽闷烟，上前就去拉扯他说："走，回去。你不嫌丢人我还嫌丢人呢。你不明不白地和一个外来女人搞在一起算什么事？"吴新拗拗胳膊，说："我都是多大的人了，你还这样？""你多大了你自己清楚吗？清楚还干这等不要脸的事？你是不是还要弄到撤职法办才心甘？"吴祖义说得愤然。吴新一时也没话应对，他只把脸转到一边去抽烟。李秀芝站在一边也插不上话。这时，税艳艳站出来就问："撤谁的职？他吗？"吴祖义说："滚一边去，没你什么事。我早认得你了。"税艳艳说："我们真是不打不相识呀。你那次挂了我的裙子我就不说什么了。你跑这儿来闹事，我就不得不说话了。这事就关系到我了。"吴祖义说："我是在为我儿子的前途着想。这你应该知道吧？"税艳艳说："是呀。谁不关心他的前途？说句实话，我比你们还要关心。我要是想误他前程不是太简单了！”税艳艳顺手就抚摸了一下自己的下腹，好像是给他们一个明确的暗示。吴祖义像是吃了一颗猪苦胆，他不禁暗咽一口口水，再也不敢吱声了。

出现这种场面，李秀芝完全没有想到。她不相信在河口混了大半辈子的吴祖义，会让眼前这个小女子给拿捏住。吴祖义的气势一下子皮软了。他反过来问税艳艳：“你真的愿意进我们家门？”税艳艳说：“这事还能有假？我俩不都在一起了？”吴祖义迅速变换口气说：“丫头，我们河口可是个苦地儿，受了苦你就莫后悔呀。”税艳艳也说得干脆：“我并没有答应跟你们去河口乡下呀？”吴祖义又被噎住了。吴祖义好一会儿才说：“好吧。你们租房的钱算我的。”吴新说：“爹，你说些啥呀。我们有钱。”吴祖义轮他一眼说：“你还说？苕东西。”吴祖义说过后就招呼李秀芝要回河口去。吴新倒问他：“爹，这就走呀？”吴祖义说：“不走你打把钩子把我和你妈挂起？真是。”吴新送他们出了门，吴祖义就告慰他说：“儿子，你行呀。找个女人把你爹给降住了。有能耐。她能让你成事。你可要好好待人家呀。是个好孩子。”吴祖义直冲冲地走上河街。李秀芝跟得紧。

出了城，他俩就上了河堤，李秀芝就问吴祖义：“你浑球了大半辈子，不想让自家儿媳掐疼了吧？”吴祖义说：“你懂个屁。她都要摊牌了你知道吗？”李秀芝问：“摊啥牌？想害我们儿子不成？”“我说你啥好呢。她要是想害我们家新儿不是轻而易举？”吴祖义说过后，突然就跺了几下脚大喊一声，蛇，蛇，好大一条菜花蛇。李秀芝吓得号叫，就扒到吴祖义的背上。吴祖义就用双手搂起李秀芝的那对肥大腿背着前行。李秀芝问：“真的是一条菜花蛇吗？”吴祖义说：“真的。”“有多大？”吴祖义说：“有你腰那么粗。”李秀芝就从吴祖义背上溜下来直擂他的后背。“你是疯了？”“我没疯。就是高兴。你没听那下江姑娘的口风。她都有了。我们得抓紧办。”“有你这么当老子的吗？疯疯癫癫的。”吴祖义放低声调说：“你说我们家新儿吧，命也是怪好的。会珍都快要过门了，但还是跟了人家。谁想她又攀了个高枝，还一心向着他。本来我们一家是要报恩，接下那一副担子的，会珍却又不愿意，走了。这下又来了个担待了得的俏姑娘。你说这是不是缘分？”吴祖义干脆就坐在河堤上抽了一支烟。

税艳艳与吴新请了几桌客，简单办了一场婚事。郑联生把老河街的那家商贸公司给税艳艳去经营。但税艳艳不会打理山货土产业务，她要把那些山货给处理掉后，重新做回老本行：开餐馆。郑联生却死活不让干。郑联生认为，他之所以能有现在的人模狗样，就是靠这公司挣了第一桶金。

那天，他在县工业局大院就和吴新杠上了。他质问吴新："你怎么就找了这么一个倔女人？她怎么能这样呢？那可是我们创业的家底呀！"吴新把办公室的门关上，又把郑联生推坐在沙发上。他说："不生气好不好？你现在要把境界放高一点。你还要那破玩意儿干啥？你不早就是梯级电站的大股东、董事长了吗。"郑联生小声说："你记得不？这玩意儿可是你最先铺的底！没这些，你在省城玩得转吗你？"吴新笑笑说："我还真的要谢你了。没有你寄去的那些个臭钱我还真不能走近这个女人。那年头，她讹我好多回了，都是用钞票给摆平的。"郑联生无话可说。他只摆了几下头。吴新又说："现在是什么时期？改革开放！好多新鲜事物还等着你去把弄呢。还在意这点小玩意儿？"郑联生不得不佩服吴新的眼界。比如，北溪河水电站的一系列运作，没有他那几下子，自己绝对想不到那么高妙的办法来。现在自己走在大街上，就跟电影明星一样。不再是一个私营企业主，而是地区和县上宣传的改革典型。很长时间以后，郑联生才弄清楚，这仅仅是开了一个头。

税艳艳开的那餐馆很有自己的特色，她几乎是将原来在省城里的青年酒家的味道带到了这座小县城。一段时间后，这个餐馆的招牌也就改成了青年酒家。有一天晚上，郑联生在这里招待完一帮客人，在灯火阑珊中他走出了那大门，但回头一望，似有一种失落感纠结在心。至于是留恋还是不舍，他自己也说不清楚。仿佛失去了他所熟悉的这条老街，就等于是告别了一段历史。他再回来只是一个匆匆过客了。

二十四

吴新调县工业局任局长，县上是有明确的工作要求的。他在后坪乡率先探索出了集体企业所有制改制的成功经验，这项改革是有其前瞻性的。三江县城是一个老牌的工业县。区域内除了有几家三线企业，还有一大批计划经济时期上马的县属国有工业企业。这些企业的管理归口都在县工业局。吴新调任县工业局半年后，他将全县的工业企业做了一次全面的调查。他发现除了三家资源性的企业外，其余均属严重亏损状态。他起草了一份调研报告，直接呈到了县委万书记的桌上。万书记看过后，立即批示：转所有县级领导传阅，并提出可行性修改意见。两天以后，万书记就找吴新谈话。万书记就问吴新："你知道县委为什么要破格提拔你吗？"吴新不敢吱声。万书记说："你当然不好回答。我们就是看重你能办成事，而且有一股子闯劲。"万书记在办公室走了两圈后又问："你写的调查报告我都看了，很有见地。我已经批转给四大班子领导传阅了。接下来我们该怎么办？关键是在这条船上坐稳了的那些人死活不愿意下来，你说是不是？"吴新说："我有一个想法但在报告里没敢写出来。我是怕引起众怒。"万书记说："我已经从字里行间看出来了。你在那个报告里好像隐藏了什么东西，现在你就说给我听听。"吴新说："其实也很简单。无非就是资产重组，也可以用改制来解释。"万书记说："资金从哪儿来？这可不是一个小数目。"吴新说："与其眼看那些企业一个接一个的死掉，还不如放它们一条生路。再说，一个县的财政和银行再怎么富有也养活不了那么一大堆人。"万书记说："你说的意思是承包？"吴新说："我认为承包也只是个权宜之计。这个办法是不会让真正的资本进来的。要想让企业盘活就得痛下决心，舍得割肉。"万书记问："又有谁有这么大的资本一口吃得下。不然，我们还是甩不掉包袱呀？"吴新说："我说的是割肉，就是要给投资者足够的利益空间，他们才有兴趣带资本来投入。"万书记想了想再问吴新："我看还是先搞试点。你说哪个企业更合适？"吴新说："要试点就得弄一个大的。县水泥厂就值得先试一下。"万书记笑了笑说："你这不是在找罪受？那可比北溪河电站还要复杂得多呀。里面的关系盘根错节你知道吗？"吴新说："就是因为那些个尾大不掉的关系网，才弄成了目前的这个样子。""看来是要动真格的才行了。这也符合当前的企改政策。如果这个样板做好了，其他也就迎刃而解了。"万书记又说："你就先做好准备吧。近期我们召开一次常委会，要在会上统一一下意见。"

出了万书记办公室，吴新回到工业局。他刚进大院，小刘就上前拦住了他。小刘说："吴局长，您还是回避一下好。这一个下午就来了五个厂长找您。"吴新说："是好事呀，这说明我们县工业局还有点用处。"小刘说："您有所不知。他们来就是要您帮忙协调贷款的。那简直就是一个无底洞。"吴新说："有这种事？不就是钱的事吗？我倒真的要去会一会他们。"吴新说着就上了楼。他没有回办公室，而是直接去了会议室。

吴新进了会议室，见那一帮人都抱着茶杯吐着烟圈，他就说："来了这么多的当家人啦？"那几个厂长见吴新来了，就一并站了起来。其中就有县水泥厂厂长赵兴建。吴新坐在靠窗的一把椅子上，招呼大家都坐下。吴新问："是不是组团来的？"在座的几位就呵呵一笑。吴新说："我知道你们是来干啥的，不就是账上没钱了吗？去找呀？"水泥厂的赵兴建说："我的吴大局长，要是我们找得到钱，我们还来麻烦您干啥？我们实在是没办法了才来找组织的。"吴新说："老赵你说这话我爱听。有困难找组织。这是我们挂在嘴边的顺口溜。但问题是我工业局不生产票子呀。"赵兴建说："工业局不生产票子倒是真的。但您有帮我们做做财政和银行工作的义务吧？他们有呀，我们也算得上是县里的骨干企业，不能看着它死掉吧？"吴新说："你这话我又爱听。水泥厂是县里的龙头企业，不能让它死，要活就得有个新的活法。你说让银行借钱给你，你打算怎么去还？有借不还谁还借给你？"赵兴建说："我们给利息了呀！放贷的当天就把头年的息钱结完了。您说我们够守信用的吧？"吴新问："既然你们这么守信用，银行和财政要吵着找你们贷款才对，为什么老批不下来？你们想过没有？"赵兴建说："贷不贷款还不是领导的一句话。我们人微言轻。"吴新说："老赵，我是说出真相的好还是不说的好？"赵兴建马上摆摆双手说："好好好！我明白了，我先走可以吗？"赵兴建说完就走出了会议室。他一走，其他几位也都告退了。吴新从包里拿出茶杯，一个人坐在会议室里喝。这时，分管业务的副局长老马走进了会议室，他看吴新不紧不慢地坐在椅子上喝茶，就说："我都为你担心死了。我怕他们缠着你不松手，你怎么就把他们给拿住了？"吴新说："老马，你这种观念就不对。现在干工作不是谁把谁拿住的问题，那种斗争哲学也要改革了。"老马碰了一鼻子灰。吴新接着说："既然你来了，我就把话明说吧。我们县工业局是一个管理单位不错，但我们不能什么都管。比如，今天来的人都是来要钱的。我们能百分之百地满足他们？不从管理上解决问题，我们只能老是输血。血从哪来？自己不造血谁有那么多血白给？”老马说：“这事我们也想过，但不满足他们，那么多的人要吃饭呀，没饭吃，乱起来谁来收场？还不是要我们去做工作。”吴新说：“这就是我们今后要解决的问题之所在。”老马说：“不管怎么说，你能把他们打发走就是你的本事。但我还是得提醒你，水泥厂那浑水你还是不蹚的好。”吴新问：“为什么？”老马靠近了他说：“水泥厂可以说是全县最好的企业，能进去的人哪个没有一点背景。你要动真格的无非就是改制清理人，动了谁都是矛盾和问题。闹不好自己还下不了台。”吴新说：“老马，你也是工业战线上的一名老兵了。我们能不能换个思路？要是绝大多数人都能从中获利，他们拥护不拥护？”老马也情绪激动了。他说：“那一班人你靠得住吗？”吴新说：“老马，你这才和我想到一起了。我们就是要把这个局面扭转过来。我起草的那个调研报告已经由万书记批示后，发班子领导传阅了。不久就会有个大的动作，我们的担子可不轻哪。”老马说：“我也算是在工业上搞了大半辈子的人了，一个企业都盘不活，也觉得无脸见人。我支持你。只要是为了这盘棋，多瘦几斤肉没问题的。”吴新站起身来，向老马作揖致谢。

一个月以后，县委常委召开了关于工业企业改革发展的扩大会议。吴新列席了那次常委会，会议由老骆主持。老骆在这之前的一次人大常委会上被任命为常务副县长，分管财政和工交企业。老骆将这次会议的议题做了说明后，就要吴新将目前的县域国有工业企业的运转情况做了汇报。吴新基本上还是按他向县委、县政府提交的那个调研报告讲的。让他没想到的是，他的这次汇报遭到了与会大多数人的强烈反对。其中就有县长孙子云。孙子云质问吴新：“你怎么看待这些县域国有企业所做的历史性贡献？仅从目前情况来看，这些企业是遇到了前所未有的困难，但他们还是在想方设法努力脱困，不能说一点希望都没有吧？再说，他们还要养活那么多的职工和离退休人员。这个社会效益我们不会看不到吧？”吴新不好当面顶怼。他知道，孙子云县长也是在全县出了名的跋扈。书记老万也得让他三分。孙县长定调后，其他人就不好再发言了。老骆看书记老万在看一份文件，他也不管这僵局如何解决，老骆就只好说：“我们今天这次常委会重在研究问题。至于小吴提交的这个报告，问题找得准不准我们可以商讨。但改革是大势所趋。最重要的是怎么改才有利。这事我也和孙县长沟通过。我认为，目前工业经济发展整体是向好的，出现这种大面积亏损，也有其内生性因素。至于走哪条路，我们可以各抒己见。之前，万书记也做过要求，这次会议我们大家都要发言。会议结束后，要以县委、县政府的名义各弄一个会议纪要。”老骆发言完毕，其他人就陆续发言了。但大多数人是不主张像后坪乡北溪河水电站那样做产权出让的改制，而是主张从行政层面加强监管，强化监管同样是能出效益的。万书记最后总结说：“我在发言之前想先讲一则小故事。前些年物资不丰富，有一人家好不容易买了一筐国光苹果。这下可乐坏了家里的孩子。但是这筐苹果毕竟来之不易，总不能一下子吃完了事。家长就定了一个规矩，必须先将烂苹果先吃。所以，孩子们在吃苹果之前就得将整个筐子翻一遍。找到了烂苹果才能吃。烂苹果和正品苹果味道是不一样的。有一天，家里的孩子到同学家去了。那同学的爸爸给了他一只削好的国光苹果。他咬下一口惊讶地说：‘这苹果和我家里的苹果味道就是不一样，你们家的苹果好吃多了。’那家长说：‘不对呀，我和你家买的苹果是同一辆卡车拖来的呀。’那孩子立即打住，他知道苹果味道不一样的原因了。他回了家就把苹果筐搬出来，一看，那筐的确是一样的，但苹果就只剩下几个烂的了。这一家人把一筐好端端的苹果都吃成了个烂味。我讲这个故事你们应该明白是什么意思了吧？”万书记问在座的人：“还有什么意见？”会议室一片寂静。万书记说：“既然这样我们就行动吧。先进行试点。这事还是由老骆负责。工业局组织专班具体实施。各个口子做好相应的协调工作。我们先把烂了的苹果扔掉。今天就议到这里吧。”万书记起身走出了会议室，老骆就说：“办公室和工业局的同志留下来。我们再开个短会。”老骆随后安排起草会议纪要和近期的几项工作。纪要主要由吴新起草，办公室再把关发清样给相关领导签发。几项工作安排完毕，会议也就结束了。老骆不在这栋楼办公。他的办公室在对面的政府办公大楼。吴新随老骆下楼去。走到一半，老骆回过头悄声对吴新说：“不慌。懂吗？”吴新一脸的不解。他问老骆：“我这时能去您办公室吗？”老骆又回过头来瞪了吴新一眼。吴新被老骆这么一瞪，也明白了他的意思。

大约晚上九点，吴新一个人去了老骆的家。他还在那栋老房里住着。吴新走到大门前，他叩了两下门。几乎没怎么用力门就开了一条缝，对面的楼梯口射来一束微弱的光亮。吴新刚把门闩上，老骆就在二楼叫他了。老骆说："上楼小心一点。"老骆还是在他那间书房里静坐着。吴新说："前几天我和郑联生去了精神病院。赵婶好多了。"老骆说："多亏了你和联生。"老骆又说："我以前不知道你们对会珍还有这么好的安排。"吴新一下子愣呆了。他试探性地问了老骆："她和孩子在那边还好吧？"老骆说："他们母子都很好。我没有想到联生会想得那么周到。"吴新想，王会珍去南方与郑联生有啥关联？正在这时，老骆却说："感情的事情真的是很难说。照理说，你和会珍应该是最能走到一起的，但你们没有。先是因为我那不争气的儿子。他走了你和她应该就是顺理成章了吧？但又没有。最后——唉。也算圆满吧。"

但吴新的关注点却还是今天的县委扩大会。

吴新问老骆："您为什么说要我不慌？"老骆吸了一口烟说："你们还是太年轻。"吴新简直不敢接话。老骆说："你想过没有，老万为什么要把你提拔成工业局长？又要我来牵头全县的工业企业改制？"吴新说："让我当县工业局局长我略知一二。无非是我搞集体企业改制做出了一点成绩。"老骆说："你只说对了一半。北溪河水电站改制最大的受益者是谁？"吴新说："这肯定是郑联生。他先前是个什么样子，现在身价多少？"老骆说："你看到的只是一个方面。直说吧，真正的受益者是我。不以改制之名我能弄清那些内幕？弄不清北溪河电站的内幕，钟志国能倒台？钟志国不倒台常务副县长这个位置轮得到我？"吴新这才明白他们背后的恩怨。但他一想起骆华平的案子还是有几分的心惊胆战。如果老骆不死盯着钟志国，并能做出一些交换，也许就可以保下他一条命。吴新知道老骆与钟志国长期不和，且一直处于竞争状态。老骆也曾私下流露过，那些向地区行署告他状的匿名信，大多都是姓钟的策划干的。吴新此时又有一种被人利用的感觉。

老骆接着说："你知道县水泥厂是谁一手办起来的吗？"吴新说："具体我还不清楚。我只知道孙县长是从那里打起发的。"老骆说："你用打起发这词很贴切。他就是从那里起来的。那时全县能叫得上工业企业的就是那一家小规模的水泥厂。不过，他把那家小水泥厂改造成了一家成规模的企业，比原来的产能多出了好几倍。他就是靠办这个企业才有了今天。”吴新说：“那时就已经转向了。无工不富是个响亮的口号，他才有了这个机遇。”吴新之所以说这话是在有意安慰老骆。那时候的老骆还在乡镇，他根本就没有机会去涉足工业企业，但孙子云却早已坐在了县水泥厂厂长的位置。吴新要表达的是：如果他老骆在这个位置上，也并不会输给任何人。老骆说：“现在我夹在中间真不好做人呀！”说完他就叹了一口气。吴新这时不好插话。虽然他是老骆一手提拔起来的，但他还是要表现出应有的分寸。老骆过了好一会儿才又说道：“我这不是又要当恶人了。”吴新想起了他弄出北溪河窝案来的前后经过。于是就想，如果有可能，老骆是不是能取而代之。这难道不是老骆想要得到的吗？但吴新分析了老骆前后的些许举动，还有很多不确定的东西在困惑着他。吴新实在是弄不明白。老骆只说了一句：“我们都要将眼睛放亮三分。不然追悔莫及。”吴新从这些只言片语中还是得出了结论。他的理解是：老万、老骆在第一轮较量中是占了上风。这是明眼人都能看得出来的。这也不能不说是老万的一种手腕。在这种情况下，老骆对老万还有二心吗？但老骆当下怎么也不能在明面上去得罪孙子云。至于在这个权利场中谁是最后的赢家，吴新是看不清的。他只是在一次晚宴中偶然听到过一些风声。那一次，郑联生喝醉了，老骆才嘀咕一句：要争也不能明着来呀。他说，一个是要管到底的，另一个是不服管的。显然，那一次老骆是说的题外话。好长时间以后，吴新才明白，老万和老孙都在暗中过招。似乎，老骆就成了一个中间的介体，偏向哪边都有问题。吴新甚至还认为，北溪河电站的改制成全了郑联生，会不会成为老骆新的口实也未可知。他想，这一切，老万、老孙应该是心知肚明的。如果真是这样，那一切后果就难说了。吴新的理解是，老骆是再不想得罪人了。所以，他才叫自己慢下来。甚至交代说，不能老进他的办公室。老骆说：“你就先让他们去弄一阵子吧。这段时间你什么也不去过问。”吴新说：“我听您的。”说完，吴新就要走人。但老骆还有话要说，老骆说：“我已经什么都没有了。就靠你们两个了。你们千万不要窝里斗，知道吗？”吴新说：“我们没有呀，不是好好的？”“我相信。以后也不要。

钱好说，人要紧。”老骆说过后亲自送吴新下楼。

吴新回到住处已经是夜里十一点。他一直想不明白老骆为什么要重点提到他和郑联生“人要紧”。

按照老骆的安排，吴新只是把那个会议纪要起草后交给了县委办公室。其他的事情则尽量往后拖。

那天，吴新连续吃了两顿火锅，第二天起床，他的牙龈就红肿了，很疼。他想到县医院去看一下牙医。他刚进县医院的门诊部大门，就看到一个熟悉的背影从那转角处一晃而过。吴新下意识地追了过去。他拐过那道走廊，那人影早就不见了。吴新有些纳闷，这里就只有这么一条死巷子，往前走只是一道青砖围墙了。他断定她走不出去。于是，吴新走到那花坛后的鱼池边去察看。他刚走近那棵一米多高的铁树边，就听见有人在低泣。吴新走过去，发现李红梅蹲在一口大花缸边低头啜泣。吴新蹲下来一看，李红梅的左脸颊有一大块乌青。吴新还瞧见，那块乌青的边缘处还有漫洇开去的紫痕。他质问李红梅：“你这是怎么啦？都伤成这样了？”李红梅用手绢抹了把泪说：“没啥。在洗手间摔伤的。”吴新走过去查看她的伤痕，手刚触到她的肩头，就听见她一声隐忍的呻吟。吴新扒开李红梅那件单薄的红衬衫，他瞧见了李红梅整个上半身的多处青紫。吴新拥抱过李红梅后，对她说：“我一直以为你过得很好。怎么就活成了这个样子？”李红梅却说：“你应该高兴才对吧。”吴新说：“我怎么高兴？是因为你受苦落魄？”李红梅说：“我就认命吧。你也不要管我了。你现在也是有家有室的人了。放心，我会好好活下去的。”吴新问：“这是不是那姓陈的干的？”李红梅说：“也是也不是，这事你就不要管了。”吴新愤然质问：“是谁干的你都说不清楚，你是怎么过的日子？”吴新又说：“这事我管定了。走，先去弄药。该住院就住院。”李红梅说：“我不用住院。开点药就行了。”吴新说：“这事得听医生的。你不要硬撑好不好。”吴新没有再往下说。他想表达的是，在这地头，还轮不上他陈仁义发浑。

吴新带李红梅去了院长办公室。院长姓许，他不认识李红梅，却和吴新很熟络。那一次，郑联生醉成狗以后，吴新找的就是许院长。之后，他们的联系就多了。

吴新与李红梅刚进院长办公室，许院长就迎过来说：“哟，吴局长来了，夫人哪不舒服？”吴新马上阻止说：“您可别乱点鸳鸯谱，她是我的同学，在档案局工作。”许院长马上收敛住问：“需要我做什么吗？”吴新说：“做不做什么还不是您说了算。”许院长侧转一下身子说：“这事还不是你做主。”吴新有些着急说：“这不是谁做不做主的问题，是必须马上解决。”许院长说：“这当然是当务之急，是在这里做还是到下面去做？”吴新说：“肯定是在这三江县城呀，到下面干吗？”许院长说：“好。我马上叫妇产科的人来。”吴新问：“你叫妇产科的人来干吗？”许院长说：“女人看病不找妇产科找哪科？全面检查一下不为过吧？”吴新无话可说。不过，他隐隐约约感到他俩是在自说自话。这时吴新把李红梅叫过来，一下就揭开了她的红衬衫，李红梅背上的青紫露出来了。许院长瞧过后就骂了一句：“猪狗不如。”他刚骂完，就有一位圆脸的女医生站在了院长办公室门前，她问：“院长，什么事？”许院长沉着脸说：“你给她做个全面检查。对了，还要弄个法医证明。”“好的。按您的吩咐办！”说完，圆脸的女医生就带李红梅走了。吴新和许院长简单讲了他和李红梅的一些过往。许院长问：“你在三江县城混得风生水起的，就不知道她的近况？”吴新说：“我真还不知道。自从分手以后，我连见她面的机会都不多。我也是怕惹出一些不必要的是非来。谁想到她会成这个样子？”许院长作为过来人，他对吴新说：“事情可能没那么简单。这种事一旦出现就没有回头路。她以后的事可能更麻烦。”吴新很无奈地说：“有的选择是可以重来的。有的选择就是一条不归路。”许院长严肃地说：“也未必。有些事也是天意。”吴新后背一阵发凉。为了避嫌，吴新只得提前离开，他也没有心思再去看牙医了。他只是对许院长说：“我先走了。要真有什么事，您得早告诉我。如果要住院就帮忙安排一个好一点的病房。”吴新走出县医院的大门，他用右手摸了摸腮帮子，奇怪的是，那烦人的牙龈肿胀感减轻了不少。吴新感到不可思议，未必自己的这些小恙就是为了促成这么一次离奇的邂逅？他实在是说不清楚。总之，他觉得再去看牙医已经毫无意义了。

吴新回到县工业局，他刚要进办公室，秘书小刘就抱来了一大沓文件。小刘还专门提示，哪些文件是必须马上签阅的，哪些可以稍缓一下。吴新有些心绪不宁，他就对小刘说：“知道了。”小刘看他的脸色不悦，马上退出了局长办公室。

吴新把急需处理的几份文件签阅后就交到了局办公室。他对小刘说："这几天我牙疼，要是有人找我你们就说我去医院了。"小刘说："您尽管去弄牙吧。有急事我会找您的。"吴新回到办公室后，就给郑联生打了一个电话。要他尽快赶回三江县城来，有急事。

医院还没有打来电话。直到下午三点，许院长才打来电话，他在电话里说："你快点过来吧，问题有点严重。"吴新赶紧骑上自行车往医院赶。他进了院长办公室，还没落座，许院长就说："幸亏她来得早，不然人都没救了。"吴新问："有这么严重吗？"许院长说："比你想象的还要糟。身上的明伤也就是皮肉伤还好处理，但宫外孕可是能要人命的。你跟我老实说，这到底是不是你干的？"吴新说："天哪，这么长时间，我今天才和她第一次见面，未必隔空也能让她怀孕吧？"许院长说："既然是这样，你就从现在起不管这事了行吗？这是天大的是非，跳进黄河也洗不清的。"吴新说："我不管眼下也就没人再管了！郑联生在后坪还没回来。""现在你能做的就是作为家人在她手术单上帮忙签个字。她也是这么说的。她丈夫躲债去了。根本找不到人。"吴新说："也只能这样了。"许院长把一张纸递过来，吴新就在家属栏里签下了自己的名字。许院长说："就是这我也得为你保密。你是知道的。"吴新突然有种授人以柄的感觉。

郑联生回到单位已是晚上八点多钟。他到县工业局办公室与吴新碰了面。两人见面，郑联生没想到吴新会质问他："这些年你们在三江县城究竟干了些什么？"吴新预感到，李红梅的背后一定有一只看不见的黑手在操纵。虽然他没有与李红梅谈起过任何相关的话题。

郑联生点上一支烟，吸一口说："这些过去的事，你最好不管为好。"吴新问他："我不管？但问题是我已经管了呀。李红梅都住进医院了。"郑联生感到惊讶，他问："什么时候住院的？""就在今天，我到县医院去看牙才偶然遇见她的。"吴新继续说，"不光浑身乌青，还是宫外孕。"郑联生走过去说："你可要头脑清醒点呀。这可是个大是非。你最好不沾边。你现在正是八九点钟的太阳。这些你不会不懂吧。况且，你那个下江老婆也不是个省油的灯。"吴新说："这些不用你操心。你就说说我不在三江的那两年，李红梅和陈仁义都做了些什么？"郑联生说："本来吧，有些事我一直是不想对你说的。这毕竟是过去的事了。你也知道李红梅的心太野。她可是不愿在人前掉价的。”郑联生吸口烟说，“她最不该做的一件事，就是怂恿陈仁义下海做生意。结果赔得个精光。要债的人天天上门。陈仁义工作丢了，钱赔没了。但他抓住一条，下海是她李红梅怂恿他干的。这赔出去的钱也得由她想办法去还。陈仁义最不地道的是，他逼着李红梅找我和王会珍去借钱。他知道我们有点闲钱。你想，李红梅会向我们张口吗？再说，那也是个无底洞，我们就是有钱也不能借呀。常言说得好，救急不救穷，况且，他不单是穷，还是个无赖。”郑联生摆了摆头，表示无语。吴新问：“他究竟无赖到什么程度？”郑联生不吱声了。吴新说：“那就是你无赖透顶啰？”郑联生说：“我说了你可不要急。你毕竟是爱过她的。”吴新说：“人家都成这样了你还提那些破事。”郑联生说：“那姓陈的让高利贷逼急了，竟然要把李红梅抵出去。你想李红梅能答应吗？”吴新一时说不出话来。他回想起他和李红梅在丽江的那一深吻，真的是唇齿留香。不想她会被几个无赖男人当着玩物抛来抛去。郑联生说：“我听那些放贷的人说起了这事，就当面警告过他们，谁动了李红梅我就不客气了。回头我把那姓陈的好好教训了一顿。谁知？唉！”吴新说：“打得好。”郑联生看吴新满脸充血，又说：“你说打得好，还真就打得不好。”吴新问：“什么意思？”郑联生说：“我们都是学过物理的。作用力与反作用力。我使在姓陈的身上有多大的力，他就会用多大力往李红梅身上使。我猜想，她身上的伤，一部分也是因我而起。所以，我以后也不敢再动他一指头了。”吴新问：“陈仁义究竟是做什么生意赔得那么惨的？”郑联生说：“不走正道又心太大呗。要是他做点实实在在的生意能亏得血本无归吗？他贩伪币了。你说有多少离奇的故事会引得他上当？”吴新说：“这不是你干过的行当？”郑联生说：“错。我可不是做的伪币。我做的是实实在在的大人头，真银的你懂吗？”“你们最多也是五十步笑百步。”吴新说，“现在我俩还得去看看她。不知手术情况怎样。”说完，吴新就准备起身。郑联生说：“你还是不去的好。”吴新说：“也好。但要把情况及时告诉我。”

下了楼，郑联生开车去了县医院，吴新就回了河街。他刚进那带天井的大弄堂，税艳艳就从卧室里走了出来，她穿着一身睡衣，质问吴新：“你怎么这么晚才回来？”吴新对税艳艳说：“我在外面的所有活动都要向你请示？”税艳艳似乎感到有几分不对劲，她也带气怼他说：“难不成我问也问不得，我是你什么人？不该关心你吗？”吴新说：“好好好！你问得好问得好。还有什么要问的？”税艳艳冲过来就踢了吴新一脚，说：“你今天是怎么了？是不是在外面落下些东西回家交不了差？”吴新不理她，径直回到卧室。吴新回想起来，与李红梅断绝关系后，倒是让自己时来运转了。虽然他没有与王会珍走进婚姻的殿堂，但他却得到了自己最想要的。这自然包括那张委培文凭以及这个下江女人税艳艳。

第二天一早，郑联生就来到了吴新的办公室。郑联生一脸的凝重。他说：“情况不妙。必须得转院。宫外孕导致内出血了。院方怀疑是肿瘤，这个手术县医院无法做。”吴新说：“她也指望不上别人了。你懂吧。”郑联生说：“也不需要指望别人，准备马上送到地区医院去。”郑联生说完就走了。

吴新和郑联生一起送李红梅去了地区医院。吴新在工学院的一个同学在地区财政局预算科任科长，他出面协调后，李红梅入院就比较顺利。

李红梅的手术时间定在第二天的上午。

手术后的第二天晚上，吴新去看她，郑联生因北溪河水电站工程上的事已经回了后坪乡。吴新进病房后，就见李红梅的哥和嫂都在陪护。另一张床的病人都是市区的，吊完点滴就回家了，整个病房就只有他们四个人。李红梅的哥见到吴新后就抱怨说：“她就是不听话。这下可好了，把你和联生兄弟都扯进来了。”吴新说：“大哥，话不能这么说。现在最要紧的还是治病救人。”吴新看见李红梅瓷白的脸上抽动了一下，虽然没有一丝呻吟，吴新能感受到那种术后的剧痛。也许这种痛是来自哥的抱怨。于是，吴新就对她哥说：“你和嫂子这两天也辛苦了。我在这儿盯一晚，你们去找个旅店好好休息吧。”李红梅的哥很为难，他说：“这城里的旅店这么贵，要五块钱一晚，哪住得起？”吴新只想他们早点走，就说：“住店的钱我出。你们去登记吧。”说完他就给了他一张十元的钞票。李红梅的嫂子说：“这多不好意思，还是你们讲情义。”李红梅的哥和嫂就各自提着一个布包出门了。他们刚把门关上，李红梅就欠着声说：“你看他们就是这个德行。你哪来这么多钱？等我好了再慢慢还你。”吴新看了她瓷白的脸，叹息一声。李红梅却艰难地笑了笑说：“干吗呀，我又不是你的什么人，犯得着吗？”吴新说：“我们今天不说这些。等你好了怎么闲扯都行。”李红梅说：“不要以为我就熬不出去了。我不过是暂时的困难。”吴新说：“你就不能从那破婚姻中解脱出来吗？非要这么将就不可？”李红梅说：“我早都不指望他了，也不知他死在了何方。”吴新说：“可不可以这样，你从这段婚姻里走出来。重新开始。”李红梅说：“我怎么重新开始？他在外面欠了那么多的钱？别人找不着他，就只能找我了。我连工资都被扣押抵债了。生活费都是借的。”吴新大吃一惊。他问：“谁决定扣押你的工资？”李红梅说：“是法院来人找的单位领导。只给我留了十块钱的生活费。”吴新问：“这些年你都是这么过来的？”李红梅点了点头。吴新提高了声调：“你为什么不去找我？”李红梅说：“这是我的家务事，我能长期依赖你吗？”吴新说：“你必须得改变。我说到做到。”说完吴新就出了病房。他要在外面去抽一支烟。他刚要出病房门就听见李红梅小声说：神经病。

吴新走出住院部大门，天气晴好，星月闪烁。吴新站在那条水泥小道上点燃了一支烟。他深吸一口，再看看遥远的天空，那些星宿却一个劲地在眨眼使坏。吴新得意地小声问，你们也小心眼是不？这种情趣是他怎么也不曾想到的。这几天，吴新一直在想一个问题：冷傲的李红梅离开了自己，是不是必然会落得如此下场？但他又不得不承认，李红梅的离开，恰恰又是他命运的转机。不管其后是什么在助力。比如：王会珍。从这个意义上说，李红梅也许就是他走背运的原因。但此时，他要来拯救她的时候，是不是又要故旧重归？吴新想到这里又不禁一阵寒战。他也不能长时间在外面溜达，因为他向李红梅的哥和嫂承诺过在此守护的。他必须要尽心竭力地看护好刚刚手术的李红梅。

正当吴新转身回住院部时，却被躲在那棵柏树下的一个男人叫住了。吴新转身一看正是李红梅的丈夫陈仁义。陈仁义弱弱地问他：“这么早就上去，也不再抽一支烟？”吴新走过去，陈仁义就那么直挺挺地站在那里。吴新上去就给了陈仁义两个响亮的嘴巴。他愤然说：“你他妈的还是人吗？”陈仁义抹了抹嘴角，吴新已经做好了他还击的一切准备。但陈仁义并没有还击，他却自嘲说：“打得好。”吴新一看他那神情也没有了再下手的冲动。他质问陈仁义：“你为什么要这样折磨她？她可是你的女人呀！”陈仁义说：“我知道他不可能是你的女人了。你没问我她都做了些什么？”吴新真还不知道李红梅做了些啥，值得去受这等惩罚。吴新还没接着往下问，陈仁义就说：“她都给我戴了多少顶绿帽子你知道吗？她都把人带家里来了，你说我不气吗？”陈仁义接着说，“是的。我没本事。我不务正业，我做生意赔了个精光。我之所以这样不都是为了以后过好日子吗？我落魄了，她就不把我当一回事。公然要我难看？”吴新不好再说什么了。如果真如陈仁义所说，作为一个男人，他也是有发泄怒火的理由的。吴新只是试探着问了他一句：“她相好的那人是谁？”陈仁义说：“我真还不能说。”此时，吴新对陈仁义突然转变了看法。他觉得，作为一个男人，混到这种地步也够忍辱负重的了。他似乎更有了一种恻隐之心。吴新问：“她来这里做了什么手术你知道吗？”陈仁义说：“我知道，但我申明这与我无关。所以我也没有义务和能力去了断这桩事。”吴新问：“你就这么肯定？”陈仁义说：“就这么肯定。你想，当我成了一个身无分文的叫花子之后，我还有那非分之想吗？我连她的边都沾不着了。”吴新问：“你现在靠什么生活？”陈仁义过了一会儿才说：“我就是一个叫花子。每天还要提防那些讨债的人。”吴新料想，他也是受了不少的皮肉之苦。吴新问：“我们能到那边去谈谈吗？”陈仁义说：“可以。这幸好不是在白天，要是白天我还要防着那些人。”吴新觉得人混到这份上也是够悲摧的。在住院部门前不远处是一道水泥台阶，被雨水冲刷得十分干净，吴新先坐在第二级台阶的左边。吴新示意陈仁义靠近他坐下，陈仁义踌躇一番才坐下来。吴新问：“听说你是做伪币生意给亏了，是真的吗？”陈仁义说：“是的。但我得说清楚，这并不是我一个人的事，她也有责任。”吴新问：“她有什么责任？辞职下海不是你自己决定的吗？”陈仁义接过吴新递给他的一支烟说：“辞职申请是我写的没错。但你们只知其一，是什么原因你们知道吗？”陈仁义吸了口烟接着说，“她本来就是个爱攀比的人。我当时把她调到城里，她的确是高兴了一阵子。因为，在你们那帮同学中，她是第一个正式调进三江县城工作的。你也知道，好多人在乡下干一辈子，也不一定进得了城。她却因为我一下子就办成了。但是，她的眼睛却总是望着你们这帮人，你们却并不在意她，却一个个混得比她有头有脸。尤其是你，她心里始终不平。凭什么就该你去上工学院？她多少次向我抱怨，嫁给我亏死了。我也是心里有愧，我不该去挖你的墙脚。我就是一个没用的小车司机，我哪有什么本事做大事。她就逼着我去赚钱。她说，她图不了我别的，总得图有钱吧。在这个问题上，她又老是拿我跟郑联生比。你说我有郑联生那样的本事吗？这三江县城谁又不佩服他郑联生的。多大的事他都能摆得平。有段时间，我简直不敢在家里待，我受不了她的脸色，整天阴沉不定。也是该我走背运，我就认识了那帮贩伪钞的家伙。他们牛皮哄哄的，还拿出了一张又一张的遗嘱什么的。只要我把这些弄上手，立即就可以到美国花旗银行提取美元。你说这是不是天上掉馅饼呀？我把这些东西都交给她看了，你猜她怎么说。她说：我们就是要不走寻常路。不然，我们怎么能干得过他们？她铁定那些个遗嘱是真的。就是少了一些过去都能通用的金圆券，这些一旦到手，美国花旗银行就可以立马兑现承诺。要是能分得那几万美金，在三江县城不就成了一顶一的大富豪？我和她达成一致就要出手了。你想，我们这样一个家庭，能拿得出多少钱？我又想到了郑联生。我想要她找郑联生先借几千块钱。她不干，但她说的话也有道理，她说，这钱不是个小数目，他一定得问，要这么大一笔钱究竟想干什么？我们就是不说，凭他手眼通天的本领，他一定也能顺藤摸瓜找到线索。到时候赚钱还有我们什么事？她决定去找别人。银行是不可能放这种贷款的，要弄到这一笔钱，也就只有一条路：地下钱庄。利率是高了一点，但可以马上取现。再说，按照合同上说的，也就是三个月的交割期。但那些放贷的人也不是吃素的，我一个人去拿钱还不行，必须是两口子一起去。这样她也就在借据上签了字。所以说，那笔钱也就有了她一半的责任。等现钱上了手，又到哪里去弄那些旧币呢？在一次聚会上，有人无意间透露了一个消息，夷城就有那些东西。而且数量可观。下面的事，就不用我再讲了。肯定是把旧币弄上手了。我也不得不说，有些事的确是有预兆的。那天早上我去码头上搭船，突然就遇上了一只大白狗，我没招它惹它，但它就跟着我一路走，走到江边，它却不走了。转而对我一阵狂吠，我当时也没想太多，就拣了一块石子砸了过去，它不但不退，反而猛扑过来，那口牙白得像银子。我现在想起来都后怕，我从来没有见过那么漂亮的狗牙。我是一路逃上船的，那检票的小姑娘差点被我撞下了水。这时，就有两个穿救生衣的威猛男人按住了我。他们要我上岸去补票。我气咻咻地对他们说，你们没看到岸上有一只恶狗盯着我吗？趁他们望过去，我一扭身子就挣脱了。随手掏出一张一元的票子拍在一个壮汉的手上。他们还愣着，我却跑进了里面的舱室。要是那两个壮汉真把我哄下了船，也许我还要冷静地想一想到底该不该去夷城。问题是，我那样横冲直撞也没有人真正出面阻止我。也就是说，我那运气也算背到底了。你想，夷城那么大，找那些手持旧金圆券的人应该是像大海捞针吧，去了之后完全不是那么一回事。那天我到夷城，已经是晚上了，我想就找一个破旅馆住一夜明天再说。但霉运却跟着脚转圈，刚上岸就碰到一个中年男人说有货出手。我说，你有货我相信，今天我只能看一看。但交货可不能在你们夷城，万一你们做了局我找谁去？他说，这是理所当然的。你总要见识一下货的真假再说吧？我就跟他们去了。他们住在一个老巷子里，地上还是溜滑的青石板。上了二楼，就把门给闩上了。他从床下找出了一个油纸包，打开以后是一沓发黄的旧伪币。我做这事也有几个年头了，我知道那东西的真假。随手挑出一张，在那电灯光下照了照，又把中间的一张撕了一道小口子，那中年人心疼坏了，低声问：你怎么能这样呢？这是值钱的物件，糟蹋了谁再要？我这时才对他说我要不就得了。他仿佛就松了一口气。我当时就只想弄到花旗银行的美元，哪想到他们都是合着在演戏。我看那些物件时眼睛放的都是绿光。这就是俗话说的财迷心窍。还生怕他们一夜就跑了。看了货之后，真的是兴奋不已，全是真货。他还接我到下面的小餐馆去喝了几杯白酒，吃了两个卤猪脚。我当时还算是清醒的，他一再要求要在夷城交割。我却始终不松口，坚持要到三江县城来交割，最后，他也就不再坚持了。他说到三江县城就到三江县城。但地点由他来定，他也怕我设局。我就答应了。我想，到了三江县城，还有什么可怕的。第二天一早，我们就上了去下江的轮船。那天的早餐也是他安排的。在船上的两个小时，我们谈了很多，但我丝毫没有谈这些伪币的用处。他也多次试探我的口风，我总是说，就是再转一道手而已。那种兑换美元的好事怎么能向他人透露呢？到了三江县城，我们的交割十分顺利。他指定的地点也正是我常去的老地方。我经常到那个餐馆去吃饭。但怪的是，那天中午，本来热闹的小餐馆，人却不多。我们是在一个小包间交割的。我又重新验了验那沓伪币，都是货真价实的好货。按照当时的价格，我就把一包现金交给了他，他把那包旧币递给了我。我把那东西拿回家之后，李红梅高兴得不得了。我们就把手头握有遗嘱的大老张请到了家里。大老张也是土生土长的三江人。据说他先前还是一个中学教师，人长得帅又有几分才气，因为作风问题，工作没了。他就在三江县城开了一个字画店。他写有一笔好字。每年的腊月，他的对联很好卖。那一季春联收入就够他吃喝一年的。但这一次，他却弄到了这一份遗嘱，他的命运又有新的转机了。而且，这个秘密只有很少的几个人知道。这几个人又都是等着分美元的合伙人。但那天中午，大老张却对我和李红梅说，你们这些钱也是筹来的，不容易。干我们这行是有风险的，万一赔了你们怎么过？他说，你们不如把这些旧纸币转让给我，我给你们现过现的提成。说实话，我当时还是心动了。但李红梅却坚决不干，她要一直玩下去。后来我才知道，那是大老张在有意挽救我们。作为文人，他还是有些仁慈之心的。哪晓得，就这次机会我们也没有把握住。更要命的是，李红梅还要砸钱再往里投。直到大老张留下那个破字画店跑路了，她才知道上了大当。原来他们就是一伙的，那些所谓的遗嘱就是他们做的一个局。”

吴新问：“你们到底欠了人家多少钱？”陈仁义想了想说：“那还算得清吗？利滚利一年就要翻好几番。你看这有多少年了？”吴新问：“你们怎么就尽干这种傻事呢？现今做什么生意不好非要去干那些歪门邪道？”陈仁义说：“这能怪我吗？还不是被我的好婆娘怂恿的？”吴新真想再给他两个耳光。但他压住怒火后仔细一想，陈仁义说的也没有错。她要是不被他娶进城，自己是不是也会落得个鸡飞蛋打还不好说。吴新想到这里，又有几分同情眼前的这个曾经的情敌。他把手伸过去，拍了拍陈仁义的肩膀，陈仁义龇了一下牙。吴新问：“怎么了，受伤了？”陈仁义说：“前几天我在夷城碰到他们了。他们看我没钱还，就又揍了我一顿。”吴新发现陈仁义瘦得皮包骨，他哪还经得起揍？他想起自己刚才扇了他两个嘴巴，心里一阵隐忍后悔。他想：人到难处只说难。他现在又有什么办法呢？这样下去居无定所、食不果腹又能撑多长时间？吴新从内心有些自责。他觉得自己应该为他做点什么才是。吴新问：“你打算就这么东躲西藏地过一辈子？”陈仁义说：“我还能怎么样呢？我现在是连条狗都不如。做一条狗还能为主人看家护院。我现在欠一身的债，说句实话，我连死的心都有。我只想找到大老张。”吴新想，你找他，这不是大海捞针。他有一手好字画当饭吃，跑到哪里都能生存，你到哪儿去找他？吴新问：“你能跟我回三江县城吗？”陈仁义想了想，他说：“我这回去不是送死吗？我没钱还，他们不砍下我的胳膊腿？”吴新说：“我保证你没事。但有一个条件，你必须离开李红梅。”陈仁义立即爆发了。他说：“你这是什么意思？她毕竟还是我的老婆。你还要来抢是不是？”吴新说：“你们在一起不会幸福的。你看你们都过成什么样子了？”陈仁义沉静一会儿后才说：“我们在一起的确是个错误。我也没有什么本事，给不了她什么，她的心气太高。实话说，我做的一切还是想让她过得好一些，但我做不到。不过，我也得劝你一句。她也不适合你，你也必须离她远一点，这是我的忠告。”吴新没有回他的话。他说：“走，我陪你去找一家旅馆住下来。你一定得在那里等我，明天我们一起回三江县城去。”陈仁义点了点头。吴新这时才真正感觉到什么才叫走投无路。

吴新和陈仁义一起来到地区招待所。他在前台登记了一个房间，拿了钥匙就上楼去。开门之后，吴新没有进门，他从皮包里又拿了三十元钱，说：“我先走了。你好好洗个澡，再到下面弄点吃的。吃好一点。”陈仁义说：“谢谢你了。你是个好人。”吴新没听他把话说完，就转身走了。他要回到住院部去。

吴新进病房时，李红梅已经入睡。她的脸虽然没有多少血色，但吴新还是能看出一种安静的恬淡美来。吴新怎么也想象不出她在那种环境里，居然还能葆有这种样子。他搞不清楚眼前的这个女人是怎么挺过来的。吴新甚至怀疑，要不是税艳艳赶到三江县城来与他成婚，他真说不定还要再去赌一把。这时，那张安静的面庞却起了一丝波澜。吴新觉得，她就是将那张失血的面皮揉成一团，他也能欣赏到一种不一样的漂亮来。这是税艳艳那种女人无法做到的。直到她轻叫了一声“疼”，吴新才从一片幻象中走出来。吴新俯身问：“哪里疼？”他看见李红梅身子在轻微的扭动，他就下意识地抓住了她的右手。他从她紧握的手指就能感受到伤口的剧烈疼痛。吴新立即弹起身来，跑出去叫了值班医生。

经过紧急会诊，结论是术后大出血，必须马上做第二次手术。这一次手术用了将近四个小时。李红梅戴着氧气面罩再回到病房时，天已大亮。吴新想，幸亏没出什么大事，这进手术室的一切手续都是他代签的字。吴新这时唯一能做的，就是等李红梅哥嫂的到来。他要把这一切交给他们，他才能去接陈仁义。

吴新知道什么叫事与愿违。他越是着急，要来的人就越是不会轻易出现。直到上午九点，李红梅的哥嫂才缓缓走进病房。他俩看见李红梅戴着氧气面罩，也没多问。李红梅的哥居然拿出了一张收据递给吴新。吴新接过来一看是一张二十元的住宿费收据。吴新随手就从皮包里掏出几张十元的钞票给了他。李红梅的哥却说："我们河口人就是大方。我小妹命不好。要是她嫁给了你，能过得这么人不人鬼不鬼的？不听话。"吴新却烦了，说："我的哥，你没问问她为什么戴上了氧气面罩？昨夜这病房里发生了什么你知道吗？"李红梅的哥嫂这时懵愣了。吴新说："她昨夜大出血差点就丢了命你们知道吗？"吴新以为她哥会有几分自责，却不曾想他倒反问起吴新来："我们把她交给你时还是好好的。我们一走怎么就出这么大的事了？"吴新怒了，他要过去揍人。正在这时，早上来换药的护士进来了，她吼道："你们干什么？这里是医院，要打架下面多的是去处。"她指着两个男人说："你们都出去。"吴新知道护士一半是在生气，重要的是，她要给李红梅清理下腹的伤口。吴新就扯着她的哥出了病室的门。吴新和她哥又下了三层楼，就走出了住院部的大门。吴新指着李红梅哥的鼻子说："你真是不知好歹。你不就是怕出钱吗？告诉你，要你出钱她就不会被送到这里来。你只管尽心尽力照顾好她就行了，做得像个哥。"李红梅的哥试探着问："真的不用我们家出钱？不是说转院就要出一半的钱吗？那钱公家可是不会报销的呀！"吴新说："这不是你操心的事。我就是要她从这里站起来能回去。"她哥说："我说呢，她还是有贵人相助的吧。没有你们，她早进太平间了。"吴新听了将头转向一边。李红梅的哥走过来拍了拍吴新的肩膀。吴新说："你知道吗？她一直在我心里。"说完就拿出钱包，自己只留了三十块钱，其余全给了李红梅的哥。吴新没有再上楼去，他没打招呼就独自走出了医院的大门。

二十五

陈仁义随吴新坐船回到了三江县城，他们刚上码头就被四个赤裸上身的男人围住了。其中有两个是吴新认识的。确切地说，也是郑联生的狐朋狗友。郑联生把他们带到税艳艳的餐馆吃过饭，他们和郑联生经常喝得酩酊大醉。吴新也和他们一桌拼过啤酒。那两个认识吴新的男人就走过来了，把吴新和陈仁义隔开，另两个要把陈仁义架起带走。吴新挡开他们递过来的烟，上前就去阻拦：“你们要干什么？”那两个壮汉根本就不认识吴新。其中一个高个儿推了吴新一掌，吴新感到胸口生疼。在这三江县城还从来没有人敢这么对他动手动脚的。吴新说：“这一掌请你记着，但人还是得放。他是我从外地带回来的，我自然要对他负责。”那高个问：“你是谁呀你？欠债还钱这一基本道理你不懂吗？”吴新说：“我大体知道你们是谁了。我也可以明确告诉你们，你们算的账肯定不能算数，那就是百分之百的高利贷。这本身就是要被法办的，你们居然还敢用私刑！”那高个儿放开陈仁义，直逼到吴新的面前，吴新也挺胸相迎。他说：“你要不下手，你就不是人养的。”那高个正要动手，另两个认识吴新的人就赶过来拢住了他的臂膀，悄声说：“他是郑哥的拜把子兄弟。”吴新感到奇怪的是，那高个儿并没有表现出多少妥协。他只是说：“郑哥也不能帮他还钱哇？”这一瞬间，吴新不知哪来的豪气，他硬着脖子说：“不就是钱吗？只要合理算账当还得还。”高个儿说：“这是你说的？什么时候来找你？”吴新说：“随时。”吴新料定他们也不敢找上门来。他们放开了陈仁义扬长而去。陈仁义却吓得在那块宣传牌前拉了一泡尿。

陈仁义被吴新带回到三江县城的老河街。税艳艳正在餐厅里收拾桌椅。吴新觉得税艳艳的改变也是挺大的。她在省城时，那一方生意由他二哥罩着，她何时做过这些琐碎的杂事。而现在，她来到三江县城，洗碗抹筷样样都做，她也是为了这个青年餐馆。在吴新看来，她是要证明自己，她不会输给这里的任何人。

不过，凭着税艳艳的敏感，她一眼就把吴新带回来的那男人定了性：穷困潦倒且沾亲带故。她不明白自己的男人为什么要把这么一个衣衫不整的人给领回家里来。自己经营的这个餐馆虽然暂时不怎么大气，但规整还是有的，绝对不是街边的小食摊。她要问的是，他把这个男人带到河街究竟想干什么？吴新也看出了税艳艳的些许不快，就解释说："他是我的一个朋友。来我们这儿住几天。"税艳艳说："住就住呗。反正这老房老院又不敞亮。"陈仁义赶紧说："吴局长，我还是走吧。我什么也没有了，他们不会把我怎么样的。"陈仁义说着就准备动步走。吴新一把将他拉住说："你先前在哪儿我管不着。但你是我带回来的，你出了事我就有责任了，你懂吗？"吴新拉着他进了那个带天井的老房院。他打开了一间房，对陈仁义说："你就住在这里。听好，绝对不能再独自跑出去。"吴新又给他找来了两套干净衣服，让他先换上。

到了外面的前厅，吴新对税艳艳说："他先前是县人事局的小车司机，做生意亏了。借的都是高利贷，已经还不清了。他实在是没办法了我才搭上他一把的。"吴新没想到税艳艳居然和他答话了。税艳艳拧紧秀眉问："他怎么就这么糊涂，高利贷是能沾边的呀，哪个放高利贷的人不是心狠手辣？"吴新说："他也是一时糊涂，哪晓得落得这个地步！"税艳艳说："我先前上学上得好好的，凭我的成绩考个好学校没问题吧，我为啥要那么急着出来开个餐馆？还不是为了我那作孽的二哥。他纠集一伙人替人收账，最后也放起了高利贷。他的那些个伤人案底都是那时给犯下的。我不出来拉他开餐馆挣钱，他还不会收手。"吴新说："我知道你是个善良姑娘。就当是帮我一个忙行吗？"吴新上去抱着税艳艳吻了又吻，税艳艳也没有躲开他，但也没有表现出多少热情。吴新认为，这也是正常现象。哪有天天如初恋那般激情的。

吴新出了老河街就去了单位。税艳艳忙完活走到陈仁义暂住的房门前，她对陈仁义说："你把那些换下来的衣服都扔了。先换上他的，我一会儿就去给你买新的。"陈仁义换上吴新的衣服，一下子精神了许多。他从房间里出来，对税艳艳说："不麻烦您了。吴局长这衣服大多都是新的。你们都是好人。"税艳艳说："现在我也没事了，我们就到大厅去坐坐吧。"陈仁义说："要得。您餐厅里有什么事我可以帮您做。我虽说没什么大本事，但手脚还是很利索的。过去单位里的小车小问题都不用进修理厂，都是我一手包下修的。"税艳艳有几分吃惊，没想到这么一个倒霉透顶的人，原来还会开车、修车。她问："你会玩车？是从哪学来的？"陈仁义说："说来也话长。我三叔在县硫铁矿开汽车。他特别喜欢我，每次回来就把我带到车上去玩。车开到一个大场坝上他就让我也去学着开。就这样我把车也学会了。三叔又找人以硫铁矿学徒之名，让我去考了一个执照。后来县人事局招司机，我就去那里上班了。"税艳艳说："你有那么好的单位为啥还去借高利贷？"陈仁义说："唉，我真的是无脸见人。也是一言难尽。好吧，这事我就不说了。我在您这里也不能白吃白喝，需要我做什么只管叫。"税艳艳看陈仁义的谈吐，她就判断这人不是她之前想象中的无能又潦倒。税艳艳对陈仁义说："你要是真的借了高利贷，就少出这门。他们那些人是什么事都做得出来的。"陈仁义说："说句您不心烦的话，要是我不碰上吴局长，我真的就有可能去跳江了。"税艳艳说："不说那些没用的。你现在不是回三江县城了吗？看哪个还敢动你一下。"陈仁义从眼前的这个女人的眼里似乎瞧见了一种女人少有的义气。

二十六

吴新最近总是被陈仁义那一句无关痛痒的提醒给困惑住。那天晚上，在地区中心医院的住院部外，吴新出于多方的考虑，也是近乎用督促的口吻要陈仁义离开李红梅。但吴新没有想到的是，这个失魂落魄的陈仁义居然对他说，他就是离开了李红梅，自己也不要去染指她，并一再表示是为了他吴新好。这也正是他吴新下定决心冒着风险也要把陈仁义带回三江县城的原因之一。

吴新不明白，是不是自己与李红梅重新关联上以后，一些事就真的变得蹊跷起来了。首先是郑联生老是待在后坪乡不出来，仿佛有什么事瞒着他。吴新给他打了好多个电话，他要么不接，要么接了推托说工地上事多一时走不开。这在以前是没有过的事。吴新甚至想到，郑联生是不是和陈仁义的事有某些直接或间接的关联。要不是这样，他又刻意回避干啥？这段时间一个更为紧迫的传言是，吴新工业局局长的位置将不保了，原因是主要领导认为他对县域工业企业改革缺乏信心。这是吴新最为纠结的一件事。他认为这种传言绝对不是空穴来风。因为他明显地感觉到，自己似乎处于力量纷争的旋涡之中。吴新这些天也没有去找老骆，一是老骆在外地考察，很难碰到面；另一个切己的考量是，如果真有什么变故，也许会有人主动找他谈话才对。因此，在没有得到任何正式通知的情况下，他是不会去见老骆的。

那天下午，组织部金部长给吴新打了一个电话，他在电话里说，要他有思想准备，最近可能会有人事上的重大调整。吴新接过电话后，显得很平静。这也是他预料之中的事。那天下班，他没有回到河街家里去吃饭，而是一个人到江边去逛了一圈。他看见两江交汇之处水色清浊分明，却又透出一种力量的角逐。他索性坐了下来，在那一抹余晖中看个究竟。吴新也不明白，他为什么就成了目前的这个样子。

李红梅从地区医院回来后，吴新只去看过她一次。那一次，他和李红梅没怎么说话，倒是她的哥和嫂仿佛有说不完的话。李红梅也只有在一旁听的份。但即便是这样，吴新却依然能感受到李红梅的某种焦虑。此时，吴新凝视着渐渐模糊的江岸，心想：既然是这样，我又有什么理由不去再看看她？

吴新从江边直接去了李红梅的家。他叩了房门，开门的却是李红梅的嫂嫂。吴新一句话没说就被推进门来，李红梅见吴新来了，就在里屋对嫂嫂说：“嫂子，你到街上去买点水果吧。”嫂子应了一声就出门了。门刚关上，吴新走进了李红梅的卧室，李红梅也没叫他坐下。吴新问：“就你嫂子在这里？”李红梅点了点头。吴新又问：“伤口完全生肌了吧？”李红梅这才说：“托你福了，比预想的还快。这是我这些年来过得最安心踏实的几天。”吴新问：“就因这场手术？”李红梅反倒问吴新：“你们到底是不是见过面了？”吴新只好实言相告：“是的。不仅见了面，我还把他带回了三江县城。”李红梅突然坐起身来质问：“你什么意思？你还要他来怎么折腾我？”说完她就“哎哟”一声，顺势倒向了吴新，一只手捂住下腹部。吴新扶住她的肩膀，慢慢将她平放在床上。随后他毫无顾忌地去查看她的创口处，那条碎花内裤下是一条如蜈蚣样的疤痕。李红梅怎么也没想到，吴新见她有痛感，就会毫不犹豫地脱下她的内裤，并俯下身去察看。李红梅轻声问："你不怕惹祸吗？"吴新说："这和救死扶伤又有什么两样？"李红梅说："你不是医生但却很正义。"吴新说："你没问我为什么要把他带回来，而且还要保护他？"李红梅皱着眉头问："为什么？你想干什么？"李红梅的眸子闪着光亮，她愠怒的表情永远是让吴新最心动的。吴新说："你紧张干吗？我只不过是想知道一些真相而已。"李红梅说："你要知道真相干吗？"吴新说："我感觉一些事就在我周边停留着。"李红梅又烦躁起来，她伸了一下腿说："你怎么能这样想？你当你的局长，出来操这份心干吗？"吴新说："我就是想知道是谁让你变成了这副模样！"吴新没想到李红梅会是那样的反感。她说："你若老是纠缠这个问题，就趁早从这里滚出去。"吴新问："你把一切构陷都当成享受了是吗，还要继续是不是？"李红梅抓起枕头扔向吴新。正在这时，李红梅的嫂嫂回来了，她提了一包水果挤进门来。吴新见了她有几分尴尬，就从李红梅的房间里走了出来。她嫂嫂拉着他说："我买了这么多水果，吃一口瓜再走嘛。"李红梅在里面说："让他走远点。"嫂嫂手一松，吴新就出去了。吴新走在大街上，有种被人扇过耳光的感觉。不过，他却很准确地判断出，他这下是真的触到了冰山的一角。

吴新回到老街的青年餐馆，这时还有几桌客人正在前厅喝酒。吴新进了前厅，看见陈仁义在大厅里跑前跑后，俨然一个灵活的伙计。吴新就想，这也怪委屈他了，他要是没走错棋，会是这个样子吗？他觉得陈仁义有几分可怜。吴新走过去，陈仁义正捧着一大碗鸡汤过来。他与吴新见面后就说："吴局长回来了。"吴新说："你到我房里来一下吧。"陈仁义有些为难，他说："吴局长，您看这里还有这么多客人要照应，等忙完我再过去吧。"吴新想也是，他总不能在这里白吃白喝吧。吴新就自己回到后厅去了。

大约一个小时以后，陈仁义过来叫吴新到前面大厅去吃饭，吴新这才想起还没吃晚饭。吴新到了前厅，就看见税艳艳已经坐在了那张靠窗的小桌边，一个火锅三个炒菜摆在了小桌子上。吴新走过去坐下，税艳艳就问他："到底出了啥事一脸的不高兴？"吴新说："没事。就是不想吃东西。"税艳艳说："像是丢了魂样的。"吴新说："你少说两句不行吗？"税艳艳斜他一眼说："不识好歹。"她看见陈仁义一个人端着饭碗在另一张桌子边上吃，她就对他说："小陈，你在那吃啥？菜都在这边呀！"陈仁义说："我搛菜时再过去。"税艳艳说："这可不行。你必须过来，好像我们欺负你似的，别人见了会怎么说。"税艳艳就要过去拉他，陈仁义只好自己走过来了。吴新也觉得税艳艳做得正确，既然他都到这里来跑堂了，为什么不能在一张桌子上吃饭呢？这一切他似乎都没关心过，从这一点上讲，他是要给陈仁义一些安慰才是。这时，吴新就提议喝点小酒。没等陈仁义回话，税艳艳就去里屋拿酒了。

他们三人将一瓶老白干分了个干净。陈仁义酒量不行，喝到一半就醉了，而且话特别多。他最不该说的话是："你吴新比我有福气。你找到了税艳艳这么好的一个女人，我却被李红梅那女人害苦了。要不是我把她娶走，你也要和我一样倒霉……"吴新听到这里就望了一眼税艳艳说："他喝多了。"税艳艳却认真地说："他没喝多。是你喝多了。"吴新怎么也想不明白，这场面会弄得不欢而散。

吴新与陈仁义的话没谈成，反倒让他的醉态弄得心绪不宁。吴新看见税艳艳亲手将陈仁义扶进了对面的那木板房里。他从敞开的大门瞧见税艳艳在帮陈仁义脱衣脱鞋，这之后，又将他扶上了床。吴新点了一支烟，嘀咕说："这算什么事呀！"转身就进了房门。

税艳艳进门来也没再说什么，取了自己的睡衣去了卫生间。吴新夹着一支烟斜躺在床上，不一会儿就迷迷糊糊睡着了。税艳艳洗完澡回到卧室，一开门就闻到了一股焦煳味。她快步走到床前，看见吴新手上的烟头已将那床单烧出了一个洞。税艳艳气得不行，一脚踢在吴新的腿上。吴新猛地坐起，税艳艳指着他的脸说："你要烧房子干脆点一把火，干吗拿根烟！"她将吴新一把推下床，旋即将被套和床单一起卷起来抱到天井里扔了。吴新说："没有烧成啥样，扔天井里去干吗？"税艳艳说："要燃就让它燃个够，反正烧的都是石头。"吴新说："问题是根本没燃呀？"税艳艳说："你看着没燃不等于就不会燃。"吴新感觉她说的也有些道理。这老房老院的，全是干枯的木头，要是堆在板壁旁边夜深人静的时候烧起来了，连抢火的时间都没有，那可真的就是鸡飞蛋打了。吴新再进房里，税艳艳已经把新的被套和床单换好了。吴新想坐上去，税艳艳又一把推开他说：

"你没看见是才换的吗？"吴新说："我身上也不脏呀？"税艳艳说："脏不脏你总得先去洗个澡吧。"吴新想，也是，在外跑了一天，不洗澡就上床也实在是说不过去。他洗澡很快，不到十分钟就回了卧室。这时税艳艳已经关了灯，她穿着睡衣侧卧在里面。吴新本想要和她说点什么，究竟要说啥他也弄不清楚。于是，他只好躺下睡觉。半夜，税艳艳又起了床。吴新以为她是要去洗手间。一会儿，他突然听到对面的开门声。吴新立即警觉起来，他要看个究竟。他透过窗口看见税艳艳坐在那张木床上，在给陈仁义一口一口地喂水喝。吴新也没怎么多想，最多就是认为这是税艳艳在为自己收拾残局。晚上的酒不是自己硬逼陈仁义喝的吗？吴新认为，陈仁义在外流浪，长期食不果腹，身子骨早拖垮了，喝烈酒他当然是挡不住。大约十多分钟后，税艳艳就回卧室了。吴新装着熟睡，而税艳艳却也坦然上床。

这一夜，吴新总为一个图案纠结。他总是想起李红梅下腹的那道蜈蚣样的疤痕。直到下半夜他才真正入睡，当他再一次醒来已是早上七点多了。吴新赶紧起床，这时，税艳艳不知什么时候早已起了床。整个天井、屋里异常安静，好像一座死屋。吴新想，这还是一个餐馆吗？吴新走到对面，一把推开陈仁义暂住的房门，他原以为陈仁义昨晚醉得像狗，今早一定还在酣睡。不料，床是空的，被子叠得整整齐齐。吴新知道他们一早出去到菜市场采购了。他赶紧到洗手间草草洗漱，穿上衣服就出了门。他是从侧门出去的，正好在侧门外百米处有一个卖早点的小铺面。他走过去买了一个油饼，一边走一边啃。正当他要走出那街道口时，就看见税艳艳和陈仁义从菜市场买完菜回来了。陈仁义肩上搁一条楠竹扁担，一边挂一个编织袋。税艳艳走在他身后，乍一看她像古时候官衙的一个解差，而陈仁义就是个被押解的囚犯。吴新想，税艳艳这么做也没什么不可以的。陈仁义毕竟是自己带回三江县城来的。他也应该有自知之明。吴新等他们走过就去上班了。

他刚进县工业局大院，就从那棵老樟树上落下一颗鸟蛋，一下子砸在了他的脚前。吴新蹲下去要看个究竟。他认识这是一颗什么鸟蛋，壳白而细腻，蛋黄也饱满。这是一颗百分之百的斑鸠蛋。他小时候也曾掏过鸟窝，知道这是可以孵化出幼鸟来的受精蛋，它从树上落下摔碎未免也太可惜了。吴新还在查看那摔破的斑鸠蛋黄，这时，局办公室秘书小张就过来叫他了。吴新问：“什么事？”小张说：“县委组织部来电话了，一会儿孟成东书记要来看您。”吴新站起身来，只是从喉咙里“唔”了一声，就去了自己的办公室。小张也跟了进来，开水早打来了，他准备给吴新泡茶。吴新说：“你去忙吧。今后就不用了。”小张愣了，给领导服好务是办公室的职责呀，吴新这么一说让他一时难以理解。吴新一下子推开他说：“我不是说得清清楚楚，怎么还不走？”小张更是愣了，今天吴局长是怎么回事，像吃了铳药一点就爆。小张讨了个没趣回到办公室。办公室一个老同志就说：“出事了，肯定是出事了。”

大约九点钟，县委组织部金部长带着孟成东进了县工业局的大院。工业局一般干部也都认识孟成东，因为后坪乡的集体企业改制是全地区的典型，他们大都去现场总结过经验。而对组织部金部长却还有些面生。因此，他俩一进县工业局大院，反倒是孟成东向金部长介绍大伙，俨然就是这大院的主人。金部长对着楼上喊了一声：“吴局长，你不下来我可找不到门了。”吴新一听是金部长来到了工业局，马上从椅子上站起来，跑出去迎接：“有失远迎，有失远迎。”金部长说：“能远迎到哪里去，最多不就是个三江县城。”吴新下楼后先是与金部长握手，再和孟成东握手。他明显感到在与金部长握手的最后一刻，老金重重地捏了他一下。吴新就想，这到底是怒其不争，还是另有暗示，他一时无法理解。吴新说到会议室去坐，老金说：“到什么会议室，你的办公室不是说事的地方？”吴新说：“也是。办公室不就是办公事的嘛！”金部长说：“叫班子的同志都过来，我们开个短会。”吴新马上通知办公室，叫几个副职都过来。让吴新想不到的是，他们平常总是有人外出，而今天却是齐刷刷在家等着，像是等着看戏似的。吴新办公室只有两把椅子一张三人沙发，老金一人就坐了一张沙发，孟成东坐了一把椅子，所以班子其他成员都自带了椅子过来。

大家坐定，金部长就说：“我今天来是受骆县长的委托，也代表县委组织部来宣布县委常委会决定。根据工作需要，县委决定对工业局主要负责人做适当调整。决定拟任孟成东同志为县工业局局长，吴新同志另有任用。”金部长宣布完毕，就对吴新和孟成东说：“你们抓紧时间进行交接，县域工业企业改革的任务还很重，要及时走马上任，尽快进入角色。还有什么意见？没意见就散会。”这时，孟成东却说：“金部长，我有一个请求。希望吴新同志能留在工业战线，他既有一线工作经验，又有专业知识。我们在后坪乡也有很好的合作。望组织能慎重考虑。”金部长说：“我会把你的意见反映上去的，但最后还是以组织决定为主。”金部长说完就要走，突然转过身来对大伙说，“我可是把人给你们送来了。你们要好好支持他的工作。”吴新和孟成东将老金送出院门外。老金走后，吴新对孟成东说：“走吧，去办交接。”孟成东乜他一眼说：“你是不是在逃避？”吴新说：“没有呀，组织决定。要是换了别人我还真没有这么痛快呢。”

吴新来县工业局不过半年多时间，交接也只不过是走个形式。他简单地收拾了笔记本和会议材料，装在一个大文件袋里。孟成东问：“就这么走了？”吴新说：“我俩总不能干一仗再走吧！”孟成东说：“我知道我就是个垫脚的。”吴新本来是要赶紧走的，听了孟成东这句话一下子就僵住了。吴新自然知道孟成东也非等闲之辈，他能这样说话吴新明白他要表达的意思是什么。吴新只能说：“我们都好自为之吧。”他拍了一下孟成东的肩膀，孟成东却是一阵的喜悦。

吴新要去的单位是刚成立的县经济协作委员会。对外的简称叫“经协”，在河街的一栋老房子里办公，与税艳艳的青年餐馆就隔几栋房子。吴新第一次去报到上班简直是大失所望。那栋老房子是县房产局在管理，说是拨给县经协办公却连门都是破的。经协的牌子也没挂在外面，而是挂在门内的过道里。吴新就想，经协才成立，万事开头难，出现这种情况也是情有可原的。

吴新刚进那破旧的老房院，就有几个人迎了出来，其中有一个三十多岁的女同志。她上前说：“吴主任，我们总算把您盼来了。”吴新见了她饱满白净的面容开始是愣了一下。他觉得他一定是在哪里见过她，但又一时想不起来。吴新问：“你们都知道我要来经协？”白净女人说：“对呀，可能您自己还不知道我们就都知道了。”吴新觉得奇怪，成立一个新单位竟然没有一个牵头的，是不是因为没有人愿意来就选上我了？吴新随那白净女人进了办公室，他依然是一个人一间办公室。办公桌虽然裂开了好几道缝隙，但他发现却是柚木的，有些岁月的沧桑感。吴新拍了拍桌面说：“不错。”那女人就说：“也许您早就不记得我了，您还吃过我做的包子呢！我就是上街头合作餐饮社的，现在调您门下来工作了。”吴新一下子就想起来了。她就是那个餐饮社里长得最白皙、最漂亮的女人。虽说过去好几年了，但她独有的韵味还在，只不过脸上添了少许的皱纹。吴新想，怪不得这地儿没人愿意来，一个做包子的女人都能进来，这个单位也不会纯正到哪里去。白净女人自我介绍说：“我叫吕彬。以后您就叫我小吕，叫老吕也行。”吴新说：“怎么能这样叫呢？叫声吕姐还行。”吕彬笑了笑说：“您当领导的，当着别人叫我姐多不好呀。我还真受不起呢。”吴新说：“我们这个单位呀，简单点说，就是一个服务协调的社会组织，要是领导前领导后的，事情就不好办了。”吕彬又笑了笑说：“随您吧。我先给您把茶泡上。”吕彬说完就走了，她那双白色的高跟鞋在地上敲出了一串急碎的颤音。不一会儿，吕彬就拿来一只新的白瓷杯。吴新说：“我自己带杯子了。”他从包里拿出了那个生有茶垢的玻璃杯。吕彬看了看就说：“领导，这杯子还能用吗？”说着，她就把吴新那满是茶垢的玻璃杯夺过来，放在靠近自己的桌面上，又将那白瓷杯冲满水后双手递到吴新面前。吕彬说：“您有事就叫我。我先过去了。”吕彬拿着那个满是茶垢的玻璃杯就出了门。吴新看她出门，心想，她又是谁弄进来的？好用。

吴新这几天虽然没找到老骆，但心情却是出奇的好。他没想到这么一个破单位居然账户上有用不完的钱。吕彬也没有明说，只是报告他仅开办费就给了好几万元。其他企业的捐资就不用说了。既然账上有用不完的钱，吴新的压力就小多了。

那天下班后，吴新去理了发。回到住处，他发现税艳艳的青年餐馆依然是忙得不可开交。已经是夏天了，大厅内火锅氤氲的水汽让人感到十分燠热。吴新进门，他要穿过大厅进到后面的天井屋去。他用一方纸巾挡着脸，却有人主动上来打招呼说：“同志，你们几位，后面还有包间。”吴新移开纸巾，望了一眼陈仁义说：“三个人。不少吧？”陈仁义吓了一跳，怎么会是他？剪了个平头完全没认出来。吴新说：“你真把自己当老板了？”陈仁义愣在原地，不知如何应对。他没想到，税艳艳会从大厅后面的吧台冲出来，一把将陈仁义拉在自己的身后。吴新没说话，税艳艳也没说话，就这么僵持了几秒钟，吴新就走了。税艳艳对陈仁义说：“有什么可怕的。

真是。”

吴新回到房间，他有一种预感，但此时他更不能跑到大厅去发泄。他放下提包又从侧门出去了。吴新在江边转了转，依然看到的是两条江清与浊分明的水际线。吴新又想起了李红梅下腹的那伤口，像蜈蚣一样。他想去她那里坐一坐。

吴新走到李红梅家楼下，他看到李红梅家厨房里的排气扇在排油烟，突然有了饿的感觉。他刚准备敲门，门突然被打开。这时，李红梅穿了一件睡衣正准备将一袋垃圾放在门外。两人一对面，李红梅惊讶地说：“怎么是你？”吴新挤进门说：“没想到吧？”李红梅说：“没想到的事多了。”吴新问：“你嫂子回去了？”李红梅说：“早回去了。地里的活也等不得。”她又说：“你还没吃饭吧，我做了鱼。”吴新说：“鱼是补血的。要多吃。”李红梅说：“鱼汤泡饭。”吴新笑了笑。

吴新和李红梅将一条大武昌鱼吃了个精光，只剩了一排鱼骨。吴新感到高兴的是，李红梅饭量涨了，这对她的身体恢复有利。饭后，李红梅给吴新泡了一杯白兰花茶，吴新嘬上一口说：“好香。”李红梅去厨房收拾碗筷没答他话。收拾完毕，她就直接去了卧室。出来时，她拿了一张信笺纸递给吴新说：“他同意了。债务各负一半。”吴新突然一愣，他知道这张纸写的是什么。吴新接过那张纸仔细看过后说：“我怎么感觉他突然就像换了个人似的。”李红梅说：“我也有这种感觉。这还要感谢你才是。不然，像他那德行迟早要饿死街头！”吴新说：“说实在的，我一开始并不仅仅是为了他。”李红梅瞟他一眼，说：“我知道。我这辈子欠你的行了吗？”吴新站起身来说：“我认为我也有责任。毕竟你是从我这里跟他走的。”李红梅认真地说：“我并不后悔，我也没有错。最多也就是错进错出。”吴新上前抱了抱李红梅，她却像根木头样的冷冰。吴新问：“伤口恢复得怎么样？”李红梅说：“好多了。就是有时痒痒的。”吴新显出一个内行人样地说：“这是好现象。按农村说法这是在生大肌。这期间要防止新的感染。”李红梅说：“不知道底细的还以为你就是个医生呢。”李红梅撇了一下嘴。吴新转换话题问：“你们准备什么时候去办？”李红梅却反问：“这跟你有关系吗？”吴新说：“没关系你拿给我看干吗？”李红梅说：“你不是很在意吗？”吴新简直无言以对。李红梅又说：“这一切就是你安排的。我成了寡妇你就高兴了？你现在多好，家里还有一个会赚钱的下江妹，又能干又漂亮。我怎么办？”吴新知道她会时不时抛出这个话题来，就说：“李红梅我告诉你，你的事不是我吴新一手搅黄的。我只是想让你走出来去过正常人的生活。你要是真舍不得可以就这样过下去，犯不着再跑民政局。我都做些什么了，真是的。”吴新说完就开门走了。下了楼，吴新就想，这是怎么回事？又是一个不欢而散。

吴新在江边又走了一圈，他再看那两江之水，在一片街灯的辉映之下，那种界限分明的清浊就不存在了，只有一星一闪碎屑的光影。

吴新再回到河街，青年餐馆的客人也都走得差不多了。吴新进了大门，看见税艳艳和陈仁义在吧台边的一张桌子上对坐着吃饭。见吴新进来，陈仁义赶紧站起身来说：“吴局长过来吃饭。我去给您拿碗筷。”税艳艳说：“你坐下。要吃饭自己想不到去拿？”陈仁义还是去拿了一套餐具。吴新走过去对陈仁义说：“你听好了，我现在不是局长了。跟你没两样。”陈仁义不敢吱声，他的脸一阵灼热。吴新说完就走了。陈仁义望着税艳艳，他本想说，我没做错什么呀，在餐馆干活也是没日没夜的。税艳艳看他想要说什么就抢先说：“你有这个资格吃这份饭。”

吴新洗漱后，躺在床上看一份旧报纸，不一会儿就睡着了。税艳艳收拾完后就回房间来，她看见一张旧报纸盖在吴新的脸上，赶紧过去“哗啦”一把扯下来。吴新就醒了，他半撑着身子说：“你这是干吗，出气吗？”税艳艳怔着脸说：“你还嫌倒霉不够是吧？作死。”吴新坐起来反问：“我又怎么作死了？”税艳艳说：“你在江边长大，还不知道什么人是盖着一张纸睡觉的？真是的。”吴新猛然想起死人刚断气后，是要盖上一张落气纸的。他刚要开口说话，税艳艳却收拾了内衣去洗澡间了。

税艳艳再进屋来，见吴新没睡着，就问他：“不想睡了？”吴新眼里却冒着一簇火光，他从床上下来就将税艳艳抱上床。税艳艳也没有拒绝，她只悄悄说了一声“轻一点”。吴新看她眉梢一动一动的，特别妩媚。

不一会儿，吴新问税艳艳：“你是不是觉得我很倒霉？”税艳艳说：“倒不倒霉你自己清楚。”吴新说：“我不就是换了一个单位嘛，这也算倒霉？”税艳艳说：“但我得把话说清楚，我绝对没有给你带来坏运气。”吴新让税艳艳这话戗得一惊。他想，她是不是知道了我和李红梅还有来往？

他料想陈仁义还没有这个胆量对她去诉说。

几天以后，陈仁义突然来到吴新的办公室。他一进去就把门关上了，随后坐在沙发上呜咽起来。吴新从办公桌前走过来问："怎么回事？是不是他们又来找你茬儿了？"陈仁义摆了摆头，从一只旧挎包里拿出了一张纸。他递给吴新说："我们离了。我对不起她。我就是个窝囊废。"吴新接过那张离婚证书问："你们的债务怎么处理的？"陈仁义说："我们一人一半。但我是净身出户。你也清楚，虽然我们没有多少家当，但现在全是她的了。"说完，陈仁义又呜咽起来。吴新说："我看这样也好。各过各的生活。你们在一起就是一个错误。"陈仁义点了点头。不一会儿，他又说："吴主任，我还是要说我先前说过的那句话。即使是我们不在一起了，您也要远离她。她真的是会给您添乱的女人。"吴新说："这个我知道，我有家有室的。我问你，你以后怎么去还那些账。就一半你也还不起呀！大几万的。"陈仁义小声说："我就是为这事来求您的。"吴新一听全身一紧。他想，他该不会开口找我借钱吧？那可是一个无底洞。陈仁义却说："只要您同意，我就在青年餐馆打工。税老板也说了，她给我开最高的工资。我还清那些债务就有希望了。"吴新一想，这也没有什么不可以的。不就是因为同情他才带他回三江县城的嘛，身无分文，在外那般游荡不早晚是出事。他又想，税艳艳你行呀，没用多长时间你就把一个游手好闲之徒弄上了正道。当初你是怎么嫌弃他的还记得吗？吴新正想着，陈仁义又开口说："您要是不同意，我明天就离开三江县城。"吴新说："我没说不同意呀。既然她同意，你就留下来干吧。"陈仁义听后马上给吴新鞠了一个躬。鞠完躬，陈仁义说："那我买菜去了。"陈仁义转身就走了。吴新笑了笑，在心里说，看把你美的！

陈仁义刚走，办公室主任吕彬就到吴新办公室来了。她一进门就带来一屋子的檀香味。虽然她只不过是做过包子、管过台账的服务员出身，但她的装扮绝对是恰到好处。这时，吕彬也把门掩上，吴新就有一种紧张感。他立即起身，走到吕彬面前。吕彬小声说："你怎么和他搭上了？"吴新也就直说："他是我同学的前夫。刚离婚。我看他可怜，是我把他从夷城带回来的。"吕彬闪着那对机灵的眸子说："我的天爷，那么多人都避之不及，你还亲手把他带回来。你知道他是和谁在斗吗？"吴新说："你先坐下，慢慢说，我要听个究竟。”其实，吕彬也只是说了个大概：陈仁义从单位辞职出来做生意，欠了一身的账，又借的是高利贷。他还不出来钱，在三江县城待不下去了，只得跑得远远的。吴新认为，吕彬甚至还不知道陈仁义是做什么生意被人坑的。吴新问：“就这些吗？”吕彬说：“还不够吗？到时候你会明白的。”吕彬也看出了吴新的些许失望，她接着说：“我再透露一点吧。他就不是个人。他把老婆都给别人睡了，三江县城哪个不知道。”吴新又从座位上站起来问：“他把老婆给别人睡？”吕彬说：“对，假不了。他经常是夜里出来就把钥匙交给那个男人。”吴新下腹一阵痉挛，他又问：“接钥匙的究竟是个什么人？”吕彬说：“这还要多问吗？大债主呀！他的女人我看到过，是你们河口绝对一顶一的大美人。”吕彬伸出了大拇指。吴新陷入沉思。吕彬见状就要走，吴新拦住她说：“今天的事哪说哪了，就你我知道就行了。”吕彬说：“这我知道。都放你这里了。”吕彬摁了摁腹部就出去了。

几天以后，陈仁义就闯出了一场大祸。

那天一早，他依然是跟着税艳艳到市场上去买菜。陈仁义对那菜市场很熟悉，他也和几个肉摊摊贩很熟络，为了节约时间，税艳艳就叫他去买肉鱼类生鲜，她自己去市场另一头选蔬菜。税艳艳买好新鲜蔬菜回来，看见陈仁义坐在一个肉案边的泥地上。她就快步跑了过去，丢下篮子蹲下去为陈仁义擦脸上的血迹。她大喊一声：“是谁干的？有种站出来。”陈仁义本想捂住她的嘴巴让她别喊，但她却挡开陈仁义的手说：“哪能活得这么窝囊！”她一把扶起陈仁义。这时就有两个文身青年踱步过来。其中一个就问：“你是他什么人？他欠我们钱，你该不是又一个抵账的下家吧？”说完他就仰头爆笑。税艳艳上去就是两个响亮的嘴巴，并顶在他的面前说：“你这样的货就是欠揍。”那个文身青年止住爆笑，摸了一把脸就说：“我欠揍但顶得住，你呢？”说着他一记勾拳过来，不想税艳艳一猫腰左手就捏住了他的裆下。眼见一个大男人如菜薹掉进沸水里，瞬间就蔫了。站在一旁的那个同伙抓起肉案上的磨刀铁棒，就向税艳艳的腰间抡过去。税艳艳应声倒地。这时，陈仁义闪身抓起一把肉案上的砍骨刀猛劈过去。陈仁义也没确定到底砍了多深，他只是感觉整个菜市场都是血红的一片。人都作鸟兽散，陈仁义抱着昏迷中的税艳艳直往医院跑。

吴新赶到县医院时，税艳艳已经在急救室。陈仁义抱头蹲在急救室门边的墙根哭泣。吴新上前去问他："出门时人都好好的，怎么弄成这样了？"陈仁义泣诉说："都怪我，是我惹的祸。"吴新问："到底是怎么回事？"陈仁义就讲了菜市场斗殴的全过程：他和税艳艳分头去买菜，他负责红案上的鲜肉和鲜鱼，税艳艳去选蔬菜。陈仁义在一家肉案上看上一块猪后座，过秤后正要付款，两个文身青年就围过来了。其中一个就抢了他的钱包说："你还有钱买肉为啥不还账？"陈仁义认识他们，就说："兄弟，这钱不是我的，是我老板的。你们宽限几天，我正在她那里打工，这个月我保证还你们一千块。你把这钱包还给我，我还要买菜回去开工哪。"另一个说："我们把这账记着，等你凑足了一千块钱就把这钱包取回去。"说完他们就要走，陈仁义不让，三个人就拉扯起来，抢包的那个侧身一脚就将陈仁义放倒在地，随后又补了一脚。他们刚走出去十多米，税艳艳就赶过来了。陈仁义说："我没见过一个女人有那等身手。她一出手就把一个大男人给制伏了。"吴新在心里说，你哪知道，她早就在省城走江湖了。那才是真正的大场面。吴新正这么想着，一个女医生出了急救室，她摘下口罩就问："你们谁是病人家属？"吴新说："我是。"医生说："她是创伤性大出血，需要马上进行手术。你跟我来签个字吧。"吴新跟着她去了医务室，她在一张表上填写了内容，指着一个空格处说："在这里写上你的名字。"吴新刷地签上自己的名后就问："问题严重吗？"医生说："很严重。我们初步判断要摘除左肾。"吴新一听，两腿就在发抖。医生提醒他说："你还得先去窗口预交三千元钱。"吴新一听火气就上来了，吼道："不交钱就不做手术是吗？你们实行的是什么革命的人道主义！"医生却平静地说："这是规定，我们也没有办法。"这时，内科主任也过来了，他一看是吴新，赶紧说："吴局长来了，有病人住院？"吴新还在气头上，他只点了点头，内科主任就说："你们当怎么安排就怎么安排，我们内科负全责。"说罢，女医生就走了。吴新也随那女医生走出了医务室，来到急救室门前，税艳艳躺在手术车上被推出来了。吴新握着她的手，一路跟着推车走，税艳艳望着吴新轻声说："我好疼。"吴新就红着眼圈说："马上就好了。你放心，他们是三江县城最好的医生。"吴新松开手，推车就进了手术室。

三个小时后，税艳艳才出手术室。她还在昏迷状态。她进的依然是急救室。那个女医生兴奋地对吴新说："我们尽全力才保住了肾脏。但还是切除了左边的卵巢。以后能不能正常生育还很难说。"吴新说："那太谢谢你们了。我先前是心急说话不好听，请原谅。"吴新和陈仁义帮助护士将税艳艳移到病床上，税艳艳睡下后，吴新就对陈仁义说："你在这里先盯着，我去一趟院长办公室。"吴新下楼去了。他来到院长办公室，院长老许感到惊讶。他问："什么事？是不是她伤口复发了？"吴新说："不是她，这次是我老婆，她让人打坏了大件。你得帮我出个法医证明。"许院长一脸的疑惑，他问："在这地头上还有谁敢打你的老婆？真是怪事了！"吴新说："不仅打了，还坏了生殖系统。左边的卵巢都切了。"许院长说："那可真是大事了。重伤。"许院长一脸的严肃。他又说："刚搞了严打，还这么嚣张。放心，这事一定往上限办。"吴新说："拜托了！"他说完就出了院长办公室，老许就在拨电话。

吴新回急救室。他刚上楼，就看见三个警察在走道上将陈仁义双手反铐着要带走。吴新拦住他们说："你们铐他可以。但他也是个受害者。你们真正要抓的人还在逍遥法外。"其中一个高个儿警察接话说："你是谁呀？你这叫妨碍公务知道吗？抓不抓人我们听你指挥？"吴新正要质问他，什么叫妨碍公务，所长小秦认识吴新，他赶紧走过来说："你们不认识，这是县工业局吴局长。"吴新说："早不是了。"小秦说："不管现在是不是，以前是就没错。我得向您说明，今天犯事的人一个也跑不了，必须依法惩处。"那个高个儿警察补了一句："包括在急救中的那个女人。"吴新一听就烦了，他说："你有本事现在就把她带走呀？"小秦所长说："这是以后的事。总而言之，我们要以事实为依据。希望您能理解。"吴新说："你们放心，她成现在这个样子肯定是跑不了了。你们不来找她，我还会带她上门去找你们的。"说完，吴新就奔急救室去。小秦一行就把陈仁义带走了。

税艳艳直到晚上才醒过来。她醒后就问吴新："我在这里睡了多长时间？"吴新握住她的手说："你很棒，就只昏睡了小半天。"税艳艳说："我像是死过一回了。"吴新说："我会让他们付出代价的。你只管好好休息，那个餐馆停个一年半载也没关系。我一定能养活你。"税艳艳说："你暂时不要告诉你爹妈了。免得他们七想八想的。”吴新明白她为什么要说这番话。她是在为今后的事发愁。她也担心今后不能再生育了，这对一个女人来说是不公平的。税艳艳清楚，她这个外来儿媳，本来就不受两个老人待见，一旦她又生不出孩子，他们肯定是要将她扫地出门的。这也正是吴新十分挂心的事。他真的怀疑，李红梅是不是男人的克星？要不是，他和陈仁义为啥都有近似的境况？吴新正这么想着，一个人影闯进门来。吴新吓了一跳。他抬头一看，是郑联生。郑联生没跟吴新打招呼就先询问税艳艳：“美人，这下伤得不轻呢！是谁下这狠手的？”税艳艳小声说：“你问他吧。”吴新听出了一些埋怨，说：“是我把陈仁义带回来了。我要不带他回来，他说不定就死在外面了。没想到，他一回三江县城就甩不脱了。他决意要在餐馆打工。这不就出事了。”税艳艳没吱声，她闭上眼睛，流了一串泪。郑联生说：“安心养伤。”说完他从手包里拿出了一整沓钱。吴新知道那是一万块。郑联生说：“这是一点营养费，我也跟医院说了，用最好的药，我来结账。”吴新也没说什么。他心里明白，这钱也不是白给的。他一直纠结的是，他郑联生怎么这么长时间不露面，而税艳艳出了事他就突然出现了。他是怎么知道的？郑联生在急救室坐了一会儿，就说有急事马上要出去。正好护士来换药，吴新就陪他下了楼。他们走到那一片树荫下，郑联生停下了脚步，侧过身说：“我们找个时间好好谈谈。”吴新说：“也好！”郑联生又说：“我这两天就不过来了。下周我就到你办公室去。”吴新说：“下周应该就好一点了。”郑联生走了。

一个星期以后，郑联生并没有来吴新办公室。税艳艳伤口恢复得不错，几天以后就能出院了。让吴新想不到的是，他的父母还是知道了。他也料想得到父母会和他扯到今后的事。吴新说：“一点问题都没有。切了一半还一半好的呢。”自从他们得到这个肯定的答复，二老照顾税艳艳也就格外上心，每天不是甲鱼汤就是鸡汤。吴新老爸把一鸡笼新母鸡快杀了一小半。

那天，吴新从医院回到办公室，他刚坐下，吕彬就进来了。吴新问她：“有事吗？”吕彬说：“我上午替您接待了一个客人。”吴新觉得她话里有话，就问：“一个什么样的客人？”吕彬说：“反正我不知道你们是什么关系，您还是离他远一点好。我这样说您应该明白是谁了。”吴新问：“李红梅？”吕彬说：“差不多吧。但不是她。”吴新实在猜不出，吕彬又说：“在我们三江县城混出头脸的大老板。”吴新说：“哦，是他呀。我同学。”吕彬笑了笑说：“是这样呀。那我就不该多嘴了。”说完她转身要走。吴新感到她话没说完。就说：“你把话说明白点。”吕彬就凑近他耳边说：“我都看到了。他深更半夜还上人家的楼。”吴新脑子一炸，他再看吕彬，她却早溜出门了。他设想过多种可能，但唯一没有想到的是这个结果。吴新想，就是要见面谈也不能在这里谈了。

半个月以后，税艳艳出了院。吴新的母亲要她到河口去养伤。税艳艳同意了。她特别喜欢喝吴新母亲煲的鸡汤。

那天下午，郑联生来到了吴新办公室。他问吴新：“今天可以谈谈吗？”吴新说：“可以。但不能在这里谈，我们出去。”郑联生说：“也是。”他说完就出了办公室的门，吴新跟了出去。走到前厅，吕彬突然拦住他小声说：“要不要带个人去？”吴新说：“不用。我们是同学。”走到街道口，吴新上了郑联生的车。郑联生说：“我们去望江楼。”吴新说好。十分钟后，他们就到了望江楼的门前。郑联生说：“你先在车上坐着，我去招呼他们一声。”吴新不清楚他独自下车究竟要去干什么。一会儿，郑联生就从望江楼出来了。他过来叫吴新，说：“这下我们安静了。楼上让我全包了，一个人也不能进。”吴新说：“有这个必要吗？”郑联生说：“有。这是必须的。”吴新知道他在这三江县城的名头，办这点事也只不过是小事一桩。

吴新随郑联生上到二楼。虽说名叫望江楼，其实也就两层，十多个包间，楼大不如名大。这里的最大卖点无非是凭窗观江而已。天气晴朗，两江之水清浊分明。他和郑联生去了最里面的一个包间。进门后，郑联生就把门关上。要不是他和郑联生的特殊关系，他还真以为要干架。先开口的是郑联生。他说：“今天我们是该好好谈谈了。亲兄弟也要明算账。”吴新说：“账倒是没有什么好算的。河街的房是你盘下来的，产业也是你辛苦挣来的。我倒是得到了你的好多庇护，才风风光光地念完两年大学，也才有了现在的一切。总而言之，那东西都是你的。我做的无非是我的本职工作。”郑联生问：“你真的是这么想的？”吴新说：“我真的就是这么想的。你认为我会怎么想？”郑联生说：“你亲手交给我的商贸公司就不算了？那可是你一路辛苦弄起来的。”吴新说：“人要知足。我交给你去办是事实，但你给了我那么多的钱去念书，我也够满足了。再说，那以后就是你在经营，我什么贡献也没有，我再伸手要什么就是不知足了。”郑联生说：“这个我理解。我把那老房子给你们，算是两讫了。正好你和税艳艳也需要。但那电站的事怎么办？现在已经增值多少倍了，这都是你一手策划弄成的。”吴新说：“我策划是钱的工作。你投资是为了赚钱。这本来就是两清的事，我绝对不会找你要什么的。”郑联生说：“不要把自己弄得这么清高好不好？我就不相信你当初想的就是这么简单。”吴新说：“我承认我当初是有私心。我不想把这块肥肉让给别人。从某种意义上说，那也是我的心血付出。但又怎么样呢？我从来不想在这上面占你的便宜。”郑联生说：“照这么说，我们今天就没什么好谈的了。”吴新站起来说：“有。就是看你今天敢不敢摸着良心跟我谈。”郑联生点上一支烟，把一个中华的烟盒推过来给吴新。过了好一会儿，郑联生才说：“你把那个蔫小子带回来我就知道是要出事了。”吴新说：“郑联生，我是给了你讲清一切事实的机会的。你怎么就不知道我会在意她呢？你以为你掏了几个臭钱就可以摆平一切？你以为我会永远不知道真相？我还可以实话告诉你，到今天为止，他们两个都没说过你半个‘不’字，哪怕陈仁义一路流浪成那个样子，人家都没有言及你半句坏话。”郑联生坐在那张靠背椅上抽烟。吴新也从那烟盒里抠出一支烟点上。郑联生突然站起来说：“我他妈的怎么就那样无能？”他将那只烟头扔向窗外，双手叉腰背对吴新。吴新从他抖动的肩膀就能感受到郑联生有多自责。平静片刻后，郑联生转过身说：“我承认我也想得到李红梅。我和你在高中时为她就较量过。要不是那一次王会珍出来解围我们还真不知道会弄成什么样子。但是，你知不知道，她伤害过我。是的，我家里穷。连给娘抓药瞧病的钱都没有。但她不能拿这来伤害我呀！你说我为什么这么拼命赚钱，我不就是要活出个人样来。我不是个废物，我不是一无是处。”吴新说：“谁把你当废物了？我们不都在一条船上吗？哦，你有钱了，就可以反过来报复人家？”郑联生过了好一会儿才说：“吴新，我可以负责地告诉你，我没报复过任何人。我去她那里也是想弄清一些真相。我没有想到她会在那个套套里陷得那么深。她怎么能与魔鬼去亲吻，而且妄想得那么厉害！你在这城里时间长了什么都知道了，我真的不想再多说什么了，信不信由你。”吴新一阵呆愣，他并不是不相信郑联生的话，而是他在那个美人的面目上又掩上了一层纱幔。正在这时，包房的门打开了，来人却是吴新好久不见的王会珍。吴新更是一脸的茫然，他问：“你不是去南方了吗？”王会珍冷静地说：“谁说的？我不过是又嫁人了。”王会珍走到郑联生身边，她拉起了郑联生的手。吴新一下子就明白了。王会珍面对吴新诚恳地说：“吴新同学，我为什么决意要离开你、离开河口，原因你知道吗？”吴新吸口烟说：“我知道。因为我还在意她。”王会珍说：“是的。我带着两个孩子住进你河口老家时，我看到那块还挂在墙上的地毯，我真的是落泪了。结果呢，我又看到了什么你知道吗？”吴新眼前一黑，随即晃悠了一下。郑联生想不到吴新会有如此脆弱的时候。吴新冷静后才说：“我明白，我得承认我放不下她。”王会珍叹息说：“我也是做到仁至义尽了。我为你也付出得可以了。我凭什么就把自己扔出去给那个小流氓？当我看到你箱底里的那本《林海雪原》上到处写有她的名字时，你说我还能死心塌地地跟你过吗？”吴新问：“这就是你要走的理由？”王会珍说：“这理由还不充分？”吴新无言以对。

沉默一阵后，先开口的却是郑联生，他说：“今天谈这个话题不合适。以后你就知道了。”吴新没想到，王会珍带着一袭清香直朝他走过来，两眼对视他说：“从今天起，这个话题你永远不要再提了。不然，我和你没完。”王会珍对着下面大喊一声：“人都哪去了？”不一会儿，一个服务员快步跑上楼来，王会珍对她说：“有什么贵重菜尽管上。”吴新问：“三个人能吃得下多少？”王会珍说：“还有人来。”吴新、郑联生一头雾水。王会珍说：“你们不知道吗？宋一刚在省城被抓了。”郑联生肯定地说：“这不可能。前些时候姚玉蓉还在电话里说他进了省工行培训中心，干得不错。她还一再要求我们不要去见他，怕他脸上挂不住。”王会珍说：“消息一定不会假，他父亲下午来城里找我了。公安局的人已经去过他家。你们正好也在，我就叫上了公检法几个管事的朋友，要他们帮忙出出主意。”吴新说：“他怎么就那么不顺呢？好像步步都落在坑里。这一次不知又犯了什么事？”王会珍说：“据他父亲说，他好像是在省化肥厂犯的事，就逃到省城去了。”郑联生摆摆头说：“那还用问吗？肯定是偷倒尿素呗！现在尿素是紧俏货，多少钱一包你们知道吗？官价和黑市价完全不是一回事。

不知他是怎么想的，回三江县城什么事都顺了，他跟你们吱过声吗？心气高，面子又有什么用？”郑联生向窗外猛扔一支烟头，那风声如子弹般呼啸着。

事后，在吴新看来，王会珍约的这一个饭局完全没有必要。公检法来的那帮人也许是出于自身的考虑，根本没有说到点子上。那个法院的副院长居然要郑联生和吴新给羁押的宋一刚带去一份完整的学习资料，争取得到宽大处理，早获自由。吴新也许是因为李红梅的事情没有弄个水落石出，他只是象征性地摸了一下酒杯。他在想，要是宋一刚落在他们这伙人手里，不知会弄出个什么结果来。

饭后，吴新提议到郑联生那边去商量一下，郑联生说：“我建议还是先到宋一刚家里去一下吧。”他回头对王会珍说：“我把你送回去，孩子要有人照顾。”郑联生来到吧台前，从皮包里捏出一沓钞票丢在吧台上走了，女老板圆睁凤眼说：“郑总，这太多了吧。”郑联生没有吱声，上车发动引擎一溜烟走了。吴新坐在后排，他眯了一会儿，突然车停了。吴新睁大眼睛一看，这到底是哪呀？周围一片漆黑。王会珍下了车，吴新问：“你们就住在这里？”郑联生说：“她选的。”车掉了头就向河口开去。吴新见只有他俩了就问：“你们还有事瞒着我。”郑联生把车停下，说：“我们现在最重要的事是搭救宋一刚。那些事你会弄明白的。”郑联生加了一脚油门，一下蹿出了好远。

到了宋一刚的家，郑联生感到有些心寒。一只南瓜花样的小灯泡吊在楼板下。宋一刚的父亲见是郑联生的车到了，一下子就从那把木椅上站了起来，又定定地钉在了原地。郑联生和吴新走上前去，宋一刚的父亲宋宏义连连摇头说：“完了，这回真的完了。我们还有什么脸见人哟！”郑联生说：“大伯，没有您想得那么严重。不就是让人带到公安局去了吗？我都不知进去多少回了。说不定就是配合调查呢！”宋宏义赶紧问吴新：“新子，你是当官的，联生说的是真的吗？”吴新说：“当然是真的，我们一起长大的，还不知道他的品性？”宋宏义说：“不知他这些年走的是什么霉运，怎么就落得这步田地了。早知道是这样，还不如就在河口当个地道的庄稼汉，总不会闹得去坐班房吧。我们宋家祖上就没有犯上作乱的人。”

郑联生问："您到底是怎么知道这事的？"这时，宋一刚的妈从屋外走进门来，她哽咽着说："你们都来了？一刚他进去了。"郑联生和吴新转过身来，就见宋一刚的大姐扶着伯娘，伯娘就把一个小布包递给了宋宏义。郑联生一看那布包方方正正的，就问："您去借钱了？要钱怎么不找我？"伯娘说："娃子，我们家出了这种事再找你真是丢不起这个人哪！"郑联生问："你们要这么多钱干吗？"宋宏义也听出了郑联生的几分埋怨。他就说："已经来人找我们了。他说可以帮忙打点打点。你伯娘一早就出去借钱了。"郑联生跕着脚说："这不是添乱吗？哪有这么简单的事。"他转过身对大姐说："大姐，这里面肯定也有你们的钱吧？你帮忙还回去。我倒是要看看是什么人敢来上门要钱。"吴新说："看来我们来得算及时。"宋宏义问："这么说，一刚就没事了？"吴新肯定地说："这么说是他出事了。他一定是进去了，不然那个要钱的人是不会来的。"伯娘又哽咽起来："我怎么见人哟！"吴新说："伯娘您不哭。这是个好事，这个人一定是个知情人，能把他抓住说不定问题就解决了一半。"郑联生也说："是的。那家伙肯定是来行骗的，说不定还是个同案犯。"宋宏义说："你们都是和一刚一起长大的。他走窄了只能靠你们了，你们就帮他一把吧。"郑联生说："您放心，一定没什么大事。这人一出现我们就更好办了。"宋宏义说："我明天就要去交钱了。他说十点半在燕子岩的厕所边上接头。"郑联生想，从那公厕走过去就是船码头，十点四十分有一趟船要开，肯定是想拿了钱就走人。郑联生肯定地说："您去，我们有办法的。"郑联生说完，就把吴新叫到了一边说："我先送你回去，你去找人布控。我回来还得守在这里。万一那货晚上来了咋办？"吴新说："也是。"他们向宋宏义交代了一下，二人便上车走了。在车上，吴新说："我真的是深深地领会到了几个字眼。"郑联生说："你不说我也知道，此一时彼一时。"吴新反问："不是吗？"郑联生只是叹息道："谁会算得到他宋一刚会锒铛入狱。"

第二天一早，吴新和几个便衣警员来到了燕子岩公厕斜对面的五金门市部。他们三个假装在里面挑选铁钉，一面透着窗口向公厕方向探望。大约十点钟，吴新发现宋宏义到了指定地点，他提着一个塑料袋子在那公厕前来回走动，眼睛在不停地左右观望，但一直没有人来接头。直到十点二十五分，一点动静也没有。吴新悄悄问那警察："是不是人早跑了？"一个片警说："好戏还在后头呢。"吴新一行又等了几分钟，手表的指针即将指向十点三十分，宋宏义依然还是一个人在那里。吴新已经不抱什么希望了，他低声说："是我把情况弄错了。他再不来取货船就要开了，我们的判断肯定有问题。"正在这时，一个青年人出现了，吴新从他抢过宋宏义手上的塑料袋就可以看出，那人身手不凡。这时，码头上已经响起了震耳的汽笛声。那青年人一溜烟奔向码头。吴新和几个警察立即冲了出去。吴新听见警察对着对讲机说："身高一米八，黑色汗衫。我们也堵过来了。"对方说："目标已经出现。已进入布控区。"几分钟后，吴新一行来到码头。他看见两名白衣警察抓住了那个身手敏捷的男青年。吴新上前一看，觉得被擒的这人好生面熟，但又一时想不起来在哪里见过。两天以后，吴新才慢慢回忆起，三年前，他还在省城上大学，受宋一刚之邀到江边喝啤酒时，认识了他的几个球友，其中一个就是他。吴新想，莫非球友也来行骗？

为这事，吴新索性去了一趟县公安局。他刚进县公安局的大门就见城关派出所的副所长老胡出来了。老胡问："吴局长也过来了，是来了解那案子的吧？"胡所长也是河口人，吴新还没上小学时就认得他。他那时在公社办劳动教养队，捆人很有一套。他曾只用一根棕绳就把一个流窜犯的手臂捆成了骨折。吴新说："是的。您也参与办案了吧。"老胡说："你身为局级干部警觉性很高。这回你立了功，我们抓到的人就是刚从省化肥厂逃出来的犯罪分子。"吴新一听说省化肥厂心里就"咯噔"一下。宋一刚不就是在省化肥厂犯事的吗？老胡又说："幸亏你们发现及时，要是他诈骗到那些钱不知要跑到哪里去了。"吴新从老胡这里已经知道了个大概，他就没必要再去县公安局了解情况了。吴新和老胡并肩出门，他问老胡这个人究竟会怎么处理，老胡说："先羁押，多半会让上面押走。他可能牵涉一个特大盗窃案子，不然省厅就不会发协查传真了。"两人并肩走到了马路上，吴新就和老胡分手了。

吴新回到办公室，郑联生已经在他办公室等候多时了。吴新进门后就对郑联生说："那人是省化肥厂的，犯事后就逃到这来了。"郑联生说："这就更麻烦了。说不定就是团伙作案，宋一刚一定是因这案子进去的。"吴新说："这是毫无疑问的。省厅也要来人调查。你莫说，抓的那人我还认识。他也是打篮球的。”郑联生说：“你这两天有没有时间？我们去一趟省城。”吴新说：“我也是这么想的。不管怎么样，我们还是得弄清情况，给宋家一个交代。”郑联生说：“我们真是想到一起了。”

吴新以跑项目为由，和郑联生坐上了去省城的火车。前来接站的是姚玉蓉和孔庆和。吴新发现姚玉蓉一脸愁容，也显得十分疲惫。见面后孔庆和却说：“你们来了正好，也让她定一定神。”郑联生是第一次与孔庆和见面，他一听这话，明显是带有一些不满。郑联生看孔庆和对他们是一脸的不屑，就觉得姚玉蓉嫁他不值，不知她姚玉蓉是瞎了眼还是鬼迷心窍，找这么一个冷冰冰的蔫男人。吴新早看出了郑联生的不快，他走过去悄声对郑联生说：人不可貌相，他其实很热心肠的。郑联生一愣，望吴新一眼，仿佛是在说，你是吃错药了吧，真是的。

走出火车站，姚玉蓉就说：“我们先吃中午饭吧。你们也饿了。”孔庆和冷冷地说：“这地儿吃得下吗？”他还是一脸的不高兴。郑联生也不想搭理他，匆匆往前走。马路边一辆罗马吉普车等在那里。郑联生已经走过一丈远了，孔庆和就喊他：“联生兄弟，车在这里。”郑联生一听这话，语气完全不一样，仿佛他们就是老朋友似的。郑联生想，他居然能叫上我的名字，说明他是做足功课了的。

上车以后，车拐过好几条街，进了一个大院。郑联生下车一看，这是省城最好的东湖宾馆。办好入住手续后，孔庆和就说：“你们先去房间洗把脸，我们在小厅等你们。”姚玉蓉一路都没怎么说话。

吴新和郑联生进了房间，郑联生说：“他那副油盐不进的样，还给我们安排这么好的住宿，我真是搞不懂了。”吴新说：“我说过人不可貌相，你不相信。换了你，你能怎么样？明明知道姚玉蓉先前和宋一刚好过，能有这个姿态就不错了。”

进了包间，郑联生一看点的菜，就知道人家是把他和吴新当人了，蒸鳖、烤鸭、糖醋鱼都上了。郑联生笑着说：“真把我们当客人了。”孔庆和说：“当成娘家人才对。”吴新觉得孔庆和反应机敏，不愧是在高校做人事工作的领导。郑联生也说：“对，娘家人，娘家人。”这时姚玉蓉却爆发了。她嚷嚷说：“你把他当娘家人了吗？明明可以去找关系打听一下，你就是推，你什么意思呀？”孔庆和觉得尴尬，他望一眼吴新说：“你说她讲不讲道理，人家办案我能去搅和吗？”其实吴新和郑联生早知道姚玉蓉为什么心里老不高兴。她就是觉得孔庆和见死不救，实属不义。这在河口人的观念中，这种品格比什么都恶劣。

不过，这一次来省城，吴新和郑联生所能指望的也就是他孔庆和了。他在省城待了这么多年，又在重点大学的人事调配岗位上干了这么长的时间，由他出面找几个人又有什么问题。吴新知道，孔庆和之所以不理这茬儿事，主要是他心里过不了那一道坎。要换了别人出这事，一准早就去找人了。酒斟上后，郑联生的一句话完全改变了格局。他对姚玉蓉说：“你这可怜兮兮的，酒还怎么喝？”吴新这下才真正明白郑联生阅事阅人的深度。孔庆和尴尬之余也就蹦出一句话来：“联生兄弟说得对，光愁又有什么用。先喝酒再说。”姚玉蓉说：“你们可都听到了。”说完，她也拿过一只酒杯。

这两天，吴新和郑联生都在宾馆里等着。虽然孔庆和没有对他们承诺什么，但只要他不来宾馆，就说明值得往下等。这期间，姚玉蓉也偶尔过来陪他们吃吃饭，但很少聊到正题上来。姚玉蓉只是说，孔庆和这两天也没怎么归家，不知道他在外面忙些什么。她担心他们这次来省城什么情况都打听不到。郑联生却说：“我们有这个思想准备。我们只要他帮忙牵个线就行了。”姚玉蓉问：“他会吗？油盐不进。”吴新说：“老孔已经不错了。要是换了别人还会踏上一只脚踩一踩了。他也在努力。”姚玉蓉问：“你们比我还清楚他？”郑联生说：“好的鸟儿都看重自己的羽毛。”吴新一笑。姚玉蓉居然错愕，她不知道他们玩的什么黑色幽默。

就在那天下午，孔庆和来到了东湖宾馆，他进房间后就对吴新和郑联生说：“今天下午我们出去吃饭。”郑联生说：“好。我们听你的。”吴新居然没有听到孔庆和半句客套话。孔庆和坐了一会儿就走了，他反复交代不能带其他任何外人，包括姚玉蓉。下午五点半会有一辆车过来接他们。孔庆和走后，郑联生就说：“这就是转机，不等一等能来吗？”郑联生去开了他那个密码箱，吴新过去问他：“我说你到个省城提个密码箱来显摆什么？”他一看到那里面居然是一沓沓钞票，有些还是蓝色的美元，又问：“你早想好了？”郑联生说：“这下你就该知道我为什么要提这个箱子出来了吧？这世界上都是聪明人，不见兔子不撒鹰就是这个道理。你还得过来帮我装几个信封。”吴新问：“这得装多少？”郑联生说：“一个一千。”吴新说：“你出手也够阔绰的。”吴新说着就开始动手。郑联生说：“你慢着，我先装，你检查一下数目对不对。”吴新说：“也好。分不均麻烦就更大了。”吴新发现，十元的人民币一大沓，而美元却只有那么十张。郑联生把那些蓝色的美元捋了又捋说：“就这个可不能出半点问题。那些钱多一张少一张无所谓。”吴新知道郑联生想表达的意思。无非是这些票子值钱罢了。但他马上想到一个问题，这些东西是国家外汇局管控的，他一个农民怎么弄到的？他问郑联生：“这些美元你莫不是自己偷偷印的？”郑联生说：“这和自己印的差不多。动动脑子而已。”吴新说：“这可是犯法的事，你必须得说清楚。”郑联生说：“你还当真了是不是？”郑联生吸口烟说：“我是为别人解决问题。你不知道这几年回来了好多个华侨，他们中一大半是过去的老军人，就会带回来一些外币，我们上门去收不就得了。他们还少跑些路。”吴新知道郑联生是这方面的投机行家，但他还是不得不佩服他的眼光。比如当下，有这些美元开路吴新心里才有了些许底气。

下午五点半一到，孔庆和就到了宾馆。吴新问：“走吗？”孔庆和看了郑联生手边的那只密码箱就说：“可以走了。车就在下面等着。”他们三人走出宾馆的大门，就看见一辆车在院子里停着。

车出了宾馆大门，向湖滨路开去。吴新从车窗里看到了那一幢熟识旧楼，不过，它现在不叫“青年酒楼”了，而是改成了“小南京”。吴新回忆起几年前他在这里的激情时刻。但现在他想到税艳艳的遭遇，多少还是觉得亏欠了她。车继续往前走，随后拐进了八一路，这里有不少高档次的饭店。进入八一路的中段，车一下钻进了一个大院。而这个大院门口还有两个军人值岗。车停稳后，三个人先后下了车。孔庆和把吴新叫到一边说：“你们在酒桌上不谈这事。隔墙有耳知道吗？”吴新点了点头。他又过去对郑联生说：“老孔交代了，饭桌上不说事。”郑联生不屑，他低声抱怨：“他知道个啥。”

进包房后，吴新和郑联生才真正领教了孔庆和的活动能力。在这三楼的包房里早已有三个人在等他们了。吴新一看就知道是几个重量级的人物，而且与孔庆和的关系非同一般。孔庆和介绍说：“他们都是从三江县城来的。”他们三个也是一脸的和蔼可亲。其中一个问：“现在乡下都富裕了吧？”吴新本想说，粮食问题基本解决，却被郑联生一把抢先说道：“借机向领导们汇报一下，这些年，农村的确是富裕了。现在农民谁家不存个万儿八千的。我们河口地区好几户农民一年光猪就卖了五百头，万元户都一大排。不说别的，猪毛猪鬃就得卖不少钱。”吴新乜他一眼，意思是说，少在这省城瞎吹牛！郑联生还是滔滔不绝，孔庆和也感到有几分担心，生怕他说漏嘴。万一他吹破牛皮得罪人咋办？他也向郑联生眨巴了几下眼睛，但郑联生还在兴头上一个劲地瞎吹。他说：“眼下，河口的棉花都卖不完了，母猪做窝用的都是脱绒皮棉；棉籽油都没人吃了，大都卖给了化工厂做了肥皂，那种肥皂才香软。”孔庆和看了三个客人，他怎么也没想到，他们居然还听得津津有味，嘴都嗡呵着。郑联生还给他们讲了一个段子：现在农民都富了，大都时兴到大城市来旅游。一个老农民来到了省城，他上了一辆公共汽车，看见一个妇女独坐一张座位，他就走过去想拼个座，不想那妇女瞧不起这个老农民。老农就想，你们不要瞧不起我们乡下人，我口袋里有的是钱。当那老农民靠近她时，她却要起身避开。这时，那城里女人不经意起身时放了一个屁。老农可逮到一个机会了。他高声对那妇女说：“您这个同志到底是城里人，蛮讲究的呀，起身走都还要把个座位吹干净了给我坐。”包袱丢完，三个客人一齐爆笑。气氛一下子就活跃了。菜上来后，郑联生趁着酒劲又给他们讲了几则段子，他还没来得及下位敬酒，三位重要客人却反过来敬他酒了。吴新和孔庆和怎么也没想到会是这么一个结果。这桌上仿佛他是主客，其他五个都是陪客了。

酒席将尽，郑联生借着酒兴，对三位客人说：“有些话不知在这场合该不该讲？”吴新一个劲在扯他衣服，孔庆和也在给他使眼色，但郑联生依然不停顿。他虽然看到对面的三个客人顿时变了脸色，他还是要继续往下说：“我一个兄弟，因省化肥厂的一个案子进去了。我也不是要替他说情，只是希望您几位过问一下。他叫宋一刚，我们一起长大的。省师大高才生，我们坚信他不会干那些犯法的事。这次我们带来了相关的证明材料。请各位领导回去过目。”

郑联生熟稔地开了那只密码箱，从里面取出三个信封，又一一递到他们手上。他说：“拜托你们了。我代表他家人谢谢了。”孔庆和看到来的三个客人都将信封放进了提包里，他也算松了一口气。从这时起，孔庆和对郑联生有了另一种看法。

孔庆和结完账，就来邀他们下楼。那辆车也如约停在大院里了。这一次是他们三人上了那辆车。车开走后，孔庆和说："联生兄弟，我之前的确是小看你了。你办事原来这么滴水不漏，有本事。"郑联生笑笑说："难得孔处长高看我这个乡巴佬，没给您丢脸就行。"孔庆和说："哪里话。你那本事我恐怕一辈子都学不会。"他又回过头来对吴新说："有了你们这一阵的狂轰滥炸，弄到准确信息是肯定没问题了。"吴新说："孔处长，我们这次来不是只想弄点信息。看能不能把人捞出来。"孔庆和说："你们也看到了，我找的都是管事的人。能做到什么样子就只有听天由命了。我估计这个案子不会小。据我打听到的情况，可能是团伙作案。"郑联生说："孔处长，我就直说吧，宋一刚是我们家乡的骄傲，我不相信他会去主动作案，他一定是被人利用了。不然，他不会在省化肥厂只干几个月就走人了。他落得这步田地我们谁也没想到。"孔庆和一时不语，这时一辆罗马吉普车来了。孔庆和说："我们回宾馆吧。其他的事只能走着瞧了。"

回到东湖宾馆，孔庆和没有进大门。他只是对他们说："有消息我会及时通知你们的。"他仿佛知道姚玉蓉一定会在这里等着他们，吴新和郑联生也一定明白姚玉蓉会来宾馆找他们的。送走了孔庆和，刚一进大门，吴新就看见姚玉蓉端坐在那架钢琴边的一张沙发上，显得雍容平和。吴新和郑联生走过去，姚玉蓉站起身来说："我都等了一个多小时了。"郑联生说："效果出奇的好！"吴新就乜他一眼说："楼上去说吧。"

进了房间，郑联生一头倒在床上，他的手还捂着右下腹。那只密码箱也一下扔在了床的那一头。吴新说："他晚上喝得很多，也难为他了。"姚玉蓉过去问他："是不是不舒服？"郑联生说："没什么，我舒服得很。宋一刚的事就是我的事。我到今天还记得那年他给了我五块钱给妈抓药。""他不知是走的什么背运，而今还进号子里去了。"姚玉蓉接着说："你们不要以为老孔真的油盐不进。其实他暗地里一直在帮宋一刚跑。要不是他，宋一刚来省城到哪儿去落脚？他就是这么一个人。"吴新说："其实老孔也蛮为难的。别人买他的账，还不是看他有一个处长的位置？他还得加倍还人情才是。"郑联生这时从床上坐起来。他取过那只密码箱对姚玉蓉说："我们是一起长大的，客气话就不用我多说了。这里面是两万多现金。你们为这事劳苦奔波，也少不了请人打点。你等会儿就把它提回去。这不关别的，是我们河口人的面子，千万不能让别人瞧不起。哪怕是同一屋檐下的夫妻。"姚玉蓉落泪了，她知道郑联生近几年挣了不少的钱。但她觉得有一种情绪还在久久牵引着她。她说："他犯了这种事再进体制内就难了。他以后怎么生活？"郑联生却站起身说："这未必不是一件好事。我们三江县城、我们河口就不是养育人的地方？说不定他这次就是触底反弹，在转运。"姚玉蓉和吴新一听到"转运"二字，就没有再说话了。吴新简单地把晚上酒桌上的事向姚玉蓉讲了讲，也一并夸了夸郑联生在场面上的能力，吴新才看到姚玉蓉这两天来的第一次笑容。她问："这么说人家是答应办了？"吴新说："据我的判断，宋一刚没有什么大的问题。要是在硬线以上别人根本就不会出来。但是，即便是这样，在裁量上可控度就大了。三年弄个两年，收监或是缓刑，这就事在人为了。"郑联生说："最好是弄个无罪释放，这样就不会背上任何政治污点。"吴新说："这当然更好了。那就看老孔的能耐了。"姚玉蓉说："他肯定会尽力的。"说完，她提着那密码箱就走了。郑联生望着吴新说："这到底是怎么回事？"吴新摇摇头说："天知道。"

郑联生和吴新从省城回来，直接去了宋一刚家。宋一刚父亲见了他们也没有多问。倒是他母亲在一个劲地追问郑联生和吴新："你们见到一刚没有？他是不是让里面的人打伤了？"这时宋宏义就烦了，他说："呱啦呱啦个屁！你儿子是关在看守所不是招待所，懂不懂？他们钻墙进去看他？"吴新说："伯娘，您不用愁，我们虽说没见到一刚，但我们找到人了。依我们判断他应该不会有什么大事。最多也就是个不明真相。"宋一刚的母亲说："照你这么说，他不会坐牢？"郑联生接着说："最多也是个缓期执行。没什么了不起的。"宋一刚母亲问："什么叫缓期执行？"吴新又乜了郑联生一眼说："就是不坐牢。情况弄清楚了就放人。"宋一刚母亲说："你们都是一起长大的。他落难了，你们可不能放下他不管呀。你们拉他一把，我们家是记得好的。我这把老骨头再还你们的来生账。"说完她就又泣不成声。郑联生说："您这是说的什么呀？好像我们没管他似的。他不在，我哪个月没过来看你们？”吴新觉得郑联生这话说过头了。但他发现这一招很管用，宋一刚母亲果真就止住了哭泣，到厨房收拾去了。吴新觉得郑联生在宋家是有地位的，至少比他高很多。正在这么想时，他一眼望见从远处的塘路上走来一个人。他马上想起几天前来宋一刚家诈钱的那个人。这一次会不会又是另一个？吴新说了他的想法，郑联生说不可能，大白天不会有这么大的胆。

那人靠近稻场边就问：“这是宋一刚家吗？”宋宏义就迎了出去说：“是的。请问您是……”还没等他把话说完，那人就说：“我是宋一刚的朋友。”宋宏义说：“您快进屋坐吧。”那人一进门，吴新一惊，他也认识他。在省城，他接宋一刚在江边的地摊上喝啤酒，吴新参加过两次。但他一时也叫不出他的名来。两人四目一对，那个同龄人就上前来和吴新握手说：“我叫周杰。没想到你也在这里。”吴新说：“我也没想到会在这里碰上你。到今天为止，我们都还没弄清楚他到底是犯了什么事。前些天还来了一个诈骗犯。”周杰问：“他是在你们这里落网的。他要是不被抓进去不知还要骗多少人。我来这里就是想问一问，向从兵到底骗了老人家钱没有？这个案子是个窝案，还有好几个在逃。我就怕一刚的家人上当受骗才赶到这里来的。”吴新问：“宋一刚是你们弄进省化肥厂去的吧？”周杰说：“是的。当时我们化工系统要搞篮球赛，他又处在那个状况，我们就把他借调过去了。比赛结束后，他就进了厂下面的一个服贸公司。谁知道，那个公司却在一伙人的操纵下偷倒尿素。宋一刚也就被扯进去了。”周杰看到宋一刚的父母都在场，就过去握了他们的手说：“大伯、伯娘，是我害了一刚兄弟。我要是不力主把他弄过去，这场灾难就不会落在他的头上。你们就原谅我吧。”周杰说得诚恳。宋宏义说：“这不怪你，他就是这个命，你们哪个又不是为他好。他落到这步田地还有你们这样一帮朋友在为他奔走，他也值了。”宋宏义叹了口气，郑联生一直没有说话，他似乎在想什么。他突然问周杰：“进那个破公司是谁的主意？”周杰说：“这个必须有向副厂长点头，因为这一块是他具体负责的。”郑联生又问：“宋一刚离开那公司是他自愿的吗？”周杰说：“是的。他虽然进公司只有十个月，却从中发现了大问题。这也是他退出来的真正原因。”郑联生想了想又说：“我估计一刚不会有什么大事了。他肯定会把这些前因后果讲清楚的。说不定还有立功表现。”宋宏义吩咐老伴下厨做饭，自己提了渔网要去塘里打鱼，郑联生说：“不用了，我到城里去安排。”说着就把周杰拉上了车。三个人一起进了城。

姚玉蓉怎么也没有想到，孔庆和对郑联生的评价会那么高。那天晚上，姚玉蓉提着那个密码箱进了校内的宿舍区，心想，孔庆和对这会怎么看。她是带着几分忐忑不安进门的。她刚进门就看见孔庆和刚洗完澡，穿着个裤衩从洗手间出来。他下腹部的赘肉让她很不爽快，她一看就能真切体味到，他俩的距离在哪里。她也不敢想象，在某些时刻她光滑弹性的胴体曾与那堆赘肉无限地贴近过。孔庆和见姚玉蓉进屋了就说：“我算服了，他们真的都是人精。”姚玉蓉有些生气地说：“你原以为他们都是乡下二货？”孔庆和也不回避这个话题。他说：“实在说，我真的没有想到。我看到这只密码箱时，以为他充其量就是一个土豪而已。”姚玉蓉说：“我把这只箱子也提回来了，我又算个啥呢？”孔庆和说：“正因为这只箱子到了你手上，我才更确定他们就是人精。”姚玉蓉不明就里。孔庆和坐下来点上一支烟说：“你看吧，那个郑联生看似是一个粗人，却有一肚子的智慧。哪怕是一句很不靠谱的假话，但从他嘴里说出来就是那么有意思。他讲的几个段子让那几个冷冰冰的人都笑开了。”姚玉蓉没有参与那个饭局，但她一听到老孔这么夸耀他的家乡人，一时也有了些许的自豪感。姚玉蓉问：“他到底都说了些啥？”孔庆和笑了笑说：“真不愧是三江河口的人。”孔庆和向姚玉蓉挪近一点接着说：“别的不多说，我就说两件事。一件事是宋一刚那事，要向那几个冷冰冰的通判开口该有多难呀，但他就做到了。看戏的人、演戏的人都很体面。他开始就表明态度，宋一刚可能有冤情。接着他就拿出了用信封装好的‘申述材料’。人家当然就把‘材料’放进文件包里了。但聪明的是，那‘材料’并没有当着他们的面给我也送一份。要是给我也送，那‘材料’就变味了。他将这个密码箱又提回宾馆，再交给你，多体面！”姚玉蓉点了点头表示赞同。孔庆和接着说：“那个五大三粗的郑联生很会给人面子。今晚的这场饭局我是主人，他们都是客人，但他就让我挣足了主人的面子。”姚玉蓉说：“照你说我把这密码箱带回来是带对了？”孔庆和说：“对。这里面的数目绝对比那几个信封里的多得多。我敢肯定。”姚玉蓉说：“那当然呀。他们都是出得了手的人。”孔庆和说：“这就是这箱子的分量了。你以为这就是一个简单的箱子？后面的内容还多得多。这个箱子就能让他们心安理得地回三江县城去。”姚玉蓉问：“你真心甘情愿去帮忙办？”孔庆和站起身来，背对着她吸口烟说：“我不办能行吗？”姚玉蓉先是一惊，随后轻轻走过去抱住了孔庆和的腰，脸颊贴在了他的后背上。

吴新和郑联生送周杰上船之后，两人就在船码头上分手了。吴新回到河街去睡会儿觉，但他刚在床上躺下，房门就被人一脚踢开了。吴新撑起身来一看，税艳艳捂着下腹站在门口。吴新想，伤口还没完全好，使这么大的劲干吗？吴新穿着个裤衩上前去扶她，税艳艳欠着声说：“我追着你来真是倒霉死了。”吴新将税艳艳扶上床，他发现税艳艳虽然还没有完全恢复，脸颊却是那种暖润的白皙。吴新问她：“又是哪根筋不对，犯得着这样动气？疼不疼？”税艳艳却说：“你和你爹妈都一个德行。”税艳艳翻一边去，背对着吴新。吴新猜想，她肯定是在河口待不下去了。税艳艳是在省城里长大的姑娘，在河口乡下不习惯也是可以理解的。他也丝毫不怀疑母亲对这个儿媳妇的悉心照顾。但问题又出在哪里？仅仅是因为口味和习惯问题？吴新认为事情没有那么简单。他也知道父母做人的精明和苛刻，甚至可以说是悭吝与算计。税艳艳转过头直视吴新说：“吴新，我得把话说清楚，我要是以后真生不出孩儿，也是你作的孽。这账只能算在你身上。”吴新全身一紧，他明白了税艳艳为什么会气成这样。在他的想象中，那两个他再熟悉不过的河口农民，是会像审犯人一样去逼她表态的。他们也会从不同的渠道打听她那个手术可能导致的严重后果。他们更怀疑这个漂亮女人还会不会怀孕生子。吴新说：“你不用跟他们置气，他们能懂什么？我们自有我们的未来。”税艳艳撑起身来，说：“我十年八年肚子不起来，我们还能过下去吗？”吴新说：“你肯定能行，再说我这么强盛。”吴新刚说完，税艳艳就踢了她一脚，吴新躲闪不及。税艳艳转换话题说：“你老是这样在为人家东奔西跑，我和陈仁义招打的事为啥就不去管一管？”吴新最怕的是她提起这个话题。吴新说：“你的事是明摆着的，好办。陈仁义的案子就没那么简单了。一些遗留问题还搅和在一起。再说，他这也是持刀伤人。”税艳艳气鼓鼓地说：“你们到底有没有一点是非观，他那是见义勇为，救的是你老婆。他不出手，你老婆的命就没了你知道吗？”她又侧向了另一边。吴新穿上衣服，他没有睡意了。他对税艳艳说：“我去单位晃一下。晚上我们去吃下江甲鱼。”税艳艳没有再回他的话。

吴新跨出了房门，走到百米开外的县经协办公室的门前，刚要进门，办公室主任吕彬就迎了出来。她说：“领导，您总算回来了。刑侦大队的人找您好多回了，这时还有两个在您办公室等着。”吴新说：“看来我长三条腿也是跑不掉了。”吕彬抿嘴笑了一下，她一手捂着嘴，一手就在吴新的右肩上轻拍了一下。

吴新进了办公室，见来的两个警察都是熟人，一个是刑侦大队的副大队长赵明，另一个是重案组组长小曹，那次到后坪乡组织严打抓人的就有他俩。吴新见了他们一时也来了话题。他说：“真是冤家路窄，这么长时间了，我们终于又见了面。”赵明说：“你都进城了也没有叫我们一声，一顿酒也不舍得。”吴新说：“我倒是要问一问，到底谁是宾谁是主？”赵队长说：“这根本就不是个宾主的问题。这叫拜码头。”吴新笑了笑说：“我来拜码头，还怕你们把我也撸进去了呢！”赵明马上接话说：“那个酒就不好喝了。”吴新问：“你们来是为那个案子吧？当怎么办就怎么办呗。”赵明说：“有些事还真不是你想的那么简单。”吴新说：“以事实为依据，以法律为准绳嘛。”赵明直接说：“要这么说，陈仁义就得重判了。他毕竟是持刀伤人了，而且还是重伤。”吴新说：“那还真不行。他是在与犯罪分子做斗争。你们的意思是从轻处理？”重案组组长小曹说：“我们考虑他有见义勇为的情节，而且保护的又是你的夫人。”吴新问：“要我做些什么？”赵明说：“这得要你老婆税艳艳写个情况说明。我看她还在养伤，就只好请你代笔了。”吴新说：“这个没有问题，那两个家伙怎么办？”赵明说：“我们自有办法。”吴新也没有再追问。他想，这种案子他们也见得多了。赵明具体提到几个关键节点要在材料中反映出来，交代完他就和小曹走了。吴新送走他们后，就在想一个问题。他认为一定是他们遇到了什么阻力，才上门来找他的。那个案件事实就摆在那里，再清楚不过了，还要当事人写说明干什么？多此一举。吴新想，也许正是这个多此一举，就可以改变一个案子的走向和几个人的命运。他必须把这个说明写透彻。

第二天上午，吴新就把那份情况说明交到了县公安局刑侦大队。他走出县公安局大门时恰逢赵明副队长从外面回来。赵明问："你是来送那个说明的吧？"吴新说："你交办的事我能不完成吗？"赵明摇了摇头说："没用了。唉！我也是想办一件好事。"吴新听后一惊，他不是怜惜他所付出的这点笔墨心血，而是让一个事实击倒了他。他似乎感受到了一股巨大的压力在左右什么。他本以为替税艳艳代拟的这个说明可以改变些什么，可事实是，他完全想错了。赵明说："我们也只能做到这样了。望他在里面能交上好运。"赵副队长拍了拍吴新的肩膀就进了公安局大门。吴新只好悻悻而归。他在想，那小子的命咋就差得这样一塌糊涂，即便是我把他弄回了三江县城，他也逃不过坐牢的命运。

一个月之后，县法院第一刑事审判庭就这个伤害案做了宣判。陈仁义以故意伤害罪判处有期徒刑五年，那两个行凶肇事者分别判处了七年和六年有期徒刑，并及时赔付了税艳艳的医疗费、护理费、营养费、经济损失费等所有能想得到的费用，一共两万两千八百七十四元。这笔费用已经划到了县法院的账上。判决后的第二天下午，县法院财务室电话通知吴新过去办理。吴新接完电话，就将话筒重重一挂。他嘀咕一句："我怎好向她交代？"

吴新代替税艳艳去领了那笔赔偿款，其实就是一个存款折子。吴新揣着那个存款折子走到江边，找了一个阴凉处坐下。他也没想到这个案子会判成这样。本来，陈仁义之前有行为上的污点，但这一次，他的确是见义勇为，而且救下的是自己的老婆税艳艳。这一案件的判决结果简单点说，就是三个人有罪，一个人受伤害并得到了赔偿。吴新认为，这笔钱在世人眼里就是一笔巨款了，但在税艳艳眼里却是耻辱和不甘。也许她还有比这更嫌恶的咒骂。总之，吴新是不敢用这个存折去向税艳艳做解释的。他明显感觉到有一股更大的力量在背地里推促着。

抽完几支烟，吴新也该回去了。他走到河街街口时正是下班时间。从河岸的这一头走进了那石板老街，他的腿重得有些迈不开。当他正在想该怎么去面对自己老婆时，税艳艳却在门口等着他了，她说："你不用自责，我都知道了。"吴新说："我也是尽力了。我也没有想到会是这么个结果。"税艳艳伸出手来，吴新也不自觉地握住了她的手。税艳艳说："进来吧。我把藕汤都煲好了。”吴新进门后，就把税艳艳抱了起来又轻轻地放下。他说：“艳儿，都是我的问题。你的遭遇都是我造成的。”税艳艳说：“这可难为你了。到三江县城来是我自己找过来的，可不是你去把我拽过来的。”吴新一时语塞。税艳艳转身去舀汤盛饭了。吴新望着她的背影突然产生一种揪心的陌生感，还带有那么一点点的苦楚。

两人对坐在那张方桌前，吴新边喝汤边问税艳艳：“你都知道判决结果了？”她点了点头。吴新却从她的眼圈里发现了泪光。吴新说：“我们都尽力了。”税艳艳一直不吱声。吴新接着说：“赔偿款我也领回来了，两万两千多。这已经是最高的了。”吴新将那个存折放在桌子上。税艳艳没接，她说：“这我也知道，法院都来电话确认了。你先拿着吧。这档子事你也够操劳的。”税艳艳喝了一勺汤说：“我是作为受害者被通知参加庭审的。判决后，法庭就通知我去领赔偿款，我心里接受不了。他们就只好通知你了。”吴新说：“我也不能不去领呀，这毕竟是法庭公开判决的。”税艳艳说：“陈仁义是为了救我才犯事的。我们要对得起人家。”吴新问：“我该怎么做才算是对得起他？直说吧，要不是我去出面说情，他最少也得判十年。他毕竟把人家的脾脏砍没了。判五年就够便宜他了。”税艳艳说：“这我也知道。我只请你办一件事，把他发配得更远一点。千万不要把他留在三江县城。”吴新听了税艳艳这话，喝进嘴里的一口汤差点没咽下。

接下来的几天，吴新就跑了县公安局和看守所，最终，他们答应将陈仁义押解到江北监狱服刑。看守所王所长还承诺，尽量托人将陈仁义安排到监狱运输队，和他一样有驾驶执照的服刑人员并不多。那天晚上，吴新就把这个消息和税艳艳说了。税艳艳很高兴。吴新将税艳艳放平在床上，这一次，税艳艳很安静。

按照工作安排，县经济协调委员会要代表县财经办公室到全县做乡镇企业发展情况的调研。吴新带了一班人到了河口镇。这里是全县乡镇企业发展最成规模也是最成熟的一个乡镇。吴新引以为荣的是，河口的第一家成规模的乡镇企业就是他鼓动建起来的。调研结束后，镇供销社要接他们一行吃中饭，吴新抽空回了一趟老家。

吴新进门后就将文件包扔在了桌子上。他的父亲吴祖义见他回来也没吱声，只管坐在门口的木椅上吸叶子烟，脸老是紧绷的。吴新问："还没吃中午饭吧？"吴祖义说："你以为这是在单位，到点就拿个碗去排队？"吴新问："有锅巴稀饭没有？好长时间没有尝过那味了。"在厨房做饭的老娘走出来了，她见吴新就说："新子回来了。也不招呼一声，他爹，快去镇上割两斤新鲜肉来。"吴新说："妈，不用这么兴师动众的。我回来就是想喝一碗锅巴稀饭。"吴新没想到的是，他的爹妈互对了一下眼色。吴新妈说："也好。我弄的是盐菜鳝鱼，再搭一锅锅巴稀饭也正配。"吴新说："我想的就是这个味。妈真好。"

李秀芝进了厨房后，吴祖义才对吴新说："你想吃，有人才不想吃呢！"吴新问："你们是不是给她吃那东西了？"吴祖义说："你问你妈，我们是怎么对她的。加了化猪油都还下不了台。"吴新说："我说呢，人家是大城市里的人，她怎么吃得惯这个粗暴口味？还加什么化猪油，真是的。"吴祖义反问："那些年柜子里的化猪油是狗吃了？""您真是好记性。看我现在还看不看？常说十里还不同俗呢。"这时，李秀芝把炉灶子架在了方桌上，一锅盐菜鳝鱼片就炖得滚滚开。李秀芝说："我们也算是恶人做尽了。我看她才做完手术，吃不得硬的，就每天搭一锅锅巴稀饭。你猜她怎么说，他说我们是让她吃剩锅巴饭，用淡猪油来敷衍她。我们也算是服侍不来了。"李秀芝说完就去厨房盛饭，吴祖义接着说："你妈也有不是。小税还在养伤，她就跟她唠叨能不能生孩子，人家能不烦吗？"李秀芝端来两碗白米饭，招呼吴新上桌吃，自己就去煮锅巴稀饭了。吴新端着饭碗，搛了一筷子盐菜鳝鱼就跟着妈去了厨房。李秀芝问："不好好坐着吃饭跑这里来干啥？"吴新说："好长时间没有看到搭锅巴稀饭了。我不学着，往后我们不就吃不上了？"李秀芝说："你是要好好学着点。人家是省城人，吃的都是细俏味，怕是以后就得改胃口了。"吴新说："妈，五里不同风，您把她带厨房看看不就得了。"吴新闻到了一股子煳味，赶紧说："妈，锅里都烧煳了，还加火干啥？"李秀芝也不理他，她又加了一个麦草把子，就起身将一黄钵稠稠的米汤倒进几近烧煳的锅巴上，锅里顿时沸开。她用锅铲炒了几下锅底，一股特殊的香煳味四散开来。李秀芝盛了一碗饭说："我们吃饭去。你把这碗饭吃完就煮好了。"

吃过两碗锅巴稀饭，那种特别的味道让吴新不知饱胀。他不得不佩服老娘的厨艺，那烧锅巴的火候还真是一绝，难怪税艳艳以为是在让她吃剩锅巴饭。河口人要的就是那种煳煳的香味。

饭桌上，吴新问："她没有对你们不敬吧？"李秀芝问："什么敬不敬的？生不出娃儿就是大不敬。你看看人家会珍，屁股好大一生就是两个。"吴新说："妈，人家才做过手术，你这不是为难人家吗？"李秀芝说："儿子，老娘不傻，我都到医院去问了，她八成是生不出来了。你白养这么个漂亮媳妇有用吗？"吴新说："她也并不是你说的那个样子。她只切了一半，另一半够用。再说，人家也是在三江县城出的事，我们也有责任。"李秀芝质问："我们有什么责任？是我们家指使恶人打的？笑话，还不是她在外面逞强？她要是不骗我和你爹，我才不会答应这门婚事呢！"吴新又想起税艳艳来三江县城时与他父母的那次较量。李秀芝说："我也算是看明白了。你还是早拿主意好，她跟你过不到一起的。"李秀芝把那还散发温热的小炉灶端回了厨房。

吴新晚上八点多钟才回到河街天井老房子里，税艳艳洗了澡吹着电风扇在看电视节目。税艳艳问："去河口了？"吴新不想提起这个话题，他只是"嗯"了一声。税艳艳又问："他们是不是一起声讨我了？"吴新说："唉，你也是的。不就是一些鸡毛蒜皮的小事。最多也是误解。他们就是两个老实的农民，你犯得着吗？"税艳艳叹息说："唉，我后来也想明白了。他们又有什么不对的？我不用下地，他们还那样照料我。我也该知足了。"吴新没想到税艳艳会说出这一番话来。他上前要去抱一抱她，税艳艳却说："一身臭汗。去冲澡吧你。"吴新赶紧脱了衣服，穿着个裤衩就向卫生间跑。

这一次，吴新和税艳艳都尽了兴。吴新抚摸着税艳艳下腹上的那条疤痕说："你来三江县城没想到会遭这么大的难，都是我惹的祸。我不把陈仁义带回来，你能成这样子吗？""这不是你的错，也不是陈仁义的错。"税艳艳放低声音说："你们都是好男人。"吴新一听全身一紧，他问："你说我和他？哪有这么比的，他是个什么东西？"税艳艳没有立即回他话。吴新又说："艳儿，我俩努一把力好不好？只要你能怀上，什么问题都解决了。你就是再回河口骂他们一顿他们也会乐意的。"税艳艳认真地说："吴新，我也把话挑明了吧，也许我已经做不到了。我感觉很累，我想离开这里。我在这里真的找不到家的感觉。”吴新惊愕，他睁圆眼睛问：“你疯了吗？你把省城的房子都卖了，你去哪里安身？”税艳艳说：“我要回去。我天天梦见那条熟悉的街道，那一湖的静水。我真的忘不掉她们。”吴新溜下床，他点燃了一支烟。他在想，我为什么也老想吃河口的锅巴稀饭呢？那股烧焦了的煳味。

之后的几天，吴新理出了好几套方案，比如她可以一个人居住，也可以回省城或者其他地方去住一段时间，但必须保持婚姻的存在。税艳艳都不认同，而且去意已决。那天晚上，吴新又提到了这个话题，税艳艳就问他：“你觉得那有意义吗？”吴新说：“当然有意义。这不表示我们还在一起吗？”税艳艳说：“我这才真正理解婚姻是爱情的坟墓这句话。我们当年的那种激情真的是找不到了。说实话，我之所以千里迢迢跑到这三江县城来找你，不是我在省城真过不下去了。我就是要找回原来的你。那也曾经是我撂不下的寄托。但是，我找到了你，却只是找到了你这个人，我的寄托呢？你曾经的浪漫纯真呢？我可是一样也没有找到。我的生活变了，变得连我自己也不满意。我在为生活而忙碌，这一点也没有错。但这样子我却看不到你的重要。”吴新背心直冒汗，是冷是热他全然不知。他能感觉到税艳艳说的是真心话。他也倍感自责。自从她来到三江县城之后，自己于她又做了些什么？最大的心结不就是她所背负的伤害？更叫他难以释怀的却是她欲加表白、却又欲言又止的另一个人的存在。吴新想，是的，在这段时间里，自己对她来说的确是可有可无的。远没有陈仁义对她重要。自己纵然有一副光鲜的冠冕，却没有时常的厮守和陪伴来得实惠。吴新认为，这也是无可挽回的了。与其这样，又有什么必要强留她。他再一次体味到，人是会时常变化的。至于还有没有其他原因他就不清楚了。吴新又问她：“你打算什么时候走？”税艳艳说：“也许是明天，也许是后天。如果哪天你回来，你推开这门再看不到我了，你就不要去找我，我肯定是远走高飞了。”吴新问：“你发神经吧你？我们还没办离婚手续哪。”税艳艳说：“有这么重要吗？我两年不回不就自然解除了！”吴新问：“那你在外面生了孩子算谁的？”税艳艳反问：“你说我还生得出孩子吗？”吴新一脸的茫然。可他却悟出了税艳艳对他的真诚。她始终没有对他提及另一个话题以及另一个女人。

这几天，吴新白天上班总要抽空回来看一看。起初，他推开房门看见税艳艳不是在洗衣服就是在打扫卫生，并没有发现她要走的迹象。吴新就想，这个野丫头，只不过是说说而已，既然来了就没有再走的理由。吴新纵然放心了。他打算请几天假带她出去转转。她一开心说不定什么事就都释然了。

中秋节快到了，天气也凉爽了不少，吴新决定带税艳艳到外面去走一走。他要去的是他高考落榜后去收购山货特产的那乡野之地。那里依然是一片没有受太多浸染的田园风光。那天下午，吴新请好了假就提前回来了。他推开那两扇木门，有一种爽朗的快感。他也说不清这种感觉起于何处，除了屋子的一尘不染，他再找不出任何理由。吴新叫了一声“艳艳”，却没有人应。他这才意识到那种爽朗除了干净还有的就是空虚。吴新推开卧室的门，也不见税艳艳。他看了一下表，也就下午五点多钟。他想，她绝对不会就这么一走了之。还有那么多的事情没处理完，她不在乎那一纸婚书，也该在意口袋里的钱吧，不然她去了省城拿什么生活。吴新在柜子里找出了那个存款折子，那是法院判给她的，但她没有动。他的工资存折和一张十万元的定期存单也还在。这张存款单就是他和郑联生分账时的所得，他对她是做了交代的：这些钱她都可以用。但她却分文未动。就是这样一种状况更让他揪心了。税艳艳向来就是一个敢爱敢恨的人，如果她真在意钱或是被钱捆绑，她就不再是她了。吴新的担忧随着时间的流逝渐成现实。税艳艳说过，我走了，你也不必去追。吴新相信，他去追也没有用。她毕竟是走了，等到晚霞消尽，吴新独自一人走到两江交汇处，虽然他看不清水的分界线，但他知道，在那片淡淡的夜色下却是清浊的两种。吴新顺流远望，他居然叫不出一声怒吼，任由泪眼模糊视线。

二十七

宋一刚从省工行培训中心被铐走，上警车时他只问了一句：“你们是要把我带到省化肥厂吗？”一路也没有人回他的话。宋一刚也就没有再问。他想，别人不搭理我问多少遍也没有用。但宋一刚发现这辆警车不知不觉间就出了城，至于是什么方向，要去哪里他一概不知。宋一刚这时只想睡觉，他的两边是两个年轻警察将他挤在中间，他就是眯一会儿也不会摇晃太厉害。于是，他就闭上了双眼。等他醒来时，发现自己到了一个大院里。他看到院门边有一群人，其中有一个背影一晃而过，他马上就警觉起来。宋一刚在心里说，就是当面对质我也敢。那个背影宋一刚确认就是省化肥厂的向荣发。他也被人铐到这里来了。

那一群人进屋后，宋一刚才被警察带下车。他随那两个年轻警察来到预审室。其中一个就说：“靠墙站好。”宋一刚就老老实实地贴着墙站直了。两个警察和预审科里的人低语了几句，办公桌前的那个干警递过一张纸来，说：“签完字后就可以进去了。”宋一刚被带到另一张桌子前，在逮捕证上签了字。宋一刚签完字，就被带到一个有铁门的楼栋口。值班警察看了那张逮捕证后，就问：“你叫宋一刚？”宋一刚说：“是。”值班警察又拿出一张表来，要宋一刚再签字。宋一刚提笔就写。签完字，宋一刚就被带到了看守室。那监屋的铁门一打开宋一刚就有些错愕。除了那门是铁门，不能自由出入，内部存设一应俱全。单人床、卫生间，还有一张带台灯的书桌。

宋一刚在监屋里待了两天也没有人来理他。第三天，他才被带到一个审讯室。他坐上那把铁椅子，手被铐在扶手上，与两个检察官隔着一面玻璃墙。那个四十多岁的检察官隔着玻璃墙问他：“你叫什么名字？”宋一刚说：“我叫宋一刚。”检察官再问：“你知道为什么逮捕你吗？”宋一刚说：“如果我没有判断错，肯定是为省化肥厂的事。”“你是怎么进省化肥厂的？”宋一刚只说了两个字：篮球。两个检察官对视一下。他们仿佛也很感兴趣，那个四十多岁的检察官就要他陈述了全部经过。宋一刚说：“我虽然是一个农村娃，但我当教师的姑爹在我很小的时候就给了我一个篮球。上初中时，我就能做出好多个高难动作，因此我被县里选进了少年队。上了高中自然就进了校篮球队，大学期间我居然成了省高校校际篮球赛的明星。不过，现在想来，这玩意儿却是我的梦魇。我的好多厄运就是从这里开始的。这回去省化肥厂也是因为有一个行业赛事，而我那时又正好丢了工作。来联系我的是我在省城的两个球友，我就答应他们代表省化肥厂队去参赛。不想，我们真的就把冠军拿回来了，实在说，我也没有抱什么非分之想，想等比完赛后再去找工作。但喜事却从天而降，他们厂正好要成立一个销售服务公司，我是正牌大学生又学的是数学专业，而且还为厂里争来了荣誉，厂办有意要留下我。我当然是求之不得。后来的事你们也就知道了。”宋一刚突然停顿下来。那检察官说：“我们知道的和你知道的不一样。你必须要把事实讲清楚。如果故意隐瞒事实，就会作为隐瞒罪行的依据。”宋一刚说：“我在那家公司工作了十个月，我是不得不逃离那里了。我知道那里迟早是会出事的。”“你到底看到了什么才非要逃离不可的？”宋一刚说：“我就是个农村娃，我没有想到他们会那样去干。他们居然用碳铵和磷肥的口袋去包装尿素，又以磷肥碳铵的价格出售。那不是偷天换日嘛！但回款却还是碳铵和磷肥的出售价。那些货款究竟哪儿去了，天晓得。我不早点离开，迟早也会被卷进去的。可惜还是迟了。”“你是怎么发现他们调包的？”宋一刚说：“我一开始也没有想到，只是发现库里的碳铵、磷肥特别好卖了，而且基本是那么几家固定的农贸企业到这里来取货。有一天，我就把一个装磷肥的编织袋抠穿了，发现里面全是一粒粒滑溜溜的尿素。我也没有声张。那天，我要进城办事，就随一辆来运肥料的大卡车摸进了他们的仓库。他们从车上卸下了这批化肥，马上就转里面去了。我一下子就明白了这里面的黑幕。没有办法，我又是受过劳动教养的人，去揭发也不一定有人相信，闹不好还反告我一把。我就只能辞职拍屁股走人了。”宋一刚陈述了他所经历的全过程，他有一种一吐为快的轻松感。检察官又问了他那几个月的收入情况，宋一刚也如实回答了。这一次提审就算结束了。

以后的十多天，按看守所领导的交代，宋一刚是要好好想问题，看还有没有未说清楚的事实。宋一刚的确是想不出什么来了。这个看守所规模很大，是省城设在郊区最大的看守所。但这个单位的干警大多是从部队转业或是招工招干进来的，文化水平普遍较低。按照时下“四化”人才的标准，他们的上升空间都卡在了学历这一块。所以文化补习就是所里的另一项艰巨任务。

那天下午，宋一刚被一名干警带出了监室。刚到大院，宋一刚就问：

“怎么？又要提审我？”那干警说：“少废话。”宋一刚想，也是，哪能想说啥就说啥。待宋一刚走出监室，发现自己不是被带往审讯室，而是直接到了看守所的办公楼下。那干警才交代说：“进门一定要注意口令，听到没有？”宋一刚说：“什么口令？”“没人教你？”“没有。”“哦，是新来的。”宋一刚说：“是的。前些时才进来的。”“见人就要说‘报告领导’，听见了吗？”宋一刚说：“好的。记住了。”宋一刚就随那干警上了三楼。走到一间办公室门前，那干警先进去了，与里面的人嘀咕几句后就对门外的宋一刚说：“进来吧。”宋一刚进了那办公室的门。那干警圆瞪着眼吼道：“口令！”宋一刚马上说：“报告领导。”他刚要一屁股坐在那张三人沙发上，那干警快步上前推搡他一把说：“谁叫你坐下了，你以为这是你的家？”这时，坐在办公桌前的那位年近五十岁的领导说：“他不同，让他坐吧。我们是要求教人家呢！”那干警也一下僵住了。领导又对那干警说：“你先出去，完了我再叫你。”干警打量了宋一刚几眼就出去了。

领导说：“你坐吧，我是这里的政委，姓甘。听说你是名牌大学毕业的，还是学的数学专业？”宋一刚回答：“报告领导，我学的是数学专业。”甘政委说：“前面一句就不用说了。哟，那可是特殊人才呀。是不是中学理科几门都能教？”宋一刚说：“对付初高中还可以吧。”甘政委说：“这就好了。算是帮我们解决了一个大问题。”宋一刚一头雾水。他想，一个在押人员又能解决得了什么大问题。甘政委向宋一刚说明了情况，他说：“据我了解，你多半是被不法分子蒙骗利用。严格说来，你没有故意犯罪。所以，我们想请你为我们系统的夜校上上课，你看怎么样？”宋一刚说：“这没有问题，只要您同意。”甘政委说：“这些年外面都在喊，要把失去的时间夺回来，没有知识没有人才怎么个夺法？这样吧，你就在监室里学习备课，哪天晚上有课我们就接你出来。我们看守所也要人尽其才嘛。”甘政委打了一个电话，不到三分钟，宣教干事就过来了。甘政委对他说：“宋一刚虽然暂时羁押在我们这里，但他不是什么大不了的刑事犯，可以出来为我们做些文化补习。人家是正牌的大学生。你去安排一下，帮他找一些合适的教材，既不要太高深，也还要照顾广大干警完成学历培训的需要。在这一点上，要多听听专家的意见。”

出了甘政委办公室的门，宣教干事对宋一刚说：“你先回监室去，我一会儿叫人把教材送过来。”宋一刚又被那个站在外面听命的干警带回了监室。

大约过了一个小时，宣教干事派人把几本教材和备课本、钢笔、墨水送过来了。宋一刚一看那几本教材感觉有些不对劲。这全是一些综合应用教材，而且有些内容涉及微积分。他认为这完全不是他们这个层次的人可以掌握的，这种夜校培训必须从基础课程抓起。于是他想到了他在工行培训中心编写的那套教材。他把这话向一个值勤的干警说了，他相信那干警是能把他的话转达到的。但直到临近上课，他也没有得到任何答复。宋一刚只好将就着去上课了。

进了那间大会议厅，在亮晃晃的灯光下，宋一刚有些腿软了。这显然比那监室里的八瓦灯泡亮了不知多少倍。宋一刚再一看那板牌，是百分之百的毛玻璃制品，这东西在他们师范学院也不是所有教室都有的。宋一刚曾说过，在这样的板牌上写板书，就是不会写字的人也能把字描成“二王”。他再看看那一满会议厅的人，可以说是密密麻麻。宋一刚清楚，来这里补习的并非都是要补习什么文化知识、用知识武装头脑的人，他们真正的目的是日后即可获得的那一纸文凭。有了那一纸文凭就有了站位于人前的机会。既然这样，他也就不得不顺应他们的急切需求。所以，宋一刚抱着教案走上讲台的第一句话就说：“报告各位领导，我今天是来给大家上辅导课的。我知道当下倡导尊重知识、尊重人才，但我们必须要明白我们学习的目的是什么。说实际点吧，你们为什么要来上夜校？我的理解是，你们要做的就是一种学历培训。不然，花这么多的时间和精力来干吗？”宋一刚说到这里，他发现下面有好多人在交头接耳。宋一刚接着说：“既然是这样，我也不得不把话挑明了。这套教材不适合搞学历培训，它充其量也就是一套技术实用教材。”宋一刚话音刚落，就有一个人从前排倏地站了起来，指着他说：“宋一刚，你站在讲台上好好讲课，瞎说个啥？这是一套职工培训的专用教材。你懂什么！”宋一刚定神一看，站起来指责他的正是看守所的宣教科长。宋一刚说：“报告领导，我来这里之前，就是在一家培训机构工作。我有这个发言权。”宋一刚说完，下面的人就开始骚动起来。有人干脆要离开这里，宣教科长也慌了神，他马上对后面的人说：“你们都不要学历证书了？这是我们最后的机会。”有的干警讥讽他说："职工文凭有用吗？""闹了半天，我们才知道自己还是个职工。"宋一刚说："领导们请坐下，我有一个补救办法。我在省工商银行培训中心任教时编过一套资料。你们要是愿意可以去那里翻印一些过来。"其中就有人说："今天晚上怎么办，白跑一趟？"宋一刚这时才知道，前来参加培训的不只是这看守所里的人，还有系统内其他单位的职工。宋一刚想，宣教科长虽然不大待见自己，但这场面绝对不能乱。他必须要亮出自己的招数，让这些平常在人前吆五喝六的人服服气。宋一刚说："报告各位领导，我问你们一个问题，有谁知道圆的面积公式？"宋一刚这一问倒是把散乱的人群给问蒙了。他们之所以愣神，是感觉眼前的这个在押犯似乎在戏弄他们。其中一个站起来质问宋一刚说："你什么意思？把我们都当草包是吗？"他快步直逼站在讲台上的宋一刚。宋一刚见有人在拉扯阻止那个壮实的干警，他就说："领导们让他上来吧。"那干警上来后就一把抓住宋一刚的领口说："小子，我写给你看。"他就刷啦啦写了 $s=\pi r^2$。"你给我说明白点，对不对？"宋一刚说："对的。一点没错。""小子，这台下能算圆的面积的可不止百分之百！他们连天都能算出来，你拽个啥。"说完他将宋一刚推了一把。他原以为宋一刚会一个后仰身，但宋一刚却站得沉稳。那干警就要走下台去，宋一刚却说："您先别下去。既然上来了我就得再问您，这个公式是怎么推导出来的，您知道吗？"那干警愣了一下，问："什么推导不推导？一开始不就是这个样子吗？"宋一刚说："要是一开始就是这样子的，我们干吗还要学数学？"宋一刚看那干警真愣呆了，就说："您先下去找个椅子坐下吧，我今晚就把这个公式完整地推导出来给你们看。这个方法你们今后也会很受用的。"宋一刚拿了一支粉笔转过身，随手就在那块毛玻璃板牌上画了一个正圆。他刚画完，台下的人就一片啧啧声。宋一刚不用两脚规也能把圆画周正，这当然是他的本事。他在正中点了一个白点，那就是圆心。再画两条半径，围成了一个扇形。宋一刚问："各位领导，圆中这一小块应当是个扇形没有错吧？"台下的人说："没错。"宋一刚说："但我们不能把它看成一个扇形，而要将它看成一个三角形该怎么办？"台下的人又是一阵耳语，甚至还有人小声说："这不是胡说八道吗？明明是个扇形还非得说成三角形不可？"宋一刚说："这是完全可能的。方法就是进一步细分，让这个扇形弧线的长度无限接近这个扇形弦的长度。那将是一个什么形状呢？”有人就提问：“弧怎么能和弦一样长？”宋一刚在板牌上比画说：“我们要做的就是无限的微分，在这样的情形下，这条弧线和与之形成的这条弦是不是无限接近了呢？”宋一刚接着说：“显然我们就可以将这微分下的小扇形看成是一个无限小的等腰三角形了。”宋一刚转过身来又问：“我这个推断没问题吧？”下面的人频频点头。宋一刚接着讲：“既然这些个都是等腰三角形了，算面积就简单了。问题是底无限小，那高又是多少呢？”宋一刚在毛玻璃板牌上写了一个“h”，再在后面打了一个问号。宋一刚说：“我们就可以将高看成半径了，因为前面有一个无限微分的假设。当扇形的弧线和弦无限接近时，那小等腰三角形的高就与半径逐渐重合。这些无限多的小三角形的面积相加就是这个圆的总面积。”宋一刚写了一连串的小等腰三角形的面积相加的等式，最后还打了三个点。表示无限多。宋一刚提问：“你们从这个等式的右边看出了一个公因式没有？对，r/2。我们将它提出来。提取公因式 r/2 后，括号内所有的等腰三角形的底边边长之和：2πr。这就可以得出结论，整个圆的面积 $s=2\pi rr/2=\pi r^2$。”宋一刚把等式写完，台下就响起了一片掌声。有干警站起身问：“你这是用的什么方法？像变戏法一样就把一个面积计算公式给推导出来了。”宋一刚说：“这就是简单的微分法。这种方法会广泛应用到我们的生活实践中。”宋一刚又为几个学员解了几道因式分解题，这一晚上的课程就结束了。这天晚上，宋一刚在这批学员中就建立了一种信任。于是，他们把矛头直指宣教科长，要求他尽快把宋一刚编写的那套资料弄过来。

夜校是每周两次课，分别是在周三和周六的晚上。那天上午，甘政委叫人把宋一刚叫了过去。宋一刚一进门就看见他编写的那套资料。甘政委说：“你顶撞得好呀，小宋。要不是你及时反对，那些个如饥似渴的干警不知还要走多少弯路。时间不等人呀。”甘政委指着那套资料又说：“这些都是你一个人编的？”宋一刚说：“报告领导，是的。”甘政委说：“我不是说过，前面的那句不要。”甘政委呷口茶说：“我去弄这几本资料，不想还有人提要求了。这个无孔不入的鲁夫子。”宋一刚没敢多问。他猜想，甘政委说的鲁夫子就是省工商银行培训中心的鲁主任。他一定是向他提到了自己的事。甘政委问：“你各方面都很优秀，为什么走过的路就这么跌跌撞撞的？”宋一刚突然鼻子一酸，不禁抹了一把泪说：“这也许就是命运吧。不过，我好像总是有贵人照应着，到最艰难的时候总会有人相助。”宋一刚显得很自信。甘政委说：“是呀，你一个才出校门不久的年轻人，怎么就有那么多人在围着你转？闹不懂。我可只能把话说到这里了。再说眼前的事吧，资料都给你弄来了，那帮人出不出成绩就全看你的了。你也看到了，他们真正缺的就是你肚子的那些货。你就算是帮我攻一次关吧。”甘政委把资料递给了宋一刚。“你先按你的思路讲，我们已经在组织翻印。”甘政委送走宋一刚时又补了一句。

宋一刚近一个月的主要精力是放在夜校培训上。他一个人主讲数、理、化三门课，没有作业批改任务，三门课教下来对宋一刚来说并不是特别累。宋一刚最烦心的是习题指导课。由于他们大都是半工半读出来的初高中生，文化底子太薄弱，有些学员还得从分数、方程等基础补起。但他们的那种热情还是让宋一刚极有成就感。

一个月后，宋一刚就在一周内连续被问询了三次。第一次是另两名检察官过来的，他们主要询问他是不是直接组织倒卖了那些尿素。宋一刚对他们说：“我当然得承认我是直接的组织者和参与者。但是，我必须要更正的是，我参与经营的是碳酸氢铵和磷肥而不是尿素。你们去查一下出货单就行了。我之所以知道化肥调包，是一次偶然的发现。我一直以为我经手的就是碳酸氢铵和磷肥。这从公司的账面上也可以反映出来。”他们又问：“那些差价款的去向你知道吗？”宋一刚很干脆地说：“我一点也不知情。”这一次问询就结束了。第二次和第三次来看守所提审，还是那两个四十多岁的检察官。他们主要问询的是发货单上的签字和收入问题。宋一刚说：“我在公司的那几个月，所有的出货单都是我签的字。但我还是得说清楚，那上面的所有产品的名称都是碳酸氢铵和磷肥，不是尿素。至于里面是谁决定装配尿素的，我不知道。我最多也就是承担经营失察的责任。在这一点上我甘愿服从法律的惩处。”检察官再问：“你对你的收入情况怎么解释？”宋一刚说：“当时的薪金是由分管经营的向厂长组织认定的。至于我收到的几笔额外的钱就另当别论了，不是我的正常收入。”检察官问：“那几笔钱是不是从公司的账户列支的？”宋一刚说：“不是的。

都是向从兵转交我的。”检察官又问：“你就没有意识到那些钱有问题？”宋一刚说：“我也想过。但向从兵一口咬定是额外奖励，我就不好推辞了。如果这些钱涉及犯罪，我也愿意负法律责任，并退还赃款。”从最后一次提审，宋一刚才真正意识到自己可能要承担的法律责任。他估计，就因为那几笔钱，他就可能蹲几年大牢。这一段时间，宋一刚还是一如既往地在夜校上课。那天下午，他又被人带到了甘政委的办公室。甘政委情绪不高，也不与他对眼。宋一刚知道这将关系到法庭对他的判决。甘政委说：“这就要看你娃的造化了。如果那送钱的人一口咬定，你知道那些钱是另几家公司行的贿，你就是铁定的同案犯了。唉，就可惜你这娃了！”甘政委拍了一下他的肩膀。宋一刚说：“这是我交友不慎，我应该为此承担法律责任。感谢您了。”甘政委说：“我们就等吧。说不定他也会良心发现呢！”宋一刚这时才弄明白，他的定罪与否与向从兵的口供有直接的关系。甘政委说：“小宋呀，不管怎么样，你都要把头抬起来。你回不了鲁夫子那里，就在我们这里干，我们系统差的就是你这样的人才。放心吧，把你的课上好。”宋一刚想，我说自己有贵人相助，他也不经意就闯进我的贵人圈了。宋一刚感到很暖心。

随后的一个月可以说是胆战心惊。但宋一刚想，要来的终究是会来的。自己成了这个样子可以说是没有什么不可以输的了。既然是这样，他内心就升腾起一种奇怪的坦然来。他甚至还想到一个怪异的词组：触底反弹。至于这是不是他人生的最低谷，或者能不能有反弹的可能，他一点把握都没有。

那天早上，宋一刚被通知要出庭接受审判，他悬着的心仿佛才落了地。庭审是在市高院刑一庭进行的。宋一刚到庭后就发现省化肥厂的向副厂长、向从兵以及厂综合财务室里的一干人，都齐刷刷地站在审判台上。前来提起公诉的检察官是曾到看守所提审他的那几位。宋一刚的案件其实相对简单。庭审中大多数时间他只是回答了与案件相关联的几个事件。比如，那些出货单是不是他签的字、应收款项是不是属实、公司经营的肥料品种是不是他定下来的，等等。宋一刚也知道，他的问题关键还在于他所得到的那几笔所谓的奖励金最后的定性。如果是赃款，就是犯罪。这就要看向从兵的证词了。

这个问题是由检察官提出来的。检察官问宋一刚："你在省化肥厂所属的服贸公司工作，工资标准是谁定的？"宋一刚如实说："这是省化肥厂分管供销的向副厂长组织定的。我只是一个执行者，所有员工的工资都得造表上报。""上报到哪里？""上报到厂综合财务室。"检察官问站在正中的向荣发："宋一刚所陈述的是不是事实？"向荣发说："属实。""宋一刚请如实回答，你在省化肥厂服贸公司工作期间，除了领取工资你还得到了什么收入？"宋一刚说："除了工资收入，我还得到过几笔大额奖励金，共计四千五百元。""这笔奖金到底是谁发给你的？"宋一刚回答："据向从兵说，这是省化肥厂综合财务室对我的奖励，他负责转交给我的，并说是向副厂长的意见。"检察官问向从兵："宋一刚的陈述是不是属实？"宋一刚在等待向从兵的回答。他知道他的一句话就可以确定自己的颜色，是黑还是白。宋一刚清楚，人一旦陷入困境，他是要找到一种安慰的，这种安慰也许是让一些无辜的同行者承受相同的苦难，这样就可以为他重新定下一种参照。他真不知道向从兵是不是也要将他拉下水。此时庭审现场一片安静。站在另一头的向从兵开口了。他说："这几笔所谓的奖金是我亲手塞给他的。他完全不知情。"检察官又问："这些钱是从哪里来的？"向从兵说："这些钱都是下面县里的几家生资公司给的回扣，我都存在银行里了，那些钱我也一并上交了。我三伯也并不知道这些事。"检察官接着问："省化肥厂服贸公司偷倒尿素一事，宋一刚参与没有？"向从兵说："这些他就更不知情了。这是两条生产线上的调包，他只是在前台负责发货销售。"检察官最后对当庭的庭长说："公诉人关于宋一刚的询问完毕。"

这个案件定性为盗窃、倒卖国家生产资料窝案，一个星期以后就正式宣判了。该案涉案人员达三十多人，分别以组织盗窃罪、贪污罪、投机倒把罪、破坏生产罪、职务侵占罪等分别判处三年至十五年的有期徒刑。向从兵判罚最重，他以盗窃、诈骗团伙的首犯判处有期徒刑十五年。副厂长向荣发以纵容亲属犯罪、涉嫌职务侵占被判处有期徒刑三年，并开除公职。

宋一刚是最后被宣判的。他知道，既然定性为窝案，整体判决就要从重从严。虽然向从兵没有咬定他是知情人，但他感觉到法庭对自己的判决不会很轻。他再次地安慰自己：我已经没有什么可以输的了。法庭宣判：

宋一刚参与省化肥厂服贸公司经营销售，事实清楚，本人也积极配合调查，并对收入来源等事实没有做任何隐瞒。他离职的主要原因是因他发现该公司有严重的犯罪行为，说明他没有犯罪的主观意向。这在侦办过程中有详尽的证明材料，本庭不宜对外公布。关于赃款所得，宋本人没有明显的犯罪企图，但他有将赃款据为己有的行为事实，应视为同案犯罪。考虑到宋本人能主动退赔，并在侦办该案件的过程中有立功表现，判处宋一刚有期徒刑六个月，缓期一年执行。

这个判决结果让宋一刚多少感到有些意外。他并不知道自己是怎样就博取了一个主动退赔的从轻情节。

同案的那些人都被一一带走了。向从兵从他面前经过时也没有吱声，只是对他眨巴了几下眼皮。宋一刚好像也心领神会，示以一个点头，他俩的交流也就这么简单地完结了。但宋一刚还是从中领略到了一种满满的善意。且一个问题还没有了结，宋一刚这副锃亮的手铐到底怎么办？这时，一个法警走过来说：“你还要留下一个详细地址，我们要定期查访。你现在属于哪个单位？”宋一刚说：“我已经没有单位了。省工行培训中心也是我临时代课的地方。”这时，那法警就把宋一刚手上的铐子打开了。宋一刚不由得双手互揉了一下手腕。其实那手铐也并没有怎么紧扣他，可以说是无关痛痒，但那种挥之不去的心理阴影却是让他极度震撼的，这是他心理上的一道坎。正当他在为工作地址的问题纠结时，看守所宣教干事就到了。他把那法警叫到一边耳语了几句，过来就对宋一刚说：“我们可以走了。”宋一刚问：“还是回看守所？”宣教干事说：“对呀，你还想去哪里？”宋一刚不好回答，事实上，他似乎哪里也去不了。宣教干事似乎也看出了宋一刚的某些疑虑，就赶紧说：“我带你回去不是要你再去蹲号子，是安排你住客房。”宋一刚问：“你们看守所真把我当人才留下了？”宣教干事说：“这就不是我该操心的事了。不过，你是人才，在我们看守所上下是有定论的。虽然你曾经损过我，但我还是得照实说。”宋一刚笑了笑问：“至于吗，不就是一本资料的事吗？”说着，他俩就上了一辆白色的轿车。宣教干事就那话题又接着说：“你也知道，现在连印书的白纸都紧张，我到哪里去弄教材？就这几本还是我托人弄来的。结果让你说得一钱不值，我在所里怎么开展工作？”宋一刚说：“我还真没有想那么多。我也只不过是照实说了。”“不过坏事也变成了好事。要是他们那样一路学下去，考试过不了关，他们不吃我肉才怪呢！你知道的，你以为那些人真的是来学知识的？不过就是来弄一张文凭为自己铺路而已。”宋一刚当然知道。但他觉得有些话既不是他应当说的，也不是该对他说的。宣教干事见宋一刚不再接话，又转换了话题说：“你还真是有几下子。你推导一个圆的面积公式，就把那些个牛皮哄哄的家伙给镇住了。书上所有的公式你都能推导出来吗？”宋一刚也牛气地说：“只要是数学公式都能推导出来。数学本质上就是艺术。”干事一时也听不懂。

宋一刚和宣教干事进了看守所大院，他下了车就要往监区走，宣教干事问：“你还去那干啥？”宋一刚说：“我还有备课本没拿呀！”“早搬出来了，走吧。”宣教干事就把他带上了三楼，直接进了甘政委的办公室。

宋一刚一进门就发现工行培训中心的鲁主任也在。甘政委说：“小宋呀，你怎么就和这么一个杠精交道上了。简直就是蛮不讲理，还什么夫子不夫子的！”宋一刚向鲁主任打了声招呼。他知道鲁主任是为他的去留问题与甘政委杠上了。鲁主任站起身对甘政委说：“可别这么强词夺理呀，他本来就是我们中心的人，现在理应回我们培训中心，他走的时候上面给的说法就是协查。”甘政委给鲁主任递过一支烟后，就对宋一刚说：“你可真要好好谢谢你这个老领导。你进来后，他比你自己还着急。我也是被他嘈烦了，难受，不然，我怎么知道你是个有真本事的人？”宋一刚以为是他有过在师范学院就读的经历，看守所才决定让他上讲台讲课的，现在才明白是鲁主任在暗中举荐，他才得以又走上讲台。甘政委说：“这样吧，我们两个也不争了，看他的意见。”鲁主任说：“这不行。你们看守所是干什么的，关人的，他敢与你作对？他必须跟我走。”甘政委笑了笑又摆了摆头说：“小宋，看来你真还是个难得的人才呀！”甘政委又对鲁主任说：“行，我斗不过你，斗不过你，行了吧。想当年，你在学校跟我抢上铺，我也是斗不过你才让给你的。这次我还是服了你好不好？”宋一刚这才知道甘政委和鲁主任原来是大学同学。宋一刚说：“其实也不矛盾。看守所这里是夜校，晚上才能上课，而且一周也只有两次课，我晚上过来上不就行了。”鲁主任坚定地说：“这也不行。要上也得让他们过去上。我那培训中心的教室哪间比他这关人的地方差？”甘政委哈哈大笑说：“老鲁呀老鲁，再精明的狐狸也有失算的时候。这可是你表的态呀。你看那些个年轻干警哪个不是住在城里，能到你那里去就是方便了。”鲁主任用指头点了点甘政委。他回过头对宋一刚说：“你把东西收拾一下，我们走。”甘政委说：“有什么可收拾的，都在这儿。”他递过一个崭新的提包，送他们出了办公室的门。

与甘政委作别后，宋一刚和鲁主任上了一辆小轿车走了。在路上，鲁主任说：“你这回真是有惊无险。要不是那么多人为你张罗申诉，你能判这么轻吗？”宋一刚说：“我的确不知道那些钱都是赃款。想起来就后怕。”鲁主任又说：“你还得感谢孔处长。你进去后他就为你的事跑前跑后，不知道他以后要还多少人情。”宋一刚问：“法庭认定的退还赃款是怎么回事？”鲁主任说：“这就要问你了。你看还有哪些人可以为你还钱。这可不是一个小数目。我们中心的人都知道。”宋一刚马上就想到了郑联生和吴新，他们手头宽余。但他们都远在三江县城，即便是有这个意愿也够不着这里呀！所以，孔庆和与姚玉蓉就成了办这事的不二人选。

宋一刚回到省工商银行培训中心后，还是信心满满的。他虽然身负缓刑，但他认为这与传授知识没有多大关系。他还是一如既往地备课，做教案。那天，他顶着个光头走进了教室，讲台下面却是一片掌声。宋一刚也风趣地说：“这次回来除了一头乌发没了其他还是完好如初。”下面又响起了一片掌声。这掌声自然就传到了综合办公室。邓德发只嘀咕了一句：“这是示威还是啥的？”邓德发是工农兵大学生，前不久才提成了培训中心副主任。为编写教材的事他与老鲁、宋一刚都有意见分歧。宋一刚还知道，邓德发多次在讲台上下不来台，有一次还是宋一刚给解的围。那本来就是一次纠错，却让老邓在学员面前颜面扫地。

那天早上，宋一刚拿了教案正向大教室走去，却被站在墙脚的邓德发给拦住了。宋一刚礼貌地问：“邓主任有事吗？”邓德发说：“有事。今天，我代表省工商银行培训中心党委通知你，你的课程被叫停了。”宋一刚问他为什么，邓德发严肃地说：“省工行的干部培训讲台不是一个罪犯想上就能上的。”宋一刚这时仿佛被一个既定的符号给圈住了。他不想再去找鲁主任。他想，既然是党委的决定，鲁主任一定知情。宋一刚觉得他这时最应该去的地方，就是他目前借住的那间单人客房。那里有且仅有一个看守所送给他的新提包还是属于他的。宋一刚在客房收拾完毕后，就提着那个新提包下了楼。他走到院子中央不由得停下了脚步。环望一圈后他想，自己来到这个大院算是幸运的，至少还有人相信他是一个有用的人。但眼下他是不得不走了，这一走也许再也不会回来了。这就是命运吧。宋一刚头也不回地提着那个提包走出了培训中心的大门。他究竟要往哪里去不知道。他马上想到了掷硬币，把有天安门的那一面定为北，另一面定为南。他这么一想就顺手掏出了一枚五分钱的硬币，抬手向天一扔，再伸出右手将那枚翻飞的硬币实打实地摁在左手的手背上。揭开右手，左手手背上却是有“伍分”字样的那一面。宋一刚就在心里念叨，这么说我就要往南方走了。南方究竟又在哪里？他这时不由得想到这座城市的另一个交通枢纽——江南火车站。要南下，还就得去那个火车站，那个站南下的车多。宋一刚就这样让一枚硬币引到了江南火车站。

他到了江南火车站的售票厅，一眼就瞧见几条“长龙”都折转了好几道弯。宋一刚选了一个最近的长队排上，刚排上队，后面就又接了十多个人。宋一刚排了近两个小时的队才靠近售票窗口。正当他要付款购票时，一个人抓住了他的手。宋一刚侧头一看是一脸愠怒的姚玉蓉。

姚玉蓉一手拽着他的那只提包，将宋一刚拉出了售票厅。他俩来到一棵梧桐树下，阳光被那一片稀稀拉拉的树冠撕成了碎片。姚玉蓉气冲冲地说：“你究竟要到哪里去？你走得了吗？”宋一刚说：“我也不知道去哪里。谁知道那枚硬币会是‘伍’字朝上。”姚玉蓉啜泣说：“你一走了之我和他怎么交代？”宋一刚明白，姚玉蓉的啜泣不单单是这个原因。这实在是太简单不过了。她的这一阵啜泣还多少有那么一点于他的怒其不争。姚玉蓉稍稍镇定后说：“老孔也说了，不能让你就这么走了。你又不是没机会。”宋一刚说：“机会？我还有吗？”姚玉蓉放大了声量说：“宋一刚，你能不能振作一点？想想你的过去吧。”姚玉蓉说完又开始啜泣。宋一刚走近她说：“我一点也没变。我不会有事的，放心。”姚玉蓉说：“你的确不会有事。我只求你在这里安静待一段时间，我保证不叫人来打扰你。”宋一刚说：“我真的是无地自容了。混成这样，我只怕是一辈子都回不去了。”姚玉蓉直截了当地说：“你不混出个人样来，怎么对得起你的过去。”宋一刚摇了摇头。姚玉蓉接着说："老孔说他要给你找一份不用你去坐班的工作。"宋一刚说："这算巧了，你们怎么就知道了我的去向？"姚玉蓉也不遮掩，她说："这是老鲁传的话，电话直接打到了老孔的办公室。我就直奔江南站来了。"宋一刚问："你怎么就知道我来的是江南火车站？我要是往北方走呢？"姚玉蓉说："你不会去北站的。"宋一刚说："要是当时我手背上的硬币就是天安门的那一面，我真的就去北站了。"姚玉蓉坚定地说："那时你又会这样解释，我偏要反着来。所以，你还是要到江南火车站来的。走吧，过了那个时段你到哪里去也没人拦着你了。但现在你要走就是给人添乱。"宋一刚明白她的意思，因为他还是一个身负缓刑的犯人。

姚玉蓉打了一辆车，他们来到东湖南岸的一家餐馆。宋一刚推开包房门一看，孔庆和与鲁主任早坐在那里了。宋一刚见到鲁主任就说："我不想再给您添麻烦了，只好一走了之。"鲁主任说："你那时也找不着我，我去跟人打架了。"宋一刚一惊，身材精瘦的鲁主任也会打架？鲁主任说："放心，没伤皮肉就拿下他了。跟我玩他还嫩了点。"他们三个都知道老鲁说的是邓德发。鲁主任又说："我都和孔处长商量好了，我们中心在外面给你租间房，你就在那里批改学员练习，那不也是体面的工作嘛，比上讲台还要轻松。"宋一刚却问："您真拿下他了？他可是代表组织对我宣布的呀！"鲁主任说："你等着，他还有求你的时候。"宋一刚一脸的茫然。

吃过午饭，鲁主任就把宋一刚带走了。姚玉蓉站在餐馆的门外，看着他俩走远。孔庆和说："他已经很好了。就老鲁那里最合适，他是个有能力的人。"在回转的路上，姚玉蓉问："老鲁能拿下对手？"孔庆和肯定地说："能。人都是有缺点的。"孔庆和没有继续往下说，姚玉蓉也不便多问。宋一刚的案子要不是孔庆和，也许就是另一个结果。事实上，宋一刚就是那个窝案的局外人。但在如何认定上是不能完全靠以事实为依据的。在这一点上，姚玉蓉不得不佩服孔庆和的活动能力。也因为这样，眼前的这个男人使她产生了前所未有的安全感。

鲁主任和宋一刚走到街道口，不一会儿一辆黑色轿车就停在了他们面前。鲁主任说："去长江饭店。"宋一刚问："去那干吗？那可是高档宾馆。"鲁主任说："这次把你轰出培训中心已经够委屈你的了，总不能让你住得越来越差吧。只有这家宾馆离我们省行近。再说，他们本来就给我们行预定有接待房间，多一间少一间都不是事。”

到了长江饭店门前，鲁主任说：“我就不下车了。你直接到前台报你的名就行了。”宋一刚下车后，鲁主任摇下车窗玻璃跟他招了一下手就走了。

宋一刚进了宾馆大厅，看见前台有两个服务员正在接待顾客。他刚走到前台，其中一个就问他：“先生要住店吗？”宋一刚说：“是的。省工行鲁德宁主任定的房。”服务员问他名字，他就说我是宋一刚。那服务员定睛看了他一眼问：“你是要长期住？”宋一刚说：“不知道。”那服务员递过一张单子，宋一刚在上面签了名。那服务员看了又看，随后递给了他一张房卡。宋一刚清楚，能用这种磁卡的宾馆在省城也还是少数。宋一刚进了房间，那床，那桌椅，那沙发都是他没有见过的，而且还有一只摆了香蕉、苹果、蜜橘的果盘。宋一刚突然想起一句名言：祸兮福所倚。要不是老邓与他作对，说不定他还要住在培训中心那间只有棕床和木质桌椅的简陋客房。但宋一刚老是不明白，鲁主任到底是使了什么招数把滑头的老邓给拿住了，并且鲁主任还信誓旦旦地说邓德发会来主动找他的。

宋一刚住到宾馆后，干的第一份活就是阅卷。前不久，培训中心做了一次测验，为参加省经贸学院招考摸了一下底。宋一刚用了三天时间阅完近两百份试卷，并写出了完整的质量分析报告。他认为这批学员整体水平比较平衡，要突破的还是三角函数和平面几何部分。特别是高分证明题，大部分不知道解题方向。他在报告中也提出了自己的攻关方案。

宋一刚没想到，前来提取试卷的居然就是邓德发。他们见面后，老邓就送了宋一刚一本书。宋一刚从内心是瞧不起邓德发的，但他送的书却让宋一刚感到有些意外。宋一刚一看封面是《股票投资》，更是感到奇怪了。老邓说：“小宋老师，是我对不起你。我就送你一本书吧，也许你今后用得着。”宋一刚知道，像他们这一批大学生能从乡村走到城市里来并扎下根，绝对是那一方的人精。所以，他们的嗅觉灵敏度是毋庸置疑的。宋一刚只是听说过西方国家才玩这玩意儿，当下的中国是没有这些东西的。但他认为，此时没有不一定将来就没有。因为这本书，宋一刚看到了邓德发的另一面。邓德发说：“我都读了，但这本书也许就是你还用得着。”宋一刚感到诧异。他想，平时他们并没有多少接触，他怎么知道我对这本书一定会有兴趣？并且还言之凿凿地说我用得着。邓德发说：“我都读了好几遍。我只能用一个成语来形容——望洋兴叹。”宋一刚问：“难不成轮到我就不望洋兴叹了？”老邓肯定地说：“我们虽然没有过多的交情，但我知道你的底气。”宋一刚越听越玄乎。他说：“邓主任，你已经损过我好几回了。这次又来捧杀我干吗，是不是也不太仁义？”宋一刚笑了笑。邓德发却认真地说：“莫以为我们这些端个铁饭碗的人有多么神气。将来的世界一定是你们这些有能力的人的。就说这本书吧，在我所及范围内，真没有多少人能去践行它。它讲的是一个个经营资本的故事，这些故事中人有的是能力，而践行这些理论要的却是胆识和资本。我自然不行，他老鲁同样也不行。”宋一刚想不到眼前这个曾经恶毒排挤过他的人能这么评价他。他就想，人和动物也许真有太多的相似之处，一不小心就闯进了他的地盘，抢了别人的风头，叫谁也不会太乐意吧。但这一次宋一刚觉得老邓是另有目的的。宋一刚说：“我还真想听听您的高见。”邓德发说：“这本书其实也没有那么深不可测，无非是形象地讲明了金融资本发展的一个道理。但要把那些因素总揽起来却就难了。打个比方，你有一个很好的想法，但没有足够的资本你就不能实现财富的增长。没有资本也行，你有广泛的人脉资源同样也可以实现财富的原始积累，那是用你的信用与他人做财富分享。如果既无资本也无足够的信用分享，那这本书也就只能明珠投暗了。”宋一刚说：“正如你的预计，这本书的内容我相信我是可以读懂的。但你怎么就能断定我可以拥有资本和信用？”邓德发说：“这个你就不用问我了。你这次进去要是换了别人，不弄个鼻青脸肿出来才怪了。还有，你一个有严重政治问题的人，又怎么一下子就进了我们的培训中心？”宋一刚觉得老邓说的不无道理，要是互换位置，他同样会有这种想法。宋一刚本想说，这些都是表象，但他还未开口，邓德发又说：“实话说吧，我这次是在你这里栽了个大跟头，只是还没有声张出去。”宋一刚反问：“我一个监外服刑人员，还能把你绊个跟头？”老邓说：“这也正是我要高看你的原因。”宋一刚给他递过一支烟。老邓接过后诚恳地说：“我的这个饭碗就要看你的面子了。你就跟老鲁说说情吧，算我求你了。”宋一刚关切地问：“你到底犯了什么事？”邓德发问：“你还不知道吗？”宋一刚说不知道。邓德发说：“反正是一件天大的丑事，你得帮我去说说情。”宋一刚说："你既然认为我没有资本而有信用，你就得相信我吧。不然叫我怎么去开口。"邓德发说："我被一个女人讹了。我睡了她是不假，但她要一笔钱了断这事，不然就到单位去告发我，我不得已就套开了两张发票。"宋一刚紧皱眉头说："你也真是没活明白。赶紧退赔呗！"邓德发说："我有钱退赔还搞那事干吗？"宋一刚问："这事还有谁知道？"老邓说："只有老鲁和你知道。"宋一刚指着他说："从现在起，你更不能说我知道。"邓德发说："我明白了。"他知道宋一刚的意思。

送走了邓德发，宋一刚就想，他究竟是在玩什么样的心跳。他再看看那本书，就觉得有一种难言的快慰感。宋一刚抽一个周末把老鲁约出来吃了一顿饭。他与鲁主任当面谈到了邓德发的事。鲁主任叹息说："老邓也是个可怜人。老婆在乡下，他一个人在城里打饥荒，所以就有人来钻空子了。我还是想保他的饭碗，他从那么远的乡下能进城来不容易。据我所知，他是用一场婚姻作了赌注才得到那推荐机会的。这也是乡村政治的一部分，不然凭什么要他来上大学。"宋一刚也明白了老鲁的意思。

宋一刚对邓德发送的这本书情有独钟，他用了近一个月的时间才慢慢看完，仅记下的笔记就有两大本。宋一刚清楚地判断，股票这样一个新兴玩意儿离普通人已经不远了。既然要改革开放就必然要有可供融资的资本市场，不然休谈什么与国际接轨。这是宋一刚当时的想法。这期间，与他交流最多的还是邓德发。不过，就在一个多月前，邓德发又出事了。他被另一个女人告到了省工行办公厅，原因是那女子肚子大了，她威胁省行，培训中心再不给个说法她就从长江大桥上跳下去。邓德发没办法，只好辞职走人。

鲁主任曾专门来长江宾馆看过宋一刚，与他谈到回中心去代课的事。鲁主任说："两个月以后就要考试了，我不想他们有谁落榜。老邓也走了，现在没有人再找你茬儿了，你回去帮我这个忙。"宋一刚想，这也算是给了自己一个正名的机会。但他同时也为邓德发感到痛心。毫无疑问，宋一刚还是认为老邓是个有本事的人，不然他是不会有那么开阔的视野的。也许正是他被钱逼得走投无路了，才去往更深的层次思考找钱的路径。所以，鲁主任来商量他回中心去上课，他是一点也高兴不起来。他突然就想到了两句诗：同是天涯沦落人，相逢何必曾相识。直到这时，宋一刚也完全想不到，他以后的生活会与这个人存在那么多的交集。

宋一刚回培训中心上课了。老鲁说，他还是可以住在宾馆里，那里毕竟比中心的客房要舒适得多。但宋一刚把行李包一提，就回中心去了。他想，既然是做最后的冲刺，就得与学员打成一片。老鲁也很感动。

宋一刚回到讲台上，也没有做过多的陈述。他只是对台下近两百号人说："这次成人高考，虽然关系不到你们的饭碗，但关系到你们的前程。你们进了省经济学院，上升的路径可能随之而改变。虽然这次是系统委培招生，但原则是择优录取，不给指标，全省都是一个标准。我想大家都知道这一次不比普通高考竞争弱。基于这一点，我们这两个月要全程拔高训练。我可以向你们保证，你们什么时候都可以去找我，我解不出来的题我可以去找我的师兄师弟，保证有惑必解。"

从他批改作业和试卷情况来看，他们的问题还是出在三角函数和平面几何上。所以，他重点是要教他们一些解题的技巧。一个月下来，宋一刚瘦了几斤。那天下午，姚玉蓉和孔庆和来培训中心看他，简直把他俩吓了一跳。姚玉蓉上前去摸了摸他的额头，宋一刚拿下她的手说："想我病是不是？"鲁主任说："他是累的。在帮我。今天晚上我请客。"

晚饭是鲁主任请客。姚玉蓉和宋一刚说了一件事。她说老孔要放假了，想约他一起回趟老家。鲁主任也说："那是应该的。到那时你的缓刑也解除了，正好回去给家里人报个平安。"宋一刚站起身来说："这是喜事吗？刑满释放？让全河口人都知道？"说完他就扬长而去。孔庆和望着宋一刚的背影，对姚玉蓉说："你这不是为难他嘛。"姚玉蓉啜泣说："你知道他有多长时间没回老家了吗？"孔庆和说："他这个情况能回得去吗？你也不想想他是怎么风风光光走出来的。"鲁主任说："孔处长说的有道理，他目前这个样子回老家的确是见不得乡里乡亲。就等等吧，情况总会有好转的。"姚玉蓉问："情况不好转他就回不去了？"老鲁说："难。他可不是一般的青年人，有骨气有能力更有水平和情怀。"姚玉蓉小声说："怎么回家就那么难呢？"说完她无奈地摇了摇头。孔庆和看到姚玉蓉的那番动容，自然心里也不好受，仿佛愤然离场的那个人并不是先前的宋一刚，而已然是自家亲人了。

成人高考结束后，那批从全省各地会集而来的学员就要回到各自的工作岗位了。有的学员专门来辞行，顺便也给宋一刚买了一些礼品。宋一刚的那间寝室堆满了副食和水果。他反而不知道该吃什么好。

这个暑期过后，培训中心又来了一批学员。这个暑期对宋一刚来说无比炎热。他时常想起河口柳树下的阴凉，那是多美的家乡情趣。家乡的河柳只有在伏夏才能尽显它的风姿与绰约，密匝的枝叶饱满地伸展，它立于塘湾，又要借那浸水的清风，拂掩那树影下竹床上的惬意少年。这时的河柳，已不再只是一种树木的存在，它赋予一片浓郁的抚慰。不管竹床上静静躺着的是一个只穿了裤衩的小男孩，还是素装歇凉的少女，他们得到的都是宛若梦幻的安恬。但眼前，却是高楼下密不透风的炎阳。

那天下午，鲁主任突然来叩他的房门。宋一刚穿着裤衩正在书桌前整理笔记。进门后，鲁主任顿了一下脚说："好消息。我们赢了。"宋一刚问："赢了什么？"鲁主任说："分数都下来了。你猜我们中心上了多少人？"宋一刚放量说："二十个吧。"鲁主任说："你也太保守了。仅省经济学院我们中心就上了三十四人，还有省财校的中专委培生又有五十五人，将近一半的学员都被录取了，你说是不是大胜？"宋一刚说："当然是大胜。"鲁主任说："算你头功。没有你编的那套简易教材，我们不知还要走多少弯路。再加上你精准的提高训练，不服真不行。"宋一刚说："这不也是应尽的职责，您都给我付报酬了。"鲁主任说："你这几天不要出门，到时候我们去见一个人。"还没等宋一刚答话，鲁主任就走了。宋一刚想，他说的见一个人无非是省工行的某一个领导吧。

因宋一刚在缓刑期间表现良好，司法部门也没有再宣布执行那六个月的刑期。按照规定，街道司法所本来还要在一个相对公开的场所宣布取消刑期的决定书，但鲁主任把所长叫在一起吃了一顿晚饭，宋一刚陪老所长喝了几杯酒，这事也就解决了。直到这时，宋一刚才知道，鲁主任跟他说的见一个人，原来是这么回事。但他不得不感激鲁主任，他也是在处处为他着想。至于，宋一刚期望见到的人，鲁主任可能从来没有打算安排过。宋一刚也清楚，省化肥厂的事件没被揭发前，他就因为履历上有劳动教养的记录没能招到这培训中心来，而现在，他虽然在这里证明了自己的能力，但却又添上了刑事犯罪，自己还想做那个春秋大梦，不是患了实打实的妄想症？所以，吃完这顿饭，也让宋一刚突然明白，他要在这方面努力挣上一个体面的行头，几乎是不可能的了。往后怎么走，他也没有想明白。但他始终不相信自己永远会是这个样子。他想，要真是这样，不就毁了自己的所有善良与仁慈嘛。

宋一刚与街道司法所所长分手后，也没有回到那个闷热的寝室。他想一个人去江边吹一吹江风。长江水涨了，平日长有青草的江滩被一抹黄色的浑水漫延上，晚霞中，一群红男绿女或挽了裤腿，或提着裙子在江滩上踏浪。宋一刚正想自己要不要也下去凉凉腿脚的时候，就听见有人在高声叫他了。宋一刚转过身来，邓德发从二十米开外小跑过来。眼前的邓德发完全是变了一个人，他提着一个文件包更有了几分小老板的派头，只是皮肤比在培训中心当副主任时黑了好多。老邓跑到宋一刚面前，赶紧掏出一支烟递过来。邓德发说："小宋呀，你说巧不巧，我刚才在包房里还在想，要是出门能碰到你就算是行大运了。你看，就这么巧，我把那一拨人支走后，一出门就看到你了。"宋一刚笑了笑说："好像我还是个什么人物了。说说，最近有什么好事？"邓德发说："当然有好事了。记得我给你送了一本书吗？看完没有？"宋一刚说："看完了。我就不懂，你为啥要送我那么一本书？"邓德发说："我就认定你能读懂。走，我们到桥边去喝两杯啤酒，露天的。那卤鸭杂是这条街有名的招牌菜。"宋一刚受到邓德发又一次的吹捧，他本来就有些飘飘然，让老邓一挽也就过去了。

宋一刚随老邓来到桥下的一个露天夜市摊上。那里已经坐满了光着膀子、穿着裤衩喝啤酒的本地人。宋一刚和邓德发找了一大圈才在长有长草的边角处找到一张简易桌子坐下。老邓喊了一声："来两套鸭杂一打儿啤酒。"宋一刚说："我已经吃过了，少点一点。"老邓挥了一下手表示决不同意。他说："今晚是个好时辰，我要跟你说一堆天大的好事。"宋一刚想，好事轮到你这里也就黄了一大半。菜和啤酒都上来了，老邓酌了两大玻璃杯，说："来，我们先走一个。"宋一刚看着他把一大杯啤酒干完。喝完后老邓看宋一刚还没动作，就说："怎么？瞧不起我是吗？"宋一刚就想，这么几个月，他怎么就变成了满口的江湖气，真是奇怪了。但他又觉得，也许当下这个时间点就需要这样的人站出来，不然市面上还是一潭死水。宋一刚端起玻璃杯一仰头也喝干了。老邓喝了一口啤酒说："要是你不痛快举杯我还真不敢跟你说那事。”宋一刚搛了一片鸭食子放到嘴里，他一嚼就觉得这味和河口的不一样，他尝出了一丝白糖的甜味，这在老家河口是不可能呈现这口味的。盐和白糖放一起调味是下江人的做法，在这烤人的大热天，吃起来真还爽口。宋一刚说："老邓你说说，什么好事把你弄得这么神秘兮兮的？”老邓说："喝完了这杯酒再说，我怕镇不住胸口的那点激动。”宋一刚又陪他喝了一杯，老邓才说："我们的机会来了，这事我只能跟你说。也许这个城市也不一定有多少人能一眼识得这是个好机会，而且是千载难逢的好机会。”宋一刚的第一反应就是，他要正儿八经跟我谈股票了。邓德发说："我猜想我送你的那本书你也看完了，而现在就是我们开始理论指导实践的时候了。”宋一刚故意吊他的胃口说："有这事吗？我怎么没感觉到。”邓德发说："你没意识到情有可原。整天关在屋里备课改作业哪能知道外面的新鲜事。告诉你，外面的世界很精彩。”宋一刚没吱声。老邓就继续说："现在国内的资本市场开始启动了……”宋一刚接话说："上海飞乐音响公司发行一万股，深圳发展银行向全社会发售股票。还有，上海、深圳两家证券交易所即将开锣。”老邓瞪大双眼问："原来你都知道？”宋一刚说："报纸上不早就透露出来了？靠这就能赚钱？”老邓说："我知道仅靠这报纸上的消息是不能赚钱的，但你知道现在的股票还存在一个什么问题？”宋一刚说："这我还真没搞清楚。”邓德发说："我就知道你还搞不清楚，整天在屋里怎么知道外面的世界。告诉你，嗅觉灵敏的人早就开始行动了，我找你就是想约你去南方跑一票。”宋一刚问："就我们两个？赤手空拳？”老邓也是把握十足地说："对，就是我们两个，赤手空拳。”

宋一刚被邓发德怂恿去南方是在他们这次见面后的一个星期。不是邓德发不想早去，而是实在不好弄到出入证。证件办好后，邓德发找了好几个朋友，才弄了两张硬卧票，而且还是上铺。这对宋一刚来说问题不大，他身手敏捷，上到顶层一点问题也没有。但邓德发就很困难，他身体圆硕，上下铺很是吃力，所以，他多数时间是坐在窗口边的那个弹簧凳上，不到困得眼皮打架他是不想上去睡的。宋一刚对这次出行也没有抱多大希望，他给自己的解释是权当旅行。但邓德发就不一样了，他已经和农村的老婆离了婚，而且是净身出户。宋一刚明白，老邓之所以要这么紧紧抓住自己不放，也足以证明他这段时间提着个文件包在城里晃荡，没有捞到什么好处。但就凭老邓的那一番恭维和奉承，陪他出去玩一次也还是称心如意的。他也的确需要那么一点点的鼓励和表扬，但邓德发那些离谱的自我吹嘘却让他有些受不了。邓德发也有些过意不去，尤其是他说："你不要看我现在落魄了，但到了南方我还是有头有脸的，不信你等着瞧。"宋一刚知道，他有不少同学在南方，而且混得都不错。但宋一刚似乎有一种固有思维模式，越是经济发达的地区似乎对这虚头巴脑的那一套越是不感兴趣。一个崇尚"时间就是金钱"的地方能虚浮到关照那么多闲散的过往？宋一刚实在有些不敢相信。但一路上邓德发还是信心满满，直到他发现这趟车误点长达一个半小时，他的那份自信心才渐渐有所减退。

车到了终点站，邓德发提着行李包下了车，直往站台的出口处走。宋一刚一路跟随他，但老邓这时只字不提什么意外惊喜之类的话了，只顾低着头朝前走。走到出站口，老邓就撇到了一边，宋一刚像个监管员一样也跟着撇到了一边。老邓突然站住说："我们吸支烟再走吧。"宋一刚掏出了烟盒，两人点燃纸烟后蹲在墙根边吸着。他们看着匆匆而过的人们，宋一刚领略到了一种漫无目标的失落感，似乎还有些不切实际的荒唐。

人潮退尽，他们的烟也吸完了。邓德发自言自语说："谁叫这趟破车慢得像蜗牛。"宋一刚也附和说："对，慢得像蜗牛。"老邓又说："要是车能准点到达，门口一定有两辆车在等着我们，肯定会高兴地一路晃荡过去。"宋一刚又附和说："我相信是真的。但车晚点了，谁还有这么多闲工夫等我们？"邓德发一听也释然了，他说："我们打车过去，这地儿有谁不知道他们？"宋一刚坚定地说："这个车我们打定了。没必要等人家来接站。这里的时间跟我们的时间不一样，人家真正是用金钱来计算的，我们只不过是个旁观者，耽误别人时间就是谋财害命。"老邓听了很高兴，他说："有水平，说到我心里去了。"宋一刚呵呵一笑，他想，人都是要面子的。

宋一刚和邓德发是最后走出站口的。同车的人虽然都散了，但广场上依然是人头攒动。宋一刚突然听到老邓一声高叫："哎，金海，我们在这里。"宋一刚立即拉住邓德发说："不要在这公共场所高声怪叫。"但邓德发顾不了这么多，他甩开宋一刚就跑开了。宋一刚再一次听到了老邓的高声喊叫，这时，两个西装革履的中年男人立即转过身来。邓德发向他们打了一声招呼，就跑过来对宋一刚说："你看，他们果真还是来了。"那个与老邓年龄相仿的中年男人走过来说："我以为又出变化了，不想你们还是来了。"邓德发说："我给介绍一下，他就是宋一刚，数学天才。"那两个中年男人与宋一刚握了手。其中一个就说："大哥说的一定没错，天才就肯定是天才。"老邓又向宋一刚介绍说："他们两个是我的同窗死党，城市开发银行的。"宋一刚有些语无伦次，他不能想象的是，能在这地头弄出一个资本市场的人，居然就站在了他的面前。

进市区的路上，虽然没有老邓一路的吹嘘，但气氛还是很活跃的。宋一刚和老邓上了车，他在一旁只是专心听他们斗嘴，老邓一点也不落下风。他从他们的言谈中得知，老邓原本也是有机会过来的，但因为家庭原因他只能放弃。

中午的一顿饭安排得十分丰盛，喝的也是本地的米酒。老邓被他的那帮同学灌得大醉。宋一刚原来不知道老邓的酒量究竟有多大，只知道他是每天必喝的那种人。这一次，宋一刚彻底摸清了他的底细，按照河口老家的说法，他就是典型的瘾大酒量低的那种人，真正上了正式场合，他只有醉倒的份。

饭后，老邓的那帮同学送他俩到宾馆，把老邓安顿上床后他们就走了。不一会儿，一阵如雷的鼾声就震撼响起。不过，他还是见识了老邓在那帮人中的影响力。当然，他们之前究竟沉淀下来的是一种什么样的情愫和交往，宋一刚也没有去多想，他以为这帮人能这样贴心待他肯定是有原因的。

邓德发与宋一刚在这机器轰鸣的城市转悠了好几天。每天都有人陪着，不是他的那帮同学就是他们指派的人。总之是出行有车，用餐有酒，住店有人结账。几天下来，他们就把整个新城区逛了个遍，仿佛这时老邓才想起他和宋一刚来这里是干吗的。那天早餐后，一个小伙子又来到宾馆，要接老邓和宋一刚到中英街去看一看。老邓说："今天我们就不去中英街了，买一堆假货回去干啥？我要去他们办公室看一看。这么远跑来至少也得开个座谈会吧！"宋一刚在一旁听了都觉得脸上臊得发烫。我们算个什么东西，还开座谈会？但他也只是侧身笑笑了事。宋一刚看那小伙子也挺为难的，就接话说："兄弟，我们这位领导说的是笑话。别当真。"邓德发火了，说："什么笑话，是真话。他们凭什么就把我俩晾在这里？我们是来办正事的。"那小青年就说："两位领导，我先去给我们领导打个电话，安排好了我们再过去好吗？"老邓说："这还差不多。"小伙子去了前台，宋一刚就说："老邓，你这不是强人所难嘛，我们狗屁都不是还开什么座谈会。"老邓说："别，就此打住。我们是来谈业务的，不是来观光要饭的。我们就是要有这种自信。"宋一刚拍了一把邓德发，笑了笑说："老邓，我真是服了你，你好歹没当成演员。要是入了那个行当不叫好一大溜人没得饭吃。你也不想想，我们口袋里就只剩下回去的车票钱了，还谈个啥业务。"老邓说："打住呀打住。你这才说到了关键，等会儿上了会，就该你去对付了哇。"宋一刚一方面对老邓的那种近于妄想症的状态感到好笑，另一方面他又在担心，万一真有个什么座谈会，这不是把自己架在了火上烤？宋一刚瞧见邓德发也不管他怎么想，而是一屁股坐在沙发上，端着个满是茶垢的玻璃杯吹气喝茶。宋一刚本想问他，你就这么心安理得？邓德发却先开口说话了。"小宋，我们真的是机会来了。等你赚了大钱我只抽点零头。你看我也是这么个情况，不然，我是不会来他们这里丢人现眼的。他们虽然说是我的铁兄弟，但有些事情还是得自己去办，打铁还要自身硬，我自己是没有哪一个零件能派上用场了，我只能把你拉来。我相信我的眼光，同样一件事，换了别人也许就是诈骗，但你就可以让人放心放款。好好掂量掂量吧，我不多说了。"宋一刚发现眼前的老邓似乎换了一个人。他虽然不完全知道老邓的过往故事，但清楚他的确是办过一些过河拆桥的糟心事。他听鲁主任讲过，老邓上工农兵大学的指标就是他这么搞到手的。但他一旦进城，有乡村政治背景的那段婚姻也就要结束了。宋一刚知道，这也许就是老邓在一种极端环境下的极端抉择。但这一次，宋一刚显然是选择了跟随。老邓的表演虽然精彩，似乎什么破绽都没有，但宋一刚从他表演的背后，感受到一种被尊重，而且是不带任何面具的尊重。这也正是宋一刚选择跟来的原因。宋一刚说："既然你信任我，我还有什么话好说呢，只怕……"邓德发马上打断他的话说："不怕。来了。"他刚说完，就听见有人在叩门。邓德发向宋一刚伸出了左手的大拇指，他相信自己的左手。宋一刚去开了房门，那小伙子进门来说："两位领导，我们高行长在会议室等你们。”邓德发说：“这不就对头了嘛。”他对宋一刚说：“我们走呗。”他俩在那小青年的引领下出了宾馆。

发展银行在市区的主干道上。车行了大约二十多钟，他们一行就到了银行办公楼的大门前。刚下车就有几个身着制服的女员工在大门前等候着。邓德发和宋一刚走进大门，她们就分成两排鞠躬招呼：“先生，早上好！”宋一刚在这样一个开放的城市，首次被人唤着先生，还不习惯。更让他不习惯的是，居然还有两个漂亮的员工直接陪伴他和老邓进了三楼的会议室。

宋一刚和邓德发走进了会议室，虽然主座上的人还是几天前接站的那两个，但却有一种隆重庄严的仪式感。邓德发也一时有些不知所措。那个高个的副行长姓高。高副行长先发言，他给这个座谈会定的调就是交流经验，互相促进。宋一刚的理解是人家在给他们台阶下。老邓也明白这个座谈会的真正意图，但他又不得不把这场戏接着往下演。邓德发作为客方代表发言，他开门见山，直接要求对方介绍该行股票发行的情况。高副行长也没有推辞，他从资本的属性与运作讲起，介绍了在这样一个开放环境的作用下，发行股票的可能性和必然性。提出问题的却是宋一刚。他的问题是，这种股票的发行还属于实体认购阶段，之所以得以发行是实体本身的信用和政策预期，也就是说利润分红的诱惑。要真正走向资本市场的格局还得要上市交易，只有交易才有资本预期的可能。“既是这样，该行有把握将股票包装上市吗？”高副行长也没有回避宋一刚的问题。他认为宋一刚对资本的市场化是做了很深的研究的，但资本的运作有它固有的特性，它追逐利益的本质属性是不会改变的。所以，一只股票的成长也自然有它的命运使然，作为一个资本实体它不应该前期许下过高的承诺。高副行长的话里透露出的弦外之意，宋一刚和邓德发都听懂了。他是在提醒他们两个，玩这玩意儿一是要有资本作后盾，二是还要有几分胆量和运气，尤其是在当前的起步状态下。宋一刚猜测，这也是在告诫一贫如洗的老邓既是机遇也是难题，至于发展银行的股票你想买或许你也没有足够的资本来完成。

邓德发既然坐在了这个堂皇的会议室里，他不把心事说透是不会心甘情愿的。他说：“股票本来就是风险投资，如果不在你们这里玩一把到哪去玩？”高副行长说：“既然你们都有风险投资的决心，我们当然也是欢迎的。这也可以理解为是你们个体对我行的信任和支持。我们会组织一点让你们先尝试一下，这也叫积累经验。”宋一刚听出了高副行长的另一层用意：你们尝试成功了，回去有没有可能再尝试，那就得看你们的造化了。

这个不伦不类的座谈会就这样结束了。散会后，老邓显然是有几分得意，宋一刚自然也有几分高兴。宋一刚从发展银行出来，仿佛也变了一个人。他看看这朵朵白云低垂的天空，呈现的却是一种现实的魔幻，似乎在这地儿什么都有可能，只要你想得到。比如，仅凭这个不伦不类的座谈会，他们就可以拿到先前想都不敢想象的股权认购。在这一点上，他宋一刚不得不佩服邓德发那以疯作邪的套路玩法。

宋一刚和邓德发回到宾馆，他们也没有再要人陪着。他们的目标似乎已经达到了，余下的就是如何去操作了。邓德发郑重地说：“小宋，这就看你的了。我反正是身无分文，你也知道我先前的那点死工资和奖金远不够她们开销的，还落到这种地步。”宋一刚明白了他是个什么角色，但这很重要。整个过程，邓德发都亮得明明白白的，没有半点遮掩。但宋一刚的感觉是他玩进了一个包裹着蜘蛛的琥珀套路。此时的宋一刚也完全可以选择不合作，但基于他对这片热土的浪漫预期，以及对这新生事物的整体考量，他想作别老邓以及这唾手可得的股权认购已经是不可能的了。他现在最现实的纠结无非是认购多与少的问题。宋一刚此时还在设问：你邓德发凭什么就相信我这个刑事犯罪分子？仅仅就凭你标榜的才华和信用？我真的就有那种你认可的信用？宋一刚暂时不去想这些问题，他问邓德发：“我们最多能拿多少？”邓德发照实说：“据我了解，股权也派得差不多了。一股八块钱，两万股应该是有把握的。”宋一刚深吸一口气说：“我想赌一把。”邓德发说：“这还不够？”宋一刚说：“既然要玩就来玩他一个心跳。”邓德发问：“到底要多少？”宋一刚伸出一根指头说：“十万股。”老邓从沙发上跳了起来，他在烟灰缸里捻灭了烟头说：“小宋，你是不是在逗我玩？眼下在我们家乡找一个万元户都难上加难，这八十万可不是个小数目啦。再说，这股票是有风险的，一旦企业倒闭那可是砸锅卖铁都还不清的呀。”宋一刚反问他：“你当初为什么要信任我？”老邓不语。“我想逗你玩，你没看看，这里哪一粒尘土是在闹着玩？他们要都闹着玩谁负得起这个责？”邓德发看出了宋一刚对这件事的铁心认定。邓德发说：“我只是担心而已。我也没有钱投，你弄成了分我一点饭钱得了。这事我去找他们说，你那边的事我也帮不了忙。”宋一刚说：“你就在这里稳住他们，我回去想办法筹款。”邓德发说：“我不在这里。我听到那轰隆隆的炮声就心里发慌。”宋一刚问：“你回去能干吗？我把钱给你留足还不行吗？”邓德发想了想说：“那也行。反正钱用完了我就得回去了。”宋一刚干脆地说：“可以。”

宋一刚一个人从南方回到省城，他刚进省工行培训中心的大院，一头撞见了鲁主任。宋一刚从鲁主任的脸上觉察出了他极大的不快。他对宋一刚说：“你到我办公室来一下。”说完转身走了。宋一刚提着行李包来到鲁主任的办公室。培训中心暂时还没有招收新的学员，教职工还是处于半休假的状况，整个办公楼显得异常的安静。宋一刚上到三楼也没有遇见一个人。进了鲁主任的办公室，鲁主任也没叫宋一刚坐下就拍着桌子质问他：“你说走就走我也没有什么意见，你怎么就跟他搞到一起去了，还不吸取教训？”宋一刚说：“我们是出去谈事了。说不定您也能赚点钱。”鲁主任一听就更火了，他说：“你做梦吧你，他要是能赚钱会去做那些下三烂的破事？有那些赚钱的好事他还能想到你？他曾经踩过你多少次你就不记得了？”宋一刚的确为老邓的过往感到可悲。他知道，此时此刻他要为邓德发做任何丁点的申辩都是没有意义的。他不如就此将自己的想法向鲁主任一吐为快。宋一刚说：“鲁主任，您今天就是不找我，我也要来找您的。我想离开培训中心。”鲁主任从椅子上跳起来说：“你到底在想些什么？你知不知道我们在为你跑啥？”宋一刚还真不知道鲁主任和培训中心在为他跑什么。但鲁主任一心想留住他却是毋庸置疑的。

晚上，鲁主任叫上孔庆和、姚玉蓉来培训中心吃晚饭。在饭桌上，孔庆和才道出这些天他和鲁主任在干些什么。宋一刚虽然在师院数学系修业期满，但因为作风等问题没有拿到毕业文凭，再加上这一场又一场的悲剧性叠加，因而他要想进培训中心就只能以勤杂人员的身份招工进来，这样就能降低入职门槛。虽然是一个勤杂工，但他毕竟在省城有了一份正式的工作。孔庆和与姚玉蓉想的是，这样宋一刚就能安下心来在省城生活了。即便是这样，一道又一道的审查也不一定能通得过。那些履历上的硬伤是明摆着的。宋一刚听过这些后，从内心感激鲁主任和孔庆和。不过，宋一刚在饭桌上却向他们提出了一个问题。他问："你们知道我这次去南方最大的感触是什么吗？"老孔和鲁主任都面面相觑。唯有姚玉蓉点了点头。宋一刚说："我往那片海接云天的土地上一站就感觉到没有什么是不可能的。虽然我此时是身无分文。"姚玉蓉说："我相信他的直觉。老是囿于眼前的这一亩三分地没什么出息。"宋一刚仿佛觉得姚玉蓉的这话是说给孔庆和听的。他知道姚玉蓉绝对不满意他就在这座城市里将就着，安稳地做一个勤杂工。姚玉蓉也从宋一刚这种情绪中看出了一种不一样的冲动。所以，当宋一刚说到当务之急是找到原始资本金去投资时，姚玉蓉坚定地站在了宋一刚这一边。她在财政部门做政策研究，当然知道这原始资本金的重要。在这种情形下，鲁主任和孔庆和一方面是对宋一刚的精神状态感到振奋，另一方面他们也在怀疑他俩前期的奔走是不是显得很多余。

晚饭后，四个人还有正事要谈。鲁主任问宋一刚："你辞职后究竟想去哪里？"宋一刚说："我真的想去尝试一个全新的行当。"鲁主任直接问："你老实说，是不是邓德发怂恿你干的？"宋一刚也毫不避讳地说："真的还是他怂恿我干的。但主观意愿是我自己想干，我不过是被他说服了。"鲁主任对孔庆和说："老话说的没错，人坏坏一窝。"他又对宋一刚说："你了解邓德发吗？他是一个什么样的人你清楚吗？要不是你跟他在我面前求情，他早就进号子了。"宋一刚说："他先前干的好多事好像都不大靠谱。但这一次我又从那些不靠谱中看出了他的靠谱。当下，没有他那种疯狂劲好像还真不行。"鲁主任带气说："就凭他一脚蹬掉农村的发妻？就凭他打着培训中心的名义四处招摇撞骗？就凭他一年睡了五个女人？有些事我真还不想对你说，怕脏了我的这张嘴。"孔庆和当然不好多反驳，他只是在一旁听着。姚玉蓉却单刀直入。她直接问宋一刚："你们去南方究竟拿下了多少股？"宋一刚觉得在座的人都是在他最困难的时候全力帮过自己的人，因而他也没有回避的必要。宋一刚说："我这次去，一下就预约了十万股，当然主要是靠邓德发的关系。他的一大帮铁哥们儿好几年前就去了南方。"姚玉蓉说："一股也得有几块钱吧？"鲁主任有些惊讶地说："几块？我的天哪，这一次盘下来就是几十万。我们一个培训中心一年能拨多少费用？你们简直是疯了。"姚玉蓉却说："这其实也不多。充其量也才是股权认购，多的还在后头呢！”孔庆和望了一眼姚玉蓉，他不懂什么是股票，更不知道他们聊的资本市场是什么。他只是有种感觉，要不就是他和老鲁被时代淘汰了，要不就是他们两个真正是疯了。但他相信姚玉蓉和宋一刚一定是对某一领域做了重点研究的。特别是姚玉蓉，她在省财政厅做政策研究，接触的就是最前沿的财经动态信息，她不可能不清楚当下的财经政策走向。因而，他只能将自己定位于外行。宋一刚说：“这样一个全新的玩意儿对谁来说都很难理解，只有知道的人才清楚它的价值所在。现在的情形是要在这个基础上再来一次重组，形成新的风险关系。当然也是利益的再分配，那自然是以后的事了。”宋一刚和姚玉蓉始终没有言及股票上市。因为，那是在中国大地上本来就还没有影的巨大资本平台，此时跟他们去描述简直就是对牛弹琴。鲁主任最后说：“老孔，我的义务也尽到了。你们也看见了，人各有志，年轻人要出去闯荡也是情有可原的。我还是那句话，你宋一刚对我们培训中心是有贡献的，有困难你还是回来找我，培训中心就是你的娘家。”说完，老鲁就先走了。宋一刚明显看出了老鲁的不满与愤慨。

宋一刚从培训中心辞职后，依然还住在那里，更没有离开省城。那天中午，姚玉蓉接受了一个邀请，是夷州市的几个领导来省城跑项目，他们说，早就知道三江县城有一个师大的高材生分到了省财政厅政策研究室。他们想见一见这个才女老乡，以后争取项目也可以行些方便，于是就约了这个中午。姚玉蓉清楚，他们想见的并不一定是她这个人，而是看中她屁股下的这个位置。要是她当初被分到一所中学或是一个要死不活的烂单位，她姚玉蓉若转头去巴结他们，可能连茶水都讨不到一杯。这就是现实。她目前所处的可是省财政厅政策研究室，好多热点的政策倾斜都要经过他们的手，这就是她的价值所在。但姚玉蓉决定要把宋一刚带过去，她对那拨人只是说要带一个老乡过来，市领导当然也不好推辞。

姚玉蓉和宋一刚要去的餐厅是东湖宾馆的五号厅。他俩一进宾馆大厅就有一帮人把姚玉蓉团团围住，姚处长的这个称谓宋一刚还是第一次听到。而此时的宋一刚自然被晾在了一边，很有些尴尬。这场面要不是在这亮闪闪的厅内，说不定他早就偷偷溜走了，他实在是不适应这种应酬。正当他在想用什么法子可以逃离时，姚玉蓉却从人群中转过身来说：“他就是我的同学宋一刚，也是三江县城河口人。”那一群人只是礼节性地与宋一刚打了个招呼。有两个级别稍低一些的领导也与宋一刚握了手，那种松垮垮的握法让宋一刚认识到自己是多么的毫无分量。

进了包间，席次的安排也是一样的见分寸。姚玉蓉坐在主宾席，宋一刚坐在姚玉蓉的正对面。这当然是要突出姚玉蓉。但宋一刚看出了姚玉蓉对这一套应酬的老道。她虽然坐的是主宾席，但杯中物却只是干红，其余人一律是白酒。他们给她去敬酒，她也是象征性地小抿一口了事，别人却是一杯下喉，表示自己是诚心诚意。宋一刚从中感受到了一种隐隐的痛快。几巡过后，他们就谈到了正事上。这一次，他们是来省里争取一个大型技术改造项目的，要争取到这个项目，就需要姚玉蓉帮忙出出点子。姚玉蓉毕竟是熟悉这块政策的，她也没有弯弯绕。她说：“你们那个技改项目我早就知道了。不谦虚地说，我也参与了前期的技改项目规划评审。但你们想过没有，如果一个企业老是指望上级财政的项目支持是长远之计？我们能不能换一个思路想问题，比如，国家层面大力推进的股份制改造，逐步建立现代企业管理制度，也许资金的缺口难题在一定程度上就有所缓解。”姚玉蓉刚说完，市里来的那几位领导都表态说，这是他们今后必须努力的方向，但远水也解不了近渴。现在急需的就是把省里的项目争取到位，有了项目资金的支持，那些老旧危困企业才能有破局生存下去的可能。姚玉蓉马上转换话题说：“各位，我之所以把我对面的这位老乡也叫过来，是想让他给你们讲一个故事。他的故事很精彩的，听一下也无妨。”宋一刚马上站起来，双手抱拳说：“不行不行，我的故事不值一提，而且还很不光彩。”宋一刚感觉到脸上在发烫。姚玉蓉说：“你就讲一讲关于资本市场的故事吧。我估计他们也许爱听。”宋一刚这才明白姚玉蓉之所以一定要带他来见识这帮人的原因。宋一刚说：“姚处长刚才说的资本市场，实际上就是一个观念问题。观念的转变就意味着经济形态也要转变，资本是有其天然属性的，他的本质就是逐利。如果企业家眼里只盯着政策性项目资金扶持，企业的运转是不可持续的。要想改造一个企业，争取项目固然重要，但市场融资也是势在必行。比如发行股票，这就是一个广泛的社会融资渠道。”在座的人中也有知道股票是怎么回事的，但宋一刚可以断定，他们一定没有足够深的认识。他们的习惯依然是看家护院似的经营模式。但宋一刚就不明白为什么姚玉蓉非要逼着他为这群人讲资本市场。宋一刚也只能讲到社会资本聚合的可能性和风险性。

这一顿饭是宋一刚吃得最不寻常的一顿饭。他既客串了一回老师，却也成了众矢之的。除了姚玉蓉，几乎在座的所有人都将他视为理论不联系实际的异类。虽然分别时，有两个领导口头表示，有机会要请他回夷州去讲讲课，但他品出的却是那种言不由衷的敷衍。

与他们分手后，宋一刚和姚玉蓉在大厅里坐了一会儿。宋一刚就对姚玉蓉说：“在饭桌上你差点让我出洋相。”姚玉蓉肯定地说：“你在他们那帮人面前永远也没有洋相可出。”她反问：“你知道我为什么要叫你过来吗？”宋一刚笑了笑说：“我终于知道你是处长了。除了这我还真不知道别的什么。”姚玉蓉显得很大气，她不在这个话题上做过多纠缠。她说：“同一个事例，我相信你可以得出常人不可能得出的结论。事实上，你在饭桌上也已经说得清清楚楚了。虽然看起来我们面前是一潭死水，但只要扔下一块石头它就可能掀起一阵波澜。你知道我说的是什么意思吗？”宋一刚瞧见眼前的这个女人，的确不是他当年印象中的那个人了，宋一刚不得不从内心佩服她的远见和胆识，只是他不想当着她的面，承认自己预感到的那种可能。他就这么默然地看着她从容走出大厅。

第三天，姚玉蓉又来找宋一刚。姚玉蓉说：“股本金已经落实了，你到夷州市化肥厂去办。记住，不要对外人说是我牵的线。”宋一刚疑惑地问她：“我没有让你准备股本金呀？”姚玉蓉说：“你瞒得了别人瞒不了我。任何资本的积累都离不开最原始的本金。你现在身无分文，到哪里去调配那么大的一笔钱？”宋一刚一时也无话可说。姚玉蓉接着说：“你必须成功。这一步跨出去了，就有成几何级数的财富在等着你，知道吗？我们为什么不赌上一把呢。”宋一刚当然有自己的思考。他认真问姚玉蓉：“他们的条件是什么？”姚玉蓉知道宋一刚会提出这一现实的问题。她坦诚说：“很简单，就是股权质押，这也没有什么坏处。没有你的授权，他们无法变现。”宋一刚反问：“如果上市盈利，我有什么主动权？到时候我还不是鸡飞蛋打？”姚玉蓉紧盯他说：“你说的我都懂。但你没有把人的因素考虑进来。”宋一刚说：“我不是没考虑，我是考虑得太充分了。在这个问题上，我们必须清清白白，尤其是你。难道我的教训还不深刻吗？还要让你再重复一次？”姚玉蓉没有再吱声。宋一刚又说：“我何尝又不清楚你现在是实权在手，这点钱倒腾一下也只是一点毛毛雨而已。我只是不想节外生枝，我的教训你应该引以为戒。不然，我们都回不了河口老家了。”姚玉蓉问：“你想怎么办，放弃？”宋一刚说：“我要是想放弃就不会再回来。小的时候，肚子饿了就会想到家里的灶台，困了就会想到家里的床铺。”姚玉蓉问：“你要回去？”宋一刚肯定地说：“不。”姚玉蓉肯定地说：“我明白了。”

郑联生第三天就来到了省城。他把宋一刚从培训中心接到了东湖宾馆，当天就和宋一刚喝了个烂醉。郑联生舌头打着结说：“只要是你叫——叫——我——就是天——天——天上下刀——刀子我也得来。”宋一刚说：“今天我们不谈正事。”

第二天是星期天，姚玉蓉与孔庆和一早就来到东湖宾馆。他们开始是在房间里商量怎么认购那十万股的股票。两个方案，一个是郑联生独资认购，相关人分点利润，如果亏损其他人不负任何连带责任。另一个方案是众筹，按比例分配股份，风险各自承担，统一操盘。但宋一刚和邓德发没有股本金，只能配一点干股。郑联生和姚玉蓉更愿意选择后一种方案。最终达成一致，宋一刚占 10%、邓德发占 5%、姚玉蓉占 20%、郑联生占 65%。实际股本金是姚玉蓉和孔庆和出资十万元、郑联生出资七十万元。他们商定，一周内资金必须拆借到位。

资金合拢后，宋一刚和郑联生、姚玉蓉一同去了南方，邓德发还住在宾馆翘首以待。见面后，为了让邓德发解除疑虑，宋一刚提出将他的股权直接提出，让他自己操盘，也算是对他牵线搭桥的报偿。但邓德发坚决不干，他说：“就是亏也要和你宋一刚绑在一起。必须股权集中才能发挥你的作用，我相信你的能力。”郑联生和姚玉蓉也不知道他一个外乡人为啥就对宋一刚这般信任。他们一行只用了半天时间就完成了股权认购。回到宾馆，他们就把这一叠票证全部交到了宋一刚手上。宋一刚说：“如果这只股票真的上市了，能唾手可得一大笔现钱时，你们会怎么想？是吵着要脱手变现还是看我的判断操盘？”郑联生说：“反正我是不懂这玩意儿，你就是一把火烧了我也认了。”宋一刚听了这话，一脸的不高兴。他不知道在这个关键时刻，郑联生为什么要说出这番话来。多年以后他才悟出，那就是一个预兆。

手续办完后，他们一行在罗湖和中英街逛了一天。老邓还不想回去，他和那帮同学还没有结束聚会。宋一刚、郑联生、姚玉蓉先回了省城。

姚玉蓉上班后，领导就找她谈了话。她的工作变动了，调到省计委企业改革办公室工作。宋一刚不知道这是她自己争取的还是组织有意的安排。姚玉蓉也不对他谈起这个话题。

送别郑联生的那顿午宴，是孔庆和安排的。他们四人都喝了酒。但宋一刚发现郑联生一开始就有些不对劲，他头上老是冒大滴的汗珠。最后的那杯团圆酒，四人都站了起来，碰杯后郑联生将剩下的酒一口干掉，突然“砰”的一声，他手上的那只玻璃酒杯就砸在了地上，飞翔的玻璃碎片在宋一刚看来，就像是一朵晶莹的纸花。就在他侧倒的那一刻，宋一刚和姚玉蓉一把扶住了他。郑联生却眨巴两下眼睛说：“没事，最近就是头有些晕。”孔庆和说：“到南方去太疲劳了，回去要好好休整一下。”郑联生说：“那是必须的。我还要把姚同学提拔的消息带回河口呢，让家乡的父老乡亲也高兴高兴。”宋一刚这时却没心思注意其他。饭后，宋一刚送郑联生去火车站。上车前，他就问郑联生：“你到底是怎么了？你得给我个准信。”郑联生拍拍胸说：“没事。你看我不是好好的嘛！”宋一刚凭直觉，眼前的这个人一定是出了什么问题。至于是哪方面问题，他不能确定。

好长时间以后，宋一刚才知道，姚玉蓉之所以要去企业改革办公室，是因为她的一个梦想。这个梦想无形中与宋一刚的生活有了重叠和交集。她的理想绝对不是在一个省直机关老老实实地负那一份小责，她还肩负改变一个人命运的愿景，她要做到这些必须要有一个理想的平台。于是，她选择了尝试。

姚玉蓉调到省企业改革办公室以后，就被提拔成企业改革办公室项目管理处副处长，分管地市州国有企业改革改制的政策研究。按照省里的要求，她目前要着手办的第一个试点，就是夷州市化工企业改造改制。姚玉蓉还在省财政厅政策研究室工作的时候，就对夷州市的工业企业发展现状有所了解。

那天下午，姚玉蓉去找宋一刚。见面后她就对宋一刚说："你待在省城一时也没有什么实质性的事要做，还不如回夷州帮我去办试点，那里也许有你的用武之地。"宋一刚的确对目前的状况也不满意。虽然现在有这么一大把股票握在手上，但也只能参与年底的分红，自己真的是无事可干。在股票没有上市之前也就是待在这里干等着，还不如跟着姚玉蓉杀回夷州市，兴许又有新的机会在等待着。宋一刚知道姚玉蓉也绝对不是一个甘于平凡的人。他有理由相信，姚玉蓉也有这方面的运作能力。

姚玉蓉和宋一刚第一次到夷州市只是去做了一些接触，表明这次试点工作的重要性，顺便也把宋一刚送到夷州安顿下来。这一次到夷州，市计划委员会、市经济委员会的领导都出面接待了他们。宋一刚就以特殊人才的身份，被安排到市梅花岭宾馆住了下来。姚玉蓉还不放心，她又专程去查看了一下。为了方便工作，市接待办公室给宋一刚提供了一个大套间。这样，姚玉蓉才安心回到了省城。

按照姚玉蓉的交代，宋一刚这段时间主要是去夷州市化肥厂看一看。他明白省企改办下一步突破的目标就是这个化肥厂。

宋一刚去市化肥厂是他来夷州市后的第三天。那天一早，他刚下楼就有一辆轿车停在了宾馆的大门口。他也没有多在意，提着个公文包直往前走。他知道市化肥厂在下游二十公里的古峡镇，他要去那里就得到市长途汽车站去搭车。正当宋一刚走近那辆轿车时，车门一下开了，下来的是市经委主任钟明亮。宋一刚和他是几天前才认识的，宋一刚见到钟主任就问："钟主任您在这里等客人？"钟明亮年近五十，性格随和。他说："宋老师真会开玩笑。你是省里派来的专家，我能不好好陪吗？照顾好专家也是生产力嘛，不然我怎么好向姚处长交代。"钟主任说话间，又一辆白色轿车来了，车刚停稳就下来一个四十多岁的男子。钟主任赶紧说："何厂长，快来跟宋老师打个招呼，他就是省里派来的专家。"那个四十多岁的男子说："宋老师好！我是市化肥厂的厂长何光辉。"宋一刚和他握手后就各自上了车。宋一刚坐的是钟明亮主任的那辆车。他和钟主任坐在后排，钟明亮说："小宋老师呀！市化肥厂能不能起死回生就看你和姚处长有没有高招了。你可要有心理准备呀，那厂子的设备你看了要吓你一跳的！"宋一刚问："这个化肥厂是什么时候建成的？"钟主任说："要说这个厂的历史，那可就是一本书了。它最早是一个县里的农药厂。二十世纪七十年代，地区为了粮食上纲要，需要大量的肥料，就改造成了小化肥厂。说白了就是生产一点磷肥和碳酸氢铵。直到现在还是那两个产品没有变。”宋一刚问：“现在农民急切需要的是尿素，为什么不上一条尿素生产线呢？”钟主任说：“宋老师还真是个内行。这碳酸氢铵哪能和尿素比，同样是一包肥料撒到地里，庄稼的长势完全是两个样。广大农民也都是识货的，但怎么才能上得了那项目呢？一是要上面有项目计划可以争取；二是还要有足够的配套资金。现今哪里都缺钱，哪里都要用钱。要上那样一个大项目可不是几个小钱能办到的呀。一条生产线少说也要好几千万，并且还有外汇额度限制，可不是件容易的事。看来宋老师对这一块还蛮熟的。”宋一刚笑了笑说：“不是熟，我就在化肥厂干过。”宋一刚本想说一句调侃自己的话，但让老钟给打断了。他问：“这就好了。你是内行，又有省企业改革办公室的支持，我们的市化肥厂改造就有希望了。”宋一刚心里想，要是你们不改变思维模式，老是伸手要，这个企业就是争来了好项目依然没什么希望。

到了市化肥厂，钟主任带着宋一刚去了厂办的会议室。宋一刚一进会议室就闻到一种说不出的味道，那是一种令人窒息的霉味。这个会议桌也是用几张硬木的长条桌拼成的。他想，就从这些办公设施来看，这个厂的管理水平不会很高。这与他曾经待过的省化肥厂完全不在一个档次。但宋一刚进门后还是被一种氛围所感染。他感觉自己处于中心地位，这在他的人生履历中似乎还是头一次尝试。他想，自己什么都不是，充其量就是一个懂一点资本运营的局外人，一进会议室他还领受一阵雷鸣般的掌声，的确让他感到十分意外。宋一刚想，既然来了，一场汇报会是免不了的了。幸好还有钟主任在场，不然自己还真不知道怎么去开场。

进了会议室后，钟主任将他引到领导席的正中位置，两边分别坐的是钟主任和何光辉厂长。他们的对面是一众副厂长和各科室的负责人。最先发言的自然是钟主任。他首先介绍说：“宋老师是省企改办委派下来调研的专家，目的就是帮助市化肥厂扭亏为盈，化解经营难题。希望大家在这个座谈会上把各种问题困难都讲清楚，听取专家的指导。只有实打实地面对问题才能解决问题。不是流行一句话吗，再高明的老师也教不好时常逃课的学生。”宋一刚打开面前的那个文件袋，一看，是一沓打印好的材料。他不习惯这样面对一堆纸张研究问题。钟主任开了个头，按惯例就该宋一刚发言了。但宋一刚却说，他对这种会议形式还不是很习惯，再说自己也不是什么专家，只不过是受人之托帮忙了解了解情况。他拿起面前的那沓材料继续说：“这样吧，我看市化肥厂的基本情况和存在的问题也都写在上面了，我带回去看看就行了，没有必要开这么个大规模的座谈会。我倒是想到车间去看一看。”宋一刚说完，整个会场一片哑然，但马上就有人在交头接耳、窃窃私语。钟主任见状赶忙说：“宋老师到底是专家，谦虚得让我们都不好意思。专家和我们就是不一样，这行政上的那一套他不习惯。也好，我们就都来实际的，到一线车间去研究解决问题。”说完，钟主任就起身，带着宋一刚出了会议室。

走出办公大楼，宋一刚和钟主任后面还跟着一大队人，宋一刚说：“这么一大队人都跟着去车间不好吧。”钟明亮就对何光辉说：“宋老师说的对，你陪着去就行了，叫他们都回去各干各的事。”何光辉对后面的人说：“你们都回办公室，有事再找你们。”

宋一刚到各车间转了一圈后，也没有发现什么不对劲。只是觉得设备太陈旧，大都是二十世纪六七十年代的国产设备，严重老化，想必效率也不高。在一路交谈中，宋一刚了解到，这个厂发展再生产的瓶颈就在资金上。这些设备不更新，能耗材耗就会越来越大，仅有的一点薄利也将会被蚕食。钟主任说：“要不是姚处长帮忙争取那五百万元的技术改造资金，我们的储铵设备都还更换不了。那设备要是不及时更换，我还真不敢带你进厂区来。那时候，这方圆几里地都有一股铵水臭味。尽管现在也还有，但毕竟只是生产性的小溢漏。”宋一刚非常熟悉碳酸氢铵的味道，但他此时嗅到的却是实实在在的铵水味。他想，那套储铵设备没更换前，这厂区里会是什么样的铵浓度？他简直不敢想象。他和钟明亮、何光辉三人走了几个车间，宋一刚就发现那些在一线的工人有种说不出的表情，说是抵触和不满也不一定准确。甚至还有一个粗声大嗓的汉子公开嘲讽何光辉厂长：“你们来这里不怕让铵气冲晕？这里可没有急救室。”宋一刚听了很不舒服。他从这些表面现象能看出，普通工人对管理层是有很大的怨言的。钟主任对宋一刚说：“他们在一线也是够辛苦的，发几句牢骚情有可原。”

但何光辉一路始终铁青着脸不吱声。出了包装车间，何光辉才说："宋老师你不知道，我们才出台了一个全员劳动考核制度，号召每个车间都要节能降耗，管理部门也是一样。收入与考核指标挂钩，完不成指标任务的班组只能领取基础工资，所以他们都有抵触情绪。我们不这样做就完不成扭亏为盈的基本任务。"钟主任说："所以小宋老师呀，你还要向姚处长多多美言几句。一方面我们要加强管理，另一方面要争取上面再加大投入。不然，这个厂要活下去还很困难。"宋一刚试探性地问："如果我们不向上面伸手要钱，而是争取一些好的改制政策怎样呢？"钟主任说："争取政策是必须的。但远水解不了近渴呀！"何光辉说："我们还是找个安静点的地方边吃饭边去谈吧。"钟主任说："行。既然是研究问题就要把问题研究透。听你何厂长的。"他们一行来到了一座水库边上的四合院，这里既可以钓鱼又可以吃农家饭。宋一刚本来有钓鱼的爱好，但他一想到钟主任提的话题，还真打消了钓鱼的念头。宋一刚一看，来的厂长副厂长加一起有十多人。他就想，难怪一线的工人呼出来的气都有一股火药味。但宋一刚也正好就这个机会和他们做个交流，看他们的反响如何。这正是姚玉蓉要他在夷州完成的事。

来的人围了一大圆桌，宋一刚这次坐的是主宾席。待坐定后，钟主任就说："市化的班子也都到齐了，宋老师也到厂区视察了。我们这里毕竟是个小地方，没见过什么世面，我们还是想听一听宋老师的指导性意见。大家欢迎。"顿时，四合院里充斥着一片掌声。宋一刚是不能再推辞了，他说："要说见世面我也没见过多少。我还是那句话，这一套我真的不是很习惯。以后我们见面的时候还会很多，我建议不要把掌声老是送给我。因为我一不是什么领导，二不是什么专家，我就是一个无业游民。这次来夷州我充其量也就是个随员。如果大家愿意听就听，不愿意听只当耳边风。既然钟主任要我讲两句，我就得问大家一句话：如果这个厂子要从你们腰包拿出点钱解决困境，你们在座的人干还是不干？"这一行人从来没有考虑过这个问题，也没想到年纪轻轻的小宋老师会提出这么一个富有挑战性的问题。所以，在场的人都面面相觑。一看是这种情况，何光辉也只能硬着头皮出来接话了。他说："小宋老师提出的问题非常具有前瞻性。这也是我们企业改革的大方向。既然有钟主任在我也就不得不说实话了。我们之所以要向上面去争取各种资金，是因为这个企业必须要进行大的改造。要改造就得花钱，钱从哪里来？一方面是要争取项目支持，另一方面就是争取银行贷款。说句不好听的话，现在又有哪家银行敢冒险为我们贷款？既然银行都不愿意放贷，我们私人腰包里的那点钱又能顶什么用？”钟主任接话说：“小宋老师呀，我们也没把你当外人。姚处长为我们这个厂也付出了很多，她是我们的大恩人，当然你也就是我们的大恩人了。照实说吧，这个厂子早就资不抵债了，每年能还上银行的利息就不错了。还有那几千号人要养活，运转起来难哪。”宋一刚扫了一眼那材料上的基本情况，这么一个市级化肥厂，仅员工就有近三千人，比省化肥厂的人数差不了多少，的确是包袱沉重。他也知道，这些人都是所谓的正式职工，你要是提出减员增效，落到谁的头上也不会答应，弄不好还会造成大的动荡。你不给别人饭吃，别人自然就不会让你好好端着碗，这是人之常情。但现在的情形是，只有优化产品项目、融资众筹一条路可走。这也是姚玉蓉之所以委托他来夷州的原因。但眼下，宋一刚发现仅靠这批人是很难完成这一重任的。他们不是不努力，而是没有那样一种管理现代企业的理念。至于这条船是沉是浮于他们似乎无关痛痒，都是上面操心的事。宋一刚又问：“如果我们把现有的员工分流一半出去，这个企业的负担就轻了，这个方案大家想过没有？”钟主任好像听出了些什么，也顺着这个话题说：“小宋老师提出的这个问题大家来议一下。”宋一刚看到的又是一片沉默。还是何光辉出来说了话。他说的大意是，这个方案断不能出台。如果真是这样去落实，整个厂子就陷入了矛盾的旋涡之中，厂办就要改成公安派出所了。何光辉说完，那一拨副厂长也跟着起哄说，千万不能动意这个方案，要不然他们这些个厂长、副厂长在这儿也就待不下去了。钟主任说：“你们听明白没有？小宋老师只是说分流一半的人，没有说要一半的人下岗。你们可不能在厂里放出这些言论来呀。”宋一刚说：“如果能分流一半的人，这个厂就能减轻好多负担。”宋一刚本想就这个话题再往下多说一些，但他考虑有些话还是不提前张扬出去的好。钟明亮也旁敲侧击了好几次，宋一刚便不再往下说。不过，钟明亮主任表示，要是真的能分流一部分人出去，这个企业还是有希望的，因为产品的销售渠道是畅通的，时下，市面上尿素生产量少，一时半会儿还不能完全取代碳铵。

吃过午饭，钟主任和宋一刚要回到市里去。路上，钟主任问宋一刚：“你觉得姚处长对我们这个厂有信心吗？”宋一刚说：“我想她信心是有的，但她可能还有好多不满意的地方。”钟主任说：“这样吧，我下午也没有安排其他工作，你先回去休息一会儿，我三点半到你房里去坐一坐。”宋一刚说：“午觉我就不睡了。我先到房里看一会儿材料，您随时可以来。”钟主任说可以。四十分钟后，宋一刚就到了宾馆。他坐在沙发上翻看那些材料。宋一刚发现这个化肥厂生产的碳酸氢铵行销周边三个省份，而且大多依靠的是运费低廉的水运。怪不得姚玉蓉他们要选择这个厂做改革试点。但宋一刚发现的问题也十分突出，主要是冗员太多、设备老化、资金周转不灵。宋一刚觉得最大的问题，还在于他们有一种“讨米过生活”的保守与惰性，这可能是姚玉蓉没有想到的。

三点半刚到，钟主任就来叩门了。钟主任给宋一刚带来了一个小皮包。他从中拿出了一袋茶叶和一个包装盒。钟主任说：“你在这里为我们操心劳神，我们还是要改善你的工作条件。这是我们才买回来的一批移动电话，也给你配了一个。这都是为了方便工作。”宋一刚说：“这是不是超标了？我只要开通房间里的长途电话不就行了？”钟明亮说：“一点都不超标。你是来帮助我们工作的大专家，谁敢眼红？不然叫他来试一试！”宋一刚也不好再推辞，就接了。他知道能用上这玩意儿的至少也得是个局级干部。钟主任说：“今天上午我才真正见识了你的水平，我们不服还真不行。”宋一刚笑着说：“要不是我能提几个实实在在的问题，这个电话还指不定是谁的？”钟主任也直爽，他说：“还真是这么个道理。我们这些个紧俏物资也不是白给人的。”他笑了笑又说：“我想私下听听你的看法。”宋一刚问：“您是真想干还是做做样子了事？”钟主任说：“我们还真是想干出一点实事出来。市里的意思是，不能在我们这一届连一个厂子也盘不活吧。”宋一刚说：“就我个人看法，省里之所以选择这个农业生产保障型的企业做试点，也是有他们的考虑的。这个企业不缺市场，缺的是管理和创新，这里也包括管理机制的创新。”钟主任问：“我想听一听你中午在饭桌上没说完的话。分流是不是省企业改革办公室的意见？”宋一刚说：“他们是不是这么想的我不知道。这只是我个人的想法而已。如果不把企业的包袱彻底丢掉，背着一副铁背心搞竞走，迟早是要累倒的。我的想法是，无论是人员还是债务都要减下来。所以分流和蜕壳就是首选。当然，分流也是可以采取开发性分流方式的，比如扩大再生产。蜕壳就得要市里下最大的决心了。”钟主任对宋一刚的“蜕壳”论非常感兴趣。宋一刚说：“这就像发达国家的破产重组。但是这个农业保障型的企业又不能简单执行现有的破产法，唯一的办法就是实施开发性分离。让具有活力的那一部分轻装上阵，而那副僵硬的铁锈躯壳交由现有法人去代理。这就要有一个政策上的明确引导。”钟明亮问：“这合法合规吗？”宋一刚说：“要说合法与否还值得探讨，但这必须要有一种担当。不然这种危困企业的改革怎么走得下去？”钟明亮也认为这是一个极好的办法，不这么干都得死，如果选择这条路兴许还可以救活一大部分。宋一刚接着说：“这一阶段性工作如期完成了才有可能去走下一步。比如，企业提档升级，实施新的改造方案。”钟主任觉得这是一次大开脑洞的谈话，但这些措施要真正落地还要得到市委、市政府的支持和强力推进。钟明亮说：“你的意见我也是赞成的。不这么办即使从上面争取再多的资金也发挥不了效益。乡下有一句俗话：挑水填枯井，永远没个完。但要从纸面上弄落地还是要省企业改革办公室来督促推进才行。”宋一刚说：“我先弄一个大的框架报告，再让他们来人指导推进也不迟。”

这次见面与其说是给钟主任开了脑洞，不如说是给夷州市的企业改革出了一个大的难题。钟明亮也没想到宋一刚在企业管理上还真有一套，他原以为他就是一个白面书生，充其量是在一个女人的石榴裙下混一碗饭吃的软蛋。没想到他的观念还那么前卫，钟明亮凭直觉又觉得这条改革之路又是绝对正确可行的。

这以后的一个月，宋一刚每隔几天都要独自去市化肥厂走一圈。那种浓浓的铵水味，却让他有一种说不清道不明的兴奋感。他就想，自己来夷州仅仅是帮助姚玉蓉来盘活这个厂子吗？他觉得好像又没有那么简单。

宋一刚在这一个多月里完成了一份调研报告。直到这时，他才给姚玉蓉打了一个电话。他在电话里说，情况基本弄清楚了，问题比想象的要多。姚玉蓉就在电话里说：“具体情况你回省城来说吧。”

宋一刚第二天就回了省城。姚玉蓉把宋一刚直接接到了长江宾馆。进了房间，姚玉蓉就问："你带回来的报告，夷州市那边还没人知道吧？"宋一刚说："我对谁也没有透露。"他就把那些材料递给了姚玉蓉。姚玉蓉接过后就说："我今天晚上有个接待，晚饭你就自己安排，要不就跟老孔联系一下？"宋一刚说："我想休息一下。"姚玉蓉说，也好。宋一刚送她出门后，就回到房间和衣躺在床上。他想睡一觉，最好不做什么梦。

三天以后，姚玉蓉又到长江宾馆来了。她放下手提包就说："你不觉得你这一个多月过得很充实吗？"宋一刚感到莫名其妙。他说："什么充实不充实的，说白了就是给你帮个忙。"姚玉蓉认真地说："你这么说也没毛病。不过，就凭你写的这个材料足可以在夷州争得一个位置。"宋一刚一惊，他赶紧说："原来你是想把我塞到夷州去？告诉你吧，我可没这么想过。我经历了这么多的事以后，也习惯过这种自由自在的生活了，进了体制反倒不习惯。"姚玉蓉却转换口吻说："谈正事吧。我原来也没想到，这么一个不愁销售的地区化肥厂还会玩得资不抵债，而且负担这么重。"宋一刚说："我一开始也没有想到。不过，我提的几点建议也并不一定准确，你自己看着办吧。"姚玉蓉说："你别说，我都刮目相看了。你一个教书匠，居然还知道这么深奥的经济学知识。"宋一刚说："不表扬我了好不，你以为我就该一辈子平庸倒霉？"姚玉蓉说："我不是这个意思呀，我知道你心有多高。不过，我还是想问一个问题，如果把负债全撇出去，实现了资产重组，他们就一定能盘活吗？"宋一刚实话实说："也难说。第一个步骤是资产重组，第二步是要建立融资平台，第三步才是企业管理和产品的提档升级。这一系列的推进都少不了一个最为关键的人力因素。"姚玉蓉说："这么空荡荡的几条意见谁都能说出来。说具体点。"宋一刚说："我还是一条一条地说吧。资产重组就是剥离债务轻装上阵。新的企业不负责过去的债务纠纷。社会融资平台就是企业发行内部股票，想尽一切办法谋求规范上市。企业产品的提档升级首先是设备和产品的提档升级。这一方面你应该是有想法的。"姚玉蓉说："是的。夷州市跑了多年的'尿素企改计划'一直不能落实。关键的瓶颈就在于资金配套上。现在是分灶吃饭，各有各的责任。在融资上你是真正的专家。我就担心那企业股票没有人来认购。如果没有人认购那不也是纸上谈兵？"宋一刚说："这个我是有把握的。我去把邓德发弄回来，他就是一只尖鼻子的老鼠，他有的是办法。”姚玉蓉问：“他到底有些什么好办法？”宋一刚说：“省内好多基层银行的头头儿都是他过去的同学或者是学生。通过他们就可以发行不少的内部股票。还有，你也知道，他在南方也有路子，今后在股票上市这个问题上他一定能出大力。”姚玉蓉说：“别的我不是很担心，我就是怀疑他的为人。”宋一刚说：“如果是放在大庭广众，我也是要被人怀疑的对象。你说是吗？”姚玉蓉感到鼻子一酸，她当然知道这是事实。她不知道这是一种纠结还是一种抱怨。

在省城的这几天，宋一刚找到了邓德发。见面后，邓德发又给宋一刚抱来了几本书，全是股票运作方面的读本，其中一本还是小说，宋一刚很喜欢看那些在风险投资中惊心动魄的故事。只要一说到股票和资本，邓德发就唾沫横飞。这几天，邓德发提到最多的是股票交易。那天晚上，他约了宋一刚在江边喝啤酒，郑重地对宋一刚说：“我们就要发财了兄弟，我听我的那帮同学透露，南方的证券交易所马上就要挂牌营业了。我们手头的就是第一批上市的股票。价格要不翻上几个跟头我才不答应呢！”宋一刚问他：“你就不怕我脱手变现卷款出逃呀？”邓德发说：“你逃我也跟着你逃，看谁怕谁。”宋一刚试探性地问他：“我们一起到另一座城市去搞原始股发行怎么样？”邓德发接话说：“你敢去我就敢去。我下半辈子就跟定你了。”

二十八

税艳艳的不辞而别让吴新独自反省了好长时间。他认为女人的直觉是最敏感的。税艳艳到了三江县城后，发现她的确找不回当年的那种感觉和激情了，虽然人还是原来的两个人，但环境都变了。吴新清楚，税艳艳之所以要离开三江县城，是与他的分心分不开的。他自问，她那么聪明的人，难道就看不出我的心思早已不在她那里了？正因为是这样，吴新才被一种惴惴不安的情绪困扰着。倒不是因为税艳艳离去后的那份自责，更多的是一种他嗅出来的恐惧。因此，这段时间他总是不敢去见一个人，甚至想到她的时候都胆战心惊。

进入盛夏，两江的水情越来越分明。由于长江水位的升高，清江河水充盈平缓，因此奔流与缓静呈现自清至浊。常住三江县城的人也许并不太在意这种对比，却吸引着不常见这一奇观的外乡人结伴而来，每到落日黄昏，这清江河口便有很多人来围观。吴新本不是来看这一奇景的。近日，他多半是为了纳凉散心才到这里来走一走。

那天傍晚，他到江边走了一圈，看了看那些充满好奇心的人们。之后，他独自来到了李红梅家楼下。他一抬头就看见她家窗台上有一盆太阳花，那些粉红的花朵开得有几分刺眼。吴新也不是头一次来她这里，他怎么就不记得她的窗台上有这么一盆艳丽的太阳花呢？吴新这时更想上去看个究竟。他小心翼翼上楼，生怕有人瞧见他的行踪。这是税艳艳离开三江县城之前，他从来没有过的紧张感。好长时间以后，他才把他当时的情形理解成做贼心虚。

吴新上到三楼，轻轻叩了两下门板，但没有人回应。吴新敢肯定李红梅这时一定在家。于是，他又叩了两下，还是没有人回应。吴新就在心里说，这就奇了怪了，她会去哪里？他的判断是，李红梅虽然身体早已康复了，但她一个人出去走动的可能性也不大，这不是她的生活方式。这栋楼本来就是由一栋粮食仓库改建而成的，在三江县城的东边，住的人不是太多，显得很安静。李红梅和陈仁义彻底摊牌以后，她就一个人搬到这里来住了。

吴新下楼后，又瞧了一眼那窗台上的太阳花，很是诱人的样子。吴新也没多想就径直走了。他想再到江边去吹吹凉风，看看那些观光的人们，甚至还想穿着个裤衩跳到河水里泡一个冷水澡。他这么想着就来到了街口，正当他慢悠悠地散步时，就听见有人在叫他了。他回头一看是办公室主任吕彬。吕彬穿着一条白色的连衣裙，显得很是素雅漂亮。她走近吴新就问："领导怎么有闲心出来散步了？"吴新反问："你不是也出来了吗？"吕彬望着一边说："可不是为散步而散步吧？"吴新突然有些警惕了，他问："你这是什么意思？"吕彬娇嗔地跺了一下脚说："您干吗这么严肃，老这个样子下属可是有压力的呀！"吴新反问："我一向很严肃吗？你们不是经常拿我开玩笑？”吕彬越说越离谱：“我知道有些玩笑开得，有些玩笑是开不得的。”吴新感到吕彬是话里有话。但吕彬说完就要走，吴新就问她：“你要到哪里去？”吕彬说：“我就出来散散步，要不介意我也陪您走一走吧？”吴新觉得吕彬似乎有什么话要对他说，他也就不怕别人闲言碎语了，索性一起走一走。

吕彬一路也没有说什么特别重要的事，吴新倒是感觉她有些唠叨。她走的那条巷子吴新很少走，即便那时他在三江县城里读高中，三五成群地乱窜一气，他也没有窜到过这条冷巷子里来。他们走到巷子的尽头却是一面高墙，再转过一道弯是一个安静的小院，院子正中是一棵梧桐树，一幢木质二层小楼立于眼前。吴新不得不问吕彬：“你把我带到这里来干吗？”吕彬回过头说：“您觉得不舒服可以走回去呀。这是我老娘的私房，她老人家去我二姐家了。”吴新有种抵触感，他就在心里说，你可是我的大姐姐呀！吴新以为，吕彬是在引诱他。吕彬开了那小木楼的大门，对吴新说：“您来了就进来坐坐吧，我又不是老虎。”吴新进门后，吕彬却一本正经地对他说：“我要您亲眼见识见识对面的风景。”吴新也直言不讳：“你以为我看得少吗？”吕彬愠怒说：“您想歪了。我是要您看一看您不曾见过的景致。今天看不到有明天，明天看不到还有后天。”吕彬从一架木楼梯“噔噔”几步就上了二楼。吴新也跟着上去，他进了一间小书房，一扇木格子窗外就是一个他十分熟悉的院落。远处的三楼阳台上有他熟悉的那盆盛开的太阳花……吴新全身瘫软，顺势坐在木椅上。好一会儿，吴新才问吕彬：“你是看到我从那楼洞里出来的？”吕彬点了点头，她说：“我真的是怕您出事。”吴新听出的不仅仅是担忧。他又问：“所以你就出去截住我了？”吕彬说：“是的。您是我们的头儿，我真的不想您身败名裂。”吕彬说完就下楼去了，她再上来时端来了一小碗凉粉。吕彬是从餐饮店出来的，她的一手厨艺料理自然是不同常人。那种薄荷糖样的晶莹小方块浮泛在温润的黑糖水中，吴新只能用“精致”一词来形容。但吴新的注意力仍不在这里，他关心的还是对面的那盆漂亮的太阳花。于是他就问吕彬：“你叫我来观望那盆太阳花，我就不会出事了？”吕彬只斜望了他一眼，吴新感受到的是一种老道和不屑。显然是他自己想错了。吕彬又说：“您就是在她那里过夜我又有什么话说？”吴新接着说：“问题是我在那里过不了夜呀。”吕彬说：“不然您为啥那么快下楼来了？那盆太阳花只能隔空望望呗。”吴新问：“这与太阳花有关系吗？”吕彬叹息说：“您可能觉得是没有，但有人就不一样了。”她又说：“那盆太阳花搬到窗台上的时候也不多。”吴新脑子一阵嗡嗡直响，吕彬却直直地望着他。一会儿，吕彬才说：“你自己看吧。你的眼睛也是雪亮的。”吴新边吃凉粉边盯着那个已经掌灯了的大院。而吕彬却坐在一旁享受那只三叶吊扇压下来的熏风。吴新将那碗凉粉吃完，他还是没有看到什么动静。这时吕彬下楼去清洗碗勺，她再上楼时又端来了一杯浓茶。吴新问：“她是不是不在家？”吕彬说：“只要这盆太阳花在窗台上，她就一定在家。”吴新想，她不开门是不是屋里有男人？他当然不想去问吕彬这么幼稚的问题。

吴新一刻不停地盯着窗外，吕彬却坐在一旁的小板凳上若无其事地搓洗衣服。大约过了一个小时，吴新就看见一个人从那楼洞里出来了。此时，李红梅卧室里的灯也亮了。

那人越走越近，直逼这面格子窗，吴新在灯光下真真切切地认出了他：三江海鲜城的老板大老王。吴新问：“郑联生从来就没干预过？”这时，吕彬悄声说：“看到了吧，你看那窗台上还有没有太阳花？”吴新再看那窗台果然空空如也。吴新几乎是哭丧着问吕彬：“怎么会是这样？这么长时间为啥就没想到是他？”吴新又想起几年前郑联生卖给他的那两只麝香。而陈仁义前后的故事也就一下子解开了。吕彬说：“你这才叫不到黄河心不死！”吴新问：“你早就知道了？”吕彬停下手里的活说：“我知不知道其实并不重要。我只是想让你相信一个事实，这就是现世报。你还那么留恋她干吗？”吕彬的语气很重，她脸上的细汗温润出一脸的潮红。吴新说：“我怎么就这么傻呢！”吕彬说：“其实你不傻，这正是你的善良。”吴新苦笑着说：“我善良？我这是什么狗屁善良。你怎么不说我是自作自受。”吴新想表白的意念吕彬其实一清二楚。当他把陈仁义从外地带回三江县城时，吕彬作为一个大姐姐就善意地提醒过他。那时，她还没有想到会发生如此多的变故。在吕彬看来，税艳艳离他而去也在意料之中，她和吴新本来就不是一路人。至于是不是全归因于陈仁义她不敢断言，但她可以肯定的是，吴新再去找李红梅，就是百分之百的自讨没趣。所以，她觉得有必要在这个节骨眼上帮他一把，让他少一些幻想兴许也会更踏实一些。吕彬没有想到，吴新突然问她："照这么说，郑联生也知道？"吕彬也不回避，她如实说："他是不是直接的参与者我不清楚，但我知道他也曾多次上过那栋楼，是劝阻还是撮合我就不清楚了。你也知道他和大老王都是三江县城里手眼通天的人，难道他们就没有利益交集？"吴新想了想与李红梅相遇的前前后后，细想起来，他们哪个不是在遮遮掩掩地糊弄他？吴新理出了一条线索链：李红梅主动出击，而陈仁义却又不甘心，他也就铁了心去下海挣大钱，不料却血本无归。李红梅想得到的绝对不是与一个老男人的暂且苟合，她要的是背后的利益。郑联生在这场游戏中充当的是一个挽救者的角色。倒不是因为陈仁义，而是他项目上的支持力。李红梅一心要夺到手的，也许就是那些躲在阴暗处的股份。这也就诠释了郑联生与李红梅若即若离的原因。吴新想来就脊背发凉。他对吕彬说："我能在这楼里住几天吗？"吕彬突然站起来，她锁紧眉头问："你想干什么？我和他还没有离婚哪。"吴新说："那是你们的事。我就在这书桌前坐着就行。"吕彬想，对一个女人痴情成这样子也是够不容易的了。吕彬最后才说："其实你也没必要老守在我这里，那盆太阳花会告诉你的。你老在我这里待着别人也要说是非的。"吴新却执拗地说："不行。我说住这里就住这里了。"吕彬看他发火了，就噘了一下嘴下楼去了。

一连几天，对面三楼的窗台上再无太阳花，吴新反倒有些不安。那天下午下班后，吕彬没有来这栋小木楼，她要在自家屋里招待同学。吴新过来后的第一件事就是看对面三楼那个熟悉的窗台。他发现那窗台上仍没有太阳花。吴新就在心里问："你为什么不把那红彤彤的太阳花放上去呢？"吴新这样一问，仿佛就有主意了。他绕过一个大弯，才悄然走到那个院子里去。到了那栋楼下他才平复了突突的心跳。上了三楼，吴新叩响了那扇木门，他不知道此时的这扇门会不会为他打开。他正在这么想时，传来了一连串细碎的脚步声。他知道这节奏是李红梅的，他能听出一种圆舞曲般的轻快。

李红梅开门后，吴新显得有些迫不及待。李红梅问他："你这么慌慌张张地来干吗？"吴新反问："我慌张了吗？"李红梅说："没看见你那猴急猴急的样子。"李红梅又问："吃点啥？"吴新直溜溜地望着她说："不饿。"这时，吴新就看见那盆太阳花安静地摆在那只茶几上。他就想，它为什么又不能摆上它该去的位置？吴新想到这里，脸上就挂着一抹不易觉察的坏笑。李红梅说：“你不想吃东西我可要去冲个凉了。这鬼天气！”李红梅进卧室去取了一套衣服，趿着一双海绵拖鞋就进了卫生间。李红梅也没有跟吴新说什么，似乎一切就该是这个样子。吴新听见洗手间的门闩“咔嘣”一响，几乎同时，他就把那盆红彤彤的太阳花移到了卧室的窗台上。这一切完成后，吴新就坐在那张真皮沙发上看一张旧报纸。那上面的字他似乎一个也不认识，却在想象一场即将到来的暴风雨会是个什么情形！

一会儿，李红梅出了洗手间，吴新觉得她更靓爽。他感觉李红梅明显是丰腴了很多。李红梅问：“你来就是为了看那张旧报纸？”吴新说：“当然不是。我也来看看那盆太阳花。”李红梅听了就一惊，她一看那盆太阳花已经不在茶几上了，就急得变了声调问：“我的太阳花呢？”她一阵碎步就跑进了卧室。吴新也跟了进去，李红梅愤愤地问他：“你到底想干什么？”这时，吴新已经将她紧紧抱住，李红梅已无力反抗。“再不放我可要喊人了！”李红梅几乎是使出了全身力气，她发觉那声音也没波及几米远。李红梅小声说：“你再不松开就要出大事了，你知道吗？”吴新发觉李红梅已经是使出了最后的力量。他说：“我可以让你把太阳花拿下来，但你必须回答我几个问题。”李红梅说：“我答应你。”吴新感觉她就像一只泄了气的白气球，全身软软的。吴新刚放开她，她就跑过去从窗台上抱下了那盆太阳花。李红梅这时泰然多了。她问：“你到底想知道什么？”吴新说：“你和他搅在一起究竟是什么时候的事？”李红梅反问：“我有必要告诉你吗，你是我什么人？”吴新问她：“你出尔反尔是吧？”李红梅停了一会儿就说：“你能通过一个女人改变自己，我又为什么不能让自己改变自己？”吴新完全没有防备，他不想眼前的这个女人早就做好了攻略。吴新一时却乱了阵脚，不知道该怎么去应对她。他此时想得最多的是，李红梅怎么知道他吴新光鲜的背后有那么多难言的故事。吴新的沉默并没有消减李红梅的追问。她又说：“我是让你们都瞧不起，但你能知道我所受的羞辱吗？”吴新明白她说的是什么，但他理解王会珍为什么对她那么恨之入骨。如果不是因为李红梅，她会委身于骆华平？李红梅说：“是的，她可以恨我。但我上门向她道歉时，你能猜出她要我怎么给她道歉吗？”吴新不想吱声。李红梅说：“她说，除非我去舔她的脚指头。晓得是这么个结果，我又去道个什么歉呢，难道我真的做错了什么？”吴新这时才开口接话，他说：“的确不是你的错误，是我的错误。我那时就不该和你好上。”李红梅说：“我没有说我做得不对，但即便是今天，我依然不认为我俩在一起会很合适。我离开你也不全是因为我一心想进城，我只是感觉我们走不长久。”吴新问：“你怎么不承认你是朝秦暮楚？”李红梅反问：“我有错吗？”吴新说：“你是没有错。你也不想想和你苟合过的人，哪个不是活得灰头土脸的。你还要祸害多少人才罢手？”李红梅也急了，她说：“我祸害过好多人？难道你是我请来的？告诉你吧吴新，来我这里的人都是不请自来的。你也知道了，包括他。”吴新愤然说：“李红梅，你不觉得你很无耻吗？”李红梅也怼他说：“你眼睁睁让一个漂亮女人委身给一个流氓地痞，从而换来你的光明前程，这是光荣与梦想，还是卑鄙与虚荣？我的无耻至少是用自己的一份情感和容貌换来的。谁更无耻你自己可以去掂量掂量。好了，你毕竟帮了我很多，同时也是帮的他。我们没有什么好说的了。他也许会记得你的好处，现在我也是一身轻松了。如果你没有其他要紧事，可以滚蛋了。”李红梅打开门，右手食指指向门外，吴新只得悻悻然走出去。他走到大院，虽然已是星光迷离，但依然热气腾腾。他不敢再往后回望，他自语：这就是我预料的暴风骤雨？

吴新总算弄明白了。他对这个曾经用过心思的漂亮女人彻底死了心。既然这样，他就没必要再去那栋安静的小木屋了。不过，他证明了自己的判断是准确无误的，那些结也已然解开。他来到江边吹了一阵江风，乘凉观光的人还是很多。他不想在这里遇到任何一个熟人，于是，他决定回到河街的老房子里去。他打开大门，径直回到了卧室，一股老屋特有的木质香味弥漫而来。吴新在想，为什么先前就没有闻到这么强烈的味道？他的解释是，屋子都是要人来养的，而不是单纯由房子来养人。正当他想今晚能不能在这里睡上一夜好觉时，外面的松木大门就被叩响了。吴新随口叫了一声：“谁呀？”但没有人回应。吴新走了过去，他刚把门打开一条缝却发现是王会珍站在门外。吴新从昏暗的灯光中瞧见王会珍明显是瘦多了。吴新问：“孩子们呢？”王会珍说：“你不必担心，有人照顾。”王会珍挤进了大门。吴新问：“有事吗？”王会珍说：“当然有事。有些事我不得不当面跟你说明白。”吴新说：“那就进屋去说吧！”吴新要带她往卧室方向走，王会珍说：“就在这里说。”吴新走过去打开大灯。王会珍说：“你也是混得够惨的了，那么多女人都从你面前走过，到头来还是光棍一条。”吴新说：“这不更好？一人吃饱全家不饿。”王会珍转换口吻说：“你知道我为什么都住到你家了我还是要离开你吗？”吴新说：“你不是早说清楚了吗？我在那书本上写满了‘李红梅’三个字。”王会珍说：“没错。是因为她，但还有更让我心烦的事。”吴新说：“就这也够烦心的了，还有什么？”王会珍说：“有人把你也当成了交易，你知道吗？”吴新问：“我一个大男人能当成什么交易？”王会珍肯定地说：“按道理我去你家也不太合适了，毕竟此一时彼一时。这是大老王怂恿郑联生撮合干的，大老王怕的是你和李红梅死灰复燃，他之前所有的用心都白费了。”吴新问：“郑联生怎么会和大老王绑在一起呢，难不成陈仁义的所有悲剧都是他们一手策划的？”王会珍说：“在强大的利益面前是不用考量人心的，这个我比你更懂。不错，大老王是坑过郑联生，但郑联生也有利用大老王的时候。他招募来的那些股份的大头是谁的你知道吗？有了那些股份后面的隐形人，郑联生在这地头能不风生水起吗？所以，陈仁义只能让位于人了。”吴新问：“陈仁义就没有反抗过吗？”王会珍说：“他的确是反抗过。他多次对李红梅下手，最后还是被人暗算了。其实，他对她这样的人松手不丢人。”吴新认为王会珍的话是说与他听的。王会珍又说：“我真的是奉劝你离她远一点。你不欠她什么了，是该离开的时候了。她说不定还有更让你想不到的事要去做。你就不要再去自作多情了。我和你都不是棋子。”王会珍说完就要开门走，吴新感觉到他要对她表白点什么才好。他说：“我怎么感谢你都不为过，你为我做了那么多！”王会珍却没有理会他，开门就走了。那昏暗的石板街上就响起了“叮咚叮咚”的脚步声。

二十九

宋一刚把邓德发带到了夷州市，市接待办公室同样给他安排了一个房间。第二天下午，宋一刚向市化肥厂办公室要了一辆车，他就带着邓德发去了市化肥厂。邓德发没想到他第一次去市化肥厂就差点出大事。他和宋一刚下车后，刚走到市化肥厂办公大楼前，就有一群人在那聚集了。宋一刚一看阵势身上一阵发紧，有好几个大汉手里还操有木棒和铁锹。宋一刚正要问是怎么回事，就有三个穿红背心的青年男子走了过来。靠近后，其中一个揪住宋一刚的领口问："你就是姓宋的吧？"宋一刚也不与他对抗，就说："你能不能松开手，我们好好说话？"他说："怎么？你也要有一口气才能活下去是不是？"宋一刚看了看他们的红背心上印有"夷化"二字，就说："你们都是篮球队的，应该懂得篮球就得有篮球的规则，像你这个样子就得受罚。"那青年人问："怎么个罚法？"他话音刚落，宋一刚擒住他的手腕一个背转身就将他撂翻在地。邓德发说："你们要玩这个他可要当你们的老师了。你们知道他是谁吗？告诉你们，他就是在省城打出了大名的篮球明星，摔倒过好多个工厂里的壮汉子。"三个穿背心的人都面面相觑，其中一个还嘀咕着什么。这种短暂的平静被一声暴吼打破。"你们想干什么，想坐牢是不是？"宋一刚回头一看，是厂长何光辉从三楼奔下来了。见面后，何光辉就说："宋老师，对不起，是我们没有管理好。其实，他们也不是来闹事的。只是怕把饭碗给弄丢了，请你原谅。"他又对着那伙人说："还不都回车间干活去。"没等他们散去，何光辉就把宋一刚和邓德发接到大厅里去了。宋一刚一进门，就听到那几个厂篮球队的人在议论。其中一个就说："原来就是他！"

进了会议室，何光辉说："最近我们开了一个职代会，一提到减员增效就意见大。的确，他们出了这个厂再到哪里去找碗饭吃？两位老师可要把他们的意见给带上去。"宋一刚想，刚才的那一场闹剧可是有来头的。你们不敢直接对省、市主管领导施压，但对付我们却是一套一套的。这又有什么用呢？

进了会议室，何光辉招呼他们就座。宋一刚向老邓介绍说："这是市化肥厂的何厂长。"他转而又给何光辉介绍："这是我的一个朋友，融资管理的专家邓德发。"邓德发谦虚地说："我不是什么管理专家，无业游民。"何光辉听了这话仿佛似曾相识。何光辉说："欢迎，欢迎。来我们厂就是来帮助我们改进工作的。今天这事真的是不好意思，不单让你们受了惊吓，我们厂的面子也是挂不住呀。”宋一刚说：“我在工厂也待过，厂内打架斗殴是常有的事，工厂的规矩其实也很简单，文的对文的，武的对武的，温和迂就哪能干得出什么事来。”何光辉站起来说：“哟，怪不得王大山让你一把就给拿下了。原来你也是一路打出来的。”宋一刚说：“我打出来不是全靠打架，但只要跟我玩过的人还很少有不服的。”邓德发接话说：“他在省城哪家国有企业没打过。”老邓故意把话说得模棱两可。何光辉说：“宋老师我还真小瞧你了。你们今天来主要课题是什么？”宋一刚说：“老邓才来夷州市，我主要是带他来看看厂里的情况。”何光辉说：“那好呀，多一个人就多一条路嘛。”宋一刚说：“我们还是到厂区去走一走，只要他们不再阻挠我们就行。”何光辉把桌子一拍说：“他们敢！不想活了。”宋一刚相信他是有这个魄力的。

下了楼，宋一刚发现那帮人早散了。何光辉带着他们在厂区走了一圈。邓德发的感觉是厂区很大，但生产效率不高，改造很有潜力，至少再上一条生产线不需要征地拆迁。目前最难的还是投入问题，他把这个看法和何光辉沟通了。何光辉知道他们也是有来头的，也就把话说得更直接。他说：“现在到处都缺钱，而这个厂不光是再生产投资不能满足，连利息支付都成问题了。”邓德发说：“我是从银行系统出来的，一句话，就是资不抵债。”何光辉说：“你们还真的是行家。”

他们一行三人走出生产区，何光辉说：“我们还是去水库边吃个工作餐。”宋一刚说也行。他话音刚落，抬头一看一列穿红背心的青年人就堵在了前面。宋一刚一看就知道，领头的就是被他摔倒的那个。何光辉几步上前，吼道：“有完没完？”宋一刚阻止说：“何厂长你不要管了，他们是来找我的。”他一把将何光辉拉到了身后。为头的叫王大山，他问：“你是不是在省化肥厂待过？”宋一刚说：“对呀。我在那里待过将近一年。”王大山转过头对那伙人说：“我说就是他吧。”说完，他走上前来握着宋一刚的手说：“我们终于在这里见到你了。”那一帮人都拥过来与宋一刚一一握手。王大山对何光辉说：“厂长，你可不能把他放走了，他就是我们全厂队的偶像。他的球艺我们几辈子也学不来。”宋一刚就奇怪了，他问：“你们在哪儿看我打过球？”王大山说：“就是前年的化工行业篮球赛。省化不是得了冠军吗？”宋一刚说：“我并没有和你们交手呀？”王大山不好意思地说："我们厂队还没达到那个水平，外围赛就下来了，就只有观摩的份了。"宋一刚又问："你们整天就穿着个背心当厂内的职业球员？"何光辉马上接话说："不是不是。最近夷州市要搞大型企业篮球运动会，我们就给他们调了一下班。"王大山说："我们几个弟兄都商量好了，今晚请你吃个饭。"宋一刚望了一眼何光辉说："厂里已经安排好了工作餐，要不你也跟着一起去吧。"何光辉说："人家宋老师是来帮助我们改进工作的，哪能跟你们一路乱跑？最多你代表厂篮球队出个面。"王大山说："也好。反正这厂里的改革不是一天两天的事，有的是时间请你。"何光辉眼睛一轮说："瞎说什么？什么不是一天两天的事，马上的事你懂吗？"

他们一行人来到水库边上的那家餐馆。进了包间，宋一刚就问王大山："你们球队平时怎么训练？"王大山说："平时能有什么训练？有比赛就临时组建。"宋一刚问："队员谁挑选？该不是你一个人说了算吧？"何光辉说："他们就是一群散兵游勇，从我来到这个厂他们就没抱回来一个奖杯。"王大山说："这能怪我们吗？进来的人都是些关系户，我们要的人一个也来不了。"王大山接着说："头儿，今年可是个好机会呀！"王大山对宋一刚噘了噘嘴。何光辉明白他要说啥，就教训他说："你想都别想。人家宋老师是上面委派来的专家，能和你们一伙为伍？"王大山说："我想也是，他可是见过大场面的人。您没看过省化对省石化的那场决赛吧，一分钟连扳八分，就是我对面的这个人上演的大戏，简直就是鬼斧神工。"宋一刚说："完全是凭运气。既然你们信任我，我就和你们队合练一下试一试。"何光辉说："那就太好了，免得我们再去花钱请专业教练。"

吃完饭，宋一刚和邓德发回到宾馆。邓德发问宋一刚："你还真的要和他们那些人打成一片？"宋一刚说："为什么不呢？到时候有他们的用场。"邓德发问："他们又不是什么头面人物，要他们屁用。"宋一刚说："这你就不懂了。在一个班组中，往往有影响力的就是他们这一群人。篮球运动是一群最强人的游戏，这是美国篮球发明人给定义的。"邓德发说："我懂了。到时候内部认购还得靠他们去鼓动。"宋一刚伸出拳头与邓德发对击了一下，说："说说今天的观感吧。"邓德发说："恕我直言，我真的很担心。所有的资本流向都必须要有一种强大的信心作支撑，这种信心在这里很难聚拢，似乎看不到什么希望。无论个体还是其他资本实体，怎么可能将钱投向一个无望的亏损企业？”宋一刚担心的就是这个问题。他又问：“要是给予它一个好的预期，比如产业升级，整体信心会不会提振起来？”邓德发说：“那是肯定的。依我看，他们唯一可以争取升级的路径就是尿素生产线。夷州是一个农业大市，农业从业人员高达五百多万人，当下的氮肥使用绝大部分还是碳酸氢铵，而尿素是一袋难求。要是这个项目能争取到位，其他就迎刃而解了。”宋一刚说：“这是大家都能看得到的问题，但又是一个闭合的循环问题。比如，鸡有了，蛋就有了；另一方说，有了蛋不是就有了鸡？”邓德发说：“这不就是一揽子问题，项目争取到位不就行了？”宋一刚说：“没有你说的那么简单。这个厂子不动大的手术是不可能盘活的，早就是资不抵债了。他们这帮人又没有变革创新的动力。唉，就看姚玉蓉的能量了，这些我们都使不上力。”邓德发反问：“既然使不上力，你把我拉这里来干吗？”宋一刚却问：“你一个孤家寡人，到处蹭饭的命，蹲省城又有什么好事可干？那几个女人你靠得住吗？”邓德发也不生气，他说：“我不就是好这一口吗？”宋一刚说：“到时候有你的事做。”邓德发也肯定地说：“我早就想到了。不就是要我给他们卖股票。说清楚，不给我可观的发行费我是不干的。”宋一刚说：“我就知道你半个脑袋都扎在钱窟窿里了。企业暂时没现钱，可能最多给你一点内部股票，你干不干？”邓德发说：“这么个破企业发行的内部股票谁要？上不了市不就是废纸一堆？到时候那些个认购投资人不要了我的这条小命才怪呢！”宋一刚说：“你不要倚老卖老好不好？我还不晓得，你在心里偷着乐呢吧！”邓德发笑了笑说：“我知道我斗不过你。走，我们下楼喝几杯啤酒去。”宋一刚说：“你去，我就不去了。明天我还要去看看他们的那支篮球队。”邓德发摆了摆头，就走出房门独自下楼去了。

第二天一早，宋一刚就被王大山接到了市化肥厂。宋一刚下车后，看所有的队员都在翘首以待，他就在水泥场地上走了一圈，边走边用脚蹭了蹭水泥地后说：“这块场地很不错，上好的粗河沙浇的。”王大山说：“那是当然。我们亲手挖的沙。那一湾只出了这么几卡车好沙。不把场地整好摔的都是我们。”宋一刚说：“说句不谦虚的话，我打的场地也不少，也摔过不少跤。你们这个场地只要脚下不使绊，滑是滑不倒的，你们尽管做跑步急停好了。”宋一刚正说着，厂长何光辉就走过来了。他对王大山说：

“你们的偶像都来助阵了，这回也该扬眉吐气一回了吧。”宋一刚认为，何光辉虽然是在与王大山说话，但用意是在给他施压。宋一刚和何光辉打了个招呼，对王大山说：“你们分主力和替补两队打五分钟。”王大山说：“好的。”又对队员们说：“主力左边，替补右边。”两队马上就摆开了阵式，宋一刚和何光辉在一旁观看。打了几分钟，双方互有攻守。何光辉问宋一刚：“你觉得这支队伍有戏吗？”宋一刚却问：“他们以前没有抱过一个奖杯回来？”何光辉说：“没有。几乎每次决赛都败给八一钢厂队。”宋一刚说：“照这么说，那支队伍的水平就真的很高了。”何光辉问：“你是行家，觉得他们还行？”宋一刚说：“他们在地市这个级别应该是不会输球的。各个位置都有强点。”何光辉说：“要是那样，就太好了。你也晓得，我们这个厂也需要一次胜利来提振一下士气了。”宋一刚说：“我会尽力而为。”何光辉对身边的办公室主任说：“你们办公室负责把后勤保障做好，当用车的用车，当加餐的加餐。”正在这时，一边的篮网打了结，球堵在了网口。一个球员用另一只球把球顶出来了，但网口依然结封着，有人要去搬站梯来解结节。宋一刚说：“用不着。”他走到罚球线前，小跑几步双脚起跳，一只手握紧了篮圈，另一只手解开结套。宋一刚轻松落地，随即响起了一片掌声。王大山说：“你们都见识了吗？这才叫弹跳。”

宋一刚观察了两天，他认为这支球队是有潜力的，关键是人员配置要重新组合。为此，宋一刚和王大山谈了几次话，宋一刚的意思是让王大山从主力位置上退下来。王大山问：“难道我在这个队里都打不上主力？”宋一刚说：“不是这个问题。你不太适合这个队的整体风格。”王大山更是不解。宋一刚接着说：“色彩本身是可以养眼的，一旦无规则地涂抹在墙上就不伦不类了。”王大山问：“照你说我就只有退队了？”宋一刚肯定地说：“当然不是。你的作用无可替代。”宋一刚重新编排了一个首发阵容后，就对王大山说：“这两天你约两个球队来试一试。”王大山说：“市水泥厂队都约了好几次了，我们就拿他们来祭旗。”宋一刚问：“他们实力如何？”王大山说：“和我们也差不多。”宋一刚说：“就这么定了。”

有宋一刚助阵，这一场球，市化肥厂队赢得很轻松。那天晚上去看球的人大多是本厂的职工。宋一刚飘忽的脚步，弹簧般的连续起跳让全场人为之惊叹。市水泥厂那帮人也在打听，市化肥厂那个九号是从哪里借来的？王大山只上场了不到十分钟，都是在半场结束前的几分钟被替换上场的。他在场上宋一刚就下场休息。这一次变阵让王大山心服口服。

全市大企业篮球赛在九月十日开赛。八一钢厂和市化肥厂两队分别是两组的种子队。但两个小组是平行出线，只有得到小组头名才有机会去争夺冠军。小组赛时，宋一刚没有上场，由王大山打主力。市化肥厂篮球队仍以小组头名出线，这也是宋一刚预料之中的事。两天以后的决赛是整个夷州市篮球爱好者关心的赛事。八一钢厂队是夷州市多年的冠军，他们自然是志在必得。那天晚上，市体育馆人满为患，过道上也站满了观众。宋一刚依然没有打首发，他把首发让给了王大山。开赛后，市化肥厂队逐渐处于被动，速度优势无法体现。八一钢厂队依赖中锋的高度优势应对自如，比分一路领先。这时王大山着急了，他几次向宋一刚做手势，要求换人，宋一刚却视而不见。半场结束，市化肥厂队落后八一钢厂队十五分之多。中场休息，王大山抱怨宋一刚说："你是想看着我们死掉吧？"宋一刚把几个主力招拢，围成一圈小声说："下半场大山还是打首发。注意，依然打联防。五分钟后我上，开始全场紧逼，记住没有？"他们一起喊："耶。"

下半场交换场地，王大山还是首发领衔打联防。五分钟到，宋一刚叫了暂停，并做出了换人手势。主力队员也回到了休息区喝了一杯冷饮。宋一刚拢住他们说："看住目标，切断持球人。"

比赛重新开始，八一钢厂队突然发现市化肥厂队节奏加快了，而且新上来的九号队员走位异常飘忽，一眨眼就上篮得分了。轮到他们控球，后位往往是被两个人快速夹击，球根本无法流畅运转。更要命的是，总是那个九号队员像蜘蛛人一样守候在传球的路线上。不到十分钟，八一钢厂队就叫了两次暂停，轮流换人仍无果，比分也渐渐逼近。追到只差两分时，宋一刚带球上篮，对方大中锋早已做好肉搏战的准备。但他没有想到宋一刚起跳后，会来一招空中换手拉杆反上。宋一刚进球的一刹那，对方的那只宽大的手掌"啪"的一声就实打实地扇在了宋一刚的后背上。宋一刚应声倒地。他刚从地板上爬起来，两队队员就扭打在一起了。十多名警察与裁判组将两队拉开。经过几分钟的暂停，裁判组做出了严厉的判罚，分别将王大山和八一钢厂的十号大中锋罚出场。宋一刚回头看表，离终场还有三秒钟。宋一刚捏了一把汗，两队都杀得眼红，他根本没在意时间的走动。比赛重新开始，双方比分战成七十九平。宋一刚走上罚球线，他不想再给对方留下任何翻盘的机会。他必须将自己的特长发挥到极致，也让夷州观众看一看他宋一刚并非浪得虚名。宋一刚罚球，那酱黄色的篮球在空中划出一道漂亮的弧线，直奔篮圈的中心。八一钢厂队的三名高大队员快速移动，占据了篮下有利位置，但球却在篮筐上“哐当”一响，向左边弹出近一米高。与此同时，宋一刚已经快步冲到篮下，双脚起跳单手抓球扣篮成功。这一套动作下来，八一钢厂队的那几名高大队员几乎没有过多反应。宋一刚再回头看表，只听一声哨响，比赛结束。全场一片沸腾，八一钢厂队队员都低着头坐在了地板上。市化肥厂队第一次拿到了夷州市大企业篮球赛的冠军。

当天晚上何光辉就请全体队员好好喝了一顿酒。邓德发也被邀请一起参加。席间，邓德发就说：“我没向你们吹牛吧，宋老师就是真正的全才。他还有好多高端绝活没有亮给你们看呢！”喝得兴起，王大山就问：“宋老师，篮球这一块我们都服你了。你还有什么绝招？”宋一刚说：“我那些东西也不是什么绝招，也就是些基本知识。你们别听老邓瞎吹。”邓德发挥了挥手说：“你们也不要听他假谦虚，说不定他还能让你们发点财呢！”何光辉说：“宋老师，你可不能带他们出去打野球赚外快呀！他们可都是我们车间班组的头头儿。他们不以身作则，班组是要出问题的。”邓德发说：“说哪去了。比这高级得多。”

从餐馆出来，宋一刚和邓德发回到了宾馆。他们刚进大厅就被姚玉蓉给堵住了。宋一刚感到很错愕，他问：“怎么回事，什么时候过来的也不吱一声？”姚玉蓉的旁边还站着经委主任钟明亮。钟主任说：“姚主任一再要我保密。市化肥厂是要在内部提振一下士气了，你一来就帮他们做到了。这个冠军来之不易呀。”宋一刚再问姚玉蓉：“照这么说，你来夷州都好多天了？”还是钟明亮主任帮忙作的答：“姚处长来夷州快一个星期了。她给我们带来了重大的利好消息。走，到你房间去说吧。”

出了电梯，邓德发就回了自己的房间。他知道这时他跟过去也不合适。来到宋一刚的房间，三个人就坐在沙发上。不同的是，服务员还端来了果盘，茶水也是本市的上等工夫茶。宋一刚问：“是不是市化肥厂的一系列改革方案都批复了？”抢先回答的还是钟明亮，他说：“宋老师，你这回真的是要记头功了。你提的几点建议，经过姚处长的锦绣妙手，不仅得到了市委、市政府的高度重视，还引起了省里领导的高度关注。改革方案都批下来了，夷州市化肥厂正式成为省市企业改制的先行试点企业。”姚玉蓉这才插话说：“还有一件事要征求你的意见，你愿不愿意留在夷州？”宋一刚突然脑子一阵闷响，他清楚，当自己得到一个不曾预料到的好消息时，他大多会是这种反应。他甚至还想到，姚玉蓉这一路奔波的初衷何不是为自己再次体面起来。几年以后，当姚玉蓉上到一个更高的平台，她才娓娓道来：“别人能改变一个男人的命运，我为什么不行？”那时，宋一刚才真正窥见一个本色女人的心理幽微。宋一刚不无疑虑地说：“好事。只怕不那么简单。”钟明亮说：“只要是人才，我们都欢迎。何况你是我们当下急需的特殊人才！后面还有好多事要等着你来帮忙呢。实话说吧，我们初步估算了一下，这一次上尿素项目，资金缺口将近五千万元，省市领导都明白，不通过社会融资是跨不过这道坎的。你是研究资本市场方面的专家，我们夷州好多人都还不明白股票是干吗的。你说你是不是在我们夷州会大有作为？”宋一刚说：“这个我还真可以帮忙出一把力，配股认购我都经历过了。不过，你们可要在行政许可上多下一点功夫。比如，企业的股份制改造必须加紧步伐，轻装上阵才有可能重新上路。”姚玉蓉说：“夷州市已经下了大决心了。原来的市化肥厂法人资格不变，新的企业改成股份制，这都是你提出来的方案。”钟明亮接着说：“让何光辉出来挑头他开始还不想干。最后他还是想通了，愿意出来再搏一把。他这种转变也不能说没有你的影响。你把厂里的那一帮最难管理的人也盘活了，这下又得了个冠军回来，市化肥厂上下哪有不振奋的道理？”姚玉蓉说：“引进你也是他们部门的意思，最后还得组织人事部门研究说了算。如果没有太大的阻力应该是没有什么大问题的。”钟明亮说：“我保证，绝对没问题。像你这样的稀缺人才恰好是我们急需的。”

大约晚上十一点钟，姚玉蓉随钟明亮回了小招待所，那是夷州市最高规格的接待。宋一刚也明白姚玉蓉而今的地位，他也有一种备受重用之感。

半个月以后，夷星化工集团公司正式挂牌成立。原夷州市化肥厂办公机构搬迁到市区内办公。何光辉任夷星化工集团公司董事长。他近一个时期的重要工作是融资配股，必须要筹集到三千万元的资金，尿素项目上马才有希望。宋一刚和邓德发草拟了一个配股详细方案，修改后上报到市经济委员会。一个月以后，整个融资配股方案经过省市相关部门的论证，正式定稿。与此同时，宋一刚和邓德发负责起草的夷星化工集团股权发行章程也完成了定稿。

那天上午，宋一刚和邓德发去了夷星化工集团，他发现整个门头都用不锈钢钢架改造过了，面貌一下子爽眼起来。他们刚进集团的大门，就又有一群人围住了他俩。有人问宋一刚："是不是你们弄了个什么文件，要我们从口袋里掏钱出来养这个破厂？"宋一刚说："不对。我是想要你们掏腰包发财，不是养厂，你们的厂已经不在这里了，这里是集团公司。不仅如此，我们也要跟着你们掏钱！"他们就说："我们这么多年都在为国家做贡献，能养家糊口就算不错了，还哪来钱买这个破债券？"宋一刚说："必须向你们说明白，这可不是普通的债券，而是股票。目前也只是在认购阶段，也许会上市，也许不会上市。要是真上了市，你们不要后悔当初没买到。我只能把话说到这里了。"宋一刚和邓德发要往办公楼那边走，他们却不让。他们还要理论个明白："要是那些股票全部打了水漂怎么办？"宋一刚说："你们对那个尿素项目就这么没有信心？你们等着分红吧。"他们还不让走，这时王大山就跑过来了，怒吼道："瞎扯些什么？该干吗干吗去，这是你们该操心的吗？"那伙人见王大山来了也就散了。宋一刚对邓德发说："今天看到效果了吧？一个活阎王比一个厂领导还管用。再不散说不定拳头就上来了。"邓德发说："这就是你常说的文的对文的、武的对武的？"宋一刚伸给他一个大拇指。王大山走近后，就对宋一刚说："他们再闹就只有用拳头收拾他们了。"宋一刚说："你是不是也提了一官半职？"王大山说："托你的福，我还欠你一顿酒。这次改革改制全厂人都很顺气，我也就提成了个工会副主席，专管职工文体健康工作。"宋一刚说："酒可以不喝，但集团的股权认购你可要带头了！"王大山说："你是我们的偶像和老师，我们信任你。但那从自家口袋掏钱的事还真不好说。那些兄弟们也是够穷的，这些年来也没有在厂里拿多少钱回去，还要掏钱往厂里扔，可能心里的那道坎还过不去。"宋一刚说："照这么说，你的那顿酒我们就更不用喝了，连你都没信心我们还谈个鬼。"宋一刚招呼邓德发说："走，我们都回去得了。”邓德发愣了一下说：“好，我们走，离开夷州。”宋一刚清楚，对面那栋办公楼里一定有几十双眼睛在盯着他们的一举一动。他俩没走出两步，王大山就跑到他们前面拦住说：“二位，二位，我们没有说不去发动呀。你们这样拍屁股一走，我怎么好向董事长交代呢，是他吩咐我来接你们的呢。”宋一刚停下脚步，对面大楼就有人在喊：“上三楼会议室来。”宋一刚和邓德发就向办公大楼走去，王大山走在后面。上了三楼，王大山就说：“我不送你们去会议室了。”宋一刚说：“我还有事要找你。”王大山说：“好的，我在下面等。”

进了会议室，宋一刚才发现不仅有何光辉在，还有市经委的钟明亮主任也在。他们落座后，何光辉就说：“这一次夷星化工集团发行内部股，市里非常重视，这也是全市的一个新生事物。所以钟主任要代表市政府到夷星化工集团全程指导工作。”钟明亮主任接着说：“老何说的新生事物还不够准确，应该说是我们今后工作的主攻方向。你们也知道，我们的新项目能不能上马并建成投产，关键在于融资。你们二位是这方面的专家，我们想听一听你们的意见。”宋一刚说：“这一次股权认购，要推向社会就必须先从集团内部发行做起，这也叫建立社会信用。如果集团里的职工都没有信心认购，还谈什么社会信用？谁会把钱往这里面扔。按照章程要求，内部发行股份必须达到30%，这可不是一个小数目。我和老邓也只能做一个发行代理人。至于这只股票今后的命运如何，能不能上市，那是下一步的工作。”邓德发也表示，他和宋一刚目前只能做做发行代理，现在必须要谈妥的是发行的报酬问题。钟主任也同意邓德发的观点，目前要谈的是发行代理人的报酬问题，要拟定一个结算方案再向市里去汇报，双方都在试探摸底。何光辉先提了一个方案：按发行的额度，支付一定的手续费，并以现金结算。钟明亮主任也同意这个方案，但邓德发不同意。他提出来的方案让何光辉和钟明亮大惑不解。他说他不要一分钱的代理费，他只要1%的发行配股。宋一刚也同意邓德发提出的方案。何光辉问：“这么说，你们不要现金支付？”邓德发说：“是的。这也叫风险共担，公平合理。”钟明亮问：“你们也得想清楚哟，这堆纸也许一年也分不得几块钱的红利哟！”邓德发说：“成了废纸一堆也不关你们什么事，风险我们自己承担。”宋一刚只是频频点头，一句话也没有说。钟明亮主任最后表态说：“我们就按这个方案去汇报，批准了就马上组织实施。”

协议草案谈妥以后，宋一刚和邓德发就下了楼。宋一刚还得找王大山去说事。他们在楼下等了大约十分钟，王大山就下楼来了。他对宋一刚说：“我等的就是这一天。”宋一刚说：“这顿酒还非喝不可。”邓德发说：“他得好好给你们上上课。说不定你就发了，兄弟。”王大山叫了一辆车，一行人又来到水库边的农家小院。他们一到就有人在院里等着了。宋一刚抬头一看，全是那帮篮球队的人。宋一刚问：“你们怎么都来了，不上班吗？”王大山说：“他们现在都是班组的头儿，调个班有什么难的。”宋一刚说着就进了包间。那个包间可以坐十五六个人，仿佛就是他们这帮人的客厅。落座后，王大山说：“宋老师，你的工作能力我们是领教过了，不服真不行。但这一次你领头弄的这档子事确实让我们心里没底。”宋一刚说：“有些事也跟你们一时讲不明白。这样吧，如果集团出一个政策，不认购一定数量的股权，就提前下岗你们干不干？”王大山问：“集团能出台这样的政策吗？我们可是货真价实的正式职工呀。”邓德发说：“正式职工又怎么的？现在要看的就是个人对集团的贡献率。你对集团都没有信心那集团要你干吗？”其中就有人问：“我们实在没钱认购怎么办？”邓德发说：“借钱也要认购。有些事就跟做梦一样，一觉醒来，才知道什么叫春光明媚。”宋一刚接着说：“你们这次认购是千载难逢的机遇。这东西有一个官名叫原始股，上市以后就再不是这个面值了。翻多少倍就看你们的造化了。”邓德发说：“你们不相信我，至少也要相信宋老师吧？告诉你们吧，我们在南方早就上手了。等风吹过来就再不是风了，那就是一股宏大的潮流。不信你们过两年再看。”宋一刚说：“这是真的。”王大山还是将信将疑，他说：“哪有这么玄乎，比变魔术还快？”邓德发接他话说：“我们必须要承认人和人就是不一样。比如小宋老师在球场上的表现你们都会吗？”宋一刚瞄了一眼老邓，他在想，你这到底是在表扬我还是在吹嘘你自己？

这一顿饭吃得很有成果。刚回到宾馆，何光辉就跟过来了。他进了宋一刚的房间，问道：“他们那伙人到底怎么样？”宋一刚说：“还要使最后的一把劲。”何光辉说：“向他们伸手要钱的确难动员。他们哪知道什么原始股，多半只会理解成是集资办厂。”宋一刚说：“别说是他们，就是我们自己不去经历一番，也不相信这些东西是真的。”何光辉继续说：“他们那伙人在厂里是极有活动能力的一群人，他们动了就不愁别人不动，内部完成认购指标问题就不大了。”宋一刚说：“我和姚处长担心的也是这个问题。一旦发行认购流产，就谈不上什么上项目搞发展了，这个试点也就失败了。”何光辉叹息说：“也是呀，内部都搞不定，你还指望到社会上去找人认购？”宋一刚表示赞同。何光辉突然问宋一刚：“老钟找你了吗？”宋一刚说：“没有。”“据他说，你的事有了一些眉目。人事部门可能要去考察了。他们办事总是一板一眼的。”何光辉说。宋一刚一听说要考察，心里就“咯噔”一下。他想，我的那些过往怎么向人去做解释？但他从心底还是想留在夷州，这也是他当下最有可能的选择。何光辉走后，他就倒在床上睡了一觉，梦见一大群黄牛在家乡河口的草滩上奔跑……

半个月以后，钟明亮主任就把宋一刚叫到了他的办公室，秘书给他沏了一杯茶。钟主任说：“我们把发行认购的方案上报上去了，但上面不同意你们提出的代理方案，原因是股权不能作为报酬支付。”宋一刚听了一愣，他想，我们给的这个方案是最低成本的代理方案，体现的是风险共担，这与支付有何相干？他们到底想怎么办？钟明亮说：“市里面强调一定要把主动权拿在自己手上。至于你们这期间的报酬只能按最高工资标准支付。”宋一刚说：“我们真的不是为了那点工资而来的，给多高的标准我们也不要。”钟主任最后说：“你的事我也努力争取了，人微言轻，但市人事局办公会没有通过，你不要恨我就行。即便是现在，我也还是这么认为，夷州不留下你是夷州的损失。”宋一刚也直爽地说：“其实，这种结局我早就预料到了。我知道自己有过不堪的过往，换了谁当家也会这么认为的。那毕竟是白纸黑字写上去的，他们也是对组织负责，我能理解。我不恨任何人，甚至连自己也不会恨，我好像也没做错什么。这就是命运。”宋一刚说完就出了钟主任办公室。他此时想到了一个成语：过河拆桥。但他仔细一想，别人也没有对自己做过什么承诺呀，干到这份上，自己不就完成任务了嘛，还想那么多干吗。

宋一刚回到宾馆，邓德发早就等得不耐烦了。他俩见面后，老邓就问：“方案批了？”宋一刚说：“批了。好像与我们无关。”邓德发骂道：“奶奶的，这不是欺负人吗？”宋一刚却笑了，他说：“他们以为拣到了一块香饽饽。随他们去吧。”

第二天，宋一刚和邓德发就退了房，一起回到了省城。姚玉蓉接他俩吃了晚饭。席间，邓德发愤愤不平，他说：“我们这都是在帮助他们工作，他们却这样对待我们，典型的过河拆桥。”邓德发也没有料到，姚玉蓉也是那么轻松地笑笑了事。邓德发就更有些烦了，他将筷子拍在桌子上，问他们：“你们到底是玩的哪个套路？这么不咸不淡的。”姚玉蓉说：“这事你应该明白。一个人有没有价值存在，是要看他在最关键的时刻能否派上用场，而不仅仅是锦上添花。”邓德发还是不懂。宋一刚说：“他们把事情想得太简单了，没有那么容易。”

以后的一段时间，邓德发显得越发紧张，他老是睡不踏实，三天两头就来宾馆找宋一刚商量对策。他怕这一天赐良机丢了太可惜，凭他的精明，他断定这是极有可能包装上市的一只原始股。但宋一刚却整天在宾馆里看书，也不大理他，邓德发很是生气，有几次都是摔门而去。两个月后的一早，姚玉蓉打来电话，要宋一刚中午一定要参加一个饭局必须准时到东湖宾馆。宋一刚准时赶到。他刚进大厅就看见钟明亮主任坐在一张三人沙发上。钟主任见宋一刚来了，起身走上前来与他握手。宋一刚问：“那边的认购还顺利吧？”钟明亮一脸的苦笑说：“他们是不撞南墙不回头的。我们的建议他们不听，推不动了就再要我们来抱佛脚。”宋一刚说：“办法总是有的。不可能一点效果都没有吧？”“跟你实说吧，两个月才认购了区区的三百万。还差多少你是清楚的。我们这次到省里来汇报，就是准备来挨批的，你来了也好，见识一下什么叫作难堪。”正在这时，姚玉蓉和省里的几个领导都到了，钟明亮跑过去打招呼。

进了包间，宋一刚才知道，夷州市这次带队来省里汇报的是分管工业的洪副市长，而姚玉蓉却请来了省计委的一把手廖主任。席间，廖主任充分肯定了夷州市企业改革试点的方向是正确的。但他又对他们的工作进展不甚满意，尤其是融资渠道不畅，机制不活，自筹资本金缺口太大。廖主任甚至警告说，如果再这样拖下去，也不排除要将项目平行转移的可能。洪副市长当即就表态：“我们回去后立即启动新的认购预案，实行全民代理。尤为重要的是，对代理发行有特殊贡献的个人，采取总额比例配股的方式给予鼓励。”廖主任说：“三个月内完不成融资任务，项目就可能要配转到其他地区。你们的时间不多了。”廖主任问对面的宋一刚：“你就是宋一刚吧？听说编制夷州市化肥厂的改革方案你也出力了。”宋一刚说：“我不算什么，姚处长才是试点项目的策划人，我们只是提了一点小的建议。”廖主任对洪副市长说：“是呀，你们都得感谢你们的这个小老乡呀。没有她的那套独创性改革方案，省企改办不会把试点弄到你们夷州去。这个尿素项目同样也不会这么快就批复给你们，你们要好好珍惜才是。”

午餐后，夷州市的一行人送走了省计委的领导们。在大厅里，钟明亮叫住了宋一刚，说洪副市长有事要找他。钟明亮和宋一刚随洪副市长回到房间。进了洪副市长的房间，洪副市长就说：“你们先坐下，我有事要说。今天的情况你们也看到了。好不容易才弄到一个大项目，就这么玩没了我们如何向上向下去交代？”钟明亮和宋一刚不吱声，因为他们已经向市里提出过股票认购的可行性方案，只是没被上面认可而已，责任不在他们。洪副市长又问：“小宋你说，你们的那个代理方案行得通吗？”宋一刚这时才开口说：“这个方案就是我们提出来的。”钟明亮说：“我们经委的方案的确只是给他们一定的酬金，但他们不干。他们要的是按发行总额比例配股。”洪副市长说：“这就是人家的精明之处。这一堆纸还要用钱去买，放在夷州搁谁谁都不愿意。你们不是没有见过，那么多集资办厂的惨痛案例，他们为什么就不要现金而偏要这堆纸？人家想的就是比我们长远，信心也比我们更足。人家盯的是资本在市场中的成长，是这个产业的发展前景。是我们对不住你了小宋。你和老邓愿意再跟我们回去吗？”宋一刚说：“如果能按我们提出的那个方案签订协议，我们当然愿意回去。我还是那句话：必须体现风险共担。”洪副市长当即表态说：“可以。只要你们能加快融资的进度，配一定的股又有什么行不通的，无非是转换一个提法而已。”

宋一刚回到长江宾馆，邓德发却在大厅里等着他。他截住宋一刚问：“是不是有希望了？”宋一刚说：“回房间去说。”进了房间，宋一刚就说：“的确是个‘好’消息。他们实在是发行不动了，为这事还挨了省领导的批。”邓德发说：“他们是把问题想得太简单了。这是一个认知的过程，没有那么容易。就是在南方一开始也是无人在意这件事的。股票是什么？股票就是资本主义的残渣余孽。更何况在夷州这个地儿！”宋一刚反问他：“我们夷州怎么啦？姚处长不也是从夷州走出来的吗？”邓德发也不相让说："你不就是表扬与自我表扬相结合呗！"宋一刚问："那些基层银行的头头还买你一点账吧？"邓德发点了一支烟说："在这个行业你就别跟我装聪明了。那些个头头脑脑为你推销认购一只不为人知的内部股？为你摇旗呐喊？美了你吧，真正管用的是那些直接管放贷的科长、股长们。不信，你跟我下去走一走。"宋一刚的理解是，这就叫县官不如现管。

三天以后，宋一刚和邓德发又来到了夷州市，住的仍旧是梅花岭宾馆。第二天上午，他们就随市政府企业改革办公室的刘主任去夷星化工集团签订了代理合同。合同的关键项是按1%的认购总额配股。

宋一刚和老邓签完合同出来，见王大山站在大楼前。走近后，王大山就说："我知道你们还会回来的。"宋一刚也说："我也知道你们不会轻举妄动。"宋一刚拍了拍王大山的左肩。王大山说："实话告诉你吧，他们都把钱拿在手上了。"宋一刚说："那就动呗。"宋一刚说完就上车走了。这是一辆丰田轿车，集团专门派给宋一刚和邓德发跑发行内部股用的。随行的是集团的财务人员。

以后的一个多月，宋一刚总算见识了邓德发的攻关本领。他每到一个基层银行总能说服一帮人，宋一刚不得不佩服邓德发的鼓动能力。他和那些信贷科、股长们见面后的第一句话就是："以前我教给你们的是头脑风暴，现在我给你们带来的却是发财的机遇，就看你们要不要了。"随后就是一番关于股票的说辞。宋一刚的感觉是天衣无缝。他也见识了邓德发在基层银行系统的影响力，那些信贷科室的头头儿们个个是能人，他们只把那些放贷的客户叫来，一番介绍就把它办成了。宋一刚亲眼所见，一个民营砖厂的老板一下接单五十万。不到两个月，宋一刚和邓德发就在夷州市和周边地区发行认购了近两千万股。他们共同得到了二十万股的配股回报。

正在这期间，一个重大利好消息震撼到来：南方股票交易所正式挂牌营业。他们持有的南方开发银行的股票也如期上市。邓德发喜过之后却是一阵阵的心惊肉跳，他甚至不敢相信这消息是真的。

那天，他和宋一刚回到宾馆，就用宋一刚的手提电话给那边的同学打了一个长途电话。同学高行长如实地告诉他这个消息准确无误。上市两天股票市值就翻了好几倍，并问他要不要现在就提现，要提现可以马上过来办理。邓德发挂断电话，他倒在床上直抽搐。宋一刚却是异常平静，他问邓德发："你真的想提现？"邓德发平复了好一会儿才说："我真的想提现。兄弟，我跟你说句实话吧，我这大半辈子都在为钱发愁。要不是这个'钱'字困扰我，我能丢掉那么好的工作吗？眼下这几十万就能妥妥地装在我荷包里了，该是多么诱人的好事呀，难道你就不心动吗？"宋一刚说："我怎么能不心动？一下子来了这么多的钱，毫不夸张地说也算是个几百万的富翁了吧，但我怎么都心有不甘。我一直在想，我从家乡河口苦苦地奔出来，难道就是为了这一捆一捆的票子？我当初的一腔热血，满怀壮志呢？"宋一刚一声叹息。邓德发说："我可就没有你想得那么高远了。有了钱，什么不能干？说不定那几个美人又反要来找我了。"宋一刚听了全身一抖，他不知道这些钱对眼前的老邓是福还是祸。他不得不再提醒他说："老邓，你也是我的大哥，有些话我不得不对你直说。在我们家乡有句俗话，好马不吃回头草，况且那些个女人都搞得你身败名裂。你也不想想，在你身无分文、走投无路的时候，有没有一个女人给你打过一个电话，递给你一块面包？"邓德发突然眼圈发红，他说："这就是我做人最失败的地方，也是我铁心跟着你干的原因。好了，我不说了，听你的。"老邓抹了一把泪。

宋一刚为这事还必须回一趟三江河口。他要和郑联生商量一下下一步该怎么办。

宋一刚先是回了河口老家，好长时间没回家了，他实在是不敢回来。但眼下，不管是父母的满腹责备还是悲欣交集的数落，自己总是得要去承受的。宋一刚想。

宋一刚一进门，他的母亲就丢下了手里的簸箩，快步走到他面前，那双布满血丝的眼睛不住地逡巡宋一刚的脸庞。父亲宋宏义也跑过来了，一把拉开老伴说："你还认不出他是你的儿子？真是。"宋一刚的母亲掩面而泣。宋一刚赶紧过去拥抱着母亲说："妈您不哭，您看我不是好好的吗？"母亲说："你在里面有人欺负你吗？"宋一刚笑了笑说："没有，真的没有。他们都对我蛮好的。再说，我也没有真进去服刑。"母亲问："照这么说，你就算是没有坐过牢？"宋一刚说："也可以这么说吧。"母亲的脸立即松弛下来，她说："儿哪，你不晓得你妈这几年过的是什么日子，只要人家一讲到儿女的事我就躲得远远的。现在好了，你也没有真的犯事坐牢，我脸上再也没有啥污点了。我可以抬起头在这地头走路了。”宋宏义说：“你就在这里‘呱嗒呱嗒’，看他是有事的样子吗？前些时玉蓉不是过来报平安了嘛，他现在是在我们夷州。”宋一刚简直无言以对，他此时才感觉到，一个儿子的步履平凡与否，在家乡的父母又是何种的挂念。一个行为上的污点足可以让一个家庭的精神完全崩毁。但他实在是没有勇气向善良的爹娘承认自己曾经就是一名罪犯。宋一刚感到很自责，他有一种负罪感，为了止住泪水，他不得不抬起头向门外的田野远眺。但他突然看见一大队人从河堤上匆忙赶过来。于是他就问父亲：“他们是些什么人？像是来闹事的。”宋宏义看了一眼平静地说：“玉蓉来过了。就让他们也来吧，看他们能闹成啥样子！”宋一刚心里一惊，他从父亲的口里已经听出，那些人来家里不是只闹过这一回了。随着那张面孔的逐渐清晰，宋一刚才完全明白了。那队人刚上稻场，宋一刚就迎出大门叫了一声“德胜叔”。姚德胜没有理他，进门就抱起那只铁壳子的暖水瓶往地上一扔，“砰咚”一声暖水瓶就在那泥地上炸成了碎玻璃片，一股细水漫到了桌子的下面。姚德胜又操起一把椅子，跑进厨房就要去砸那口铁锅，宋一刚的母亲直着嗓子就扑了上去，一口咬住了姚德胜光着的左膀，姚德胜咧嘴叫喊了一声，他左膀向后一划拉，宋一刚的母亲就磕在了柱头上。宋一刚飞跑过去，他抱起母亲，母亲嘴里却噙着一口血水。宋一刚对姚德胜发怒问：“叔，您这是要干啥子呀？”姚德胜轮着眼睛反问：“要干啥子？我问你，你是不是老缠着我家玉蓉不肯放手？她在省城你就在省城，她在夷州办试点你就又跟到了夷州？她可是早就成家立业的人了呀，宋一刚，你现在都混成啥样子了你知道吗？劳改犯一个，我们整个河口都为你丢尽了脸面，你还想那门子好事干啥？你问你爹，我是不是警告过他好多次，你们家就是不听。这怪谁呢？”这时，宋一刚的母亲也缓过劲来了。她欠着声说：“姚德胜，你不得好死。你别把事都做绝了。一刚才回来，为了儿子，我今天也忍下了。你要是敢再闹，我就把你们全家都关屋里烧死了你信不信？”姚德胜愣神了一下，他知道眼前这个女人说的并不是疯话，她真能做得到。他也只得就此罢手。同来的那些人都是姚家的族人，他们过来把姚德胜连拉带拽地弄走了。宋一刚回过头来一看，门前的道场上挤满了人。一种现实的恐惧从四面突袭而来。宋一刚将母亲抱到厅堂里的那把竹躺椅上，就出门对众人说：“叔叔伯伯婶婶们，你们都回吧！我给你们丢脸了。”宋一刚说完就双膝跪下，在他将要磕头谢罪时，郑联生赶到了。他推开人群，吼道：“你们都来起个啥哄？有什么好看的。宋一刚仍然是我们河口的骄傲，你们都懂个屁！”郑联生向他们挥了一下手臂，那群人知趣地散了。宋一刚想，要不了一个钟头，这个事件就会在河口传扬开去。郑联生看见宋一刚蹲在地上落泪，就走过去，也蹲下身子，抱着宋一刚的头落泪说：“他们根本就不懂你。你才是真正地道的河口能人。”宋一刚慢慢起身，抹了一把眼泪说：“我们走吧。”郑联生目送宋一刚回屋去取行李。宋一刚进门后，宋宏义就说：“儿子，没啥大不了的，你自己过好就行了。万一在外面过不下去，这河口的家还是你的。他们虽说是看了一场热闹，但他们也明白这块地儿也有你的一份。”宋一刚看了看母亲肿高的嘴唇，又发现母亲的左手总攥着。宋一刚过去掰开，他瞧见母亲左手心里攥着的是一颗米黄色的断牙。宋一刚俯身抱住母亲说：“妈，您听好了，我一定会给您补上的，找夷州最好的医生。”宋一刚又抹了一把泪，就提着背包走了。他随郑联生的车上了河堤，再回看自己的家，两个老人还站在门前向他这边张望。他从来没感觉到他与家会是这么的遥远。

郑联生把宋一刚带到了三江县城，在两江交汇处的一个临水的小餐厅坐下。宋一刚近距离看了看郑联生，他总感觉有几分不对劲。他脸上的皮肤呈现出的麻黑有种直逼心底的压抑感。他想起了一年前他们去南方的那次异常的发现。于是他又问郑联生：“你最近去医院检查了没有？”郑联生一脸轻松地说：“你看我好好的，检查什么？”宋一刚问：“你最近是不是感觉很累？”郑联生说：“你这才说到了点子上。几个工程握在手上，哪有不累的道理？再挺几个月一期工程就结束了。”郑联生又说：“这次回来让你受委屈了。我知道姚家得知你回来后就会来闹事的，目的你也明白。”宋一刚问：“他们姚家真的到我家去警告过？”郑联生说：“你没看他那副德行。姚德胜哪天不在河口吹他女婿是大学校长、姑娘在省政府当官？”宋一刚点了点头说：“站在人家角度想也很正常，毕竟我们过去相好过，他们怎么会不担心呢？”郑联生说：“担心也过头了吧！他们凭什么就怀疑你一定会拆散他们？”宋一刚叹息说：“他们真的不理解我。”郑联生说："你以为人都是和你一样善良的呀！"火锅上来后，他俩每人斟了一杯酒，宋一刚准备说正题了。他把酒杯举过去说："我们先碰一下吧。"郑联生说："碰吧。但今天不说钱的事。"宋一刚说："不说也得说，因为那些钱毕竟都是你的。再说这已经不是一个小数目了，我最多也就取点费用。"郑联生说："既然这样，你干脆拿它做本金继续做，做赢做亏看你的了。"宋一刚说："现在就有一个机会，我们不妨再去赌一把。我这次回来就是要找你商量的。"郑联生轻松说："我听你的，我还是那句话，你说了算。"宋一刚反问："你知道我说的是什么，就听我的？"郑联生说："我其实早知道了。你们不就是在帮忙盘活夷州化肥厂吗？那是一个绝对赚钱的项目。你不看看现今一包尿素都涨到什么价了，快八十块了，那还不赚钱？多亏你和姚玉蓉了。人家老姚家也早知道你在那里。"宋一刚想，难怪人家会那样担忧了。但他面对眼前这个出资人还是得把话说明白。宋一刚说："联生，我得把话说明了。夷星化工集团今后能不能盈利，盈多少利实在说与我们的关系并不大。我们参与的就是认购股权以帮助他们融资，让他们的项目改造升级能顺利进行。我们的信心和预期也是绑定在他们今后的发展上。如果这只股票能顺利包装上市，我们就赢大了。到那时，我们手上的股权就立即成了原始股，成长的概率是以若干倍计数。就像我们之前认购的那股权一样。既然你这么信任我，我就自作主张了。我想把南方的那些股票抛出去变现，留下一些基本费用，然后全部购进夷星化工集团的股权。如果你没有意见，我就这样干了。"郑联生沉思片刻后说："一刚，别的都不说了，我听你的。但我还有一个想法，我想把手上的资产单一化。我实在是没有精力去操心那一摊子建设管理的事了。我想变卖出去，参与到你的经营中去。这样我就能放下心来了。"宋一刚发现郑联生说完这席话眼角滚落了几滴泪。宋一刚问："你是不是资金周转出了大问题？那些改造和扩建的水电站可都是日进斗金的优质资产呀，你舍得出售？"郑联生说："这又有什么舍不得的，那些东西不都是身外之物？"宋一刚越听越不对劲。他再问郑联生："这个决定你与王会珍商量过没有？这可是你们家的大事呀！"郑联生说："没有。我知道与她商量没有结果。"宋一刚更不解了。他问："你们可是法律意义上的夫妻呀，她不同意，这事你能办成吗？"郑联生说："我已经做了法律咨询，这些都是婚前财产，我们各自的财务都是清晰的。”宋一刚再问：“你这么做的目的是什么？是真的想停下来不做了？”郑联生喝了一口酒说：“我想去远方云游。”宋一刚摆了摆头说：“真是无法理喻。这都是多少人要去争个头破血流的好项目，你却这么不当一回事。”郑联生说：“兄弟，你也知道，我在这地头上混得也不容易，每天都泡在酒里，我累了，真的想停下来休息了。”既然这样，宋一刚也不好再往下规劝了。他发现他的确是累了，放手也行，至少可以自由自在地活着。郑联生接着说：“我就相信你。我只能把这些交给你去经营，你们策划的那个项目，的确是个很好的点子，只要人还吃饭穿衣，夷星化工集团就不可能没有好的发展前景。所以，你的眼光比我们都超前。这也是我转交给你经管的原因。”宋一刚又问：“听你的口气，好像下家都找到了？”郑联生说：“是的，我们基本谈得差不多了，省能源公司独资购买。”宋一刚没有再往下问，他隐隐约约感觉到了姚玉蓉的一只手已经插在了他们中间。

第二天一早，宋一刚就去了河街，找到了吴新的单位。他进了吴新的办公室，吴新正在收拾文件。宋一刚的到来让吴新一脸的惊愕。他说：“你真会找。外人十有八九找不到我们这个破单位，你却不打个电话就找到了。”吴新拉了一把板椅让宋一刚坐下。宋一刚坐定后说：“我都知道了，你们都为我付出了很多。我今天来是想告诉你有一个理财的好机会，也算是我对你的报偿。”吴新说：“都是一起长大的兄弟，说报偿就见外了。你说的理财是不是认购什么内部股票？”宋一刚感觉他对股票不感兴趣，于是他说：“你不感兴趣就算了。”吴新说：“你来的也正是时候，我昨天才接到通知，我调到县水泥厂去了，那可是我们县里的龙头老大。你要是不嫌弃就回来，我们一起干。”宋一刚摆了摆头说：“我暂时不能回来，我要回来也是要风风光光地回来，就像我风风光光地从这里走出去一样。”正在这时，吕彬闯进了吴新的办公室。吕彬认识宋一刚，她惊讶地问他：“这不是宋大才子吗？什么风把你吹来了。”吴新介绍说：“她就是合作饭店的大美人吕彬，调我们经济协作委员会来了。”宋一刚一直记得在那个饭店大厅里，有一个粉面丽人活蹦乱跳地晃来晃去，多少个大男人就餐都是冲着她去的。吕彬说：“正好，我们中午为你接风，也为我们的领导送一下行。”吕彬的提议也得到了吴新的响应。吴新也知道宋一刚最近一直在夷州市忙活，吃过午饭再走也不迟。宋一刚答应了，他说他先到街上走一走，中午到点再过来。

午餐是在望江楼一楼的一个小包间里，只有他们三人用餐。宋一刚感觉到吴新有些心不在焉，吕彬力图表现得活跃，但她又不时瞟上吴新一眼。这种气氛让宋一刚怀疑他留下来的意义。吕彬似乎察觉到了什么，她说：“吃完饭就到我家木楼里去坐一坐，我那儿有炭烧咖啡。”吴新马上说好，宋一刚却说：“我怕是赶不上船了，你们去吧！”吴新说：“你去吧，看看那木屋也不是什么坏事。”宋一刚听出了一些异样。

吃完饭，他们一行就来到吕彬母亲的那个木楼的小院。宋一刚见了也是眼前一亮。他在这三江县城也待了好几年，就是没有走进过这条巷子，没有发现这么一栋具有年代感的木楼。这木楼、小院落完全就是另一个安恬的世界。吴新轻车熟路地把宋一刚带上了二楼，宋一刚正想问他是不是常来这里，这时，透过窗口，对面那栋楼的一个熟悉的身影让他心里一跳。宋一刚问：“那不是李红梅吗？”吴新点了点头，没有吱声。宋一刚问：“怎么？你们带我到这儿来就是要我明白，你们在监视李红梅？”吴新说：“她不需要我们监视，已经公开化了。”这时，吕彬也上楼来了，她端着一只青花瓷盘，上面是三杯浮着白泡泡的咖啡。宋一刚闻到一股奇怪的味道，这是他没有尝试过的味儿。吕彬说：“中午喝点咖啡可以醒醒神。”吴新说：“你也坐下来歇歇吧，这段时间你也够累的了。”宋一刚还是不明就里。吴新又说：“你不知道吧，我和她被人给告了。吕彬进监察局就有好几次。”宋一刚听了全身冒出一阵冷汗，因为自己倒霉的过往，他甚至都不知说点什么才好。吕彬却说：“也不知道是哪些人整的黑材料，我都一个老太婆了，一堆废墟还惹出那么些是非来，就因为我婚姻名存实亡？真是。”吴新说：“我们在看人，不想人家也在看我们。”宋一刚觉得吴新说得够明白了。吕彬又说：“她就不怕我也把那些事给抖搂出去。”宋一刚无形中陷入了两难境地，李红梅与吴新是爱过的，这也是他知道的。他还知道吴新为李红梅做了许多，但这种互害也不是这帮同学所乐见的。宋一刚问：“这也是你调离行政单位的原因？”吴新说：“这难道不是一个足够充分的理由吗？”宋一刚清楚，下放到企业任职绝对不是他吴新所向往的。那样一个设备老化、冗员众多、关系复杂的老企业，要想有大的起色，绝对不是一件容易办的事。如果长久不见成效，他就很难再回来了。这也正是吴新所担忧的。吴新已经从老骆那里打听到，那状纸是有人指使李红梅写的，而且还是实名举报。吕彬坦然地说："我都好说，大不了再回去做我的老本行。"宋一刚又想起她在饭店大厅里叮咚脆响的脚步声。宋一刚问："我能为你们做点什么吗？"吴新说："我还是那句话，希望你能回来。我实在是撑不起那么大的一个烂摊子，再说联生也要把资金撤走了。"宋一刚想了想说："我也给你一句实话，我真的不能马上就回来。"他又对吕彬说："你也不要退却，再大的事也得往前走。"在宋一刚看来，吕彬虽然大他们好几岁，但依然风韵漂亮。这时，吕彬却快步下了楼。不一会儿，她拿上来一个皮包。她将那只皮包摊在桌子上说："你也可以见证一下，看我是不是铁了心。"宋一刚和吴新都面面相觑，他们根本不知道这里面装的是什么。吕彬从容地打开那只皮包，一张小红纸就摊在了他们的面前。宋一刚一眼瞧见"离婚证书"四个大字。显然，吴新也看到了，他将脸侧向了一边。宋一刚问："吕姐，你这是怎么回事？非要离婚不可吗？"吕彬平静地说："是的。其实我们早就分开了，只是我一直没有这个勇气。我现在也顾不了那么多了。"吕彬说得坦然。吴新突然站起身来，他绕过宋一刚走到吕彬面前，吕彬也不由得起身。她向后退了一小步，吴新却上前了一大步，他双手捧起吕彬粉白的脸颊，扭着脖子将嘴巴硬贴在吕彬红润的双唇之上。吕彬挣扭，尴尬地说："还有人哪！"吴新仍然没有停下来，宋一刚要逃跑了，他起身说："我可是见证了的呀。"说完宋一刚就下楼走了。他刚要走出那小院，吴新就扯起嗓门喊："常回来呀！"宋一刚就听见小木楼上的一片杂沓之声。

一个月以后，郑联生处理完资产，专程去了一趟夷州市。这时的宋一刚在夷州市有了自己注册的投资咨询公司。郑联生来夷州就是想将他变卖的资本金全面投在他的公司名下。宋一刚没有接收郑联生的全部资本金。他只将少量资金吸引过来，剩余的近七百万元全部投到了夷星化工集团的股票认购上。只用了五天时间，他们就把全部手续办完。随后，郑联生向宋一刚提了一个看似轻描淡写的小要求。郑联生说："我现在是一身轻松了，你能不能送我到码头上去，我要坐船回家了。"宋一刚说："这有什么问题，必须的，你不说我也要送你的。”郑联生说：“好，这才叫兄弟。”

吃过午饭，两人来到九码头上的候船室。离开船时间还有一个多小时，郑联生到窗口购了一张票。宋一刚说：“我送你到码头上去。”郑联生说：“不急，我们到江边坐一坐吧。”宋一刚随郑联生来到了江边的一棵高大的冬青树下。郑联生说：“我一生爱水，我见到水就有一种莫名的兴奋。”宋一刚说：“你还记得我们那天夜里在溪口里摸夜鱼吗？你那玩意儿都被那只老甲鱼给咬住了，我一直都没讲出去呢！”郑联生说：“我当然记得，那时候生活太苦了。你想，要是我们家有钱医治我妈的病，她能那么早就走吗？”宋一刚又想起了那个白雪皑皑的早晨，郑联生无助地蹲在雪地上恸哭的场景。宋一刚双手捂脸轻泣起来，郑联生远望豁然东逝的江流，任其泪流簌泻。这时一艘客轮从下游开了过来，响起了一声长鸣。宋一刚松开双手，他发现郑联生已经走远了，他却像钉子钉住一样不能动作。他不知道是不是郑联生使了什么魔法，或许是自己受到了何等的重压。在那条船桥上，他只觅得郑联生一个挪步前行的背影……

夷星化工集团的尿素项目上马很顺利。集团的股权认购也进入了尾声，邓德发将发行的配股拿去了一半。他还是相信宋一刚，把南方的股票保留住，没有提现。宋一刚也不允许他再回到省城去。他要老邓就在他的投资咨询公司里待着。

那天一早，宋一刚受夷星化工集团的邀请，要去给集团的中层干部讲一堂资本运营的理论课。宋一刚和邓德发一同前往。到了集团的大门口，王大山就在那里等着他们。见面后，王大山对宋一刚说：“何总要我先带你去他办公室。”宋一刚问：“有什么事吗？”王大山摇头说：“不知道。”宋一刚对邓德发说：“你先到会场坐坐吧，我去一下就来。”宋一刚随王大山上了楼。王大山说：“小宋老师，我还是心里不踏实，我们带了头全员也都认购了，最多的买了好几万。这些钱该不会打水漂吧？要是那样，我们的房门就怕被踢破了。”宋一刚停下脚步，问：“你们有信心吗？”王大山说：“我们是看你的面子才买的。”宋一刚说：“我都筹资投了大几百万，你们那点钱算啥？关键是要信心爆棚，懂吗？”宋一刚猜到了何光辉为什么要请他上去。

进了何光辉的办公室，何光辉迎过来说：“宋老师就是我们的大恩人，不但帮助我们策划项目，在融资上也是身先士卒。没有你们，说不定我们还在搞发行认购呢，这个尿素项目也就泡汤了。”宋一刚也没觉得他有什么言不由衷之意。他问：“你要我这次来做一些交流有什么具体要求吗？”何光辉说：“宋老师是个聪明人，你总是知道我们想要干什么。实话说吧，股票在我们这里的确是个新生事物，在老一辈人眼里它就是资本主义世界的残渣余孽。虽然在你们的鼓动下，我们内部发行也还不错，基本上是全员出击。但他们总是有疑问，这些钱会不会打了水漂？如果能打消他们的顾虑，他们的信心也就起来了。有了信心，下面的工作就好办了。有些话必须由你们来说，因为过去的确有的厂家搞过集资办厂，厂一旦垮了职工的钱也就没有了着落。所以，职工有顾虑也是正常的。你们得讲明白，这次认购真的不是过去的集资办厂，是有回报预期的。而回报的前提就是大家都要拧成一股绳，把企业做大做强，只有这样，这只股票才有可能包装上市。”宋一刚听了何光辉的一席话，他真要对他刮目相看了。宋一刚问自己，以前的何光辉到底是真不懂还是假不懂？宋一刚知道，在当今这个时代就有那么一群屁股决定脑袋的聪明人，他们本来就知道事物发展的基本方向，但他们就是要把主要精力放在揣摩上意上，力求做个不倒翁。他们更是知道枪打出头鸟的基本道理。宋一刚明白了何光辉作为老总的难言之隐。他当即表态说：“我和你的想法是一致的。”何光辉上来与宋一刚紧紧握了一下手，他只说了一句话：“就看你的了。”两人并肩下了楼。

步入集团大会议室，宋一刚发现一个能坐三百人的会议室人满为患，就连走道上也挤满了人。何光辉走上主席台，他讲了几句开场白后，就说：“掌声欢迎投资专家宋一刚老师给我们授课。”一阵掌声过后，宋一刚倒有些蒙了。何光辉说他是投资专家，他自己却疑问起来：这专家到底是谁认定的？这时掌声正浓，他不得不硬着头皮往台上走。这时的何光辉却端端正正地坐在了主席台下。台上只放了一套桌椅，和一个弯曲的老式麦克风。宋一刚开口说：“谢谢大家。我先前当过老师，当老师可不能坐着讲课。我还是站着讲吧。”宋一刚把麦克风扳直了，又吹了两下，麦克风发出怪怪的呜咽声。宋一刚说：“我接到的通知是给中层干部讲讲感想，夷星化工集团中层干部还真不少。”说完下面一阵哄笑。宋一刚接着说：“看来今天来的人大多数都是认购了内部股票的吧？”下面又是一阵窃窃私语。宋一刚知道来蹭课的人，一定是在担心他们投出去的那点钱会不会打了水漂。他也不想隐瞒风险，于是他说："如果只担心你们手上的这支内部股会不会变成废纸，我可以实话告诉你们，极有这个可能。"何光辉听后就在台下坐不住了，他旋即回望一眼身后，发现有人在小声议论。他刚要站起身，却让宋一刚更直击心底的一席话按下了。"既然是这样，你们不如现在就卖了。当然，前提是只要你们能卖得出去。"这时会场一片大乱，有人就高喊："这就是你们设计的一个圈套。""你们就是想把我们的血汗钱榨干，我们要退股！""对，退股！"何光辉一看场面全乱了，他有些怒形于色。他刚要起身去救场，却让坐在他旁边的邓德发一把按下。这时宋一刚又问："你们要退股是不是？"那些不请自来的蹭课职工就说："对，我们要退股。"宋一刚继续问："你们找谁退？""我们找厂里退，钱都是他们收了。"宋一刚说："这你们就得多学一学发行章程了。你们的认购是有协议约束的。""照这么说我们的钱不是又要打水漂了吗？"宋一刚郑重地说："如果你们自己都没有信心，不仅你们的钱要打水漂，那些集团外的认购也要跟着你们打水漂。"会场一片静默。宋一刚接着说："我给你们带来了一个活故事，故事的主人翁就在现场，他就是认购国内第一支股票的当事人。老邓你站起来。"邓德发站起身来，转身向后面的听众点头示意。宋一刚说："我就不多说了，把这个讲台留给他吧。这个故事将由他来往下讲。"宋一刚示意邓德发上台去，他却走下了讲台。

邓德发走上台，他的那种鼓动性演说迅速调动了下面的情绪。一个多小时下来，会场掌声不断。邓德发亦庄亦谐地讲述了他自己是怎么犯错落魄，又怎么一门心思拉着宋一刚南下认购。现在的股票虽然上了市，市值都涨了好多倍，但他说他还牢牢揣在荷包里舍不得抛售。他所讲的差不多就是一个穷光蛋逆袭成有钱人的精彩励志故事。

邓德发讲完，宋一刚才上台进入正题。他主要讲了资本市场的形成及其属性，以及现阶段合法融资的必要性。

从会场出来，何光辉对宋一刚说："我真是受教了。但你也把我吓了个半死。要是那些人挑头都来退股，夷星化工集团不乱套才怪了。"宋一刚说："你要相信，人是爱听故事的动物，也有逐利的本性，资本的本性就是人性的另一种延伸。"何光辉听后一笑。宋一刚却没有笑出来，因为他一眼就瞧见操场上一个人朝他急匆匆走过来，他也不得不急促地迎了过去。宋一刚预感到一场更大的轰毁将不期而至。

来的人正是吴新。他走到宋一刚面前，哽咽着说："郑联生不见了。"宋一刚说："不会呀，他几天前坐船回去了呀，是我送他去的码头。"吴新说："所以我才来找你。"宋一刚问："怎么会是这样？一个大活人说不见就不见了。"吴新说："还有更大的麻烦，警方也插手了。因为有人举报郑联生有巨额财产转移的异常行动，我看这大多是冲你来的。"宋一刚说："这我得承认，他是把资产都转到我公司里了，但我们是有授权协议的呀。"吴新说："如果他迟迟没有下落，你就有重大犯罪嫌疑。"宋一刚说："怎么会这样呢？不过，他那天从我这儿走就显得怪怪的。他说他要去云游世界，我当是他想出去散散心。"宋一刚与何光辉一行简单道别之后，就与吴新走出了夷星化工集团的大门。宋一刚对跟过来的邓德发说；"这几天你把公司里的事打理一下。有什么事就给我打电话。"邓德发回话说："没问题。你去忙吧，公司这边我顶着。"宋一刚就上了吴新的车。吴新边开车边说："郑联生是三江县城的有钱人，他的那些财产不知道有多少人盯着。他这次意外失踪自然就给人留下了机会。"宋一刚问："什么机会？别人的财产合理合法，还轮不到他人去瞎操心。"吴新说："要是他还活着就好说，一句话的事。他活不见人死不见尸，琢磨的人就多了。"宋一刚沉默了。他突然想起自己那些不堪回首的往事就有一种心惊胆寒。吴新说："我们必须稳住一个关键的人物。"宋一刚问："谁？""王会珍。"宋一刚想了想觉得也是。吴新又说："说真的，对不起她的人是我。我真没脸再去见她了，这事只有你自己去处理了。"宋一刚叹息道："没有一段路是平坦的。"

吴新和宋一刚到三江县城已经是下午两点。直到这时，吴新才说："我们先去吃点东西吧。"宋一刚说："不，我真的吃不下。我们直接去王会珍那里。"吴新说："也好，你到了她那里不会没有东西填饱肚子的。"宋一刚没有再往下接话。

车一路开到了城郊，一栋三层带尖阁楼的房子立于道旁。宋一刚瞧见那房子就有一种新奇感。他想，这一定是郑联生一手置办的。他认为郑联生虽是一个粗人，却时常有一颗浪漫的心在。果然，吴新说："到了。那栋楼就是。"宋一刚倒是有一种小庆幸。

将宋一刚送到那栋楼的院墙外，吴新就说："我就不进去了。有些事你也是知道的。"宋一刚点了点头。他明白，要是吴新跟着一起进那院门，又一起上楼，那不仅是尴尬还有难堪，更是一种尴尬的表演。

宋一刚按了一下门铃，门刚一开，宋一刚一愣，来开门的却是吴新的母亲李秀芝。宋一刚想，怕尴尬的人走了，领受尴尬的人却还在这里。宋一刚小声叫了一声"婶子"。吴新的娘也轻回了一声："唉。"宋一刚问："会珍在家吗？"吴新娘说："在家，你上楼去吧。"宋一刚刚进大门，就有两个警察从楼上下来，宋一刚就在心里打了一个寒战。他想，自己该不会因此再进班房吧？如果郑联生失踪，自己是有作案嫌疑的。那两名警察只是与他点了一下头，就出了院门。宋一刚想，自己是不是早被他们定为嫌疑人了，王会珍又向他们提供了什么情况？于是，宋一刚觉得这一次他来得值。吴新娘跟过来说："他们都走了，你们是同学，上去说说话也没啥的。"宋一刚说："婶子，那我就上楼去了。"宋一刚直接上到二楼。他听见吴新娘在楼下叫了一句："珍儿，一刚上来了。"宋一刚刚跨上二楼的走道，就瞧见王会珍站在门边等着他。宋一刚不知道对她说什么才好。他走过去，直逼她的面前，王会珍却抱着他恸哭起来。宋一刚抚了抚王会珍肉感的后背，也泣声说："不哭了。他会回来的，我相信他是不会舍下我们的。"王会珍将脸颊埋在宋一刚的胸前，连摆了几下头，泣声说："他走了，再也不会回来了。"宋一刚不相信，他还是在臆想，一天早晨，郑联生就会顶着一头的白雪神不知鬼不觉地站在他们的面前，嘻嘻哈哈地讲好笑的故事。宋一刚挽着王会珍进了客厅，他俩顺势坐在了那张三人沙发上。王会珍抬起头来问宋一刚："你怎么想到来我这里？"宋一刚不想说是吴新的有意提醒。他却说："我本来早就该来的，不管他出了什么事。"王会珍说："这我相信。你们比亲兄弟还铁，他就信奉你。"宋一刚听出了一些异味，但他也不好就这个话题再往下说，因为郑联生毕竟是把财产都转移到了他的公司名下。作为一个生意场上的成功女人，她没有理由不去为此幽怨。她甚至可以认定这就是一场事先预谋好的阴谋。宋一刚问："他那次去夷州就没有再回来过？"王会珍望了宋一刚一眼说："没有。既然要出去，他就不会再回来了。"宋一刚问："你早就知道他要出走？"王会珍却反问他："难道你真的不知道？"宋一刚说："我怎么会想到他真的就不回来了？我充其量就当他说的是一句玩笑话。”王会珍说：“他就信奉你，但他是不可能将我带进你的投资圈的。”宋一刚更加不明就里。他问：“仅一个信奉就能把那么多的资产转交给我？你这不是已经进了我的投资圈吗？那些钱不有你的一份吗？”王会珍摇摇头说：“没有，的确没有。不过，联生是一个有良知的好男人。他把该给我的都给了，该带走的也带走了。”宋一刚说：“话虽是这么说，但那些投资无论如何也有你的一份在，我只不过是个经纪人而已。”王会珍盯着宋一刚问：“你真的这么认为？”宋一刚说：“这不是我要不要这么认为，而是国家的法律就是这么规定的。”王会珍又落泪了。宋一刚递过一张纸巾就问：“你这又怎么了？好好的，说流泪就流泪。”王会珍挂着泪珠，紧握住宋一刚的手说：“我说出来你可也要挺得住。”宋一刚仿佛听到了自己的毛发在根根直立。王会珍说：“他再也不会回来了。他去了天国！”宋一刚突然想起一段文字：天国的光辉照耀着，仿佛太阳照着树叶发出缕缕的金光……宋一刚拥抱王会珍，泣不成声。他想起他与郑联生在码头上的那一别，那一个消逝的背影。此时，他又不得不忆起若干年前的那个暴雪后的早晨，郑联生得知母亲病逝后，坐在雪地上恸哭……宋一刚终于厘清了思路。他再问王会珍：“他到底是哪里出了毛病？”王会珍平静地说：“肝癌晚期。他不想在家乡痛苦地死去，他不想让我们看到他的一声哀号。”宋一刚回忆起这一两年来他与郑联生的几次见面，他所窥见的是他身体的无限衰竭，他自责为何当时不去一问究竟，兴许可以及时救治，保下一条命。王会珍说：“你不要自责，就连我也是才知道不久的。”她接着说，“联生真是一条铁汉，他本来是想将那梯级电站全部建成再停下来的。可惜呀，上天不给他太多的时间，哪怕是多给他一年也就够了。”王会珍又落下一掬泪。宋一刚问：“他有必要卖掉那些资产吗？他付出了多少心血。”王会珍又摇了摇头说：“你离开家乡太久了，根本不知道弄成一项工程有多难。说句不好听的话，在那块土地上，就只有他那种敢于出拳的人才能办得下来。我想，他之前一定也想到过你，但他肯定不想让你去蹚那河浑水，即使是你愿意接手，你的儒雅手软根本撑不住那个场面。”宋一刚沉默不语。王会珍接着说：“联生也是早有考虑的。他知道在这三江县城不可能再有人将那些明的暗的股东一齐摆平。与其说这样，还不如干脆整体出手。他相信这些钱在你手上一定会增值，也让旁人少了些念想。”宋一刚问：“照这么说，还真有人在追究这笔钱的去向？”王会珍苦笑一下反问：“你认为个个都心安理得？这么大的一笔资产，不经意间就让人划走了，欲壑难平你也是清楚的。你就不问一问为什么吴新会甘愿去操心盘那个水泥厂？仅仅是因为一次岗位的调整？如果是再一次的股份重组呢？那些现成的资金是不是又有了新的出路？这个位置就必须是他们信任的人去干。”宋一刚不禁两腿痉挛。他说：“我真的没有想到会是这样。”王会珍说：“你这次来找我，真的就是你的主意？只怕是有人提醒吧。”宋一刚说：“看来，有人是不会放过我的。”王会珍肯定地说：“只要有我在，就不会有人敢来动你。”王会珍郑重地说：“这也正是郑联生精明的地方。如果我们不及时办理离婚手续，协议分割好财产，他走后来争夺的人就会更多。”宋一刚想，如果不是眼前的这个善良女人的守护，郑联生那些用命换来的财富，不早就让人瓜分殆尽？从这个意义上说，他怎么也得感谢吴新的这次提醒，不管他是基于什么考量。王会珍说：“你这些天还要多到我这里来。我就是要向人证明，我们拥有的一切都是合法的。”宋一刚问：“这样能解决问题吗？”王会珍肯定地说：“能。只要我们有信心，别人就休想抢走什么。”王会珍接着说：“还有一点我必须说明白，至少在一定时间内，我不会张扬郑联生的生死，只当他是出门远游了。你安心打理你的公司和股票。还是那句话，有我在，没人敢动你的。相信我。”宋一刚紧握王会珍那只肉感的手。

与王会珍分别后，宋一刚回到了三江县城。他独自来到两江的交汇处，坐在那条水泥路上抽烟远眺，秋意更浓了，大树小树都在开始落叶。由于多日无雨，两江的秋水更是清浊分明。宋一刚想静下心来细心察看，那一江清流一头扎进滚滚浊流后的最后表演。那些如云团般的浑黄的水层，在不停歇地伸展触角，将一头扎进来的那一股股清流消弭于无形。他看多了那不断纠缠的分界线，那种无与伦比的幻灭，让他品出了一种执着和坚韧的写意。

宋一刚在江边坐了大约半个小时，觉得应该回河口老家了，毕竟那里还有自己的父亲、母亲。不管他们知不知道事情的真相，他早应该回去拜望了；也不管河口父老乡亲于自己存有多大的非议，自己都得从容去面对。正在这时，他的手提电话响了。他知道还有人挂惦着他的去向。宋一刚接了电话，吴新就在电话那头说：“你到底跑哪儿去了？找你都找不着。县里领导都等着要见你呢！”宋一刚问：“有这个必要吗？”吴新说：“当然！你现在已经不是一个穷书生了，而是企业解困的投资专家，县上还要专门接待你呢！”宋一刚说：“我没时间，我要回河口看看老爹老娘。”吴新说：“骆县长知道你要回河口老家，他带人都去你家慰问了，这是多大的面子呀，你知道吗？你说个准地儿，我过去接你。”宋一刚听后一怔，他想，这不就给了我在家乡正名的机会吗？我宋一刚从这里风风光光地走出去，不又风风光光地回来了？他在心里说，那就叫咱们家再热闹一下吧，也让父亲母亲在河口抬得起头来。宋一刚说：“我在老码头看水。你来接我吧。”

吴新接到宋一刚后，没用一刻钟就到了河口的大堤上。放眼望去，秋后的棉花地一片银白，暖和的阳光抚慰着这一片冲积平原。宋一刚透过车窗就能闻到河口秋稼久违的清香，这是他多年在梦里才有的故乡气息，而今他可以尽情地呼吸个够了。但是一个人的缺席，也许是永远的缺席，却让他不能释怀。他想，自己所拥有的这一切，又何尝不是他倾其一生的努力而为。这到底是不是冥冥之中的注定，或者是另一种方式的转换？他不能肯定。但是，他觉得无形中他承担了一种义务，一种更大程度上的责任。面对河口那广阔的田野，他在心里默念，联生，你即便是死了，你的魂灵还是要回到这里来的。宋一刚不觉潸然泪下。

突然一个急刹车，宋一刚晃荡一下，他的头差点碰上了那挡风玻璃。他抬头一看，一个男人挡在了轿车前，他是姚玉蓉的父亲姚德胜。宋一刚正心慌发怵，姚德胜却说：“一刚娃，你下来吧，我有话对你说。”宋一刚立即开了车门下车，他跑到姚德胜面前说：“德胜叔，您这是干吗？多危险呀，要是真撞上了我怎好向玉蓉交代？”姚德胜却抹了一把眼泪，哽咽着说：“娃呀，是我伤到你了。你是个好娃儿，你就不记叔的仇吧。是我欠你们家的。”宋一刚眼睛一热，蹲在大堤边抱头啜泣起来。一会儿，他再抬起头来，在泪光的折射下，瞧见一个男人的背影，飘忽走进了那方银色的大地。他再看向远处，那间让几棵枫杨围着的自家的老瓦屋，稻场上已是人头涌动，一缕炊烟在秋阳下活脱脱地蹿起，仿佛是在筹办一场盛大的喜宴！

庚子 4 月完成初稿，12 月完成三稿修改。壬寅春定稿。